KAY HOOPER

Das Böse im Blut

Deutsch von Alice Jakubeit

Weltbild

Originaltitel: *Sense of Evil*
Originalverlag: Bantam Books, New York

Copyright © 2003 by Kay Hooper

This translation is published by arrangement with
The Bantam Dell Publishing Group, a division of Random House, Inc.

Besuchen Sie uns im Internet:
www.weltbild.de

Die Autorin

Kay Hooper lebt in North Carolina. Sie ist die preisgekrönte Autorin zahlloser erfolgreicher Romane. Ihre Bücher, von denen einige bereits auf Deutsch vorliegen, wurden weltweit über sechs Millionen Mal verkauft. *Das Böse im Blut* ist der dritte Teil einer Thrillerserie um das Profiler-Team von Noah Bishop. Band 1 *Die Augen des Bösen* und Band 2 *Die Stimmen des Bösen* sind in deutscher Erstausgabe bereits im Weltbild Buchverlag erschienen.

Dank

Diesmal verdanken Bishop und seine Special Crimes Unit dem fantastischen Team bei Bantam Books noch mehr als sonst. Die Mitarbeiter haben weit mehr als ihre Pflicht getan, damit diese Geschichte in Ihre Hände gelangt.

Die dankbare Autorin möchte Irwyn Applebaum und Nita Taublib, Bill Massey und Andie Nicolay, Kathy Lord und all den anderen Verlagsmitarbeitern danken, die dieses Buch ermöglicht haben.

In Worten lässt es sich eigentlich nicht ausdrücken, doch das wird genügen müssen. Vielen Dank.

*Gewidmet Jeff und Tommy,
meinen Shoppingkumpels.
Hauptsächlich deshalb, weil sie nicht glauben
wollten, dass ich sie in einem Buch verarbeite.*

Prolog

Die Stimmen ließen ihn einfach nicht in Ruhe.

Die Albträume ebenso wenig.

Er schlug die Bettdecke zurück und stand taumelnd auf. Im Licht des Vollmondes hatte er keine Schwierigkeiten, zum Waschbecken im Bad zu finden.

Sorgsam vermied er es, in den Spiegel zu blicken. Dennoch war er sich deutlich seines schattenhaften Spiegelbilds bewusst, als er nun nach einem Becher tastete und den Wasserhahn aufdrehte. Er trank drei Becher Wasser, einigermaßen erstaunt, dass er so durstig war, jedoch andererseits auch wieder … nicht.

Neuerdings war er oft durstig.

Das brachte die Veränderung mit sich.

Er spritzte sich kaltes Wasser ins Gesicht, immer wieder. Es war ihm gleichgültig, dass er dabei alles unter Wasser setzte. Beim dritten Mal merkte er, dass er weinte.

Versager. Rückgratloser Feigling.

»Das bin ich nicht«, murmelte er und spritzte sich erneut eine Ladung Wasser ins Gesicht, um seinem schmerzenden Kopf Erleichterung zu verschaffen.

Du hast Angst. So viel Angst, dass du dir gleich in die Hosen machst.

Halb unbewusst presste er die Oberschenkel zusammen. »Das ist nicht wahr. Ich kann das. Ich habe dir gesagt, dass ich es kann.«

Dann tu es jetzt.

Er erstarrte so, wie er war: über das Waschbecken gebeugt. Von den hohlen Händen tropfte ihm das Wasser. »Jetzt?«

Jetzt.

»Aber ... es ist noch nicht so weit. Wenn ich es jetzt tue ...«
Feigling. Ich hätte wissen müssen, dass du das nicht durchziehst. Ich hätte wissen müssen, dass du mich im Stich lässt.

Langsam richtete er sich auf. Diesmal blickte er bewusst in den trüben Spiegel. Trotz des Mondlichts sah er seinen Kopf nur als schattenhaften Umriss – dunkle nebelhafte Gesichtszüge, schwach glänzende Augen. Die düstere Silhouette eines Fremden.

Hatte er eine Wahl?

Sieh dich doch an. Du Versager. Du rückgratloser Feigling. Du wirst doch nie ein echter Mann.

Er spürte, wie Wasser von seinem Kinn tropfte. Oder vielleicht war es auch seine letzte Träne. Er sog Luft ein, so tief, dass ihm die Brust davon wehtat, dann atmete er langsam wieder aus.

Vielleicht kannst du dir ja ein Rückgrat kaufen ...

»Ich bin bereit«, sagte er. »Ich bin bereit, es zu tun.«

Das glaube ich dir nicht.

Er drehte den Wasserhahn zu und verließ das Bad. Ging zurück in sein Schlafzimmer, wo der Mond, dessen Licht sich durch das große Fenster ins Zimmer ergoss, den alten Überseekoffer anstrahlte, der an der Wand unterm Fenster stand. Er kniete sich davor und öffnete ihn vorsichtig.

Der aufgestellte Kofferdeckel schirmte das Mondlicht teilweise ab, doch für seine Zwecke benötigte er kein Licht. Behutsam tastete er im Koffer umher, bis er den kalten Stahl spürte. Er hob das Messer ins Licht und drehte es hin und her, fasziniert vom Glanz der rasiermesserscharfen gezackten Schneide.

»Ich bin bereit«, murmelte er. »Ich bin bereit, sie zu töten.«

Die Stimmen ließen sie einfach nicht in Ruhe.

Die Albträume ebenso wenig.

Ehe sie ins Bett gegangen war, hatte sie die Vorhänge zugezogen, um das Mondlicht auszusperren. Der Raum lag im

Dunkeln. Dennoch war ihr deutlich bewusst, dass der riesige Mond auf der anderen Seite ihres Fensters alles in dieses kalte unheimliche Licht tauchte, das ihr solches Unbehagen bereitete. Sie konnte den Vollmond nicht ertragen.

Der Wecker auf ihrem Nachttisch zeigte kurz vor fünf Uhr morgens. Sie hatte das Gefühl, Sandpapier unter den heißen Augenlidern zu haben – sie sollte wirklich versuchen, noch etwas Schlaf zu finden. Doch das Stimmengeflüster in ihrem Kopf sagte ihr, dass schon der Versuch zwecklos war, jedenfalls im Augenblick.

Sie schlug die Decke zurück und glitt aus dem Bett. Den Weg in die Küche fand sie auch ohne Licht. Dort schaltete sie jedoch das Licht über dem Herd an, damit sie sich nicht verbrannte. Heiße Schokolade, das war jetzt genau das Richtige.

Und falls das nicht funktionierte, hatte sie ganz hinten im Speiseschrank noch eine Flasche Whiskey für Notfälle – für genau solche Nächte wie diese. Mittlerweile war sie wahrscheinlich zu zwei Dritteln leer.

Es hatte einige Nächte wie diese gegeben, besonders in den letzten zwölf Monaten.

Sie suchte zusammen, was sie benötigte, und erhitzte dann langsam Milch in einem Topf. Dabei rührte sie die Flüssigkeit um, damit sie nicht ansetzte. Während die Milch heiß wurde, gab sie Schokoladensirup hinein, so mochte sie ihre heiße Schokolade gerne. In der Stille des Hauses, in der keinerlei Geräusche sie ablenkten, fiel es ihr schwer, ihren Geist zur Ruhe zu bringen. Sie wollte dem Flüstern dort nicht zuhören, doch es war, als schnappte man den einen oder anderen Gesprächsfetzen auf und *wüsste*, man müsste eigentlich aufmerksamer zuhören, weil das Gespräch sich um die eigene Person drehte.

Sicher, manche Leute nannten das Paranoia. Hatten es so genannt. Und möglicherweise hatten sie zumindest manchmal Recht damit.

Doch nur manchmal.

Sie war müde. Es wurde jedes Mal schwerer, schnell wieder auf die Beine zu kommen. Sich körperlich wieder zu erholen. Seelisch wieder zu heilen.

Wenn es nach ihr ginge, würde sie sich erst am Morgen in das Geflüster einklinken. Vielleicht sogar erst am darauf folgenden Tag.

Die heiße Schokolade war fertig. Sie schaltete den Herd aus und goss die dampfende Flüssigkeit in eine große Bechertasse. Den Topf stellte sie in den Ausguss. Dann nahm sie ihre Tasse und trug sie zum kleinen runden Tisch in der Essecke.

Sie war gerade dort angelangt, da blieb sie wie angewurzelt stehen. Eine Welle glühenden Schmerzes schoss so unvermittelt wie ein Faustschlag durch ihren Körper. Ihre Tasse fiel zu Boden. Sie ging dabei nicht zu Bruch, doch die heiße Schokolade spritzte auf ihre nackten Beine.

Diesen Schmerz nahm sie kaum wahr.

Die Augen geschlossen, in den kreischenden roten Strudel eines Todeskampfes hineingesogen, versuchte sie, weiterzuatmen, trotz der wiederholten Schläge, die Knochen splittern ließen und Lungenflügel zerfetzten. Sie schmeckte Blut, spürte, wie es in ihren Mund sprudelte. Spürte, wie es heiß und feucht ihre Bluse tränkte und ihr die Arme hinablief, als sie diese in dem kläglichen Versuch, den Angriff abzuwehren, hob.

Ich weiß, was du getan hast. Ich weiß es. Ich weiß es. Du Schlampe, ich weiß, was du getan hast ...

Sie zuckte und schrie auf, als ihr das Messer mit einem letzten Stoß, der noch kraftvoller war als die vorhergehenden, in die Brust getrieben wurde und ihr mit solcher Gewalt ins Herz fuhr, dass sie wusste, allein der Griff hielt es davon ab, noch tiefer einzudringen. Sie tastete mit den Händen danach und berührte zwei offenbar behandschuhte, blutüberströmte große und starke Hände. Sofort zogen die Hände sich zurück. Kraftlos hielt sie den Griff des Messers, das ihr Herz aufspießte, umfasst. Sie spürte, wie ihr Herz unter Qualen ein letztes Mal schlug und noch mehr heißes, dickes Blut in ihren Mund pumpte. Dann war es vorbei.

Nicht ganz.

Sie öffnete die Augen und merkte, dass sie über den Tisch gebeugt stand, ihre Hände lagen flach auf der hellen polierten Tischplatte. Beide waren voller Blut, und zwischen ihnen stand in ihrer eigenen Handschrift ein einziges blutiges Wort geschrieben:

HASTINGS

Langsam richtete sie sich auf. Ihr tat alles weh. Sie streckte die Hände von sich und beobachtete, wie das Blut verblasste, bis es vollständig verschwunden war. Ihre Hände waren sauber und unbefleckt. Als sie wieder auf den Tisch blickte, war dort von einem in Blut geschriebenen Wort nichts mehr zu sehen.

»Hastings«, murmelte sie. »Oh, Scheiße.«

1

Hastings, South Carolina
Montag, 9. Juni

Rafe Sullivan richtete sich aus seiner geduckten Haltung auf, dehnte verkrampfte Muskeln und murmelte: »Oh, Scheiße.«

Schon jetzt, noch vor dem Mittag, war es heiß und feucht, die Sonne brannte beinahe senkrecht vom Himmel, und gedankenverloren wünschte er, er hätte seine Leute angewiesen, eine Zeltplane aufzuhängen, damit er ein wenig Schatten hätte. Nun würde der Aufwand sich nicht mehr lohnen. Eine weitere Stunde, und der Wagen des Gerichtsmediziners würde hier sein.

Die Leiche zu seinen Füßen war eine einzige blutige Schweinerei. Mit ausgestreckten Armen und gespreizten Beinen lag sie in einer bemitleidenswert verletzlichen Haltung auf dem Rücken, sodass er sie am liebsten zugedeckt hätte – auch wenn sie bekleidet war. Ihre einst weiße Bluse war nun matt rot, blutgetränkt und trotz der Hitze immer noch größtenteils feucht, sodass der Kupfergeruch noch sehr intensiv war. Der dünne Rock mit dem frühlingshaften Blumenmuster war auf schaurige Weise unversehrt, doch ebenfalls blutgetränkt. Er war über ihre Hüften gebreitet, der Saum beinahe anmutig bis fast übers Knie hochgezogenen.

Sie war einmal hübsch gewesen. Jetzt war sie es nicht mehr, auch wenn ihr Gesicht praktisch unverletzt geblieben war. Ihre zarten Gesichtszüge waren verzerrt, die Augen weit aufgerissen, der Mund zu einem Schrei geöffnet, den sie aus Mangel an Zeit oder Atem wahrscheinlich gar nicht mehr hatte hervorbringen können. Aus den Mundwinkeln war

Blut über ihre Wangen geronnen, hatte sich teils mit den goldenen Strähnen ihres langen blonden Haars vermengt und den Boden um sie herum getränkt.

Einst war sie hübsch gewesen.

»Sieht aus, als wäre er diesmal richtig sauer gewesen, Chief. Ein bisschen wie beim ersten Opfer.« Detective Mallory Beck machte diese Bemerkung in einem trockenen Ton, scheinbar unbeeindruckt von dem grausigen Anblick.

Rafe sah sie an und erkannte an ihren zusammengepressten Lippen und dem grimmigen Blick, was sie in Wahrheit empfand. Doch er sagte lediglich: »Irre ich mich, oder hat die hier versucht, sich zu wehren?«

Mallory zog ihr Notizbuch zurate. »Der Doc hat natürlich erst die vorläufige Untersuchung vorgenommen, aber er meint, sie hat es versucht. Abwehrverletzungen an den Händen und eine Stichwunde im Rücken – die, wie der Doc sagt, vermutlich die erste Verletzung war.«

Rafe wandte seinen Blick wieder der Leiche zu und sagte: »In den Rücken? Also hat sie versucht, sich von ihm wegzudrehen – oder wegzulaufen –, als er zum ersten Mal auf sie eingestochen hat. Und dann hat entweder er sie zu sich umgedreht, damit er sie von vorne erledigen kann, oder sie hat sich selbst umgedreht, um sich zu wehren.«

»Sieht so aus. Und das ist erst ein paar Stunden her. Bei dem hier sind wir früher gerufen worden als bei den anderen Morden. Der Doc schätzt die Todeszeit auf etwa halb sechs heute Morgen.«

»Da ist sie aber schrecklich früh auf den Beinen gewesen«, bemerkte Rafe. »Caleb öffnet seine Kanzlei in der Regel zwischen halb zehn und zehn. Sie war immer noch juristische Assistentin bei ihm, stimmt's?«

»Ja. Normalerweise ging sie so gegen neun ins Büro. Von daher war sie sehr früh auf. Was ich nicht begreife, ist, wie er sie so weit von der Straße weglocken konnte. Es sind keine Schleifspuren zu sehen, und es gibt zwei Paar Fußspuren –

wir haben übrigens sehr gute Abdrücke –, also muss sie mit ihm zusammen hierher gekommen sein. Ich bin zwar nicht der Lederstrumpf, aber von den Fußspuren her würde ich sagen, sie ist ruhig und sorglos hier entlanggegangen, sie hat sich nicht gewehrt oder gezögert.«

Rafe musste zugeben, dass der Boden hier größtenteils ausgesprochen unberührt aussah, zumal wenn man bedachte, welche Gewalt dem Opfer angetan worden war. Und nach dem Regen der vergangenen Nacht waren Spuren hier gut zu erkennen. Daher veranschaulichte dieser Tatort – wie schon der letzte – deutlich, was hier geschehen war.

Allem Anschein nach war die sechsundzwanzigjährige Tricia Kane gegen Morgengrauen auf diesem inoffiziellen Rastplatz am Rand eines normalerweise viel befahrenen zweispurigen Highways aus ihrem Wagen gestiegen und mit einem – aller Wahrscheinlichkeit nach wie auch einem FBI-Profil zufolge männlichen – Begleiter etwa fünfundvierzig Meter weit in den Wald bis zu dieser Lichtung gegangen. Und dann hatte dieser Begleiter sie ermordet. Brutal ermordet.

»Vielleicht hatte er eine Schusswaffe«, schlug Rafe vor, der laut dachte. »Oder vielleicht hat das Messer auch gereicht, um sie fügsam zu machen, bis sie hier ankamen.«

Mallory runzelte die Stirn. »Also, wenn du mich fragst – ich sage, die hat das Messer erst gesehen, als sie auf diese Lichtung kamen. In dem Augenblick, als sie es sah, hat sie versucht wegzulaufen. Und da hat er sich auf sie gestürzt.«

Rafe wusste nicht, wieso, aber seine Intuition sagte ihm das Gleiche. »Und so hat er auch die anderen beiden erledigt. Irgendwie hat er diese Frauen überredet, aus ihren Autos zu steigen und unbekümmert mit ihm in den Wald zu gehen. Clevere Frauen mit Köpfchen, die viel zu vorsichtig waren, um einen Fremden so nah an sich heranzulassen.«

»Also haben sie ihn wahrscheinlich gekannt.«

»Selbst wenn – würdest *du* einfach so aus deinem Auto steigen und mit irgendeinem Typen in den Wald spazieren?

Besonders, wenn du wüsstest, dass zwei andere Frauen vor Kurzem unter vergleichbaren Umständen gestorben sind?«

»Nein. Aber ich bin ja auch ein misstrauischer Cop.« Mallory schüttelte den Kopf. »Es ergibt trotzdem keinen Sinn. Und was ist mit den Autos? Alle drei Frauen haben ihre Autos einfach auf Rastplätzen an einigermaßen viel befahrenen Straßen stehen lassen und sind davongegangen. Und haben den Schlüssel stecken lassen, ist das zu fassen! Das macht heutzutage kaum noch jemand, auch in Kleinstädten nicht. Und wir wissen nicht, ob er schon bei ihnen war, als sie anhielten, oder ob er sie irgendwie angehalten und *dann* überredet hat, mit ihm mitzukommen. Auf dem Rastplatz selbst besteht der Boden aus festgetretener Erde und Schotter. Da sind keine nennenswerten Spuren zu finden.«

»Vielleicht hat er auch die Ted-Bundy-Masche abgezogen und einen auf hilfsbedürftig gemacht.«

»Kann sein. Allerdings würde ich auch da sagen, dass es viel besser funktioniert, wenn sie ihn kennen. Dieser Kerl bringt keine Fremden um. Ich glaube, in dem Punkt haben die Profiler Recht, Rafe.«

Seufzend sagte er: »Ja, denke ich auch. Mir ist die Vorstellung total zuwider, dass dieses Arschloch jemand hier aus der Gegend ist statt ein wahnsinniger Fremder, der nur auf der Durchreise ist, aber ich wüsste auch keine andere Erklärung dafür, wie er die Frauen dazu bringt, mit ihm zu gehen.«

»Außer er ist eine Autoritätsperson, der man normalerweise vertraut und gehorcht. Zum Beispiel ein Cop.«

»O Gott, daran solltest du nicht mal denken«, erwiderte Rafe sofort, woran Mallory erkannte, dass der Gedanke ihm auch schon gekommen war.

Sie musterte ihn unauffällig, während er finster auf die Leiche von Tricia Kane hinabblickte. Mit sechsunddreißig Jahren war er der jüngste Polizeichef, den Hastings je gehabt hatte. Doch angesichts seines soliden Werdegangs bei der Polizei, seiner Ausbildung wie auch seiner Erfahrung zweifelte niemand daran, dass Rafe Sullivan für diesen Posten qualifiziert war. Mit Ausnahme von Rafe selbst vielleicht, der offenbar nicht glaubte, wie gescheit er war.

Mallory hatte sich schon mehrfach gefragt, ob seine Neigung zu Selbstzweifeln und seine Eingebungen womöglich mit seinem Aussehen zu tun hatten. Er war nicht direkt hässlich – aber sie musste zugeben, dass das von ihm selbst gewählte Etikett »Schlägertype« es ganz gut traf. Er hatte ein hartes Gesicht und sehr schläfrige Augen mit schweren Lidern. Die Augen waren so dunkel, dass sie den Menschen häufig Unbehagen einflößten. Seine Nase war mindestens zwei Mal gebrochen, er hatte ein markantes, störrisch vorspringendes Kinn, und seine hohen Wangenknochen waren das unauslöschliche Zeichen seiner keltischen Abstammung.

Zudem war er ein sehr großer Mann, deutlich über einen Meter achtzig, und unverkennbar kräftig. Ein Mann, den man auf seiner Seite haben wollte, gleichgültig, um was es in einem Kampf ging. So verkörperte er glaubhaft den Cop, ob nun in Uniform oder in Zivil – und meistens war er in Zivil, denn für Uniformen hatte er normalerweise nichts übrig und seine eigene trug er nur selten. Doch Mallory hatte vor langer Zeit schon erkannt, dass jeder, der ihn als hirnlosen Muskelprotz einordnete oder den stereotypen beschränkten, Kaugummi kauenden Südstaaten-Cop erwartete, früher oder später sein blaues Wunder erlebte.

Wahrscheinlich früher. Dummköpfe konnte er einfach nicht leiden.

»Das sind drei Morde in knapp drei Wochen«, sagte er, die dunklen Augen immer noch auf die Leiche zu ihren Füßen gerichtet. »Und wir sind noch kein Stück näher dran, diesen Kerl zu schnappen. Im Gegenteil, jetzt haben wir ganz offiziell einen Serienmörder am Hals.«

»Denkst du, was ich denke?«

»Ich denke, es wird Zeit, dass wir Hilfe anfordern.«

Mallory seufzte. »Ja, das denke ich auch.«

Quantico

Isabel Adams sprach so beschwörend, wie es ihr nur irgend möglich war, und ihre gut eingeübte Argumentation klang verdammt eindrucksvoll, auch wenn sie sich damit selbst lobte. Doch als sie schließlich verstummte, äußerte sich Bishop nicht sofort dazu. Sie war nicht überrascht.

Er stand am Fenster und blickte hinaus. Isabel sah nur sein Profil. Aus Rücksicht darauf, dass er sich eigentlich auf FBI-Territorium befand, war er förmlicher als sonst gekleidet. Der dunkle Anzug brachte sein gutes Aussehen und seine kraftvolle Gestalt hervorragend zur Geltung. Isabel sah zu Miranda, die auf Bishops Schreibtisch saß und träge einen Fuß schwingen ließ. Sie war noch unangepasster als ihr Ehemann und nahm in jeder Hinsicht weit weniger Rücksicht auf das FBI – sie trug wie üblich Jeans und Pulli, wobei dieses legere Erscheinungsbild ihre auffallende Schönheit und die Playmate-Maße nicht verbergen konnte, deretwegen sich die Menschen überall nach ihr umdrehten.

Nun sah sie Bishop an und schien wie Isabel auf seine Antwort zu warten, doch ihre stahlblauen Augen blickten sehr aufmerksam, und Isabel wusste, die beiden kommunizierten gerade auf einer Ebene, auf der die Dinge nicht laut ausgesprochen werden mussten. Zu welcher Entscheidung Bishop auch gelangen mochte, er würde zunächst Mirandas Ansichten und Empfehlungen berücksichtigen. Auch wenn er der bei Weitem Dienstältere beim FBI und in der Spezialeinheit war, die er gegründet hatte und nunmehr leitete, zweifelte doch niemand daran, dass seine Partnerschaft mit Miranda in jeder Hinsicht gleichberechtigt war.

»Das ist keine gute Idee«, sagte er schließlich.

Isabel entgegnete: »Ich kenne sämtliche Argumente, die dagegen sprechen, dass ich gehe.«

»Tatsächlich?«

»Ich bin das ganze Material durchgegangen, das der Polizeichef uns geschickt hat, als er nach dem zweiten Mord ein

Profil angefordert hat. Ich bin sogar ins Internet gegangen und habe die Lokalzeitungen gelesen. Ich glaube, ich habe ein sehr gutes Gespür für die Stadt, für das, was da passiert.«

»Das sprichwörtliche Pulverfass, das nur auf ein Streichholz wartet«, warf Miranda ein.

Isabel nickte. »Kleinstadt am Rand einer Panik. Sie scheinen viel Vertrauen in ihre Polizei zu haben, besonders in den Polizeichef, und medizinisch und rechtsmedizinisch sind sie ziemlich gut ausgestattet. Aber seit diesem letzten Mord geraten alle schon beim kleinsten Schatten in Panik und investieren in Alarmanlagen. Und Schusswaffen.«

Sie hielt inne, dann fügte sie hinzu: »Drei Morde machen diesen Mörder in Hastings zu einem Serienmörder. Und es gibt keinerlei Anzeichen dafür, dass er aufhören will. Chief Sullivan hat das FBI gerade offiziell um Hilfe gebeten, und er bittet um mehr als nur ein aktualisiertes Profil. Bishop, ich will da runtergehen.«

Endlich wandte Bishop ihr das Gesicht zu, doch anstatt an seinen Schreibtisch zurückzukehren, lehnte er sich gegen das hoch angebrachte Fensterbrett. Die Narbe auf seiner linken Wange trat nun deutlich hervor und war sehr weiß. Isabel war lange genug bei der Spezialeinheit, um daran zu erkennen, dass er beunruhigt war.

»Ich weiß, um was ich hier bitte«, sagte sie leiser, als sie sonst vielleicht gesprochen hätte.

Bishop warf Miranda einen Blick zu. Die sah sofort zu Isabel und sagte: »Alles deutet darauf hin, dass er zu der Sorte Mörder gehört, mit der die örtlichen Polizeibehörden mit sehr wenig Hilfe von außen fertig werden – vielleicht brauchen sie ein bisschen mehr Personal für die Befragungen. Aber diese Bestie wird man mit Insiderwissen schnappen, nicht mit Fachkenntnissen von außen. Das Profil stuft ihn als nichts Besonderes ein. Er ist ein Einheimischer, er ermordet einheimische Frauen, die er kennt, und früher oder später muss er einen Fehler machen.«

»Aber das war kein Profil der SCU«, betonte Isabel. »Niemand von uns hat es erstellt.«

»Die Special Crimes Unit kann nicht sämtliche angeforderten Profile erstellen«, erinnerte Bishop sie geduldig. »Wir haben kaum genug Personal für die Fälle, die uns zugewiesen werden.«

»Wir haben diese Anfrage nicht erhalten, weil der Mörder scheinbar so normal ist, das ist mir schon klar. In diesem Land sind jederzeit etwa hundert Serienmörder aktiv, und er ist einer davon. Da war nichts, was darauf hingewiesen hätte, dass unsere besonderen Ermittlungsfähigkeiten gefragt sind. Aber ich sage euch – an dem Fall ist mehr dran, als das offizielle Profil erfasst hat. Viel mehr.« Sie hielt inne, dann fügte sie hinzu: »Ich bitte euch doch nur, euch das Material einmal selbst anzusehen, beide. Und dann sagt mir, dass ich Unrecht habe.«

Bishop wechselte einen weiteren Blick mit Miranda, dann meinte er: »Und wenn du Recht hast? Isabel, selbst wenn die SCU diese Ermittlungen übernimmt, bist du unter den gegebenen Umständen die letzte Agentin, die ich da runterschicken würde.«

Isabel lächelte. »Und deshalb muss ich die Agentin sein, die du hinschickst. Ich hole die Akte.«

Sie ging, ohne eine Antwort abzuwarten, und als Bishop an seinen Schreibtisch zurückkehrte und sich setzte, murrte er: »Gottverdammt.«

»Sie hat Recht«, sagte Miranda. »Zumindest, was die Frage angeht, wer da runtergeht.«

»Ja. Ich weiß.«

Wir können sie nicht beschützen.

Nein. Aber wenn es das ist, wofür ich es halte ... dann wird sie Hilfe brauchen.

»Dann«, sagte Miranda gelassen, »werden wir dafür sorgen, dass sie Hilfe bekommt. Ob es ihr nun gefallen mag oder nicht.«

Donnerstag, 12. Juni, 14.00 Uhr

»Chief, willst du damit sagen, wir *haben* hier gar keinen Serienmörder?« Alan Moore, Reporter des *Chronicle* in Hastings, beherrschte die Kunst, so zu sprechen, dass die Stimme weit trug, ohne dass man schrie. Seine Frage schnitt durch das Getöse in dem überfüllten Raum und brachte alle anderen zum Schweigen. Mehr als dreißig Augenpaare richteten sich erwartungsvoll auf Rafe.

Der seinen Freund aus Kindertagen mit Vergnügen erwürgt hätte. Dennoch erwiderte Rafe ohne besondere Modulation in der Stimme: »Wir wissen noch nicht, was wir hier haben, abgesehen von drei ermordeten Frauen. Und deshalb bitte ich Sie, meine Damen und Herren von der Presse, die verständliche Sorge unserer Bürger nicht noch unnötig zu verstärken.«

»Findest du nicht, dass sie in dieser Situation allen Grund zur Sorge haben?« Alan blickte sich im Raum um, um sich zu vergewissern, dass er die Aufmerksamkeit aller hatte. Dann fügte er hinzu: »Hey, ich bin blond, und selbst ich bin nervös. Wenn ich eine blonde *Frau* zwischen zwanzig und dreißig wäre, würde ich ausflippen vor Angst.«

»Wenn du eine blonde Frau zwischen zwanzig und dreißig wärst, würden wir alle ausflippen«, erwiderte Rafe trocken. Er wartete, bis das Gelächter abebbte, wobei ihm völlig bewusst war, dass die Leute ebenso sehr aus Nervosität wie aus Belustigung lachten. Er war gut darin, dieser Stadt den Puls zu fühlen, doch man benötigte keine besonderen Fähigkeiten, um die Spannung hier im Raum zu spüren. In der ganzen Stadt.

Alle hatten Angst.

»Sieh mal«, sagte er. »Ich weiß wohl, dass die Frauen in Hastings beunruhigt sind – ob sie nun blond, brünett, rothaarig oder irgendwas dazwischen sind –, und ich kann's ihnen nicht verdenken. Ich weiß, dass ihre Männer beunruhigt sind. Aber ich weiß auch, dass unkontrollierte Spekulationen in der Zeitung, im Radio und in anderen Medien nur einer Panik Vorschub leisten würden.«

»Unkontrolliert?«

»Jetzt komm mir nicht mit Zensur, Alan. Ich sage dir ja nicht, was du drucken sollst. Oder was du nicht drucken sollst. Ich bitte dich, verantwortungsvoll zu handeln. Ob man die Leute warnt, sie sollen vorsichtig sein, oder in einem vollen Theater Feuer ruft – dazwischen liegt nur ein schmaler Grat.«

»Haben wir es mit einem Serienmörder zu tun?«, beharrte Alan. Rafe zögerte nicht. »Wir haben drei Morde, die unserer Meinung nach von derselben Person begangen wurden. Die Kriterien für einen Serienmörder sind also erfüllt.«

»Mit anderen Worten, wir haben hier in Hastings einen Irren«, murmelte eine Frau, die er nicht kannte, gerade laut genug, dass man sie hören konnte.

Auch darauf antwortete Rafe, immer noch ruhig: »Der Definition nach gilt ein Serienmörder im herkömmlichen, wenn nicht im klinischen Sinne als geistesgestört, ja. Das bedeutet nicht, dass er sich erkennbar von Ihnen oder von mir unterscheidet. Und sie haben nur selten Hörner oder Hufe.«

Die Journalistin, die die Bemerkung über den Irren gemacht hatte, verzog das Gesicht. »Okay, es ist angekommen. Niemand ist über jeden Verdacht erhaben, und jetzt flippen wir alle aus.« Sie war blond.

»Lassen Sie uns alle vorsichtig sein, aber nicht ausflippen«, berichtigte sie Rafe. »Logischerweise raten wir allen blonden Frauen zwischen Mitte und Ende zwanzig, besonders vorsichtig zu sein, aber wir können nicht mit Sicherheit sagen, ob Alter und Haarfarbe wirklich eine Rolle spielen oder einfach nur Zufall waren.«

»Ich bin ja dafür, dass wir vorsichtshalber davon ausgehen«, schlug sie sarkastisch vor.

»Und ich kann's Ihnen nicht verdenken. Behalten Sie bitte nur im Hinterkopf, dass wir zu diesem Zeitpunkt nur sehr wenig genau wissen – außer dass wir in Hastings ernste Schwierigkeiten haben. So, und da die Polizeibehörde einer Kleinstadt kaum über die Ausbildung und die Ausstattung verfügt, die man für die Aufklärung solcher Verbrechen benötigt, haben wir das FBI um Mitwirkung gebeten.«

»Haben die ein Profil erstellt?« Die Frage stammte von Paige Gilbert, einer Reporterin bei einem der lokalen Radiosender. Sie war energischer und sachlicher, als einige der anderen Frauen im Raum gewesen waren, nicht so deutlich sichtbar nervös – wahrscheinlich, weil sie brünett war.

»Ein vorläufiges. Und bevor du fragst, Alan, die Einzelheiten dieses Profils geben wir erst dann heraus, wenn dieses Wissen unseren Bürgern hilft. In diesem Stadium der Ermittlungen können wir ihnen nur raten, vernünftige Vorsichtsmaßnahmen zu ergreifen.«

»Das ist nicht viel, Rafe«, beschwerte sich Alan.

»Es ist alles, was wir haben. Im Augenblick.«

»Und was bringt das FBI mit?«

»Fachwissen: Die Special Crimes Unit schickt Agenten, die dafür ausgebildet sind, Serienmörder aufzuspüren und zu fassen, und Erfahrung darin haben. Informationen: Wir werden Zugang zu FBI-Datenbanken haben. Technische Unterstützung: Mediziner und kriminaltechnische Experten, die das Beweismaterial, das wir sammeln, sichten und auswerten.«

»Wer wird die Ermittlungen leiten?«, fragte Alan. »Übernimmt das FBI nicht normalerweise die Leitung?«

»Ich werde die Ermittlungen weiterhin leiten. Die Rolle des FBI beschränkt sich auf Hilfe und Unterstützung, mehr nicht. Ich will also keinen Bockmist über FBI-Agenten lesen oder hören, die sich über bundesstaatliches Recht hinwegsetzen, Alan. Klar?« Alan verzog das Gesicht. Er war ein guter Journalist und normalerweise fair und unparteiisch, doch auf staatliche »Einmischung«, insbesondere auf Bundesebene, reagierte er allergisch und protestierte lautstark, wann immer er eine solche Einmischung argwöhnte.

Rafe beantwortete einige weitere Fragen der versammelten Journalisten. Eher resigniert als überrascht nahm er zur Kenntnis, dass mehrere Reporter von Fernsehsendern im nahe gelegenen Columbia anwesend waren. Wenn jetzt schon im ganzen Bundesstaat im großen Stil über die Ermittlungen berichtet wurde, war es nur eine Frage der Zeit, bis die nationalen Medien das Thema aufgriffen.

Großartig. Einfach großartig. Das Letzte, was er wollte, war, dass die nationale Presse ihm über die Schulter sah und an jeder seiner Entscheidungen herumkrittelte.

Alan war schon schlimm genug.

»Chief, glauben Sie, der Killer ist ein Einheimischer?«

»Chief, gibt es noch mehr, das die Opfer verbindet?«

»Chief ...«

Er beantwortete ihre Fragen beinahe automatisch und setzte dabei, wann immer er konnte, verschiedene Versionen von »kein Kommentar« oder »darüber haben wir keine zuverlässigen Informationen« ein. Zwar hatte er die Pressekonferenz selbst einberufen, doch nicht, weil er einen echten Fortschritt zu vermelden gehabt hätte, sondern weil er Wind davon bekommen hatte, dass ziemlich wilde Spekulationen im Umlauf waren. Er hoffte, das Schlimmste abzufangen, ehe es in die Presse oder die anderen Medien gelangte.

Während er die Fragen der Journalisten beantwortete, konzentrierte er sich auf die Menge vor ihm. Doch plötzlich spürte er eine eigenartige Veränderung im Raum, als ob die Luft frischer geworden wäre. Gereinigt. Es war ein verrücktes Gefühl, als würde man aus einem Traum erwachen und denken: *Oh, das war gar nicht real. Das hier ist real.*

Aus dem Augenwinkel sah er eine Bewegung und es gelang ihm, den Kopf unauffällig gerade so weit zu drehen, dass den Journalisten diese plötzliche Verlagerung seiner Aufmerksamkeit nicht auffiel.

Dennoch war er überrascht, dass außer ihm niemand ihr Eintreten bemerkt zu haben schien, auch wenn sie den Raum von dem Korridor aus betreten hatte, der hinter der Journalistenschar lag. Rafe bezweifelte, dass sie oft unbeachtet blieb. Er sah, wie sie kurz anhielt und mit einem seiner Männer sprach, wobei sie offenbar ein Ausweisetui vorzeigte. Travis war sichtlich überrascht und geriet bei seiner Erwiderung zweifellos ins Stottern. Dann ging sie an ihm vorbei und stellte sich in die Nähe der Tür. Sie ließ ihre Blicke über die Journalistenmenge und das Durcheinander ihrer Kameras schweifen, und um ihren Mund spielte ein Lächeln, das nicht so sehr belustigt als vielmehr wehmütig war. Sie war leger und passend zum Wetter in Jeans und ein ärmelloses Top gekleidet, das Haar trug sie in einem ordentlichen Pferdeschwanz. Sie hätte leicht eine Journalistin sein können.

Doch das war sie nicht. Als ihr Blick quer durch den überfüllten Raum flüchtig seinem begegnete, verspürte Rafe unvermittelt eine Gewissheit, die ihm durch und durch ging.

Nein. Das Universum konnte ihn nicht so sehr hassen.

»Chief, könnten Sie ...«

Schroff fiel er dem Fragenden ins Wort. »Ich danke Ihnen allen, dass Sie gekommen sind. Wenn es neue Entwicklungen gibt, wird man Sie benachrichtigen. Auf Wiedersehen.«

Er verließ das Podium und ging geradewegs durch die Menge auf die andere Seite des Raums, wobei er alle Fragen ignorierte, die man ihm unterwegs zuwarf. Als er sie erreichte, sagte er kurz und knapp: »Mein Büro liegt auf der anderen Straßenseite.«

»Gehen Sie vor, Chief.« Ihre Stimme war so außergewöhnlich wie ihre Erscheinung, eine dieser rauchigen heiseren Schlafzimmerstimmen, die ein Mann erwartet, wenn er eine Telefonsexnummer anruft.

Rafe vergeudete keine Zeit, sondern ging ihr voran an seinem Mitarbeiter vorbei, der sie immer noch anstierte, und sagte lediglich: »Travis, sorgen Sie dafür, dass auf dem Weg hinaus keiner den Bürgermeister belästigt.«

»Klar. Okay. Geht in Ordnung, Chief.«

Rafe wollte ihn schon fragen, ob er noch nie eine Frau gesehen hätte, doch das hätte nur zu wirrem Gestotter oder langatmigen Erklärungen geführt, die auf die Antwort: »Keine wie diese« hinausgelaufen wären. Also sparte er sich die Mühe.

Er schwieg weiterhin, als sie das Rathaus verließen und über die Straße zum Polizeirevier gingen. Allerdings fiel ihm auf, dass die Frau groß war – mit flachen Sandalen war sie nicht viel kleiner als er, somit musste sie etwa einen Meter achtundsiebzig sein.

Und ihre Fußnägel waren rot lackiert.

Die meisten seiner Leute waren auf Streife, daher war nicht viel Betrieb im Revier. Mallory war der einzige Detective im Großraumbüro. Zwar sah sie neugierig auf, als sie an ihr vorbeigingen, doch sie telefonierte, und Rafe blieb nicht stehen, sondern grüßte sie nur mit einem Nicken.

Sein Büro ging auf die Main Street hinaus, und als er um seinen Schreibtisch herumging, musste er sich einfach mit einem raschen Blick hinaus vergewissern, dass die Journalisten das Rathaus verlassen hatten. Die meisten standen immer noch in Grüppchen vor dem Gebäude. Manche nahmen offensichtlich Kurzbeiträge für die Abendnachrichten auf, andere sprachen miteinander – sie stellten Spekulationen an, das war ihm klar. Er hatte gehofft, dass die Leute in Hastings die Ruhe bewahren würden, doch das ließ nichts Gutes ahnen.

Als er sich setzte, fiel ein Ausweisetui auf seine Schreibtischunterlage. Seine Besucherin ließ sich auf einem der Stühle vor seinem Schreibtisch nieder.

»Isabel Adams«, sagte sie. »Nennen Sie mich bitte Isabel. Bei uns geht es ziemlich ungezwungen zu. Freut mich, Sie kennen zu lernen, Chief Sullivan.«

Er nahm das Etui, studierte den Ausweis und die FBI-Marke darin, dann klappte er es zu und schob es ihr über den Schreibtisch hin. »Rafe. Ihr Boss hat das Profil gesehen, ja?«, lautete seine knappe Erwiderung.

»Mein Boss«, antwortete sie, »hat das Profil geschrieben. Das aktualisierte Profil, das ich mitgebracht habe. Warum?«

»Sie wissen verdammt gut, warum. Hat er den Verstand verloren, dass er ausgerechnet Sie hier runterschickt?«

»Es ist schon vorgekommen, dass man Bishop als verrückt bezeichnet hat«, entgegnete sie immer noch freundlich, beinahe unbekümmert. Falls seine Verärgerung sie beunruhigte, sah man es nicht. »Aber das waren Menschen, die ihn nicht kannten. Er ist der geistig gesündeste Mann, den ich kenne.«

Rafe lehnte sich zurück und starrte über den Schreibtisch hinweg die Agentin an, die das FBI ihm geschickt hatte, damit sie ihm half, den Mörder aufzuspüren und zu fassen. Sie war sehr schön. Atemberaubend, anbetungswürdig, wunderschön. Makellose Haut, feine Gesichtszüge, überwältigende grüne Augen und die Art üppiger Formen, die die meisten Männer nur in ihren Träumen zu finden hoffen durften.

Oder in ihren Albträumen.

In Rafes Albträumen.

Denn Isabel Adams war noch etwas.

Sie war blond.

Die Stimmen verursachten ihm hämmernde Kopfschmerzen. Das war noch etwas, woran er sich allmählich gewöhnte. Es gelang ihm, unauffällig eine Hand voll Aspirin zu schlucken, doch er wusste aus Erfahrung, dass er den Schmerz damit nur ein wenig lindern konnte.

Es würde genügen müssen. Es musste einfach genügen.

Er war immer noch erschöpft von seinen Aktivitäten am frühen Morgen, doch es gelang ihm, seine Arbeit wie immer zu erledigen, mit den Leuten zu reden, als wäre nichts Ungewöhnliches geschehen. Niemand erriet etwas, da war er sicher. Er war mittlerweile sehr gut darin, dafür zu sorgen, dass niemand etwas Ungewöhnliches bemerkte.

Du glaubst, die sehen das alle nicht? Die wissen das alle nicht?

Das war die höhnische Stimme, die tonangebende, diejenige, die er am meisten hasste und am häufigsten hörte. Er ignorierte sie. Das fiel leichter jetzt, wo er erschöpft war und sich selbst eigenartig distanziert betrachtete, wo ihm nichts anderes zu tun blieb, als auf seine nächste Gelegenheit zu warten.

Sie wissen, wer du bist. Sie wissen, was du getan hast.

Das war nicht so leicht zu ignorieren, aber es gelang ihm. Er ging seiner Arbeit nach und hörte, wann immer er konnte, dem nervösen Klatsch und Tratsch der Leute zu. Natürlich sprachen alle über dasselbe. Über die Morde.

Neuerdings sprach niemand mehr von etwas anderem.

Er erfuhr nicht viel, was er nicht bereits gewusst hätte, doch die Spekulationen waren amüsant. Es gab Theorien in Hülle und Fülle zu der Frage, warum der Mörder es auf Blondinen abgesehen hatte.

Hass auf seine Mutter, du liebe Güte.

Zurückweisung seitens einer blonden Freundin.

Diese Trottel.

Der Apotheker in der Innenstadt hatte ihm erzählt, es herrsche stürmische Nachfrage nach Haarfärbemitteln. Frauen, die sich die Haare blondiert hatten, würden nun zu ihren natürlichen Haarfarben zurückkehren.

Er fragte sich, ob die Naturblonden daran dachten, sich die Haare zu färben, hielt es jedoch für unwahrscheinlich. Sie mochten die Wirkung, die sie damit auf Männer hatten, sie mochten es, dass die Männer sie beobachteten. Das gab ihnen ein Gefühl von Macht, von ... Überlegenheit.

Keine von ihnen konnte sich vorstellen, deswegen sterben zu müssen.

Das fand er lustig.

Das fand er ungemein lustig.

2

Rafe sagte: »Bitte sagen Sie jetzt nicht, der Plan sei im Grunde, dass Sie der Lockvogel sind.«
»Ach, ich bin wahrscheinlich zu alt, um ihn zu locken.«
»Wenn Sie über dreißig sind, fresse ich einen Besen.«
»Möchten Sie Salz und Pfeffer?«
Rafe starrte sie an, und sie gluckste.
»Ich bin einunddreißig. Und nein, das ist nicht der Plan. Ich tue ja viel für König und Vaterland, aber ich bin nicht lebensmüde.«
»Haben Sie diesem Bishop vielleicht ans Bein gepinkelt?«
»In letzter Zeit nicht.«
»Hat sich das Profil geändert?«
»Nicht soweit es die Zwangsvorstellungen dieser Bestie betrifft. Der Kerl ist immer noch hinter weißen Frauen mit blonden Haaren her, und er wird wahrscheinlich im Altersrahmen zwischen fünfundzwanzig und fünfunddreißig bleiben. Offenbar mag er sie clever und mit Köpfchen und außerdem stark – eine interessante Variation des Klischees vom hilflosen dummen Blondchen als Opfer.«
Rafe murmelte etwas Lästerliches.
Isabel ignorierte das und fuhr energisch und nunmehr absolut geschäftsmäßig fort: »Er ist jemand, den sie kennen oder offensichtlich zumindest jemand, von dem sie glauben, dass sie ihm trauen können. Möglicherweise eine Autoritätsperson, vielleicht sogar ein Cop – oder jemand, der sich dafür ausgibt. Er ist kräftig, aber man sieht es ihm nicht unbedingt an. Vielleicht sieht er sogar unmännlich aus.«
»Warum unmännlich?« Mit verengten Augen hörte Rafe ihr aufmerksam zu.

»Diese Frauen wurden brutal ermordet, mit einer Bösartigkeit, die darauf hindeutet, dass er sowohl Frauen hasst, als auch Probleme mit seiner eigenen Sexualität hat. Bei allen Dreien handelt es sich um Sexualverbrechen – tiefe penetrierende Wunden in Brüsten und Genitalien sind klassische Anzeichen für eine sexuelle Obsession –, und trotzdem wurde keine der Frauen vergewaltigt. Das wird übrigens die nächste Eskalationsstufe sein – vergewaltigen und töten.«

»Und wenn er impotent ist? Das sind solche Mörder doch häufig.«

Isabel antwortete, ohne zu zögern. »Richtig. In diesem Fall Vergewaltigung mit einem Gegenstand, möglicherweise sogar mit der Mordwaffe. Und zwar nach ihrem Tod. Er will nicht, dass sein Opfer sein etwaiges sexuelles Versagen sieht. Wahrscheinlich wird er sogar ihr Gesicht bedecken, auch nachdem er sie umgebracht hat noch.«

»Also ist er auch noch nekrophil.«

»Die ganze widerliche Trickkiste, ja. Und die Sache wird weiter eskalieren, verlassen Sie sich darauf. Jetzt hat er Geschmack daran gefunden. Er genießt es. Und er fühlt sich unverwundbar, vielleicht sogar unbesiegbar. Kann auch sein, dass er anfängt, uns – die Polizei – irgendwie zu verspotten.«

Darüber dachte Rafe einen Moment nach. Dann fragte er: »Warum Blondinen?«

»Das wissen wir nicht. Noch nicht. Aber es ist gut möglich, dass sein erstes Opfer – Jamie Brower, richtig?«

»Richtig.«

»Achtundzwanzigjährige Immobilienmaklerin. Möglicherweise war etwas an ihr der Auslöser. Vielleicht etwas, was sie ihm angetan hat. Irgendeine emotionale oder seelische Zurückweisung. Oder etwas, das er gesehen hat, ein Gefühl, das sie ihm eingegeben hat, egal, ob ihr klar war, was sie da tat, oder nicht. Wir vermuten, er hat sie bewusst ausgewählt, sie war nicht einfach irgendeine Blondine.«

»Weil sie das erste Opfer war?«

»Ja, und wegen der zügellosen Brutalität des Übergriffs. Den Fotos vom Tatort und dem Bericht des Gerichtsmediziners nach zu urteilen, den Sie uns geschickt haben, war sie von Stichwunden geradezu durchlöchert.«

»Ja.« Bei dem Gedanken daran presste Rafe die Lippen zusammen.

»Die Wunden waren ausgefranst und wiesen verschiedene Wundwinkel auf, aber praktisch alle waren so tief, dass der Messergriff Prellungen und Abdrücke auf der Haut hinterlassen hat. Er war rasend vor Wut, als er sie ermordet hat. Beim zweiten und dritten Opfer konzentrieren sich bis auf ein paar kleinere Abwehrverletzungen die meisten Wunden auf die Bereiche Brust und Genitalien. Jamie Brower dagegen hatte Verletzungen im Gesicht und Wunden vom Hals bis zu den unteren Oberschenkeln.«

»Es war ein Blutbad.«

»Ja. Eine solche Heftigkeit bedeutet normalerweise Hass, einen ganz spezifischen, persönlichen Hass. Er wollte *sie* töten. Nicht nur eine Blondine, nicht nur eine Verkörperung seiner Tötungsfantasie. Sie. Wir meinen, wenn wir uns in den Ermittlungen auf Leben und Tod der Jamie Brower konzentrieren, werden wir wahrscheinlich auf Beweismaterial oder Fakten stoßen, die uns helfen, ihren Mörder zu identifizieren.«

»Wie, auf sie konzentrieren? Wir haben alle ihre Aktivitäten in der Woche vor ihrem Tod dokumentiert.«

»Wir werden noch weiter zurückgehen müssen. Monate, vielleicht sogar Jahre. Der Druck hat sich über einen längeren Zeitraum hinweg in ihm aufgebaut, bevor er aktiv geworden ist, und in dieser Zeit haben sich ihre Wege gekreuzt.«

»Wenn sie der Auslöser war.«

Isabel nickte. »Wenn sie der Auslöser war.«

»Und wenn nicht?«

Isabel zuckte mit den Achseln. »Dann ist es immer noch

ein erfolgversprechender, vielleicht sogar entscheidender Ermittlungsansatz, zu wissen, wer das Opfer war. Wer sie alle waren. Solange wir die Frauen nicht verstehen, die er umbringt, werden wir auch ihn nicht verstehen. Die Frauen verbindet mehr als nur ihr Aussehen.«

»Sie waren alle beruflich ungewöhnlich erfolgreich«, sagte Rafe. Er musste nicht erst in den Akten oder in seinen Notizen nachschlagen. »Das Unternehmen, für das Jamie gearbeitet hat, war in den letzten drei Jahren das führende Maklerbüro. Allison Carroll war sowohl hier als auch im gesamten Bundesstaat als ausgezeichnete Lehrerin anerkannt. Und Tricia Kane hatte nicht nur einen guten Job als juristische Assistentin bei einem unserer erfolgreichsten Anwälte, sondern war auch eine talentierte Künstlerin, die allmählich regional bekannt wurde.«

»Vielleicht war es ebenso sehr die öffentliche Anerkennung ihrer Fähigkeiten wie auch ihr Erfolg, was sein Interesse erregt hat«, grübelte Isabel. »Sie standen im Rampenlicht, wurden wegen ihrer Leistungen gelobt. Vielleicht ist es das, was er mag. Oder nicht mag.«

»Sie meinen, er bestraft sie vielleicht für ihren Erfolg?«

»Es ist eine Möglichkeit. Eine weitere Möglichkeit wäre, dass er von ihrem Erfolg angezogen wurde und sie ihn zurückgewiesen haben, als er sein Interesse bekundete.«

»Männer werden ständig zurückgewiesen. Deshalb werden sie nicht zum Schlächter.«

»Nein. Die große Mehrheit nicht. Und das ist gut so, meinen Sie nicht auch?«

Rafe runzelte leicht die Stirn, doch sie fuhr fort, ehe er dazu etwas bemerken konnte.

»Es bedeutet, dass dieser spezielle Mann ernsthafte, tief sitzende emotionale und psychische Probleme hat, die offenbar latent waren oder zumindest hier in Hastings bis vor etwa drei Wochen verborgen blieben.«

»Daher der Auslöser.«

Isabel nickte. »Daran besteht kein Zweifel, jedenfalls nicht unsererseits. Irgendetwas ist *passiert*. Ihm, in seinem Leben. Eine Veränderung. Ob es ein reales Ereignis war oder nur eine paranoide Wahnvorstellung von ihm, bleibt abzuwarten. Aber irgendetwas hat das bei ihm ausgelöst. Etwas Maßgebliches.«

Rafe sah auf die Uhr und fragte sich, ob genug Zeit bliebe, um an diesem Tag noch alle drei Tatorte zu besichtigen.

»Mit den Tatorten zu beginnen«, sagte Isabel, »wäre wahrscheinlich die beste Vorgehensweise. Ich habe es mir auf der Karte angesehen, sie liegen alle in einem Radius von fünf Meilen. Und es sind noch mehrere Stunden bis Sonnenuntergang, wir haben also Zeit.«

»Wo ist Ihr Partner?«, fragte Rafe. »Man hat mir gesagt, Sie würden mindestens zu zweit sein.«

»Sie richtet sich hier ein. Spaziert durch die Stadt, versucht, ein Gespür für Hastings zu entwickeln.«

»Bitte sagen Sie mir, dass sie nicht blond ist.«

»Ist sie nicht.« Isabel lächelte. »Aber ich kann Ihnen gleich sagen, dass sie dem herkömmlichen Klischee vom FBI-ler im steifen Anzug genauso wenig entspricht wie ich. Die Special Crimes Unit ist eine ungewöhnliche Einheit innerhalb des FBI. Die wenigsten von uns halten sich an irgendeine Kleiderordnung, außer wir befinden uns wirklich auf dem Gelände des FBI. Zwanglosigkeit und Understatement sind quasi unsere Parolen.«

Rafe musterte sie, verkniff sich aber jeden Kommentar. »Und kreuzen Sie immer unbewaffnet auf?«

»Wer sagt denn, dass ich unbewaffnet bin?« Sie hob einen Arm und wackelte mit den Fingern. Ihre sorgfältig rot lackierten Nägel taugten allerdings kaum zum Understatement. Als Rafe den schwach spöttischen Unterton in ihrer Stimme hörte, seufzte er und sagte: »Lassen Sie mich raten – asiatische Kampfsportarten?«

»Ich habe eine Ausbildung darin.« – »Schwarzer Gürtel?«

»Mit zwölf.« Sie lächelte erneut. »Aber wenn Sie sich dann besser fühlen – ich trage auch ein Halfter an der Wade – das ist normalerweise meine Reserve, weil meine Dienstautomatik in einem Gürtelhalfter getragen wird. Unsere Einheit verstößt nicht gegen alle Vorschriften, nur gegen manche. Man erwartet von uns, dass wir im Dienst immer bewaffnet sind. Aber ich wollte mich ein bisschen in der Stadt umsehen, da wäre eine so offen sichtbare Waffe doch zu auffällig gewesen, fand ich.«

Rafe war bereits aufgefallen, dass ihre Jeans von der Taille bis zu den Knien sehr eng saß, deshalb konnte er sich nicht verkneifen, sie zu fragen: »Kommen Sie im Ernstfall denn auch schnell genug dran an diese Waffe?«

»Sie würden sich wundern.«

Er hätte ihr am liebsten gesagt, dass er nicht wusste, wie viele Überraschungen er noch ertragen konnte, doch dann meinte er lediglich: »Wir haben ein Besprechungszimmer als Operationsbasis eingerichtet, dort befinden sich sämtliche Berichte, Beweismaterialien und Aussagen. Zwei gute Computer mit Hochgeschwindigkeits-Internetzugang und reichlich Telefone. Standardzubehör. Was sonst noch gebraucht wird, besorge ich.«

»In einer solchen Situation sagen die Stadtväter normalerweise, zum Teufel mit dem Budget.«

»Das haben sie mehr oder weniger getan.«

»Trotzdem, letztlich wird es auf elementare Polizeiarbeit hinauslaufen, das wissen wir beide, deshalb wird es eher um Überstunden gehen als um irgendetwas Ausgefallenes. Was die Tatorte angeht, auf die würde ich wirklich gerne heute noch einen Blick werfen. Und es wäre hilfreich, wenn diesmal nur Sie und ich allein dort wären. Je weniger Leute um mich herum sind, wenn ich einen Tatort untersuche, desto besser.«

»Weniger Ablenkung?«

»Genau.«

»Die Tatorte sind immer noch abgesperrt«, sagte Rafe, »aber ich würde meine Pension darauf verwetten, dass mindestens ein Dutzend Kinder allen Warnungen zum Trotz drübergetrampelt sind. Oder vielleicht gerade deswegen.«

»Ja, Kinder sind neugierig auf Verbrechensschauplätze, das war also zu erwarten.«

Rafe war selbst mehr als nur ein wenig neugierig. »Es hat geregnet, seit wir am Montag Tricia Kanes Leiche gefunden haben. Was, glauben Sie, können Sie da finden?«

»Es ist unwahrscheinlich, dass ich etwas finde, was Sie und Ihre Leute übersehen haben«, erwiderte Isabel. Das war kein Kompliment, sondern eine in sachlichem Ton gehaltene Würdigung der Tatsache. »Ich möchte nur ein Gefühl für die Tatorte bekommen, ein Gespür. Wenn man nur Fotos und Diagramme hat, ist das schwierig.«

Das klang logisch. Rafe nickte, stand auf und fragte: »Was ist mit Ihrer Partnerin?«

»Vielleicht sieht sie sich die Tatorte später an«, erwiderte Isabel und stand ebenfalls auf. »Vielleicht auch nicht. Wir gehen die Dinge unterschiedlich an.«

»Wahrscheinlich lässt Ihr Boss Sie deshalb zusammenarbeiten.«

»Ja«, sagte Isabel. »Wahrscheinlich.«

Caleb Powell war kein glücklicher Mann. Er hatte nicht nur seine tüchtige Assistentin verloren, sondern auch eine Freundin. Zwischen ihm und Tricia hatte es nie auch nur ansatzweise gefunkt, zumal sie vom Alter her beinahe seine Tochter hätte sein können, doch von ihrem ersten Arbeitstag an, knapp zwei Jahre zuvor, hatten Zuneigung und Respekt zwischen ihnen geherrscht.

Er vermisste sie. Er vermisste sie sehr.

Da zudem die Aushilfskraft, die er kurzfristig eingestellt hatte, Tricias Ablagesystem immer noch nicht begriffen hatte – und immer wieder mit diesbezüglichen Fragen zu ihm kam –, war das Büro im Augenblick nicht gerade sein beliebtester Aufenthaltsort. All dies erklärte, warum er nun im Café in der Innenstadt saß, einen Iced Caffè Mocha trank und durchs vordere Fenster grimmig auf die Medienleute starrte, die sich noch immer auf der anderen Straßenseite beim Rathaus tummelten.

»Geier«, murrte er.

»Das ist ihr Job.«

Er sah zu der Frau am Nebentisch, kaum überrascht, dass sie auf seine Bemerkung reagiert hatte, denn in Kleinstädten taten die Leute so etwas. Besonders wenn das Lokal gerade nur zwei Gäste beherbergte. Er kannte sie nicht, doch auch das wunderte ihn nicht. *So* klein war Hastings auch wieder nicht.

»Ihr Job hört da auf, wo sie die Grenze zwischen Informieren der Öffentlichkeit und Aufbauschen einer Tragödie zu einer Sensationsmeldung überschreiten.«

»In einer perfekten Welt«, stimmte sie ihm zu. »Aber als ich das letzte Mal nachgesehen habe, lebten wir noch nicht in einer perfekten Welt.«

»Nein, das ist wohl richtig.«

»Also müssen wir uns mit dem Unvollkommenen herumschlagen.« Sie lächelte schwach. »Ich habe sogar mal gehört, dass die Welt ohne Rechtsanwälte besser dran wäre, Mr Powell.«

Nunmehr ein wenig argwöhnisch sagte er: »Sie sind mir gegenüber im Vorteil.«

»Entschuldigung. Ich bin Hollis Templeton. Ich bin beim FBI.«

Das überraschte ihn dann doch.

Diese attraktive Brünette mit der kurzen unkomplizierten Frisur und den verstörend hellen blauen Augen sah ganz und gar nicht wie eine zähe FBI-Agentin aus. Sie war schlank, beinahe dünn, und trug eine leichte Sommerbluse und einen geblümten Rock – ihre Kleidung glich auf unheimliche Weise der, die Tricia angeblich an dem Tag getragen hatte, an dem sie ermordet worden war.

Seine Zweifel mussten ihm wohl deutlich anzusehen gewesen sein, denn mit einem weiteren feinen Lächeln zog sie ein kleines Ausweisetui aus der Handtasche und reichte es ihm.

Er hatte schon früher FBI-Ausweise gesehen. Dieser war echt. Hollis Templeton war *Special Investigator*, eine Sonderermittlerin des FBI.

Er gab ihr das Etui zurück. »Also ist das hier keine zufällige Begegnung«, sagte er.

»Ehrlich gesagt, doch.« Sie zuckte mit den Achseln. »Es ist höllisch heiß da draußen, ich wollte hier einfach einen Eiskaffee trinken. Und das Spektakel auf der anderen Straßenseite beobachten. Allerdings habe ich Sie erkannt. Ihr Foto war am Dienstag, nachdem Tricia Kane ermordet worden war, in der örtlichen Tageszeitung.«

»Wie Sie bemerkt haben, bin ich Rechtsanwalt, Agent Templeton. Ich habe für Stegreifbefragungen durch FBI-Angehörige nicht viel übrig.«

»Aber Sie wollen doch herausfinden, wer Tricia ermordet hat.«

Wie ihm auffiel, leugnete sie nicht, dass es sich um eine Befragung handelte. »Für die typischen Polizeitaktiken und Befragungsmethoden, die mich zu unüberlegten Äußerungen gegenüber einer Polizistin *ermuntern* sollen, habe ich ebenso wenig übrig.«

»Überlegen Sie, so lange Sie wollen. Wenn schon ein Anwalt nicht weiß, wie viel er ... unbesorgt ... preisgeben kann, wer dann?«

»Ich glaube, das empfinde ich als ein wenig beleidigend, Agent Templeton.«

»Und ich finde Sie furchtbar empfindlich für einen Mann, der nichts zu verbergen hat, Mr Powell. Gerade Sie müssten doch wissen, wie es läuft. Wir werden mit jedem sprechen, der Tricia Kane kannte. Sie waren ihr Arbeitgeber und ihr Freund, und damit stehen Sie auf unserer Liste weit oben.«

»Auf der Liste der Verdächtigen?«

»Auf der Liste der Personen, mit denen wir reden müssen. Sie könnten irgendetwas wissen, etwas gesehen oder gehört haben, was vielleicht entscheidend ist, um Tricias Mörder zu finden.«

»Dann bestellen Sie mich doch zu einer formellen Befragung auf das Polizeirevier oder kommen Sie zu mir ins Büro«, sagte er und stand auf. »Machen Sie einen Termin.« Er legte einige Dollarnoten auf den Tisch und wandte sich ab.

»Sie mochte lieber Tee als Kaffee, und sie trank ihn mit Milch. Das fanden Sie immer sonderbar.«

Caleb wandte sich wieder um und starrte die Polizistin an.

»Sie hatte immer das Gefühl, ihren Vater enttäuscht zu haben, weil sie nicht Rechtsanwältin geworden war, deshalb ging sie den Kompromiss ein, juristische Assistentin zu werden. Dabei hatte sie mehr Zeit für ihre Kunst. Sie hatte Sie gebeten, ihr Modell zu stehen, aber Sie haben sie immer wieder hingehalten. Und vor etwa sechs Monaten durfte sie sich an Ihrer Schulter ausweinen, als die Beziehung zu ihrem Freund ein unschönes Ende nahm. Sie waren noch spät im Büro, als sie zusammenbrach, und hinterher haben Sie sie nach Hause gefahren. Sie ist auf der Couch eingeschlafen. Sie haben sie mit einer handgestrickten Decke zugedeckt und sind gegangen.«

Langsam sagte er: »Nichts davon stand im Polizeibericht.«

»Nein. Das ist richtig.«

»Und woher zum Teufel wissen Sie das dann?«

»Ich weiß es eben.«

»Woher?«, fragte er gedehnt.

Anstatt darauf zu antworten, sagte Hollis: »Ich habe einige ihrer Arbeiten gesehen. Tricias Arbeiten, meine ich. Sie war talentiert. Sie hätte sehr bekannt werden können, wenn sie am Leben geblieben wäre.«

»Noch etwas, das Sie einfach so *wissen*?«, schnaubte er angriffslustig.

»Meine Partnerin und ich sind gestern hier angekommen. Wir haben ein paar Dinge überprüft. Tricias Wohnung zum Beispiel. Schöne Wohnung. Ein wirklich gutes Atelier. Ein paar fertig gestellte Gemälde waren auch dort. Ich ... war früher selbst Künstlerin, deshalb erkenne ich gute Arbeit, wenn ich sie sehe. Sie hat gut gemalt.«

»Und Sie haben ihr Tagebuch gelesen.«

»Sie hat keins geführt. Ich kenne kaum Künstler, die eins führen. Hat wohl was mit Bildern als Gegensatz zu Wörtern zu tun.«

»Werden Sie mir sagen, woher Sie Ihre Kenntnisse beziehen?«

»Ich dachte, Sie wollten nicht mit mir reden, Mr Powell.«

Er presste die Lippen aufeinander. »Ich glaube, es ist keine gute Idee, mich zu brüskieren, Agent Templeton.«

»Es ist ein Risiko«, räumte sie ein. Sie zeigte keinerlei Anzeichen von Beunruhigung. »Aber eins, das ich bereit bin einzugehen, wenn es sein muss. Sie sind clever, Mr Powell. Sie sind sehr, sehr clever. Zu clever für meine dummen kleinen Spielchen. Alles in allem hätte ich Sie lieber nicht zum Feind – mal abgesehen davon, dass Sie sämtliche rechtlichen Winkelzüge kennen und uns lange hinhalten könnten.«

»Sie glauben, das würde ich tun? Potenziell andere Leben gefährden, indem ich Informationen zurückhalte?«

»Sagen Sie's mir.«

Nach einigem Zögern ging Caleb die wenigen Schritte, die zwischen ihnen lagen, und setzte sich auf den zweiten Stuhl an ihrem Tisch. »Nein. Das würde ich nicht tun. Und nicht nur, weil ich Jurist bin. Aber ich weiß nichts, was Ihnen helfen könnte, den Mörder zu finden.«

»Wie können Sie sich da so sicher sein? Sie wissen doch gar nicht, was ich Sie fragen möchte.« Sie schüttelte leicht den Kopf. »Sie stehen nicht unter Verdacht. Chief Sullivans Bericht zufolge haben Sie ein nachprüfbares Alibi für die vierundzwanzig Stunden um Tricia Kanes Ermordung herum.«

»In Thrillern nennt man das ein hieb- und stichfestes Alibi. Ich habe das Wochenende in New Orleans bei einer Familienhochzeit verbracht und bin erst am Montag zurückgeflogen. Ich habe das mit Tricia erfahren, als Rafe mich gegen Mittag in meinem Hotel anrief.«

»Und eine Begleiterin hat gesagt, Sie seien von kurz vor Mitternacht bis nach acht Uhr am fraglichen Morgen auf Ihrem Hotelzimmer gewesen«, sagte Hollis sachlich. »Sie ist sich absolut sicher, dass Sie das Zimmer zwischendurch nicht verlassen haben.«

Unwillkürlich hörte Caleb sich sagen: »Eine ehemalige Lebensgefährtin.«

»Ehemalig?« Ihre Stimme klang sarkastisch.

Gegen seinen Willen verteidigte er sich: »Wir sind zufälligerweise auch alte Freunde – mein Vater nannte so was immer Rubbelfreunde. Wir sehen uns wieder, und am Ende landen wir im Bett. Passiert etwa zwei Mal im Jahr, weil sie in New Orleans lebt. Wo wir beide aufgewachsen sind, und wo sie als Anwältin praktiziert, weshalb es höchst unwahrscheinlich ist, dass sie einen Meineid leistet. Gibt es sonst noch etwas in meinem Privatleben, was Sie gerne zutage fördern würden, Agent Templeton?«

»Im Augenblick nicht.«

»Wie schön.«

Ihre einzige Reaktion auf seinen Sarkasmus war ein weiteres kleines Lächeln. »Wegen Tricia Kane: Glauben Sie, ihr Ex-Freund hätte ihr vielleicht schaden wollen?«

»Das bezweifle ich. Sie hat nichts davon erzählt, dass er gewalttätig oder in irgendeiner Form ausfallend geworden wäre, und ich habe nie Anzeichen dafür gesehen. Außerdem – wenn er in den letzten drei Wochen nicht heimlich in die Stadt zurückgekommen ist, dann kommt er nicht infrage. Sie hatten sich getrennt, weil er fand, mit seinem hübschen

Gesicht gehöre er nach Hollywood auf die Leinwand, und er wollte nicht, dass Tricia ihn auf diesem seiner Überzeugung nach aufregenden und mit Ruhm und Ehre gepflasterten Weg begleitet.«

»Klingt, als wäre es sehr schmerzhaft für sie gewesen.«

»Das war es auch. Es traf sie tief. Sie ging zum Mittagessen nach Hause und fand ihn beim Packen. Erst da hat er ihr gesagt, dass er weggeht. Bis dahin hatte sie geglaubt, sie würden eines Tages heiraten.«

»Hat sie seitdem je wieder von einem Mann erzählt, der ihr wichtig war?«

»Ich glaube, sie hat sich nicht einmal verabredet. Falls doch, hat sie jedenfalls nicht darüber gesprochen. Wenn sie nicht im Büro war, widmete sie sich ganz ihrer Malerei.«

»Wissen Sie, ob in letzter Zeit irgendetwas Ungewöhnliches passiert ist? Seltsame Telefonanrufe oder Nachrichten, jemand, der ihr aufgefallen wäre, weil er überall, wo sie hinging, auch aufgetaucht ist, so in der Art.«

»Nein. Es schien ihr gut zu gehen. Sie wirkte nicht besorgt, nicht im Stress, nicht wegen irgendetwas beunruhigt. Wie gesagt, es schien ihr gut zu gehen.«

»Es gibt nichts, was Sie hätten tun können«, sagte Hollis.

Caleb atmete tief durch. »Oh, ich mache mir da nichts vor, Agent Templeton. Ich weiß, wie schnell ein Akt zufälliger Gewalt ein Leben auslöschen kann, egal, wie vorsichtig wir zu sein glauben. Aber es sind normalerweise dumme oder brutale Menschen, die so etwas tun, aus Dummheit oder Brutalität. Das hier ist anders. Dieses Schwein ist das reine Böse.«

»Ich weiß.«

»Tatsächlich?«

Sie lächelte, es war ein eigenartiges schiefes Lächeln, und ihre blauen Augen hatten einen ebenso eigenartigen, matten Glanz, der Caleb plötzlich Unbehagen einflößte. »Ich weiß alles über das Böse, Mr Powell, glauben Sie mir. Ich bin ihm persönlich und hautnah begegnet.«

Donnerstag, 15.30 Uhr

Isabel stand auf der Lichtung, auf der man Tricia Kanes Leiche gefunden hatte, und sah sich um. Die Stelle lag nun, da die Sonne nicht mehr senkrecht stand, größtenteils im Schatten, was sie zu schätzen wusste, weil es ein heißer Tag mit hoher Luftfeuchtigkeit war. Ihr war bewusst, dass Rafe sie prüfend musterte, doch mittlerweile war sie lange genug dabei, um sich davon nicht mehr ablenken zu lassen.

Regen hatte sowohl das Blut als auch die Kreide, mit der man Haltung und Position der Leiche eingezeichnet hatte, fortgespült, doch sie musste gar nicht sehen, wo Tricia Kane gelitten hatte und gestorben war. Sie betrachtete den Boden nur wenige Zentimeter von ihren Füßen entfernt und fuhr geistesabwesend mit dem Blick die Gestalt von etwas – jemandem – nach, das nicht mehr dort war.

So oft schon war sie an einem solchen Ort gewesen, dachte Isabel. Doch es wurde nicht leichter. Nie.

»Er hat sie am Rücken erwischt«, sagte sie, »dann hat er sie am Handgelenk herumgerissen und angefangen, ihr das Messer in die Brust zu rammen. Beim ersten Stich in die Brust ist sie nach hinten getaumelt, beim zweiten ist sie zu Boden gegangen. Sie hat so schnell so viel Blut verloren, dass sie nicht mehr die Kraft hatte, ihn abzuwehren. Sie war schon beinahe bewusstlos, als er anfing, sie in den Genitalbereich zu stechen. Und ihr Rock ist entweder hochgerutscht, als sie stürzte, oder er hat ihn hochgeschoben, als er begann, auf sie einzustechen, denn der Stoff ist nicht zerrissen. Als er fertig war, hat er den Rock wieder heruntergezogen. Seltsam, oder? Hat er es aus Schamhaftigkeit getan oder um seine eigenen Begierden und Bedürfnisse zu verschleiern?«

Rafe runzelte die Stirn. »Der Gerichtsmediziner meint, sie sei zu schnell gestorben, als dass sich Blutergüsse hätten bilden können, aber im Vertrauen hat er mir gesagt, er hätte den Eindruck, sie sei herumgerissen und an einem Handgelenk festgehalten worden. Das stand nicht in seinem Bericht.«

Isabel sah ihn an und versuchte, ihn einzuschätzen. Dann lächelte sie. »Ich habe manchmal Eingebungen.«

»Ach ja?« Er kreuzte seine kraftvollen Arme vor der Brust und hob fragend die Augenbrauen.

»Okay, es ist ein bisschen mehr als nur eine Eingebung.«

»Bezieht sich das Wörtchen ›spezial‹ in Ihrer Spezialeinheit vielleicht darauf?«

»In gewisser Weise. Sie haben die Kurzdarstellung des FBI über unsere Einheit doch gelesen, oder?«

»Ja. Da bleibt vieles im Dunkeln, aber soweit ich kapiert habe, wird Ihre Einheit eingesetzt, wenn Verbrechen so eingeschätzt werden, dass sie eine überdurchschnittliche Herausforderung für die örtliche Polizei darstellen. SCU-Agenten arbeiten mit herkömmlichen wie auch *intuitiven* Ermittlungstechniken, um besagte Verbrechen aufzuklären. Mit *intuitiv* sind dann wohl diese Eingebungen von Ihnen gemeint, was?«

»Na ja, sie können ja schlecht herumposaunen, dass die SCU größtenteils aus übersinnlich Begabten besteht. Das würde der Mehrheit der Cops wohl ganz und gar nicht schmecken, wenn man bedenkt, wie ... ähm ... vernünftig ihr Jungs normalerweise seid. Wir haben die bittere Erfahrung gemacht, dass es bei Cops viel besser wirkt, wenn wir ihnen beweisen, wozu wir in der Lage sind, als wenn wir nur behaupten, dass unsere Fähigkeiten real sind, und daraus haben wir gelernt.«

»Und warum erzählen Sie mir das dann?«

»Ich dachte, bei Ihnen könnte ich das.« Sie hob eine Augenbraue. »Habe ich mich geirrt?«

»Ich lasse es Sie wissen, wenn ich weiß, was ich davon halte.«

»Okay.«

»Ich entnehme dem, dass Sie die lokalen Polizeibehörden normalerweise nicht davon in Kenntnis setzen?«

»Kommt darauf an. Das ist so ziemlich unserer Einschätzung überlassen. Der des jeweiligen Teams, meine ich. Bishop sagt, man kann manche Dinge nicht planen, und dazu gehört auch, ob – oder wann – man aus dem Nähkästchen plaudert. Ich habe schon Aufträge gehabt, bei denen die örtlichen Cops nicht die leiseste Ahnung hatten. Bei anderen Aufträgen waren sie bei unserer Abreise davon überzeugt, es müsse eine Art Zauberei sein.«

»Ist es aber nicht.« Es war beinahe eine Frage.

»O nein. Es sind völlig natürliche Fähigkeiten, die einfach nicht jeder hat. Das ist wie mit Mathe.«

»Mathe?«

»Ja. Ich kapiere Mathe nicht. Habe ich nie. Mein Haushaltsbuch zu führen, stresst mich unglaublich, das würden Sie nicht für möglich halten. Aber Naturwissenschaften, Geschichte und Englisch habe ich immer gemocht. Darin war ich gut. Ich wette, Sie sind gut mit Zahlen.«

»Sie stressen mich nicht unglaublich«, räumte er ein.

»Jedem das seine. Die Menschen haben Stärken und Schwächen, und manche haben Fähigkeiten, die einem erstaunlich vorkommen, weil sie so selten sind. Es gibt nicht viele Mozarts und Einsteins, deshalb staunen die Leute über ihre Fähigkeiten. Jemand wirft beim Baseball einen Fastball von hundert Meilen pro Stunde und trifft bei drei von fünf Würfen die Schlagzone – der hat wahrscheinlich ausgesorgt, weil nur sehr wenige Menschen können, was er kann. Talente. Selten, aber völlig menschlich.«

»Und Ihr Talent ist?«

»Hellsehen. Die Fähigkeit, Dinge oder Ereignisse nicht über die normalen Sinne wahrzunehmen. Einfach gesagt: Ich weiß Dinge. Dinge, die ich eigentlich nicht wissen kann – wenn man nach den Gesetzen der konventionellen Naturwissenschaft geht. Fakten, Informationen. Gespräche. Gedanken. Ereignisse. Die Vergangenheit wie auch die Gegenwart.«

»Das alles?«

»Das alles. Aber meistens ist es nur ein zufälliges Sammelsurium, wie das Durcheinander auf einem Dachboden. Oder wie das Stimmengewirr im Zimmer nebenan: Man hört alles, versteht aber nur hin und wieder ein, zwei Worte, vielleicht mal einen Satz. Und hier kommen Übung und Ausbildung ins Spiel, sie helfen einem, dem Durcheinander einen Sinn zu geben. Man lernt, auf diesem voll gestopften Dachboden die wichtigen Gegenstände wahrzunehmen oder die eine wichtige Stimme im Zimmer nebenan herauszuhören.«

»Und Sie setzen diese ... Fähigkeit ... ein? Bei der Verbrechensermittlung, meine ich.«

»Ja. Die Special Crimes Unit wurde genau dafür geschaffen. Die meisten von uns haben sich zum ersten Mal in ihrem Leben nicht wie eine Missgeburt gefühlt, als sie zur SCU kamen.«

Rafe dachte, dass vieles von dem, was sie sagte, zumindest logisch klang. Er konnte verstehen, dass Menschen mit Sinnen, die über die »normalen« fünf hinausgingen, sich wie ein Fremdkörper in der Gesellschaft fühlten. Wahrscheinlich hatte es ihr ganzes Leben verändert, als sie eine nützliche und lohnende Tätigkeit und einen Ort fanden, an dem man sie für völlig normal hielt.

Isabel wartete seine Antwort nicht ab, sondern setzte ihre Erklärung fort. Sie klang ein wenig geistesabwesend. »Das Übersinnliche ist eigentlich noch kaum erforscht, aber wir haben mit unserer eigenen Forschung und unseren Erfahrungen bei der Arbeit darauf aufgebaut. Wir haben innerhalb der SCU unsere eigenen Definitionen und Klassifikationen entwickelt und Einstufungen der Fähigkeiten und Kenntnisse vorgenommen. Ich bin eine Hellseherin siebten Grades, das heißt, meine Fähigkeiten und die Beherrschung meiner Gabe sind relativ gut ausgebildet.« Rafe sah ihr zu, wie sie in die Knie ging und den Boden gleich neben der Stelle berührte, an der Tricia Kanes blondes Haar gelegen hatte. »Den Boden berühren hilft?«, fragte er argwöhnisch.

»Berühren hilft manchmal, ja. Gegenstände, Menschen. Es ist besser, wenn es ein abgeschlossener Bereich ist, aber man muss die Dinge nehmen, wie sie sind. Der Boden ist hier draußen so ziemlich das Einzige, was noch übrig ist, von daher ...« Sie sah zu ihm hoch und lächelte, doch ihr Blick war immer noch leicht abwesend. »Keine Zauberei. Vielleicht stehen wir einfach besser mit der Welt und miteinander in Verbindung, als wir immer denken.«

Es war heiß, so wie jetzt. Aber noch nicht richtig hell. Sie konnte das Geißblatt riechen. Aber das ist alles ... jedenfalls alles, was sie von dem Mord wahrnahm. Dies und das sichere Gefühl, dass da etwas Dunkles und Böses kauerte, aufsprang ... Aber mehr nicht. Isabel war eigentlich nicht überrascht. Die Stelle war nach allen Seiten hin offen, und solche Orte waren immer am schwierigsten.

Er beobachtete sie aufmerksam. »Wie meinen Sie das?«

Sie fand, er hatte sehr dunkle Augen. »Wir hinterlassen Spuren, wo wir gehen und stehen – Hautzellen, ausgefallene Haare. Der Duft eines Parfüms, der noch in der Luft hängt. Vielleicht hinterlassen wir mehr als das. Vielleicht hinterlassen wir Energie. Sogar unsere Gedanken sind Energie. Messbare elektromagnetische Ströme. Das räumt die heutige Wissenschaft auch ein.«

»Ja. Und?«

»Unsere Theorie ist, dass übersinnlich Begabte elektromagnetische Felder anzapfen. Sie sind in der Erde, in jedem Lebewesen, und viele Gegenstände scheinen sie aufzunehmen und zu speichern. Stellen Sie es sich vor wie statische Elektrizität. Manche Leute bekommen öfter einen Schlag als andere. Ich bekomme ziemlich oft einen gewischt.«

»Bekommen Sie jetzt gerade einen Schlag?«

Isabel richtete sich auf und streifte die Erde von der Hand. Sie runzelte die Stirn. »Es wäre leichter, wenn die Wahrnehmungen beim Hellsehen in Leuchtschrift daherkämen, aber das tun sie nicht. Der voll gestopfte Dachboden eben. Die lautstarke Party im Zimmer nebenan. Letzten Endes ist es meistens nur ein Informationswirrwarr, irgendwas, das ich auch gelesen oder gehört oder erzählt bekommen haben könnte.«

Rafe wartete einen Augenblick, dann fragte er: »Außer?«

»Außer ... wenn die Informationen in Form einer Vision daherkommen. Das *ist* dann in Leuchtschrift. Manchmal in Blut.«

»Aber nicht buchstäblich?«

»Ich fürchte schon. Es passiert mir selten, aber von Zeit zu Zeit kommt es vor. Im Fall eines Mordes ist es, als würde ich zum Opfer. Ich sehe oder höre – oder fühle manchmal auch –, was sie tun. Während sie ermordet werden. Ich habe mir sagen lassen, es sei ein spektakulärer Anblick. Verlieren Sie nicht die Nerven, falls es einmal passiert, okay?«

»Sie wollen sagen, Sie *bluten* dann tatsächlich?«

»Manchmal. Aber das Blut verblasst relativ schnell wieder. Wie gesagt, regen Sie sich darüber nicht auf.«

»Darüber soll ich mich nicht aufregen? Wenn wir Cops Blut sehen, Isabel, verlieren wir im Allgemeinen die Nerven. Natürlich ganz beherrscht und professionell. Wir betrachten es als Zeichen dafür, dass wir an die Arbeit gehen müssen.«

Ihr Blick wurde plötzlich wieder klar, und sie lächelte. »Tja, wenn Sie Blut an mir sehen, geben Sie Ihren Instinkten nicht nach. Aller Wahrscheinlichkeit nach gehört es jemand anderem.«

»In Hastings würde es aller Wahrscheinlichkeit nach Ihres sein. Es sei denn, Sie möchten sich so lange die Haare färben.«

»Das würde nicht helfen. Er weiß es schon.«

»Weiß schon was?«

»Er hat mich schon gesehen, Rafe. Eins der Informationsfetzchen, die ich wahrgenommen habe. Ich stehe auf der Liste seiner Wunschkandidaten.«

3

»Hey, verdammt! Sie haben mir doch gesagt, es sei nicht geplant, dass Sie den Lockvogel für diesen Kerl spielen.«

»Das war ja auch nicht geplant. Es war natürlich eine Möglichkeit, aber es war nicht der Plan.«

»Isabel ...«

»Außerdem, so klar ist das nicht. Ich habe gesagt, ich stehe auf der Liste seiner Wunschkandidaten, aber ich bin nicht die Nächste. Er lernt seine Opfer erst kennen, bevor er sie tötet, Rafe. Mich kennt er nicht. Noch nicht. Er wird erst hinter mir her sein, wenn er mich kennt. Oder glaubt, mich zu kennen.«

»Wollen Sie darauf Ihr Leben verwetten?«

Sie zögerte nicht. »Um dieses Schwein zu schnappen? Ja.«

Rafe tat einen Schritt auf sie zu. »Haben Sie das Ihrem Boss berichtet? Weiß er, dass Sie auf der Liste stehen?«

»Noch nicht. Ich muss ihm nachher Bericht erstatten. Dann sage ich es ihm.«

»Wirklich?« Sein Argwohn war nicht zu übersehen.

Isabel kicherte. »Rafe, unsere Einheit besteht aus übersinnlich Begabten. Wenn die Hälfte des Teams Gedanken lesen kann, bewahrt man keine Geheimnisse oder hält lebenswichtige Informationen zurück. Nur sehr wenigen von uns ist es je gelungen, etwas Wichtiges vor Bishop geheim zu halten. Wie weit wir gerade von ihm entfernt sind, spielt dabei keine Rolle.«

»Ist es Ihnen schon einmal gelungen?«

Isabel warf einen letzten Blick auf die Stelle, an der Tricia Kane gestorben war. Dann ging sie auf Rafe zu und bedeutete ihm mit einer Geste, sie könnten ruhig zu seinem Jeep zurückgehen. »Das habe ich ein Mal gedacht. Kurz nachdem ich dazugestoßen war. Ich dachte, ich wäre sehr clever. Dann hat sich herausgestellt, dass er die ganze Zeit Bescheid gewusst hatte. Das ist fast immer so.«

Rafe sagte nichts, bis sie wieder im Jeep saßen und er die Klimaanlage voll aufgedreht hatte. »Am einfachsten wäre es«, sagte er, »ich lasse Sie hier abberufen und mir jemand anderen herschicken. Jemanden, der nicht gleich die Aufmerksamkeit von diesem Kerl auf sich zieht.«

»Die einfachste Lösung«, entgegnete Isabel, »ist nicht immer auch die klügste.«

»Ich werde nicht zusehen, wie Sie hier den Köder spielen, verdammt noch mal.«

»Ich habe Ihnen doch gesagt, ich bin nicht die Nächste in seiner Hitparade. In diesem Augenblick läuft in Ihrer Stadt eine Frau herum, Rafe, der ein Mörder hinterherspioniert. Meine Partnerin und ich sind in diesen Ermittlungen auf dem aktuellen Stand. Bishop meint, wir sind das beste Team für diesen Fall, und seine Erfolgsquote – *unsere* Erfolgsquote als SCU – beträgt über neunzig Prozent. Wir können Ihnen helfen, den Kerl zu schnappen. Schicken Sie mich zurück, und das nächste Team muss wieder bei null anfangen. Wollen Sie wirklich so viel Zeit vergeuden, besonders, wo dieser Mörder sich im Durchschnitt ein Opfer pro Woche holt?«

»Scheiße.« Grimmig starrte er sie an. »Ich muss Ihnen hier eine ganze Menge einfach so glauben. Dieses ganze übersinnliche Zeug.«

»Wenigstens haben Sie nicht gesagt, ›dieser ganze übersinnliche Scheiß‹«, murmelte sie. »Das ist nämlich normalerweise die erste Reaktion.«

Das ignorierte er. »Ich soll mich damit abfinden, dass Sie bei unserem Mörder auf der Liste stehen, nur weil Sie mir versichern, Sie seien nicht die *Nächste*. Ich soll glauben, dass wir noch Zeit haben, weil der Mörder gerade ein anderes Opfer ausspioniert; dass er nicht etwa zufällig alles Mögliche über Sie herausfindet, bis er das Gefühl hat, er kennt Sie. Und Sie umbringen kann.«

»Sie haben es ziemlich treffend zusammengefasst, ja.«

»Überzeugen Sie mich. Überzeugen Sie mich, dass dieses *Hellseher*-Wissen, was Sie da haben, echt ist. Dass ich mich darauf verlassen kann.«

»Ein Kunststückchen also. Am Ende läuft es doch immer wieder darauf hinaus, dass wir erst ein Kunststückchen vollbringen müssen.«

»Ich meine es ernst, Isabel.«

»Das weiß ich.« Sie seufzte. »Sind Sie sicher, dass Sie das wollen?«

Plötzlich wieder argwöhnisch fragte er: »Warum sollte ich nicht?«

»Weil die beste Art, Sie zu überzeugen, erfordert, dass ich eine Verbindung zwischen uns beiden herstelle und Ihnen Dinge über Sie selbst, über Ihr Leben, Ihre Vergangenheit erzähle. Dinge, die ich anders gar nicht wissen könnte. Es kann sein, dass Sie das nicht sehr angenehm finden. Den meisten Leuten geht das so.«

»Hier sterben Frauen, Isabel. Ich glaube, da kann ich ein bisschen Gedankenlesen ertragen.«

»Okay. Aber wenn wir später darüber reden – und das werden wir –, dann denken Sie daran, dass ich Sie gewarnt habe. Das wird mir positiv angerechnet.«

»Einverstanden.«

Sie streckte eine Hand aus, die Handfläche nach oben, und nach kurzem Zögern legte Rafe seine Hand in ihre. Er wäre beinahe zurückgezuckt, denn als sie sich berührten, flog tatsächlich ein gut sichtbarer Funke, und Rafe erhielt einen schwachen Schlag. Doch ihre Finger schlossen sich fest um seine Hand.

Sachlich sagte sie: »Nun, das ist neu.«

Rafe wollte etwas über statische Elektrizität sagen, doch schon überkam ihn wieder dieses komische Gefühl, das er bereits gespürt hatte, als sie die Pressekonferenz betreten hatte, nur war es jetzt viel, viel stärker. Als hätte sich eine Tür geöffnet, durch die eine frische Brise hereinkäme. Als hätte alles um ihn herum schärfere Konturen angenommen, wäre wirklicher als zuvor. Als hätte sich etwas verändert.

Und er wusste immer noch nicht, ob es eine Änderung zum Guten oder zum Schlechten war.

Isabel verfiel nicht in Trance, sie schloss nicht einmal die Augen. Doch sie bekam wieder diesen abwesenden Gesichtsausdruck, der ihm vorher schon an ihr aufgefallen war: als lauschte sie auf ein fernes Geräusch. Ihre Stimme blieb ganz ruhig.

»Sie haben zu Hause auf Ihrem Schreibtisch einen ungewöhnlichen Briefbeschwerer, irgendein in Acryl eingebettetes Autoteil. Sie mögen lieber Katzen als Hunde, aber wegen Ihrer langen Arbeitszeiten haben Sie gar keine Haustiere. Sie sind allergisch auf Alkohol und trinken deshalb nicht. Das Internet, die sofortige Kommunikation zwischen Menschen in aller Welt, fasziniert Sie. Sie sind ein Filmfan, besonders interessieren Sie sich für Sciencefiction und Horror.«

Plötzlich lächelte Isabel. »Und Sie tragen eine bestimmte Sorte Jockey-Boxershorts, weil Sie die einmal in einem Werbespot im Fernsehen gesehen haben.«

Rafe riss seine Hand weg. »Himmel«, murmelte er. Dann gewann er die Fassung zurück und fügte ein wenig defensiv hinzu: »Das hätten Sie alles auch anders herausfinden können. Alles.«

»Auch das mit den Jockey-Boxershorts?«

»Himmel«, wiederholte er.

Sie sah ihn unbeirrt an, ihr Blick war immer noch leicht unscharf, in die Ferne gerichtet. »Ah, jetzt verstehe ich, warum die Vorstellung einer FBI-Einheit aus lauter übersinnlich Begabten Sie nicht umgehauen hat. Ihre Großmutter hatte ›das zweite Gesicht‹, wie sie es nannte. Sie wusste Dinge, bevor sie geschahen.«

Rafe betrachtete seine Hand, die er gedankenverloren gerieben hatte. Dann sah er Isabel an. »Sie berühren mich gar nicht«, warf er besorgt ein.

»Nun ja. Sobald die Verbindung einmal hergestellt ist, schnappe ich häufig mal etwas auf.«

»Du lieber Himmel«, sagte er und variierte damit seinen Ausruf ein wenig.

»Ich habe Sie gewarnt. Denken Sie daran, das wird mir positiv angerechnet.«

»Ich verstehe immer noch nicht ... Sie hätten das meiste davon auch anders herausbekommen können.«

»Vielleicht. Aber hätte ich auch herausfinden können, dass Ihre Großmutter Ihnen an Ihrem fünfzehnten Geburtstag gesagt hat, es sei Ihnen bestimmt, Polizist zu werden? Sie beide waren dabei allein, also weiß niemand anders davon. Sie glaubten, das sei verrückt, sie sei verrückt, weil Sie vorher nie daran gedacht hatten, Polizist zu werden. Ihre Familie war in der Baubranche. Da sollten Sie später auch einmal arbeiten, zumal Sie den Hammer geschwungen hatten, seit Sie zwölf waren.«

Rafe schwieg und runzelte die Stirn.

»Sie hat Ihnen außerdem gesagt ... es würde ein Punkt in Ihrem Leben kommen, an dem Sie sehr, sehr vorsichtig sein müssten.« Nun runzelte Isabel selbst die Stirn und legte den Kopf ein wenig schräg. Offensichtlich konzentrierte sie sich. »Im Rahmen des Schicksals, das sie für Sie sah, müssten Sie etwas Wichtiges vollbringen, aber es würde gefährlich sein. Lebensgefährlich. Es hatte etwas zu tun mit ... einem Sturm ... einer Frau mit grünen Augen ... einer ausgestreckten schwarz behandschuhten Hand ... und Glas, das zerbricht.«

Er atmete tief ein. »Reichlich vage.«

Isabel blinzelte, und der Blick ihrer grünen Augen wurde wieder klar. »Nach allem, was unsere Seher mir sagen, sind Visionen oft so: nur eine Abfolge von Bildern. Manchmal stellt sich heraus, dass sie realistisch waren, manchmal sind sie rein symbolischer Natur. Die Frau mit den grünen Augen könnte eine neidische Frau sein, oder jemand, der Ihnen oder jemand anderem grollt. Die schwarz behandschuhte Hand eine Bedrohung. Der Sturm Gewalt. Etwa in der Art.«

»Immer noch reichlich vage«, beharrte er. »Mit solchen Sachen hat man als Cop regelmäßig zu tun.«

»Nun, wir werden sehen. Ich habe nämlich ganz stark das Gefühl, dass Ihre Großmutter sich damals auf den jetzigen Zeitpunkt bezogen hat – sonst hätte ich ihre Prophezeiung wahrscheinlich gar nicht aufgeschnappt.«

»Wie meinen Sie das?«

»Überall gibt es Muster, Rafe. Ereignisse grenzen aneinander wie Honigwaben, sie stehen miteinander in Verbindung. Und was wie Zufall aussieht, ist es normalerweise nicht. Kann sein, dass ich auch ein paar belanglose Informationen aufschnappe, die nichts mit dem zu tun haben, was zurzeit hier passiert, und sicherlich liege ich nicht mit allem, was ich wahrnehme, richtig. Aber ich habe mich auf diese Ermittlungen, auf diesen Mörder konzentriert – und wenn ich das tue, dann stellt sich normalerweise auch heraus, dass das, was ich wahrnehme, mit dem zu tun hat, was im Moment um mich herum vorgeht.«

»Geht es vielleicht auch ein bisschen verständlicher?«

Sie lächelte über seine Verärgerung, allerdings eher bedauernd als vergnügt. »Tut mir leid, aber Sie müssen verstehen, dass wir uns hier auf Neuland bewegen. Da gibt es noch nicht viele Gewissheiten. Die konventionelle Wissenschaft hat für übersinnliche Begabungen meistens nur Spott übrig, und die, die so mutig waren, Tests und Experimente durchzuführen, sahen sich unglücklicherweise mit etwas konfrontiert, was alle psychisch Begabten gemeinsam haben.«

»Und das wäre?«

»Nur sehr wenige von uns erbringen unter Laborbedingungen gute Leistungen. Niemand weiß genau, warum, aber so ist es.« Isabel zuckte mit den Achseln. »Außerdem waren die Tests schlecht konzipiert, denn zunächst wussten die Wissenschaftler nicht, womit sie es zu tun hatten. Wie soll man etwas vernünftig messen und analysieren, wenn man nicht einmal weiß, wie es funktioniert? Und wie findet man heraus, wie es funktioniert, wenn man es in einer kontrollierten Situation nicht zum Funktionieren *bringt*?«

»Jemand muss es gewusst haben, sonst wären Sie nicht hier. Oder?«

»Die SCU würde gar nicht existieren, wenn Bishop nicht vor Jahren seine eigenen Fähigkeiten ergründet hätte. Er war damals hoch motiviert und hat sich außergewöhnliche Mühe gegeben, um einen Serienmörder aufzuspüren und zu fassen. Als er seine Begabung erst einmal verstanden hatte, glaubte er, dass man auch andere übersinnlich Begabte ausbilden könnte, dass wir lernen könnten, unsere Fähigkeiten als Ermittlungswerkzeug einzusetzen. Und dass diese Werkzeuge uns einen Vorteil verschaffen würden. Wir sind der lebende Beweis dafür, dass es funktioniert. Langsam, behutsam – und mit gelegentlichen Rückschlägen. Und wir lernen immer weiter dazu.

Nur durch Ausprobieren haben wir herausgefunden, dass unsere Fähigkeiten bei unseren Einsätzen dann am besten funktionieren, wenn unsere Motivation stark genug ist – zum Beispiel bei Mordermittlungen. Das heißt aber nicht, dass wir dann einfach einen Schalter umlegen und exakt die benötigte Information erhalten. Wir müssen sie uns erarbeiten, wie alles andere im Leben auch. Versuch und Irrtum eben.«

»Unter dem Strich heißt das also, Sie vermuten, die Tatsache, dass Sie *aufgeschnappt* haben, was meine Großmutter mir vor über zwanzig Jahren gesagt hat, bedeutet, dass das, was sie damals gesehen hat, etwas mit dem zu tun hat, was heute in meinem Leben passiert. Mit diesen Ermittlungen.«

»Die Chancen dafür stehen gut, denn bis jetzt hat meine Begabung so funktioniert. Außerdem wird das hier logischerweise der härteste Fall Ihrer Laufbahn werden – vorausgesetzt, Sie ziehen nicht in eine Großstadt, wo Sie es oft mit brutalen Mördern zu tun bekämen. Und ich kann zwar zu den Einzelheiten der Vision Ihrer Großmutter nichts sagen, aber – ich kann Ihnen sagen, dass es höllisch gefährlich sein wird, diesen Mörder aufzuspüren und zu fassen.«

Rafe hörte nicht nur auf ihre Worte, sondern auch auf ihren Tonfall. Er sagte: »Sie haben da draußen, wo Tricia Kane ermordet wurde, noch etwas aufgeschnappt, stimmt's? Was war das?«

Sie zögerte, offenbar befand sie sich in einem inneren Zwiespalt. Dann erwiderte sie: »Was ich da draußen wahrgenommen habe, hat einen Verdacht bestätigt, den ich schon hatte, bevor ich nach Hastings kam. Diese Stadt ist nur sein neuestes Jagdgebiet.«

»Er hat schon früher gemordet?«

»An mindestens zwei anderen Orten. Vor zehn Jahren hat er in Florida sechs Frauen abgeschlachtet. Und vor fünf Jahren sechs Frauen in Alabama.«

»Blondinen?«, fragte Rafe.

»Nein. Rothaarige in Florida, Brünette in Alabama. Wir haben keine Ahnung, warum.«

»Und damals hat man ihn nicht gefasst.«

»Obwohl es viele versucht haben. Aber er hat schnell zugeschlagen – ein Opfer pro Woche, genau wie hier – und ist dann untergetaucht. Typische Mordserien ziehen sich über Monate oder Jahre hin, und es braucht Zeit, bis die Polizei richtig aufgestellt ist, wenn man das Muster erst einmal erkannt hat. Aber dieses Ungeheuer hatte zugeschlagen und war wieder verschwunden, bevor die Sokos auch nur aus den Startlöchern kamen. Und er hat nicht mal ein Härchen zurückgelassen, anhand dessen man ihn hätte identifizieren können. Sie hatten also fast nichts, womit sie arbeiten konnten.«

»Und woher wissen Sie dann, dass es derselbe Mörder ist?«

»Der Modus Operandi. Das Profil. Bishop selbst hat in der

zweiten Mordserie ermittelt – übrigens einer seiner wenigen unaufgeklärten Fälle.«

»Davon stand aber im ursprünglichen Profil nichts.«

»Nein. Der erste Profiler gehörte nicht zur SCU. Der Computer ist zwar auf eine potenzielle Verbindung mit den beiden ersten Mordserien gestoßen, aber der Profiler hat sie nicht berücksichtigt, weil man glaubte, der Hauptverdächtige sei damals umgekommen, als er versuchte, vor der Polizei in Alabama zu fliehen. Sein Wagen stürzte von einer Brücke. Aber seine Leiche haben sie nie gefunden.«

»Also glauben Sie und Bishop, dass er dabei nicht getötet wurde – oder dass der Verdächtige, den die Polizei da gejagt hat, nicht der Mörder war?«

»Ehrlich gesagt, Letzteres. Der Mann, hinter dem die Polizei da her war, hatte ein paar Gewaltverbrechen auf dem Kerbholz, aber weder Bishop noch ich waren davon überzeugt, dass er die richtige Veranlagung hatte, um der gerissene Serienmörder zu sein, hinter dem wir her waren.«

»Also ermordet er sechs Opfer, hält sich fünf Jahre bedeckt und fängt dann wieder von vorne an. Das ist eine verdammt lange Stillhalteperiode.«

»Und ungewöhnlich. Wir glauben, er nutzt die Zeit, um umzuziehen und die Leute in seiner neuen Umgebung kennen zu lernen. Wir glauben außerdem, dass es immer einen Auslöser gibt, wie ich schon sagte. Irgendetwas hat das in ihm ausgelöst. *Jedes Mal.*«

Wieder hörte Rafe einen Unterton in ihrer Stimme, der ihn aufhorchen ließ. »Es gibt noch einen Grund, warum Sie glauben, dass es derselbe Mörder ist. Welchen?«

Isabel antwortete ohne zu zögern. »Als ich dort stand, wo Tricia Kane ermordet wurde, habe ich ihn gespürt. Genauso wie ich ihn vor fünf Jahren gespürt habe, als ich Bishop kennen lernte und zur SCU kam. Genauso wie ich ihn vor zehn Jahren gespürt habe, als er eine gute Freundin von mir ermordet hat.«

Es war beinahe Mitternacht, als Mallory Beck sich widerstrebend aus dem Bett quälte und begann, sich langsam anzuziehen. »Verdammt. Wo um alles in der Welt ist mein BH hingekommen?«

»Da drüben beim Bücherregal liegt er. Du könntest auch bleiben, weißt du. Über Nacht.«

»Ich habe um sieben wieder Dienst«, entgegnete sie. »Die erste große Besprechung unserer Soko, inklusive FBI-Agentinnen, fängt um acht an. Das ist nicht zur Veröffentlichung bestimmt, Alan.«

»Mal, ich habe dir schon mal gesagt, alles, was du mir privat sagst, ist nicht zur Veröffentlichung bestimmt.« Alan klang geduldig. Er stützte sich auf einen Ellenbogen und sah ihr beim Ankleiden zu. »Diese Grenze werde ich nicht verletzen.«

Sie war sich einigermaßen sicher, dass er das nicht tun würde. Aber eben nur einigermaßen.

»Okay. Aber ich muss trotzdem nach Hause. Wenn ich bleibe, bekomme ich nicht viel Schlaf, und ich möchte morgen ausgeschlafen sein.«

»Du musst nichts beweisen, weißt du. Diesen FBI-Agentinnen, meine ich. Oder Rafe. Du bist ein verdammt guter Cop, jeder weiß das.«

»Ja, schon, aber ein guter Cop zu sein, war bisher nicht gut genug, oder?«

Er runzelte die Stirn, während er sie betrachtete und sich wie so oft in den vergangenen Monaten fragte, ob er sie wohl jemals richtig kennen lernen würde. Das war zweifellos Teil der Anziehungskraft, die sie auf ihn ausübte, das wusste er sehr wohl. So viel von sich verbarg sie vor ihm, und sein Instinkt sagte ihm, er müsse danach graben, forschen, müsse versuchen, sie zu verstehen.

Sie machte es ihm nicht leicht.

Vielleicht war auch dies Teil der Anziehungskraft. Neben dem überwältigenden Sex natürlich. Entweder war sie ein

Naturtalent, oder Alan musste vor den Männern in ihrer Vergangenheit den Hut ziehen, denn im Bett war Mallory eine Nummer für sich.

Suchterzeugend war das Wort, das ihm dazu einfiel.

»Du hast dir nichts vorzuwerfen«, sagte er schließlich.

»*Zu schützen und zu dienen*. Das steht auf unseren Streifenwagen und Jeeps. Dafür werden wir bezahlt. Es ist sozusagen unser alleiniger Daseinszweck.«

»Es ist doch keine Einfrauentruppe, Mal. Lass die anderen auch einen Teil der Last tragen.«

»Das tun sie ja. Besonders Rafe.«

»Ja, das muss man ihm lassen. Er war nicht zu stolz, um Hilfe anzufordern.«

Mallory setzte sich aufs Bett, um ihre Socken und Schuhe anzuziehen und betrachtete ihren Liebhaber. »Wir kennen ihn beide schon sehr lange. An seinem Stolz wird er nicht zugrunde gehen.«

»Nein. Aber an seinem mangelnden Selbstvertrauen vielleicht.«

Da Mallory dieser Gedanke auch schon gekommen war, konnte sie schlecht widersprechen. Doch ihr war in mehrerlei Hinsicht unwohl dabei, mit Alan über ihren Chef zu reden, deshalb wechselte sie einfach das Thema. »Tut mir leid, dass ich heute die Pressekonferenz verpasst habe. Ich habe gehört, du hast den Raum zum Wiehern gebracht.«

»Das war Rafe – mit einem Witz auf meine Kosten. Ich vermute, die prachtvolle Blondine, mit der er dann gegangen ist, ist eine der FBI-Agentinnen?«

»Hm-hm. Isabel Adams – und es wäre besser, wenn ich diesen Namen nicht in der Zeitung lese, bis er offiziell bekannt gegeben ist.«

»Das wirst du nicht, verdammt.« Trotzdem musste Alan einfach weiterfragen. »Sie ist doch nicht alleine hier?«

»Nein, sie hat eine Partnerin. Die habe ich allerdings noch nicht kennen gelernt.«

»Ob es beim FBI irgendjemandem aufgefallen ist, wie heikel es ist, ausgerechnet bei diesem Fall eine blonde Agentin hierher zu schicken?«

Mallory zuckte mit den Achseln. »Sie haben das Profil erstellt. Ich muss also davon ausgehen, dass sie wissen, was sie tun.«

»Ich wette, Rafe ist stinksauer.«

»Da musst du ihn selbst fragen.«

»Himmel, bist du dickköpfig.«

»Es wäre höflicher, wenn du mich eigensinnig nennst.«

»Aber nicht ganz korrekt. Mal ...«, er beugte sich vor und ergriff ihr Handgelenk, ehe sie aufstehen konnte, »stimmt etwas nicht? Ich meine, abgesehen davon, dass ein wahnsinniger Mörder Hastings heimsucht.«

»Nein.«

Diese eine mit sanfter Stimme gesprochene Silbe ließ ihm nicht viel Spielraum. Er versuchte es dennoch: »Ich weiß, du machst dir Sorgen. Mensch, wir machen uns alle Sorgen. Aber manchmal habe ich das Gefühl, dass du gar nicht hier bist.«

»Ich kann mich nicht erinnern, dass du dich vorhin darüber beschwert hättest. Auch wenn ich mich frage, warum ihr Männer immer Gottes Namen ruft statt meinen.«

Alan ließ sich nicht ablenken. »Du warst kaum wieder zu Atem gekommen, da bist du schon aufgestanden und hast dich angezogen.«

»Ich habe es dir doch gesagt. Ich muss früh arbeiten.«

»Wenn du ein paar Sachen hier deponieren würdest, könntest du ab und zu über Nacht bleiben und trotzdem früh zur Arbeit gehen.« Er nahm den frustrierten Unterton in seiner Stimme wahr, und der wohlvertraute Groll versetzte ihm einen Stich. *Warum bringt sie mich dazu?*

»Alan, das hatten wir doch schon. Ich brauche Raum für mich. Ich deponiere nie Sachen von mir bei einem Mann in der Wohnung. Ich mag nicht woanders übernachten, außer wenn ich auf Reisen außerhalb der Stadt bin. Und überhaupt ist mir nicht *ganz* wohl dabei, mit einem Reporter ins Bett zu gehen. Das Wort *Interessenkonflikt* klingt gar nicht gut.«

Ihr geduldiger Tonfall zerrte an seinen Nerven, doch es gelang ihm, selbst in ruhigem Ton zu sprechen. Stellenweise sogar unbekümmert. »Dieser letzte Punkt, der nervt dich wirklich, und glaub nicht, ich wüsste das nicht. Du vertraust mir nicht, Mal. Du glaubst nicht, dass ich Arbeit und Privatleben trennen kann.«

»Warum solltest du anders sein als wir anderen?«, fragte sie trocken, entzog ihm ihre Hand und stand auf. »Ich denke vierundzwanzig Stunden am Tag an meine Arbeit. Und du auch. Wir sind beide Karrieremenschen. Wir leben von Fastfood und Koffein. Die Hälfte der Zeit passen unsere Socken nicht zueinander, und wenn es uns auffällt, kaufen wir einfach neue. Wir waschen, wenn uns die sauberen Klamotten ausgehen. Und wenn das größte, schlimmste Unglück, das Hastings jemals heimgesucht hat, sein hässliches Haupt reckt, dann läuft bei uns beiden die Karriere auf Volltouren. Oder etwa nicht?«

»Doch«, räumte er widerstrebend ein.

»Außerdem – wir wollen uns doch nichts vormachen. Keiner von uns sucht mehr als ein paar Stunden Sex in der Woche, um den Stress abzubauen.« Sie sah lächelnd zu ihm hinab. »Steh nicht auf. Ich finde allein raus. Bis dann.«

»Gute Nacht, Mal.« Er blieb, wo er war. Schließlich hörte er, wie die Wohnungstür zufiel. Da ließ er sich aufs Kissen zurückfallen und fluchte aus vollem Herzen: »Scheiße.«

Draußen vor dem Haus, in dem Alans Wohnung lag, blieb Mallory einen Augenblick auf dem Bürgersteig stehen und atmete die milde Nachtluft ein. Es wehte nur eine leichte Brise. Der Bürgersteig nahe der Innenstadt von Hastings war gut beleuchtet, und Mallory hätte sich eigentlich nicht bedroht zu fühlen brauchen.

Plötzlich frischte die Brise auf und trieb in nächster Nähe eine leere Getränkedose über den Bürgersteig. Mallory schrak zusammen.

»Scheiße«, murmelte sie.

Sie hörte die Bäume säuseln, als der Wind ihre Blätter bewegte. Das typische Zischen, wenn eine Ecke weiter hin und wieder ein Auto vorbeifuhr. Grillen. Ochsenfrösche.

Ihren Namen.

Nicht, dass sie den wirklich gehört hätte, natürlich nicht. Sie hatte nur das unangenehme Gefühl, dass sie beobachtet wurde. Manchmal sogar verfolgt.

Sie war sich dessen jetzt seit geraumer Zeit bewusst, mindestens seit mehreren Tagen. Dann und wann, meistens, wenn sie im Freien war wie jetzt, aber nicht immer. Wäre sie blond, dann würde sie allmählich richtig nervös. So machte dieses Gefühl sie nur misstrauisch und viel vorsichtiger.

Und höllisch schreckhaft.

Sie fragte sich, ob dieser Mörder wie so viele, über die sie in den Polizeihandbüchern gelesen hatte, die Cops dabei beobachtete, wie sie seine Verbrechen untersuchten. War es das? Hockte da jetzt so ein Spinner schadenfroh hinterm Busch und beobachtete sie, gratulierte sich selbst dazu, wie clever er war, und lachte über die Inkompetenz der Polizei?

Falls ja, dann war es vielleicht logisch, dass er sich auf eine Polizistin – oder auf mehrere – konzentrierte statt auf ihre männlichen Kollegen. Sie nahm sich vor, einige der anderen Frauen in der Abteilung zu fragen, ob eine von ihnen auch schon einmal dieses unheimliche Gefühl gehabt hatte. Und falls ja – oder vielleicht gerade falls nicht –, müsste sie mit der FBI-Profilerin darüber sprechen.

Mit diesem blonden Rasseweib.

Mallory wusste, dass Rafe stinksauer und ausgesprochen unglücklich darüber war.

Er war kein Mann, der mit seinen Gefühlen hinterm Berg hielt. Aber sie wusste auch, dass es Isabel Adams irgendwie gelungen war, ihn dazu zu überreden, ihrer Mitarbeit bei den Ermittlungen zuzustimmen.

Garantiert nicht, indem sie mit ihren grünen Augen geklimpert hatte.

Nein, dahinter steckte viel mehr als nur ihr Sexappeal. Mallory kannte Rafe gut genug, um sicher zu sein, dass er Isabel aus rein logischen und professionellen Gründen akzeptiert hatte. Sie war noch hier, weil er glaubte, dass sie ein Gewinn für die Ermittlungen war. Punkt.

Was nicht bedeutete, dass er immun gewesen wäre gegen die Wirkungen eines schönen Gesichts, grüner Augen und eines Körpers, der in hautenger Sommerkleidung wirklich gut aussah. Schließlich war er ein Mann.

Sie lachte leise, behielt jedoch ihre Umgebung im Auge, als sie nun ihren Wagen aufschloss und einstieg. Andererseits, dachte sie, war sie Rafe gegenüber vielleicht nicht ganz fair. Sie hatte im Augenblick ihre eigenen Männerprobleme. Möglicherweise war sie deshalb überempfindlich für solche Untertöne.

Nicht, dass Alan besonders subtil wäre. Es verwirrte Mallory ein wenig, dass sie nun zum ersten Mal in ihrem Erwachsenenleben in einer Beziehung die traditionell männliche Position einnahm: Sie war diejenige, die vollauf zufrieden war, wenn sie zwei Mal die Woche zwanglosen Sex hatte – keine Bedingungen, keine Kompromisse.

Alan wollte mehr.

Seufzend ließ Mallory den Wagen an und machte sich auf den Weg zu ihrer eigenen Wohnung auf der anderen Seite der Stadt. Es war relativ leicht, Alan und die verschiedenen Probleme, die er darstellte, zu verdrängen, zumindest im Augenblick, denn im Vordergrund stand immer noch dieses vage, aber beharrliche Gefühl, dass sie beobachtet wurde.

Auf dem ganzen Heimweg wurde sie das Gefühl nicht los, obwohl sie niemanden sah, der ihr gefolgt wäre. Sie stellte ihren Wagen sorgfältig auf ihren Parkplatz in einem hell erleuchteten Bereich und schloss ihn ab. Auf dem ganzen Weg ins Haus und bis zu ihrer Wohnung trug sie dann den Schlüsselbund mit dem Pfefferspray in einer Hand, während die andere auf oder in der Nähe ihrer Waffe lag.

Nichts.

Niemand.

Nur dieses nagende Gefühl, dass jemand jeden Schritt, den sie tat, beobachtete.

In ihrer Wohnung angekommen, lehnte Mallory sich mit dem Rücken gegen die abgeschlossene Wohnungstür und murmelte leise: »Scheiße.«

»Jetzt noch mal zum Mitschreiben.« Isabel rieb sich den Nacken und starrte ihre Partnerin an. »Du hast Caleb Powell in diesem Café auf der Main Street getroffen und ihm brühwarm alles erzählt, was ich in Tricia Kanes Wohnung aufgeschnappt habe?«

»Nicht alles.« Hollis zuckte mit den Achseln. »Nur ein paar ... ausgesuchte Details. Ich habe dir doch gesagt: Er wollte nicht mit mir reden. So, wie der das Kinn vorgereckt hatte, würde ich sagen, der hätte mit keiner von uns gesprochen. Also habe ich seine Aufmerksamkeit erregt. Was ist daran falsch?«

»Hat er dich gefragt, woher du deine Infos hast?«

»Ja, aber ich habe ihn abgelenkt. Mehr oder weniger.«

»Hollis, er ist *Anwalt*. Die lassen sich in der Regel nicht ablenken. Jedenfalls nicht lange. Was machen wir, wenn er anfängt, Fragen zu stellen?«

»Ich glaube nicht, dass er Fragen stellen wird. Er will herausfinden, wer Tricia Kane ermordet hat. Außerdem – du hast es Chief Sullivan erzählt.«

»Wir werden in diesem Fall eng mit ihm und seiner leitenden Ermittlerin zusammenarbeiten, er musste es erfahren. Sie wird es auch erfahren müssen. Aber eine Privatperson?«

Hollis seufzte. Sie war sichtlich ungehalten über diese Diskussion. »Irgendwie glaube ich nicht, dass ein Anwalt, der herausfindet, dass wir übersinnlich begabt sind, unser größtes Problem ist. Ich bin noch nicht lange dabei, und du könntest genauso gut eine fette Zielscheibe auf deinem Rücken haben. In Leuchtschrift.« Sie stand auf. »Wenn du nichts dagegen hast, gehe ich wieder auf mein Zimmer und schlafe ein bisschen. Morgen Früh haben wir ja diese Besprechung.«

Isabel widersprach nicht, sondern sagte lediglich: »Ich bin um sieben fertig zum Frühstück, falls du mich hier abholen möchtest.« Die kleine Pension in der sie wohnten, hatte keinen Zimmerservice, doch ganz in der Nähe gab es ein Lokal.

»Okay. Bis dann.«

»Gute Nacht, Hollis.«

Als sie wieder allein in ihrem Zimmer war, machte Isabel sich grübelnd bettfertig. Wie am vorhergehenden Abend nahm sie auch an diesem die einfallslose gleichförmige Ausstattung eines durchschnittlichen amerikanischen Hotelzimmers kaum zur Kenntnis. Aus reiner Gewohnheit füllte sie die Stille, indem sie die Klimaanlage aufdrehte und im Fernsehen einen Nachrichtensender einstellte.

Wenn sie sich an einem unvertrauten Ort befand, konnte sie Stille nicht ertragen.

Den Anruf bei Bishop hatte sie vor sich hergeschoben, denn entgegen dem, was sie Rafe gesagt hatte, war sie noch unentschlossen, was sie Bishop erzählen wollte. Als daher ihr Handy klingelte, wusste sie trotz unterdrückter Rufnummer, wer es war, und meldete sich mit: »Das hier soll doch eine der Lektionen sein, von denen du immer sagst, dass wir sie lernen müssen, richtig? Eine Erinnerung vom Universum, dass wir nichts unter Kontrolle haben außer unseren eigenen Handlungen. Falls wir die denn kontrollieren können.«

»Ich weiß nicht, wovon du sprichst«, erwiderte Bishop ruhig und kein bisschen überzeugend.

»Ja, klar. Warum hast du mich mit Hollis zusammen in ein Team gesteckt? Beantworte mir das mal.«

»Weil das der erste echte Test für ihre Fähigkeiten ist und du diejenige bist, die ihr am wahrscheinlichsten dabei helfen kann.«

»Ich bin kein Medium.«

»Nein, aber du verstehst, wie es sich anfühlt, wenn man plötzlich mit Fähigkeiten umgehen muss, die man sich im Traum nicht hätte einfallen lassen.«

»Ich bin nicht das einzige andere Mitglied in der SCU, das nicht von Geburt an übersinnliche Fähigkeiten hatte.«

»Du kannst aber am besten damit umgehen.«

»Darüber könnte man streiten. Bloß weil das ganze Zeug mich nicht mehr total in Panik versetzt, heißt das noch lange nicht, dass ich damit so super umgehen kann.«

»Von gut umgehen habe ich nichts gesagt. Ich habe gesagt, am besten.«

»Das gibt mir doch nur Recht. Ich hätte gedacht, du suchst jemanden, der richtig gut damit umgehen und Hollis helfen kann.«

»Du willst unbedingt weiter darüber streiten, was?«, meinte Bishop.

»Habe ich in Erwägung gezogen.«

»Willst du, dass ich Hollis abberufe?«

Isabel zögerte, dann erwiderte sie: »Nein. Verdammt.«

»Du kannst ihr helfen. Hör einfach auf deine Instinkte.«

»Bishop, wir wissen beide, wie verletzlich Medien sind.«

»Und wir wissen beide, wie schwierig es war, ein Medium für die SCU zu finden. Zum einen sind sie selten. Und ja, sie sind emotional sehr verletzlich. Die meisten werden mit ihren Aufgaben nicht fertig, und die, die es können, sind zu schnell ausgebrannt.«

»Bis jetzt«, erinnerte sie ihn, »haben wir nicht eins gefunden, das in der Lage gewesen wäre, Kontakt mit einem Mordopfer aufzunehmen, um Informationen für uns zu beschaffen. Jedenfalls keine Agentin. Bonnie hat es getan, aber sie war keine Agentin. Aber wenn sie erst erwachsen ist ...«

»Da muss sie noch lange wachsen. Im Augenblick hat sie genug damit zu tun, ein Teenager zu sein. Das ist nicht gerade die leichteste Zeit im Leben, weißt du noch? Besonders, wenn man begabt ist.«

»Oder verflucht. Ja, ich erinnere mich. Abgesehen von Bonnie hatten die paar Medien, die wir gefunden haben und bei Mordermittlungen einsetzen wollten, entweder zu viel Angst, just diese Tür zu öffnen, oder sie hatten nicht genug Kraft oder Kontrolle über ihre Begabung, um uns groß zu nützen.«

»Noch ein Grund, warum du und Hollis ein Team seid und warum sie in Hastings ist. Sie ist stark genug, um die Arbeit psychisch zu bewältigen, und ihre Kontrolle wird immer besser.«

»Vielleicht, aber sie hat null Einsatzerfahrung. Und sie ist auch noch nicht bereit, diese Tür zu öffnen. Stark oder nicht stark – sie ist eine von denen, die Angst haben. Sie zeigt es nicht, wenn man mal davon absieht, dass sie ein bisschen empfindlich ist, aber sie hat schreckliche Angst, dem Tod ins Auge zu blicken.«

»Kannst du's ihr verdenken? Vor nur sechs Monaten hat sie von sich aus so zäh sie konnte gekämpft, um den Tod auf Abstand zu halten. Aus freien Stücken diese Tür zu öffnen und sich dem zu stellen, was auf der anderen Seite ist, wird das Schwierigste sein, was sie je wird tun müssen.«

»Ja, und das ist mit ein Grund, wieso ich glaube, dass sie nicht bereit ist für diesen Job, noch nicht. Schau, ich habe volles Mitgefühl für Hollis, sie hat wirklich viel durchgemacht, aber –«

»Sie braucht kein Mitgefühl. Sie muss arbeiten.«

»Sie ist noch nicht bereit zu arbeiten, falls du meine Meinung hören willst.«

»Sie glaubt, sie ist bereit.«

»Und was glaubst du?«, fragte Isabel herausfordernd.

»Ich glaube, sie muss arbeiten.«

Isabel seufzte. »Dieser Mörder ist bösartig. Die Morde waren brutal und bösartig. Falls Hollis sich seelisch darauf einstellen kann, die Tür zu öffnen, wird sie feststellen, dass unvorstellbare Panik und Schmerzen auf sie einstürmen.«

»Ich weiß.«

»Ich kann sie nicht drängen, Bishop.«

»Das will ich auch gar nicht.«

»Ich soll also nur da sein und sie auffangen, wenn sie den Halt verliert?«

»Nein. Konzentriere dich nicht darauf. Darum geht es hier nicht. Du machst schön deine Arbeit. Hollis ist intelligent, neugierig, hat eine gute Intuition und eine gute Beobachtungsgabe – das verbunden mit der Ausbildung, die sie bei uns bekommen hat, bedeutet, dass sie sich als Pluspunkt für die Ermittlungen erweisen wird. Wenn sie in der Lage ist, ihre übersinnliche Begabung zu nutzen, finden wir schnell heraus, ob sie mit den Folgen fertig wird.«

»Oder ob ich das kann. Womöglich ist sie am Ende ein Fall für die geschlossene Psychiatrie.«

»Möglich, aber schreib sie nicht von vornherein ab. Sie ist außergewöhnlich stark.« Bishop hielt inne, dann fügte er trocken hinzu: »Das drängendere Problem, würde ich sagen, ist, dass dieser Mörder, den wir zwei nur zu gut kennen, dich diesmal bemerkt hat. Soviel wir wissen, kann es sein, dass er sich an dich erinnert. Jedenfalls stehst du auf seiner Abschussliste.«

»Verdammt«, sagte Isabel.

4

Freitag, 13. Juni, 6.15 Uhr

Er wachte mit Blut an den Händen auf. Er bemerkte es nicht sofort. Der Wecker summte und summte, und er hatte vage das Gefühl, verschlafen zu haben. Schon wieder. Das passierte ihm in letzter Zeit häufig. Das Bettzeug war ein wüstes Durcheinander, in dem er sich verheddert hatte, und es war gar nicht so einfach, sich auf die andere Seite zu drehen, um nach dem lästigen Wecker zu schlagen, damit der verdammte Lärm ein Ende hatte.

Mit der Hand auf dem nunmehr schweigenden Wecker erstarrte er.

Seine Hand war ... da war Blut.

Langsam stemmte er sich auf einen Ellenbogen hoch und betrachtete seine Hand, beide Hände. Rötliche Flecken bedeckten die Handflächen. Getrocknete Flecken. Doch nun, da sie näher an seinem Gesicht waren, roch er das Blut auch, herb und metallisch, so intensiv, dass sich ihm der Magen umdrehte.

Das Blut. Schon wieder.

Er kämpfte sich aus dem Bett und eilte ins Bad. Im Waschbecken wusch er sich so lange die Hände, bis kein Anzeichen von Rot mehr zu sehen war. Er spritzte sich Wasser ins Gesicht und spülte den Mund aus in der Hoffnung, so den säuerlichen Geschmack der Angst loszuwerden.

Er hob den Kopf und sah in den Spiegel, mit den Händen stützte er sich am Waschbecken ab.

Ein bleiches gequältes Gesicht blickte ihm entgegen.

»O mein Gott«, flüsterte er.

8.00 Uhr

Isabel verlor bei der ersten Besprechung ihrer vierköpfigen Sonderkommission aus Polizei und FBI keine Zeit und erläuterte Detective Mallory Beck als Erstes, was die SCU zu etwas Besonderem machte.

Wie Rafe am Vortag nahm Mallory die Neuigkeit vergleichsweise ruhig auf und sagte nur: »Das ist aber eine ziemlich ungewöhnliche Spezialeinheit fürs FBI.«

Isabel nickte. »Eindeutig. Und es wird uns auch nur so lange geben, wie wir Erfolg haben.«

»So einfach ist das? Politik?«

»Mehr oder weniger. Wir sind in viel zu vielen Punkten zu unkonventionell. Außerdem kann das FBI uns und unsere Erfolge auch nicht benutzen, um sein Image aufzupolieren. Was wir tun, sieht zu oft nach Zauberei oder Hexerei aus statt nach Wissenschaft, und *das* will das FBI nicht an die große Glocke hängen, egal, wie hoch unsere Erfolgsquote ist. Insgeheim werden wir wegen unserer Erfolge bei den anderen Strafverfolgungsbehörden allmählich bekannt, aber beim FBI gibt es immer noch eine Menge Leute, die es nur zu gerne sähen, wenn wir versagen.«

»Aber das haben Sie bisher nicht?«

»Darüber könnte man vermutlich streiten.« Isabel schürzte die Lippen. »Ein paar sind uns entwischt. Aber die Erfolge sind sehr viel zahlreicher als die Misserfolge. Wenn man sie denn Misserfolge nennen will.« – »Sie etwa nicht?«

»Wir geben nicht so leicht auf. Bishop gibt nicht so leicht auf. Von daher ... bloß weil ein Fall alt ist, heißt das nicht, dass wir ihn vergessen haben oder nicht mehr daran arbeiten. Und das bringt mich wiederum auf unseren aktuellen Fall.« Sie erläuterte, dass man bei der SCU überzeugt war, es mit einem Mörder zu tun zu haben, der früher bereits zwei andere Städte in Angst und Schrecken versetzt und schon ein Dutzend Morde auf dem Gewissen gehabt hatte, ehe er nach Hastings gekommen war.

»Ich glaube, wir brauchen eine größere Soko«, versetzte Mallory trocken.

Rafe lächelte schwach, doch seine Antwort klang sachlich: »Genau genommen haben wir die ja auch. Jeder einfache Polizist und jeder Detective, den wir haben, wird sich mit irgendeinem Aspekt der Ermittlungen beschäftigen. Überstunden, mehr Leute für den Telefondienst, was eben nötig ist. Aber nur du und ich wissen von Hollis' und Isabels übersinnlichen Fähigkeiten. Und so soll es auch bleiben. Das Letzte, was ich will, ist, dass die Presse eine Jahrmarktssensation daraus macht.«

»Und das würde sie«, warf Isabel ein. »Wir haben es schon erlebt.«

Großartig, dachte Mallory, *noch etwas, das ich vor Alan geheim halten muss*. Laut sagte sie: »Ich weiß nicht viel über außersinnliche Wahrnehmung, wenn man mal von der Werbung für diese parapsychologischen Beratungstelefone absieht, aber ich vermute, keine von Ihnen kann den Täter einfach so für uns identifizieren?«

»Unsere Fähigkeiten sind nur ein weiteres Werkzeug«, erklärte ihr Isabel. »Wir setzen die üblichen Ermittlungstechniken ein wie jeder andere Cop auch, jedenfalls so weit wie möglich.«

Mallory reagierte eher resigniert als höhnisch. »Ja, hab ich mir schon gedacht, dass es so läuft.«

»Es kann nicht zu einfach sein«, sagte Hollis. »Es muss so sein, dass das Universum uns für alles arbeiten lässt.«

»Also, wie werden Ihre Fähigkeiten uns helfen, vorausgesetzt, sie helfen uns überhaupt?«, fragte Mallory. »Ich meine, was genau können Sie?«

»Ich bin Hellseherin«, sagte Isabel und erläuterte, wie die SCU den Begriff definierte.

»Sie müssen also etwas oder jemanden berühren, um Informationen über denjenigen zu erhalten?«

»Berühren hilft normalerweise, weil es die stärkste Verbindung herstellt. Aber manchmal erhalte ich auch willkürlich Informationen. Das sind normalerweise Belanglosigkeiten.«

»Zum Beispiel?« Mallory war sichtlich neugierig.

Ohne zu zögern, erzählte Isabel: »Sie hatten heute Morgen ein Zimtbrötchen zum Frühstück und haben deswegen ein schlechtes Gewissen.«

Mallory blinzelte, dann sah sie Rafe an.

»Unheimlich, was?«, bemerkte der.

Mallory räusperte sich und wandte den Blick Hollis zu, ohne auf Isabels Angaben einzugehen. »Und Sie?«

»Ich spreche mit Toten«, erwiderte Hollis mit einem sarkastischen Lächeln. »Genau genommen bin ich ein Medium.«

»Wirklich? Das muss ... beunruhigend sein.«

»Ich habe gehört, man gewöhnt sich daran.«

»Sie haben gehört?«

»Ich bin noch nicht lange dabei.«

Rafe runzelte die Stirn. »Sie sind nicht damit geboren worden?«

»Nicht ganz.« Hollis sah zu Isabel, und die erläuterte: »Manche Menschen besitzen verschüttete – inaktive – übersinnliche Gaben. Die meisten von ihnen wissen ihr ganzes Leben lang nichts von diesen Gaben und setzen sie nie ein. Möglicherweise haben sie manchmal ein merkwürdiges Gefühl oder erhaschen einen Wissensfetzen, den sie sich nicht logisch erklären können, aber im Allgemeinen ignorieren sie das oder tun es als Zufall ab.«

»Bis sich etwas ändert«, erriet Rafe.

»Genau. Hin und wieder geschieht etwas, das dafür sorgt, dass diese Menschen entweder bewusst oder unbewusst ihre bis dahin schlummernden Gaben anzapfen und beginnen, sie wirklich zu nutzen.«

»Was könnte das sein?«, fragte Mallory argwöhnisch.

»Am verbreitetsten und wahrscheinlichsten ist ein Szenario, in dem jemand mit verschütteten übersinnlichen Gaben durch eine körperliche, emotionale oder psychische Verletzung zu einem Adepten wird – das ist unsere Bezeichnung für einen aktiven übersinnlich Begabten. Die häufigste Ursache ist eine Kopfverletzung, aber es kann auch beinahe jedes andere schwere Trauma sein. Generell lässt sich sagen: Je größer der Schock des Erwachens, desto stärker die Gaben.«

»Also hat Hollis ...«

»Wir beide. Wir haben beide ein traumatisches Ereignis überlebt«, sagte Isabel ganz nüchtern. »Und wurden dadurch zu aktiven übersinnlich Begabten.«

9.00 Uhr

Officer Ginny McBrayer legte auf, sah einen Augenblick stirnrunzelnd auf ihren Notizblock und überlegte fieberhaft. Dann stand sie auf und ging um die Ecke zu Travis' Schreibtisch. »Hey, ist der Chief immer noch in dieser Besprechung?«

Travis telefonierte selbst, befand sich aber offensichtlich in einer Warteschleife: Er hatte die Füße auf den Tisch gelegt, einen gelangweilten Gesichtsausdruck aufgesetzt und den Hörer nur halb am Ohr. Er erwiderte: »Ja. Er darf nicht gestört werden, es sei denn, es ist ein Notfall. Oder ›sachdienlich‹, sagte er, glaube ich.«

»Das könnte hier zutreffen.« Ginny reichte ihm den Zettel mit der Nachricht. »Was glaubst du?«

Travis las den Zettel, dann suchte er auf seinem unordentlichen Schreibtisch nach etwas. Schließlich förderte er ein Klemmbrett zutage. »Hier ist die Liste, die wir bis jetzt haben. Frauen im passenden Alter, die in einem Umkreis von fünfzig Meilen um Hastings als vermisst gemeldet worden sind. Zehn in den letzten drei Wochen. Es waren zwölf, aber zwei von ihnen sind wieder nach Hause gekommen.«

Ginny überflog die Liste, dann nahm sie ihren Zettel und runzelte die Stirn. »Ja, aber die Meldung, die ich gerade aufgenommen habe, ist von hier, von der Milchfarm gleich vor der Stadt. Ihr Ehemann war wirklich außer sich.«

»Okay, dann sag's dem Chief.« Travis zuckte mit den Achseln. »Ich warte auf die Urkundsbeamtin wegen der Grundstücke, die Jamie Brower gehört haben. Sie hat mich in die Warteschleife gehängt. Erinnere mich daran, dass ich ihr sage, sie sollen mal neue Musik aussuchen, ja? Von diesem Mist kriege ich Kopfschmerzen.«

»Ich will die Besprechung nicht stören.« Ginny ignorierte Travis' belangloses Geplauder. »Was, wenn es nichts ist?«

»Und was, wenn es doch was ist? Los, klopf an und melde den Anruf. Besser, er ist sauer über eine Störung, als dass er sauer ist, weil du ihm etwas nicht gesagt hast, das du ihm hättest sagen müssen.«

»Du hast leicht reden«, murrte Ginny. Doch dann wandte sie sich von seinem Schreibtisch ab und ging zum Besprechungszimmer.

»Keine von Ihnen hatte von Geburt an übersinnliche Fähigkeiten?«, fragte Mallory überrascht nach. »Aber ...«

Isabel lächelte, sagte jedoch: »Verständlicherweise sind wir beide nicht begierig darauf, über das zu sprechen, was uns widerfahren ist. Wenn es Ihnen also nichts ausmacht, tun wir das auch nicht. Wir sind selbstverständlich beide ausgebildete Ermittler, und ich bin Profiler. Außerdem haben wir die volle Unterstützung der SCU und Zugang zu den Hilfsquellen von Quantico. Aber alles, was Hollis und ich durch unsere besonderen Fähigkeiten oder unseren Spinnensinn in Erfahrung bringen, muss als Dreingabe betrachtet werden. Verlassen kann man sich darauf nicht.«

Rafe musterte sie. »Spinnensinn?«

»Das ist nicht so abgedreht, wie es klingt.« Sie lächelte. »Nur unsere inoffizielle Bezeichnung für die Verstärkung der normalen fünf Sinne. Bishop hat das entdeckt und er hat es den meisten von uns beigebracht. Damit können wir uns auf unser Sehvermögen, unser Gehör und die anderen Sinne konzentrieren und sie verstärken. Wie alles andere variiert auch diese Fähigkeit in Stärke, Genauigkeit und Kontrolle von Agent zu Agent. Auch im besten Fall ist es kein riesengroßer Vorteil, aber ab und an soll es schon hilfreich gewesen sein.«

»Ich habe eine Frage«, sagte Mallory.

»Nur eine?«, murmelte Rafe.

»Schießen Sie los«, forderte Isabel sie auf.

»Warum Sie? Ich meine, warum hat Ihr toller Bishop ausgerechnet Sie hier runtergeschickt? Sie stimmen bis aufs i-Tüpfelchen mit dem Profil der Opfer überein, es sei denn, es hat eine Änderung gegeben, von der ich noch nichts weiß.«

»Es ist noch schlimmer«, erzählte Rafe seiner Mitarbeiterin in grimmigem Ton. »Isabel glaubt, der Mörder hat sie bereits entdeckt. Und sie seiner Liste hinzugefügt.«

»Tja, ich muss sagen, das überrascht mich nicht.« Mallory sah die blonde Agentin mit erhobener Augenbraue an. »Also, warum sind Sie immer noch hier? Köder?«

»Nein«, warf Rafe unverzüglich ein.

»Wir haben noch etwas Zeit, bevor das zum Problem wird«, sagte Isabel. »Dieser Kerl lernt seine Opfer erst kennen, bevor er sie ermordet, oder er muss zumindest das Gefühl haben, sie zu kennen, und mich kennt er nicht. Jedenfalls hat der Grund, aus dem ich hier bin, viel mehr Gewicht als jedes Risiko, das ich als potenzielles Opfer eingehe.«

»Und welcher Grund wäre das?«

»Wie ich Rafe gestern schon gesagt habe, überall gibt es Muster und Verbindungen, wir müssen sie nur finden.« Isabel sprach mit Bedacht. »Ich habe eine Verbindung zu diesem Mörder. Vor zehn Jahren hat er eine Freundin von mir ermordet, und vor fünf Jahren war ich in Alabama an den Ermittlungen in einer zweiten Mordserie beteiligt.«

Mallory runzelte die Stirn, sie war ganz Ohr. »Wollen Sie damit sagen, Sie kennen ihn? Aber wenn Sie ihn kennen, bedeutet das dann nicht, dass er Sie auch kennt? So, wie er seine

Opfer kennen muss? Wird das dann nicht doch sehr schnell zum Problem?«

»Nein. Ich war noch nicht bei der Polizei, als meine Freundin getötet wurde, ich war nur ein schockierter trauernder Teil ihres Lebens – und ihres Todes. Und an den offiziellen Ermittlungen in Alabama war ich ganz am Rande beteiligt. Als ich offiziell dazustieß, hatte er schon sein sechstes Opfer ermordet und war weitergezogen. Von daher steht es fifty-fifty, dass er von meiner Beteiligung an den früheren Ermittlungen nicht einmal weiß.«

»Aber Sie stehen auf seiner Abschussliste.«

»Ja, aber nicht als nächstes Opfer. Ich bin nicht von hier, deshalb wird es ihm nicht so leicht fallen, sich Informationen über mich zu beschaffen, zumal ich nicht vorhabe, jemandem außerhalb dieser Ermittlungen allzu viel von mir zu erzählen.«

»Und innerhalb?«, fragte Mallory. »Wir hatten zumindest die Vermutung, der Täter könnte ein Cop sein. Ist das schon ausgeschlossen worden?«

»Leider nicht. Unser Eindruck ist, dass wir es nicht mit einem Cop zu tun haben, aber einige Elemente seines Modus Operandi lassen es zumindest möglich erscheinen.«

»Zum Beispiel?« Rafe runzelte die Stirn. »Wir haben das aktualisierte Profil noch nicht gesehen«, erinnerte er sie.

»Ich habe hier Kopien für Sie beide«, erwiderte Isabel. »Im Vergleich zum ersten Profil hat sich nicht viel verändert, was unseren Unbekannten betrifft. Da wir es bei diesem Mörder mit einem Zeitrahmen von mindestens zehn aktiven Jahren zu tun haben, haben wir sein mögliches Alter nach oben abgeändert. Damit ist er ein männlicher Weißer, dreißig bis fünfundvierzig Jahre alt, überdurchschnittlich intelligent. Er hat eine feste Arbeit und möglicherweise eine Familie oder eine Lebensgefährtin, und im Alltag kommt er gut zurecht. Mit anderen Worten, dieser Mann ist nicht sichtbar gestresst oder sonst wie mit sich selbst im Unreinen.

Blondinen sind nur sein neuestes Ziel. Bei den früheren Morden hat er zuerst vor zehn Jahren in Florida Rothaarige umgebracht und dann vor fünf Jahren in Alabama Brünette. Was übrigens auch ein Grund dafür ist, dass er mich vor zehn Jahren nicht bemerkt hätte, selbst wenn er mich gesehen hätte. Er ist immer sehr auf seine Opfer und potenziellen Opfer fixiert, und ich hatte beide Male die falsche Haarfarbe.«

»Was ist mit den Punkten, die darauf hindeuten könnten, dass er ein Cop ist?«, fragte Rafe.

»Die zentrale Frage dieser – und der beiden vorigen – Ermittlungen ist doch: Wie ist es ihm gelungen, diese Frauen zu überreden, ihn ruhig und gelassen an abgelegene Orte zu begleiten? Die Frauen waren alle intelligent und sehr clever, in mehreren Fällen sogar in Selbstverteidigung ausgebildet. Keine von ihnen war dumm. Also wie hat er sie dazu gebracht, mit ihm zu gehen?«

»Autoritätsperson«, sagte Rafe. »Das muss es sein.«

»Das denken wir auch. Folglich können wir Cops nicht ausschließen. Wir können aber auch nicht ausschließen, dass er wie ein Geistlicher oder wie irgendeine andere vertrauenswürdige Autoritätsperson aussieht. Jemand aus der Politik, jemand, der in der Stadt gut bekannt ist. Wer es auch sein mag, diese Frauen haben ihm vertraut, zumindest die fünf oder zehn Minuten, die er gebraucht hat, bis sie mit ihm allein waren, bis sie ihm ausgeliefert waren. In ihren Augen wirkt er zuverlässig. Er sieht ungefährlich aus.«

Mallory meinte: »Vorhin sagten Sie, er hätte schon vor Hastings ein Dutzend Frauen ermordet. Genau zwölf?«

»Sechs Frauen in sechs Wochen, beide Male.«

»Also nur Frauen«, hielt Mallory fest. »Unter dem Strich kommt also raus, er hasst Frauen.«

»Er hasst sie, er liebt sie, er begehrt sie, er braucht sie – das geht wahrscheinlich ineinander über. Er hasst sie wegen dem, was sie sind, entweder, weil sie für das stehen, was er will, aber nicht haben kann, oder, weil er sich irgendwie von ihnen entmannt fühlt. Indem er sie ermordet, bekommt er Macht über sie, bekommt er die Kontrolle. Das braucht er, er muss sich stärker als sie fühlen, er muss fühlen, dass er sie beherrscht.«

»Ein männlicher Mann«, sagte Hollis. Ihr Spott war unüberhörbar, doch nicht sehr überzeugend.

Isabel nickte. »Das will er jedenfalls glauben. Und uns glauben machen.«

Alan Moore fand schon immer, jemand habe seiner Vorstellung von Ironie Ausdruck verleihen wollen, indem er den zentralen Arbeitsbereich in den Büros des *Chronicle* »Nachrichtenredaktion« genannt hatte. Denn in Hastings geschah nie irgendetwas Berichtenswertes.

Jedenfalls nicht bis zum ersten Mord.

Selbstverständlich hatte es auch früher schon Morde in Hastings gegeben. In einer Stadt mit beinahe zweihundertjähriger Geschichte wurden zwangsläufig hin und wieder Morde verübt. Aus Gier, aus Eifersucht, aus Gehässigkeit oder aus Wut hatten Menschen sterben müssen.

Doch bis zu dem Mord an Jamie Brower war niemand vom reinen Bösen ermordet worden.

Alan hatte sich auch nicht gescheut, in seiner Berichterstattung über die Morde und die entsprechenden Ermittlungen darauf hinzuweisen. Und nicht einmal Rafe hatte ihm deswegen – öffentlich oder privat – den Vorwurf gemacht, er betreibe Sensationsmache mit diesen Morden.

Manches konnte man eben einfach nicht leugnen, verdammt noch mal. Etwas Böses suchte Hastings heim, und die Tatsache, dass es auf zwei Beinen herumlief und sich als menschliches Wesen ausgab, änderte nichts daran.

»Wie oft habe ich dir schon gesagt, du sollst deine vermaledeite Post selbst abholen, Alan?« Callie Rosier, die Fotografin des *Chronicle*, ließ mehrere Umschläge auf Alans bereits überfüllten Schreibtisch fallen. »Sie befindet sich in einem kleinen Kasten mit deinem Namen drauf, gleich auf der anderen Seite dieser Wand. Du kannst ihn absolut nicht verfehlen.«

»Ich habe doch nur gesagt, du könntest meine mitbringen, wenn du deine holst. Was ist daran falsch?«, erwiderte Alan.

»Was soll nur dieses ewige ›wo du schon mal dabei bist‹ von euch Männern?« Sie ging weiter zu ihrem eigenen Schreibtisch und setzte sich kopfschüttelnd. »Ihr schwitzt euch das Hirn aus dem Schädel, indem ihr jeden Morgen meilenweit rennt und in der Muckibude Gewichte stemmt, damit ihr in euren Jeans gut aussieht, aber dann nervt ihr alle um euch herum, sie sollen euch euren Kram holen, obwohl der sich im selben Raum befindet. Himmel!«

»Musst du keinen Film entwickeln?« Die Frage war eher aus Gewohnheit als aus Neugier geboren. Zudem war Alan nicht ganz bei der Sache, da er gerade seine Post durchsah.

»Nein. Warum bieten die mir bloß alle Kreditkarten an?«

»Aus dem gleichen Grund, aus dem sie sie mir auch anbieten«, entgegnete Alan und warf diverse Angebote in seinen bereits überquellenden Papierkorb. »Weil sie unsere Kreditwürdigkeit nicht überprüft haben.« Er betrachtete die übrig gebliebene Post, einen großen braunen Umschlag ohne Absenderangabe, und riss ihn nach kurzem Zögern auf.

»Ich glaube, die Firmen, die einem diese Werbung schicken, haben sie nicht mehr alle«, sagte Callie und studierte den Inhalt eines Umschlags mit der Aufschrift »EILT!« »Sie machen sich nicht einmal mehr die Mühe, das Zeug an die richtige Zielgruppe zu adressieren. Ich bitte dich, klingt Callie etwa wie ein männlicher Vorname? Der hier hätte an dich gehen sollen. Nehmen Sie diese kleine blaue Pille, dann bekommen Sie fünf Zentimeter dazu. Du hättest doch bestimmt gerne fünf Zentimeter mehr. Und mehr Durchhaltevermögen, heißt es hier.«

»Ich glaub', ich werd' nicht mehr.«

»Was denn – normal?«

Er sah zu Callie und erkannte, dass sie sich auf ihre eigene Post konzentrierte und gar nicht mit ganzem Herzen bei ihrem Gespräch war. Nach kurzem Zögern erwiderte Alan beiläufig: »Ja, genau.« Dann wandte er den Blick wieder seiner Post zu und wiederholte, diesmal kaum hörbar: »Ich glaub', ich werd' nicht mehr.«

Rafe nahm den Zettel entgegen, stellte Officer McBrayer geistesabwesend den FBI-Agenten vor und las dann die Mitteilung. »Ihr Ehemann sagt, sie ist seit Montag weg?«

»Er glaubt, seit Montag.« Ginny gab sich Mühe, so energisch und professionell wie möglich zu klingen, obwohl sie nervös war und wusste, dass man es ihr anmerkte. »An dem Nachmittag hat er sie nicht gesehen, und zwei kalbende Kühe haben ihn die ganze Nacht in den Ställen festgehalten. Er sagt, es könnte auch seit Dienstag sein. Da hat er gemerkt, dass sie nicht zu Hause war. Er dachte, sie würde eine Freundin in der Stadt besuchen, weil sie das häufiger tut, aber als sie nicht nach Hause kam, hat er nachgefragt. Sie war nicht dort. Er hat bei allen nachgefragt, die ihm einfielen – sie war nirgendwo. Ich glaube, es hat ein Weilchen gedauert, bis ihm klar war, dass er sich Sorgen machen sollte.«

»Ja«, murmelte Rafe, »Tim Helton ist nicht gerade der Hellsten einer.«

»Die Untertreibung des Jahres«, warf Mallory ein. »Nach allem, was ich gehört habe, kam er einmal auf die Idee, dass sein Traktor mit Schwarzgebranntem genauso gut fahren würde wie mit Sprit. Weiß nicht, ob er einfach nur schlechten Stoff erwischt hatte oder was, jedenfalls ist dem Trottel alles um die Ohren geflogen, und fast hätte es ihn dabei erwischt.«

»Schwarz gebrannter Schnaps?«, fragte Isabel neugierig. »Brauen die das Zeug immer noch?«

»Ob Sie's glauben oder nicht. Wir hatten wegen der Schwarzbrennereien in den letzten Jahren ein paar Mal die

Alkoholfahnder hier. Wenn Sie mich fragen, ist das ja ein ziemlicher Aufwand, aber die Schwarzbrenner glauben offenbar, dass es das wert ist. Entweder das, oder sie sehen nicht ein, dem Staat auch nur einen Cent mehr als unbedingt nötig zu zahlen.«

Rafe sagte: »Und es gibt mindestens eine Survivalistengruppe in der Gegend. Bei denen gilt die Regel, dass man alles, was man braucht, selbst herstellt. Auch Schnaps.« Er machte sich eine Notiz auf dem Block vor ihm, dann gab er der Polizistin den Zettel zurück. »Okay, Standardvorgehensweise, Ginny. Ich möchte, dass ein Detective da draußen mit Tim spricht, und ich will eine Liste mit Orten, an denen sie sich vielleicht befinden könnte. Freunde, Verwandte, jeder, den sie besucht haben könnte. Von jetzt an behandeln wir jede vermisste Person, ob Mann oder Frau, als potenzielles Mordopfer.«

»Ja, Sir.«

Als die junge Polizistin aus dem Raum geeilt war, sagte Isabel: »Heißt das, die Leute geraten langsam in Panik? Ich meine, werden außergewöhnlich viele Frauen als vermisst gemeldet?«

Er nickte. »O ja. In den letzten drei Wochen haben sich die Meldungen verzehnfacht. Die meisten kommen innerhalb von vierundzwanzig Stunden nach Hause, oder man stellt fest, dass sie Verwandte besuchen oder mit Scheidungsanwälten reden, oder sie sind einfach nur im Supermarkt.«

»Die meisten. Aber nicht alle.«

»Wir vermissen immer noch ein paar hier in der Region, aber wir konnten noch in keinem Fall eine freiwillige Abwesenheit ausschließen.«

»Das wird wahrscheinlich noch mehr«, bemerkte Isabel.

»Das Problem ist«, sagte Mallory, »wir müssen jede Meldung ernst nehmen, wie Rafe schon gesagt hat. Es werden also viele Mitarbeiter damit beschäftigt sein, nach Frauen zu suchen, die gar nicht verschwunden sind oder die weggelaufen sind und nicht gefunden werden wollen. Letzte Woche hat mich eine Frau verflucht, weil ich sie gefunden *habe*.«

»Motel?«, fragte Isabel scharfsinnig.

»Hm-hm. Unnötig zu sagen, dass sie nicht allein war.«

»Trotzdem müssen wir nach ihnen suchen«, sagte Hollis.

Rafe nickte. »Keine Frage. Ich hoffe nur, das macht den Fall nicht zu unübersichtlich. Oder erschöpft Mittel, die wir für anderes benötigen.«

»Inzwischen«, meinte Isabel, »müssen wir hier in diesem Raum uns zumindest auf das konzentrieren, was wir schon haben. Drei ermordete Frauen.«

Rafe erwiderte: »Sie haben gesagt, es gibt immer einen Auslöser. Da sei immer etwas Bestimmtes, das den Tötungszwang bei ihm auslöst.«

»So muss es sein«, antwortete Isabel. »Sie haben selbst gesagt, dass fünf Jahre für einen Serienmörder eine verdammt lange Stillhalteperiode sind. Das stimmt auch, besonders nach einer so heftigen sechswöchigen Mordorgie. Eine so lange Lücke bedeutet normalerweise entweder, dass an einem anderen Ort Morde unbemerkt geblieben sind oder jedenfalls nicht mit ihm in Verbindung gebracht wurden, oder, dass er irgendwo im Gefängnis sitzt oder sonst wie nicht in der Lage ist, weiter zu morden.«

»Soweit ich sehe, sind Sie sicher, dass das hier nicht der Fall ist.«

»Als er vor fünf Jahren in Alabama zugeschlagen hat, haben wir sämtliche Polizeiakten über ungeklärte Mordfälle in den USA durchforstet. Nirgends der gleiche Modus Operandi, außer bei der Mordserie fünf Jahre zuvor. Wir waren davon überzeugt, dass er in diesem Fünf-Jahres-Zeitraum inaktiv gewesen war, aber wir konnten keinen auch nur entfernt passenden Verdächtigen finden, der genau so lange im Gefängnis gesessen hatte. Gestern haben wir Quantico gebeten, das noch einmal zu prüfen. Den Informationen zufolge, die wir dabei aus den Datenbanken erhalten haben, ist er auch in den fünf Jahren seit Alabama inaktiv gewesen. Bis er vor etwas mehr als drei Wochen angefangen hat, in Hastings zu morden.«

Mit finsterem Blick rieb Mallory sich die Schläfe. »Also gibt es bei ihm irgendeinen Auslöser, und dann bringt er sechs Frauen in sechs Wochen um. Danach ist sein Verlangen offenbar erst mal gestillt, und er verschwindet, bevor die Cops auch nur die leiseste Chance haben, ihn festzunehmen. Warum sechs Frauen?«

»Das wissen wir nicht«, erwiderte Isabel. »Die Anzahl muss wichtig sein, weil sie beide Male genau die gleiche war, aber wir wissen nicht, in welcher Hinsicht oder warum. Wir können nicht einmal völlig sicher sein, dass er diesmal auch bei sechs aufhört. Es könnte eine Eskalation geben. Früher oder später steigt meistens die Zahl der Opfer solcher Mörder, oder sie werden immer bösartiger und einfallsreicher in ihrer Vorgehensweise.«

Mallory schüttelte den Kopf. »Großartig. Die Aussichten waren ja auch noch nicht schlecht genug. Also ermordet er mindestens sechs Frauen. Zieht dann woanders hin. Wartet fünf Jahre – aber nicht ganz genau, oder?«, unterbrach sie sich.

Isabel schüttelte den Kopf. »Nicht auf den Tag genau, nein. Die Pause zwischen der ersten und der zweiten Mordserie dauerte in Wirklichkeit vier Jahre und zehn Monate. Die Pause zwischen der letzten Serie und dieser hier dauerte fünf Jahre und einen Monat. Plus minus ein paar Tage.«

»Okay. Aber nach seiner sechswöchigen Mordorgie zieht er woanders hin, lässt sich dort nieder, gewöhnt sich ein. Das heißt, wir suchen nach jemandem, der noch nicht länger als fünf Jahre in Hastings lebt, richtig?«

»Oder nach jemandem, der früher hier gelebt hat und wieder hierher zurückgezogen ist. Oder nach jemandem, der in Hastings arbeitet, aber außerhalb wohnt – oder andersherum. Oder nach jemandem, der alle paar Jahre einen langen Urlaub nimmt. Das ist zumindest eine weitere Möglichkeit.«

»Er fährt in Urlaub, um Menschen zu ermorden?«

»Wir haben schon Merkwürdigeres erlebt. Vielleicht kundschaftet er seine Jagdreviere vorher aus, wählt seine Opfer und kehrt später zurück, um die Morde zu verüben.«

Isabel schüttelte den Kopf. »Im Ernst, wenn Sie einmal auf die Karte sehen, stellen Sie fest, dass die beiden vorigen Jagdreviere und Hastings alle im Radius von einer Tagesfahrt liegen, wenn auch in drei verschiedenen Bundesstaaten. Wir können also nicht einmal ausschließen, dass er irgendwo in der Mitte seiner drei Jagdreviere lebt und es irgendwie geschafft hat, genug Zeit an jedem Ort zu verbringen, um seine Opfer kennen zu lernen.«

»O mein Gott, ich hatte gehofft, wir könnten die Möglichkeiten wenigstens etwas einschränken.«

Hollis sagte: »Denken Sie daran, das Universum macht es uns niemals leicht. Wahrscheinlich sind die einzigen Leute, die wir ganz ausschließen können, diejenigen, die in den letzten fünfzehn Jahren ununterbrochen in Hastings gelebt haben. Und das meine ich wörtlich: kein Urlaub von, sagen wir, mehr als zwei Wochen. Kein Studium in einer anderen Stadt, keine Besuche außerhalb der Stadt, keine Tagesausflüge zu genau den richtigen Zeiten.«

Mallory verzog das Gesicht. »Und das ist einfach unmöglich. Selbst diejenigen von uns, die hier geboren sind und ihr ganzes Leben lang hier gelebt haben, gehen normalerweise woanders aufs College oder verreisen oder so etwas. Und Tagesausflüge? Man kann prima einkaufen in Columbia, Atlanta oder in anderen Städten, die an einem Tag mit dem Auto zu erreichen sind.«

»Das habe ich befürchtet«, sagte Isabel seufzend.

Mallory nickte. »So etwas ist derart verbreitet, dass ich bezweifle, ob wir herausfinden, wer speziell in den fraglichen sechs Wochen fort war oder wöchentlich Tagesausflüge unternommen hat, jedenfalls nicht ohne jede Menschenseele in der Stadt zu fragen, und wahrscheinlich auch dann nicht. Wer erinnert sich schon an ein bestimmtes Datum, das Jahre her ist? Und wie gesagt, die Leute fahren nun einmal weg, in Urlaub oder geschäftlich, sie studieren woanders. Ich war drei Jahre in Georgia und habe dort das College abgeschlossen. Bei dir waren es vier, stimmt's, Rafe?«

»Ja. Ich bin auf die Duke in North Carolina gegangen.« Er seufzte. »Wie Mal schon sagt, wir sind alle gereist, aus Hastings weg gewesen, die meisten mehr als ein Mal. Und die Leute unternehmen regelmäßig Tagesausflüge zum Einkaufen, auch in andere Bundesstaaten. Ich habe das Gefühl, das wird uns nicht sehr helfen, den Kreis der Verdächtigen einzugrenzen.«

»Wahrscheinlich nicht«, stimmte Isabel zu. »Wenn wir aber so viel Glück haben sollten, den einen oder anderen Verdächtigen zu finden, dann haben wir jetzt ein paar konkrete Fragen, die wir ihm stellen können ...«

Hollis klinkte sich nicht absichtlich aus der Diskussion aus. Sie wollte es nicht. Trotz der Wiederholung von Einzelheiten, die ihr bereits bekannt waren, war das alles immer noch so neu für sie, dass sie den Ermittlungsprozess an sich interessant, ja, sogar spannend fand.

Zuerst war ihr nicht einmal bewusst, dass Isabels Stimme einer eigenartigen dumpfen Stille gewichen war. Doch dann merkte sie, dass die Diskussion um sie herum gedämpft klang, wie in weite Ferne gerückt. Sie spürte, wie die feinen Härchen auf ihrem Körper sich aufrichteten und ihre Haut prickelte.

Es war kein angenehmes Gefühl.

Sie sah die anderen am Tisch an, beobachtete, wie ihre Münder sich bewegten, hörte jedoch nur hin und wieder ein Wort, gedämpft und undeutlich. Und auch die Kollegen selbst kamen ihr anders vor. Verschwommen, beinahe verblasst. Mit jedem Augenblick schienen sie in weitere Ferne zu rücken, und das machte ihr Angst.

Ehrlich gesagt versetzte es sie in Panik.

Sie öffnete den Mund, um etwas zu sagen, oder um es wenigstens zu versuchen, doch zugleich drängte sie ein neuer, unvertrauter Instinkt, den Kopf in Richtung Tür zu drehen. Unwillkürlich sah sie hin.

An der Tür stand eine Frau.

Eine blonde Frau.

Sie war deutlicher zu sehen als die Kollegen um Hollis herum, irgendwie war sie heller und schärfer umrissen. Sie war schön, mit perfekten zarten Gesichtszügen. Ihr Haar glänzte golden, ihre Augen waren von einem klaren durchdringenden Blau.

Ihr Blick war fest auf Hollis gerichtet.

Sie öffnete den Mund und begann zu sprechen.

Ein Frösteln überlief Hollis, und sie sah rasch fort. Instinktiv versuchte sie, die Tür wieder zu schließen, ihre Verbindung zu dem Ort, von dem die Frau gekommen war, zu unterbrechen.

Es war ein kalter finsterer Ort, und er flößte Hollis schreckliche Angst ein.

Denn es war der Tod.

Mallory rieb sich erneut die Schläfe. »Okay, zurück zu dem, was bei ihm der Auslöser ist. Was kann das sein?«

Isabel antwortete bereitwillig, allerdings nicht besonders informativ. »Etwas ganz Bestimmtes, aber wir wissen nicht, was, zumindest noch nicht. Die Abstände zwischen den Mordserien könnten mit seinem Bedürfnis, die Frauen kennen zu lernen, erklärt werden.«

»Könnten«, sagte Rafe. »Aber sicher sind Sie sich nicht?«

»Ich bin mir sicher, dass er spüren muss, dass er sie kennt. Während er sie kennen lernt, erfährt er vielleicht etwas über sie – zumindest beim ersten Opfer war das so –, was bei ihm als Auslöser fungiert, was den Knopf drückt. Oder vielleicht muss er auch ihr Vertrauen gewinnen. Das könnte Teil seines Rituals sein, zumal diese Frauen ja offenbar ihr Auto stehen lassen und bereitwillig mit ihm gehen.«

»Er sucht sich die sechs Frauen nicht alle schon aus, bevor er zu morden beginnt, stimmt's? Sonst wären Sie ja nicht auf seine Liste gekommen.«

»Guter Hinweis.« Isabel nickte. »Ein weiterer Punkt ist, dass er offenbar fähig ist, neben der Frau, die er gerade beschattet, eine weitere Frau zur Kenntnis zu nehmen und sogar als künftiges Opfer auszuwählen. Wenn der Kerl mordet, tut er es zwar in einem Zustand der Raserei, aber es wird doch deutlich, dass er durchaus in der Lage ist, bis zu dem Moment, in dem er sie umbringt, kühl und ruhig zu denken.«

»Wir müssen sie finden.«

Alle sahen zu Hollis. Ihre Stimme klang gepresst, und ihre Miene wirkte sichtlich angespannt. Sie kaute auf einem Daumennagel, der, wie Rafe bemerkte, bereits abgekaut war.

»Er spioniert ihr genau in diesem Augenblick hinterher. Beobachtet sie. Denkt darüber nach, was er mit ihr tun wird. Wir müssen …«

»Hollis.« Isabel sprach leise. »Wir tun alles, was wir können, um sie zu finden, bevor er sie schnappt. Aber das können wir nur, indem wir mit den Frauen anfangen, die er schon ermordet hat. Wir müssen herausfinden, was sie außer der Haarfarbe gemeinsam haben. Was sie miteinander verbindet. Und mit ihm.«

Hollis blickte ihre Partnerin an, doch sie sah sie kaum. »Wie kannst du da so ruhig bleiben? Du weißt, was mit ihr passieren wird. Wir wissen es beide. Wir wissen beide, wie es sich anfühlt. Die hilflose Panik, die Todesqualen …«

»*Hollis.*« Isabels Stimme war immer noch leise, doch da war ein Unterton, der ihre Partnerin blinzeln und auf dem Stuhl erstarren ließ.

»Es tut mir leid«, sagte Hollis. Sie presste die Fingerspitzen kurz auf die geschlossenen Augen, dann sah sie die anderen wieder an. »Es ist nur, dass ...« Diesmal unterbrach sie keiner der anderen.

Dennoch, etwas unterbrach sie.

Sie wandte abrupt den Kopf, als hätte jemand ihren Namen gerufen, und starrte auf die geschlossene Tür. Ihre Pupillen weiteten sich, bis von der Iris nur noch ein schmaler blauer Rand zu sehen war.

Rafe warf Isabel einen raschen Blick zu und stellte fest, dass sie ihre Partnerin mit verengten Augen aufmerksam beobachtete. Als er wieder zu Hollis sah, war diese noch bleicher als zuvor und zitterte merklich.

»Warum sind Sie hier?«, flüsterte sie und sah etwas an, was die Übrigen nicht sehen konnten. »Warten Sie, ich kann Sie nicht hören. Ich möchte aber. Ich möchte Ihnen helfen. Aber ...«

Sanft fragte Isabel: »Wer ist es, Hollis? Wen siehst du?«

»Ich kann sie nicht hören. Sie versucht, mir etwas zu sagen, aber ich kann sie nicht hören.«

»Hör zu. Konzentrier dich.«

»Ich versuch's ja. Ich sehe sie, aber ... Sie schüttelt den Kopf. Sie gibt auf. Nein, warten Sie ...«

Rafe erschrak, als seine Ohren knackten. Dann sackte Hollis auf ihrem Stuhl in sich zusammen. Rafe sagte sich, das habe er sich nur eingebildet, dennoch fragte er: »Wer war das? Wen haben Sie gesehen?«

Hollis warf ihm einen verständnislosen Blick zu, dann sah sie an ihm vorbei zu der Anschlagtafel, an der sie Fotos und andere Informationen über die Opfer angebracht hatten.

»Sie. Das erste Opfer. Jamie Brower.«

5

Freitag, 13. Juni, 14.30 Uhr

Emily Brower hätte es keiner Menschenseele gegenüber zugegeben, aber sie war eine grässliche Person. Eine grässliche Tochter. Eine grässliche Schwester. Ständig kamen Leute mit erschüttertem Blick und gedämpfter Stimme zu ihr, sagten ihr, wie sehr ihnen das mit Jamie leidtäte, und fragten sie, wie sie damit fertig würde.

»Gut, mir geht es gut«, erwiderte Emily stets.

Gut. Sie kam zurecht. Wurde damit fertig. Lebte ihr Leben weiter.

»Alles in Ordnung, wirklich.«

Sie war für ihre trauernden Eltern da. Erlaubte Menschen, die sie kaum oder gar nicht kannte, sie zu umarmen, während sie ihre Beileidsbekundungen flüsterten. Schrieb all den Menschen Danksagungen für ihre Beileidskarten und Blumen, weil ihre Mutter nur noch weinen konnte. Nahm, als die Neuigkeit allmählich bekannt wurde, all die Telefonate von Jamies Collegefreunden an.

»Ich stehe das schon durch.«

Ich bin eine Heuchlerin.

Sie hatten sich nie nahe gestanden, sie und Jamie, aber sie waren Schwestern gewesen. Von daher war Emily klar, dass sie etwas empfinden sollte, weil Jamie nun tot war, aufs Schrecklichste *ermordet* – etwas anderes als Ungeduld und Ärger.

Doch da war nichts.

»Ich weiß nicht, was sie in diesen letzten paar Wochen getan hat, Detective Beck«, antwortete Emily auf Mallorys

Frage. »Jamie hatte ihre eigene Wohnung, einen Job, der sie auf Trab gehalten hat, und sie ist gerne gereist. Sonntags ist sie alle paar Wochen zum Abendessen nach Hause gekommen, aber abgesehen davon ...«

»Sie haben sie nicht oft gesehen.«

»Nein. Sie war sechs Jahre älter als ich. Wir hatten eigentlich nichts gemeinsam.« Emily versuchte, nicht so ungeduldig zu klingen, wie ihr zumute war, während sie zugleich verstohlen die hoch gewachsene blonde FBI-Agentin beobachtete, die auf der anderen Seite des Wohnzimmers vor dem Einbauregal stand, in dem die Eltern Fotos und Trophäen von Jamie wie auf einem Altar aufgestellt hatten.

»Sie wissen also nicht, mit wem sie vielleicht ausgegangen ist?«

»Nein, das habe ich Ihnen doch schon gesagt.« Emily fragte sich, was die FBI-Agentin an all den Fotos und Urkunden so faszinierend fand. Hatte sie denn noch nie einen Privataltar gesehen?

»Wissen Sie, ob sie ein Adressbuch hatte?«

Emily sah Mallory Beck stirnrunzelnd an. »Jeder hat ein Adressbuch.«

»In ihrer Wohnung haben wir keins gefunden.«

»Dann muss sie es in ihrem Büro aufbewahrt haben.«

»Das in ihrem Büro enthält nur geschäftliche Informationen und Kontakte.«

»Tja, dann weiß ich auch nicht.«

»Sie hatte ein gutes Gedächtnis«, sagte Isabel plötzlich. Über die Schulter lächelte sie Emily zu. »Hier sind Preise für Rechtschreibung und Naturwissenschaften – für Chemie. Jamie musste sich nichts aufschreiben, oder?«

»Normalerweise nicht«, räumte Emily widerwillig ein. »Besonders Zahlen nicht. Telefonnummern. Und Mathe. Sie war gut in Mathe.«

Isabel kicherte. »So eine war sie, hm? Meine Schwester war auch gut in Mathe. Ich habe es gehasst. Hab aus den

Zahlen immer kleine Cartoons gemacht. Meine Lehrer fanden das gar nicht witzig.«

Emily musste lachen. »Ich habe immer versucht, Gesichter aus den Zahlen zu machen. Meine Lehrer mochten das auch nicht.«

»Tja ja. Ich habe festgestellt, dass es Zahlenmenschen und Wortmenschen gibt. Nur wenige sind in beidem gut.« Sie streckte die Hand aus und berührte eine gerahmte Urkunde auf dem Altar. »Sieht allerdings so aus, als wäre Jamie eine von den wenigen gewesen. Hier ist ein Preis für eine Kurzgeschichte, die sie auf dem College geschrieben hat.«

»Sie hat gerne Geschichten erzählt«, sagte Emily. »Selbst ausgedachte, aber auch Sachen, die ihr passiert waren.«

»Sie haben gesagt, sie ist gereist. Hat sie davon auch erzählt?«

»Manchmal hat sie sonntags beim Abendessen davon erzählt. Aber weil Mama und Papa dabei waren, nur von den langweiligen Sachen. Museen, Ausstellungen, Sehenswürdigkeiten.«

»Hat sie nie von den Männern erzählt, mit denen sie sich getroffen hat?«

»Nee, wenn man sie reden hörte, hätte man denken können, sie sei Nonne.«

»Aber Sie kennen natürlich die Wahrheit. Hat sie sich mit jemandem hier aus der Stadt getroffen?«

»Sie hat mit mir nicht über ihr Privatleben gesprochen.«

Erneut lächelte Isabel Emily zu. »Schwestern müssen nicht darüber reden, sie wissen es auch so, oder? Schwestern sehen immer, was los ist, weit besser als jeder andere.«

Emily schwankte einen Augenblick, aber dieses verständnisvolle verschwörerische Lächeln sorgte zusammen mit dem Stress und der Anspannung der letzten Wochen schließlich dafür, dass ihr Ärger sich verflüchtigte.

»Alle fanden immer, dass sie so perfekt ist, wissen Sie? Alles ist ihr so leicht gefallen. Sie war in allem gut, was sie angepackt hat, sie hat Unmengen Geld verdient. Aber da drunter hatte sie Angst. In den letzten paar Wochen vor ihrem Tod war das deutlich zu sehen. Für mich jedenfalls. Sie war nervös, schreckhaft, hat sich abgehetzt, als hätte sie zu viel zu tun und zu wenig Zeit. Sie hat sich vor Angst in die Hosen gemacht.«

»Warum?«, fragte Mallory leise.

»Wegen ihrem großen Geheimnis. Weil sie wusste, dass unsere Eltern und andere Leute fassungslos und enttäuscht wären, entsetzt. So etwas tut man in einer kleinen Stadt wie Hastings nicht, die Leute können das nicht akzeptieren. Und sie hatte immer Angst, dass sie es herausfinden. Immer.«

»Angst, dass sie was herausfinden, Emily?«, fragte Isabel.

»Dass sie lesbisch war.« Emily lachte. »Eine Lesbe. Aber wohlgemerkt nicht nur irgendeine Lesbe, das war es nicht, was nicht herauskommen durfte. Die liebe, nette, talentierte, für alles und jedes begabte Jamie war eine Domina. Sie hat schwarzes Lackleder, Stilettos und Netzstrümpfe angezogen und andere Frauen vor sich auf dem Boden kriechen und katzbuckeln lassen. Die mussten das tun, was sie ihnen befohlen hat.«

Isabel wirkte in keiner Weise überrascht. »Sind Sie sich da sicher, Emily?«

»Darauf können Sie Gift nehmen. Ich habe Fotos.«

Als sie wenige Minuten später in Mallorys Jeep stiegen, sagte Mallory: »Wussten Sie das über Jamie Brower schon, als wir kamen, oder haben Sie das da in dem Zimmer aufgeschnappt?«

»Ich habe es da aufgeschnappt. Das Haus hat mich praktisch angeschrien.«

»Im Ernst? Erstaunlich, wie manche Leute es schaffen, etwas zu verbergen. Wir haben nämlich vorher nichts davon herausbekommen, und sowohl Rafe als auch ich haben mehrfach mit Emily gesprochen. Mit Jamies Eltern, Freunden und Kollegen auch. Nicht der kleinste Hinweis darauf, dass Jamie in sexueller Hinsicht irgendwie ungewöhnlich veranlagt gewesen wäre.«

»Ja, ich habe die Aussagen gelesen, die Sie aufgenommen haben. Jamie hat sich auch mit Männern aus der Stadt getroffen, und mindestens zwei haben behauptet, in letzter Zeit sexuelle Beziehungen zu ihr gehabt zu haben.«

Mallory ließ den Motor an, legte jedoch noch keinen Gang ein. Stirnrunzelnd wandte sie sich Isabel zu. »Das ist nicht gelogen. Darauf würde ich meine Pension verwetten.«

»Das glaube ich auch. Schon weil sie bereit waren, intime Beziehungen einzuräumen und damit die Aufmerksamkeit der Polizei auf sich zu ziehen, sagen sie mit ziemlicher Sicherheit die Wahrheit. Aber ich glaube nicht, dass Jamie wirklich bisexuell war, dass sie Sex mit Männern *und* Frauen genossen hat.«

»Und warum hat sie dann mit den Männern geschlafen? Nur damit ihr geheimes Leben geheim bleibt?«

»Würde ich sagen. Emily hat Recht: In einer kleinen Stadt wie Hastings würde jede Frau, die so erfolgreich ist wie Jamie, davor zurückschrecken, sich zu ihrer Homosexualität zu bekennen. Vor allem wenn Peitschen, Ketten und schwarzes Leder im Spiel sind. Sie würde nicht wollen, dass ihr Kunde dieses Bild im Hinterkopf hat, während sie versucht, ihm ein Haus zu verkaufen.«

»Zum Teufel, ich will das Bild auch nicht in meinem Kopf. Aber jetzt ist es da.«

Isabel lächelte schief. »Kann ich verstehen. Die Frage ist, wie wichtig ist diese Information? Hat das den Tötungszwang bei unserem Mörder ausgelöst? Hat er herausgefunden, dass er Jamie Brower niemals so besitzen konnte, wie er es ersehnte? Hat er ihr Geheimnis entdeckt und dann gemerkt, dass er es aus einem anderen Grund nicht ertragen kann?«

»Oder«, führte Mallory den Gedankengang zu Ende, »ist

es eine unwesentliche Information, die mit Jamies Ermordung überhaupt nichts zu tun hat?«

»Genau.«

Mallory legte den Gang ein und fuhr zum Ende der kreisförmigen Einfahrt der Browers. »Tja, für uns ist die Information jedenfalls neu. Zum Glück wussten Sie aus eigener Erfahrung, was für eine Qual das Leben mit einer Schwester ist, und konnten sich in Emily einfühlen.«

»Ich habe gar keine Schwester«, erwiderte Isabel.

Nach einem Augenblick sagte Mallory: »Ah. Sie haben das, was Sie bei Emily aufgeschnappt haben, benutzt, um sie zum Reden zu animieren. Die Cartoon-Zahlen, die sie in der Schule gemalt hat. Dass sie miserabel in Mathe war, während ihre Schwester so gut darin war. Sie haben das benutzt, um eine Gleichgesinnte zu sein, um auf ihrer Seite zu sein, damit sie gerne mit ihnen redet. So lässt sich Ihre Fähigkeit also als Ermittlungswerkzeug einsetzen.«

»Ja«, sagte Isabel. »Ein Vorteil, der manchmal entscheidend ist. Aber ich habe dabei außerdem noch erfahren, dass Emily in dieser Familie praktisch unsichtbar war. Weshalb sie auch von Jamies geheimem Leben wusste. Weshalb sie mehr sah, als den anderen klar war. Und weshalb die Chancen gut stehen, dass sie etwas gesehen hat, wofür sie jetzt sterben muss.«

»Was?«

»Den Mörder ihrer Schwester.«

15.30 Uhr

Isabel schlug die Mappe zu und sah Rafe seufzend an. »Genau, wie ich es in Erinnerung hatte. Soweit wir bisher ermitteln konnten, waren die zwölf Frauen, die er ermordet hat, bevor er nach Hastings kam, alle heterosexuell. Keine erotischen Geheimnisse, weder mit noch ohne Peitschen und Ketten. Und Allison Carroll und Tricia Kane – das zweite und dritte Opfer hier – waren Ihren Informationen zufolge auch Heteros. Richtig?«

»Richtig.«

»Ich werde Quantico trotzdem bitten, die alten Akten wieder zu öffnen, vielleicht auch einen Agenten nach Florida und Alabama zu schicken, um das noch mal zu prüfen – besonders die Lebensläufe der ersten Opfer kurz vor ihrem Tod. Jetzt, wo wir Jamies geheimes Leben kennen, müssen wir feststellen, ob das etwas mit dem zu tun hat, was seinen Tötungsrausch auslöst, oder nicht.«

»Klingt logisch. Vielleicht hat er die Art Zurückweisung erfahren, die er nicht ertragen kann: Zurückweisung als Mann, weil er ein Mann ist.«

»Das ist gut möglich.«

Rafe betrachtete die drei kleinen Farbfotos, die Jamie Brower in voller Domina-Montur zeigten: ein silberbesetztes schwarzes Lederbustier, von Strapsen gehaltene Netzstrümpfe, Stilettos – und eine Peitsche.

Auf jedem der Fotos war eine weitere Frau zu sehen, kriechend und in eindeutig unterwürfiger Pose, genau wie Emily gesagt hatte.

Jamies Gesicht war unmaskiert und gut sichtbar, doch ihre Begleiterin war durch eine schwarze Lederkapuze und eine Maske völlig unkenntlich gemacht.

Er legte die Fotos nebeneinander auf den Tisch und studierte sie aufmerksam. »Ich würde sagen, das ist auf allen drei Fotos dieselbe Frau.«

Isabel nickte. »Und ich schätze, alle drei Fotos wurden am selben Tag aufgenommen. Bei derselben ... Sitzung. Obwohl es natürlich auch Teil ihres Rituals gewesen sein könnte, dass die Kostüme und ... ähm ... die Accessoires jedes Mal genau dieselben sind. Wir sollten also nicht zu viel hineininterpretieren.«

»Kann ich davon ausgehen, dass die zweite Frau keine Person ist, die ich kenne? Bitte?«

Isabel lächelte sarkastisch. »Das ist ganz schön verstörend, nicht wahr? Die Geheimnisse anderer Leute.«

»Zumindest diese Art Geheimnisse. Bis ins Letzte kennt man die Leute wohl nie.«

»Nein. Das kann man gar nicht.« Isabels Antwort klang eigenartig matt, doch ehe Rafe nachfragen konnte, fuhr sie fort, und ihre Stimme war wieder unbefangen: »Was die andere Frau da anhat, zeigt zwar eine Menge Haut, aber wenn man bedenkt, wie steif und eng es ist, verhüllt es ihre wahre Figur auch erstklassig. Genauso ihre Posen. Wir können keine realistische Schätzung darüber abgeben, wie groß sie ist. Ihr Gesicht ist nie der Kamera zugewandt, deshalb sind nicht einmal ihre Augen sichtbar. Und ihr Haar ist unter dieser Kapuze versteckt.«

Rafe räusperte sich. »Und da sie rasiert ist ...«

Isabel wirkte nicht verlegen oder verstört, sondern nickte sachlich. »Nicht ungewöhnlich in der Sadomasoszene, jedenfalls der Liste zufolge, die Quantico uns geschickt hat. Aber Schamhaare hätten uns wenigstens eine Haarfarbe geliefert, und zwar wahrscheinlich die echte. Ich habe kein Muttermal, keine Tätowierung entdeckt, keinen Schönheitsfehler, der uns helfen könnte, sie zu identifizieren.«

Sie hielt inne, dann fügte sie hinzu: »An dieser bemerkenswerten Wendung der Dinge interessieren mich verschiedene Punkte. Wir wissen nicht, ob Jamies Gespielinnen – alle oder auch nur eine – hier in Hastings gelebt haben, aber ich würde darauf tippen, dass mehr als eine sehr unwahrscheinlich ist.«

»Vor ein paar Wochen«, sagte Rafe, »hätte ich mir nicht träumen lassen, dass ich in Hastings einmal in einer Mordserie ermitteln muss. Da nehmen sich ein paar Sadomasospielchen vergleichsweise zahm aus. Ach, was sage ich, geradezu unschuldig.«

»Ja, aber nicht für Jamie. Wenn sie so viel Angst vor einer Entdeckung hatte, könnte das sehr wohl daran liegen, dass ihre Partnerin – jedenfalls ihre letzte – hier lebt und vielleicht nicht so gut Geheimnisse bewahren kann wie Jamie. Das würde Jamies wachsende Beunruhigung und Angst erklären, die Emily wahrgenommen hat. Ein anderer Punkt ist, dass wir nicht wissen, wo diese Fotografien aufgenommen wurden. Emily hat zwar behauptet, sie hätte die hier aus einem Karton *entliehen*, der voll davon gewesen sei, aber Ihre Leute haben kein Spur von diesem Karton gefunden, als sie Jamies Wohnung gründlich durchsucht haben.«

»Es wundert mich, dass Emily ihn gefunden hat«, sagte Rafe. »So etwas lässt man doch nicht herumliegen, denke ich.«

»Oh, Sie können sich darauf verlassen, dass Emily herumgeschnüffelt hat. Sie hat gesagt, eine Ecke des Kartons hätte unter dem Bett ihrer Schwester hervorgesehen, da sei sie neugierig geworden, aber sie muss nach Geheimnissen gesucht haben. Sie wusste, dass ihre Schwester vor irgendetwas Angst hatte, und sie wollte wissen, wovor. Das war der erste Schwachpunkt, den sie bei Jamie entdeckt hatte.«

»Aber warum hat sie sie mitgenommen?«, fragte Rafe.

»Zum Beweis. Selbst wenn sie nie vorgehabt hätte, sie jemandem zu zeigen – auch Jamie nicht –, hatte sie so doch etwas, was ihr bewies, dass Jamie nicht so perfekt war, wie ihre Familie glaubte. Das hat Emily vermutlich gereicht. Sie kommt mir nicht vor wie eine Erpresserin, oder als ob sie rachsüchtig wäre.«

»Ja«, stimmte Rafe zu, »das sehe ich auch so.«

Isabel zuckte mit den Achseln. »Ich würde auch wetten, dass sie den Standort des Kartons gerade so weit verändert hat, dass Jamie nervös würde. Wenn er wirklich voller Fotos war, dann kann sie nicht sicher gewesen sein, ob noch alle da waren. Aber sie musste sich fragen, ob ihre Schwester den Karton gefunden hatte. Deshalb haben wir ihn wahrscheinlich nicht gefunden.«

»Weil sie ihn danach besser versteckt hat.«

»Hätte ich jedenfalls getan. Die Frage ist nur, wo? Das

Büro haben ihre Leute ja gründlich durchsucht, aber da hätte ich so etwas wie diese Fotos sowieso nicht erwartet. Hatte sie ein Bankschließfach?«

»Ja, aber darin lagen nur diverse Urkunden. Versicherungspolicen, Besitzurkunden für ihren Grundbesitz, solche Sachen. Ich lasse gerade eine Liste ihrer Grundstücke zusammenstellen – mit Angaben zu deren Art und Lage –, aber sonst haben wir in dem Schließfach keine weiteren Hinweise gefunden.«

Mallory betrat den Raum gerade rechtzeitig, um das noch zu hören. Sie fragte: »Jamies Schließfach? Das habe ich gerade noch mal überprüft, es war ihr einziges. Sie steht bei keiner anderen Bank auf der Kundenliste.«

»Jedenfalls nicht unter ihrem richtigen Namen«, sagte Rafe.

Mallory seufzte. »Ich kann die Runde bei sämtlichen Banken in der Gegend machen und denen da ein Foto von ihr zeigen. Oder noch besser, ich schicke ein paar von den Jungs am Montag damit los. Heute ist es schon zu spät dafür. Aber man sollte doch meinen, dass sich nach all den Fotos in der Zeitung jemand gemeldet hätte.«

»Das machen die Leute im Allgemeinen nicht«, sagte Isabel. »Sie wollen da nicht hineingezogen werden, oder sie glauben ganz ehrlich, dass sie nichts wissen, was von Belang ist.«

»Und sie haben selbst Geheimnisse zu bewahren«, merkte Rafe an.

»Garantiert. Es ist erstaunlich, wie viele Leute wegen irgendeiner kleinen Übertretung nervös werden, weil sie glauben, dass wir uns dafür interessieren.«

»Übertretungen können unterhaltsam sein«, bemerkte Mallory.

Isabel grinste: »Wie wahr. Aber in diesem Fall haben wir kaum Zeit dafür. Schade, dass wir das nicht öffentlich verkünden können. Würde uns bestimmt Zeit sparen.«

»Und Mühe«, stimmte Rafe zu.

»Ja. Jedenfalls, wenn Jamie ein Schließfach unter einem anderen Namen hatte, ist es gut möglich, dass sie in Verkleidung hingegangen ist. Sehr wahrscheinlich nur eine Perücke, irgendwas, das nicht zu gekünstelt wirkt. Sie werden vermutlich nicht viel Glück haben, wenn Sie ihr Foto herumzeigen, aber es muss leider getan werden. Und vielleicht haben wir ja doch Glück.«

Rafe nickte. »Wir müssen alles tun, was wir können, um sicherzustellen, dass wir nichts übersehen haben. Aber ich habe da auch nicht viel Hoffnung. Vor allem, wo wir jetzt wissen, wie gut sie ihre Geheimnisse gehütet hat.«

»Vielleicht sind da noch viel mehr Geheimnisse«, warf Isabel ein. »Ich weiß, sie hat richtig viel Geld verdient, aber sie hat auch eine ganze Menge in Grundbesitz hier in der Gegend investiert, und sie hat sehr gut gelebt. Ich denke, den Sadomasokram hat Jamie vielleicht nicht nur zu ihrem Vergnügen getrieben.«

»Scheiße«, meinte Rafe. »Eine kommerzielle Domina?«

»Eine Menge Leute sind offenbar bereit, dafür zu bezahlen, dass man sie erniedrigt. Jamie war eine clevere Geschäftsfrau, warum sollte sie da nicht *alle* ihre Talente in Rechnung stellen?«

Cheryl Bayne hatte hart für ihre Karriere gearbeitet und all die meist langweiligen, auf jeden Fall aber oberflächlichen Arbeiten übernommen, die von Nachwuchsjournalisten – und speziell von Journalistinnen – erwartet wurden. Besonders wenn man für viertrangige Fernsehsender arbeitete. Dumme Füllsel zum Thema »Was trägt die Dame der Gesellschaft in dieser Saison?«, über die Geburtstagsparty der Tochter des Bürgermeisters oder über das Löwenjunge, das im Zoo geboren worden war.

Sie hatte das oberflächliche Zeug wirklich satt.

Als ihr Produzent ihr anbot, nach Hastings zu gehen und über diese Morde zu berichten – weil eine Frau das besser könne, hatte er gesagt, und schließlich sei sie ja auch brünett –, hatte Cheryl daher nicht lange überlegt.

Und nun zuckte sie bei jedem Geräusch zusammen.

An diesem Freitagnachmittag fühlte sie sich vergleichsweise sicher: Sie stand vor dem Rathaus im Schatten einer großen Eiche. Ihr Kameramann machte gerade Hintergrundaufnahmen von der Stadt, aber sie war nicht wirklich allein, da die Gegend von Journalisten wimmelte.

»Langsam verliert es seinen Reiz.« Dana Earley, die erfahrenere Reporterin eines Konkurrenzsenders aus Columbia, schob sich näher an sie heran und musterte das Polizeirevier auf der anderen Seite der Main Street ein wenig verdrossen. »Was sie da drüben auch wissen mögen, sie haben es nicht eilig damit, es bekannt zu geben.«

»Wenigstens hat der Polizeichef gestern diese Pressekonferenz gegeben«, brachte Cheryl vor.

»Hm-hm, und der Informationswert war gleich null.« Dana strich sich eine blonde Strähne hinters Ohr. Sie sah Cheryl an, zögerte und fragte dann: »Haben Sie eigentlich auch das Gefühl, verfolgt oder beobachtet zu werden, besonders nachts? Oder sind das nur wir Blondinen?«

Cheryl war ein wenig erleichtert, dass sie darüber reden konnte. »Ehrlich gesagt, ja. Ich dachte, ich hätte es mir nur eingebildet.«

»Hm. Ich habe mal herumgefragt, und bis jetzt hatte noch jede Frau, mit der ich gesprochen habe, dieses Gefühl. Übrigens auch mehrere Polizistinnen, aber die geben es nicht offiziell zu. Ich würde ja von einer Paranoia ausgehen, wenn es nur eine oder zwei von uns wären, aber alle?«

»Vielleicht sind das nur … die Nerven?«

Dana erwiderte rundheraus: »Ich glaube, er beobachtet uns. Und ich habe ein ganz ungutes Gefühl dabei.«

»Na ja, Sie sind blond …«

Dana schüttelte den Kopf. »Ich hab mal einen Blick auf eine Liste mit vermissten Frauen hier aus der Gegend riskiert.

Nur ganz wenige von denen waren blond. Passen Sie gut auf sich auf, Cheryl.«

»Das werde ich. Danke.« Sie sah der blonden Journalistin nach. Ihr entging nicht, dass ihre Stimme dumpf klang, als sie halb im Flüsterton hinzufügte: »Vielen Dank.«

»Mein Gott«, murmelte Mallory.

»Sie hätte es nicht als Prostitution aufgefasst«, legte Isabel dar. »Sie ließ sich einfach jede Leistung gesondert vergüten. Zumal sie diejenige war, die das Sagen hatte, die die Regeln aufstellte. Keine emotionale Bindung, die ihr das Leben verkompliziert hat, aber sie hatte trotzdem die Befriedigung, andere Frauen zu beherrschen. Vielleicht auch Männer. Wir *wissen* schließlich nicht, ob alle ihre Geliebten – oder Kunden – Frauen waren. Wir haben dafür nur Emilys Wort, und selbst sie sagt, sie hätte sich nicht alle Fotos in dem Karton angesehen.«

»Glauben Sie ihr in diesem Punkt?«, fragte Rafe.

»Ich glaube, sie hat mehr gesehen, als sie zugegeben hat, aber ich hab kein stimmiges Gefühl dafür bekommen, wie viel.«

»Jede Antwort, die wir erhalten, wirft neue Fragen auf«, klagte er seufzend.

Isabel, die in seiner Nähe am Ende des Konferenztisches saß, drehte eines der Fotos so, dass sie es betrachten konnte. »Bei Serienmordermittlungen ist das nicht anders zu erwarten, fürchte ich. Hat unterdessen einer eine Idee, wo dieser Raum sein könnte? Er sieht nicht aus wie einer der Räume in der Pension, und ich bezweifle, dass er in einem anderen Hotel oder Motel hier am Ort ist. Kommt Ihnen irgendetwas daran bekannt vor?«

Mallory setzte sich auf Rafes andere Seite, stützte den Ellenbogen auf und betrachtete die Fotos. »Mir nicht. Aber es gibt auch nicht viele Anhaltspunkte. Schmucklose getäfelte Wände, ein offenbar alter Vinylboden und – igitt! – eine fleckige Matratze auf einer schlichten Holzplattform. Behaglichkeit war wohl nicht gefragt.«

»Ganz im Gegenteil«, versetzte Isabel mit einer Grimasse. »Haben Sie schon mal Stilettos probiert? Ich schon. Abscheulich, was man seinen Füßen damit antut.«

Rafe sah sie neugierig an. »Stilettos? Du lieber Gott, wie groß sind Sie in denen?«

»Mit denen, die ich mal getragen habe, war ich rund eins neunzig groß. Beachten Sie die Vergangenheitsform. Ich werde sie nie wieder tragen.«

Neugierig fragte Mallory: »Warum haben Sie sie denn einmal getragen? Oder ist das zu indiskret?«

Isabel kicherte. »Berufsbedingt, nicht zum Vergnügen, das kann ich Ihnen sagen. Bishop findet, unsere Polizeiausbildung müsste abwechslungsreich und umfassend sein, deshalb habe ich einmal eine Zeit lang bei der Drogenfahndung mitgearbeitet. Klar, als sie eine brauchten, die als Nutte geht ...«

»Haben Sie den Job bekommen?«

»Plus das Make-up, die voluminöse Frisur und die nuttigen Klamotten – und die Stilettos. Ich habe seitdem großen Respekt vor Prostituierten. Die Arbeit ist *wirklich* hart. Und ich meine jetzt nur das Herumlaufen auf der Straße.«

Rafe räusperte sich und versuchte, das Bild einer als Prostituierte verkleideten Isabel zu verdrängen. Er tippte auf eines der Fotos vor ihm. »Um mal wieder hierauf zurückzukommen ...«

Mallory grinste. Dann wurde sie wieder ernst und sagte: »Vielleicht ist das ein Keller, aber seht mal den Lichtstrahl auf dem Boden – das sieht nicht aus wie künstliches Licht. In dem Raum gibt es ein Fenster, und zwar nicht nur ein kleines Kellerfenster, denke ich. Allerdings weit oben.«

»Ein ebenerdiger Keller könnte normal große Fenster haben«, warf Rafe geistesabwesend ein. »Aber ich weiß nicht, für mich sieht das nicht wie ein Keller aus. Aus dieser Perspektive können wir den Raum vom Boden bis zur Decke sehen – diese Decke ist zu hoch für die meisten Keller, die ich kenne. Es könnte vielleicht sogar so was wie ein Lagerhaus sein.«

»Möglich. Und wenn man sich ansieht, wie starr die Aufstellung ist, würde ich darauf tippen, dass die Kamera auf einem Stativ befestigt war und die Fotos per Selbstauslöser gemacht wurden. Die beiden Frauen schenken ihr keine große Beachtung. Also war sonst niemand anwesend. Vermutlich.«

»Vielleicht ist der Sub nicht einmal klar, dass da eine Kamera ist«, schlug Rafe vor.

»Der Sub?« Mallory musterte ihn amüsiert. »Hast du einen Crashkurs in SM belegt, oder ist dieser Jargon doch weiter verbreitet, als ich dachte?«

»Darauf sollte ich wohl lieber nicht antworten«, erwiderte Rafe, »aber zu meiner Verteidigung kann ich anführen, dass wir vor etwa einer halben Stunde Informationen zur Sadomasoszene aus Quantico heruntergeladen haben. Deine Steuergelder sind also sinnvoll angelegt. Ich bin jetzt viel besser über das Thema informiert.«

»Da gehe ich jede Wette ein.«

»Sie haben die reinen Fakten geschickt, Mal, keine bebilderten Magazinartikel oder praktischen Anleitungen.«

»Aha. Irgendwas Interessantes gelernt?«

»Nichts, was uns weiterhilft.«

»Das war nicht meine Frage.«

»Aber das war meine Antwort.«

»Treten Sie beide auf Partys auf?«, fragte Isabel.

Rafe seufzte. »Tut mir leid.«

»Ach, Sie brauchen sich nicht zu entschuldigen. Bei Fällen wie diesem lache ich, so viel ich kann. Normalerweise sind die Abstände zwischen den Lachsalven eher groß.«

Mallory sagte: »Wir hatten ja hier und da schon ein paar Anfälle von Galgenhumor. Und ich habe so das Gefühl, dass dieser Dominakram noch öfter für komische Momente sorgen wird. Es fällt mir schwer, das ernst zu nehmen, wissen Sie? Ich meine, es ist schwer, sich vorzustellen, wie jemand, den man kennt, sich verkleidet und eine andere Frau zwingt, ihr die Füße zu lecken. Was *soll* das?«

»In diesem Kontext hat es mit einem starken Kontrollbedürfnis und großer Unsicherheit zu tun. Jedenfalls ist das meine Interpretation von Jamie Brower.«

»Ihre übersinnlich gestützte Interpretation?«, fragte Rafe.

»Gestützt auf das, was ich im Haus ihrer Eltern und bei Emily aufgeschnappt habe, ja. Wobei ich natürlich keine Psychologin bin. Ich würde aber gerne noch ihre Wohnung untersuchen, vielleicht bekomme ich dann ein besseres Gespür für sie.«

»Das wäre mir lieber als hier weiter auf diese verdammten Fotos zu starren«, sagte Rafe offen. »Es wäre mir auch lieber, wenn wir sie nicht ans schwarze Brett heften, falls es Ihnen recht ist.«

Isabel wusste, dass praktisch jeder Polizist im Gebäude Zugang zum Besprechungszimmer und den Anschlagtafeln mit den Informationen über die Opfer hatte. Sie nickte zustimmend. »Wir bewahren sie in der Streng-geheim-Mappe auf.«

»Haben wir denn so eine Mappe?«, fragte Mallory.

»Jetzt schon. Ich habe das Gefühl, wir werden im Laufe der Zeit noch mehr Material für diese Mappe sammeln, aber einstweilen möchte ich einfach, dass diese Fotos und Jamies Geheimnis unter uns bleiben. Falls sich dieser spezielle Ansatzpunkt als Sackgasse herausstellt, wüsste ich nicht, wieso ausgerechnet wir Jamie outen sollten. Besonders postum.«

»Das wird schon Emily übernehmen«, sagte Mallory.

»Oder«, meinte Isabel, »sie behält es für sich und fühlt sich überlegen, weil sie das schmutzige kleine Geheimnis ihrer Schwester kennt. Könnte beides passieren.«

Mallory fragte: »Sie sagten, Emily hätte vielleicht die Aufmerksamkeit des Mörders erregt – meinen Sie das ernst?«

Isabel lehnte sich auf ihrem Stuhl zurück und rieb sich geistesabwesend den Nacken. »Ich kann nicht den Finger darauf legen, ich habe keine Belege dafür. Eigentlich habe ich nicht einmal hellseherisch etwas wahrgenommen. Emily entspricht wohl kaum dem Opferprofil. Sie ist blond, aber zu jung für unseren Mörder. Beruflich nicht ausgesprochen erfolgreich, denn sie ist ja mit ihrer Ausbildung noch gar nicht fertig. Aber sie ist clever und aufmerksam.«

»Und?«, fragte Rafe.

»Es ist nur ... ein Gefühl, das ich da im Haus hatte. Emily hat in den Wochen vor Jamies Tod aktiv in deren Wohnung herumgeschnüffelt, und wir können einigermaßen sicher sein, dass der Mörder zu jener Zeit eine Rolle in Jamies Leben gespielt hat, dass ihre Wege sich damals kreuzten. Und das bedeutet, dass auch seine und Emilys Wege sich vermutlich gekreuzt haben.«

»Und vielleicht hat sie ihn bei einer dieser Gelegenheiten bemerkt«, warf Rafe ein.

»Vielleicht. Es ist nur eine Theorie, aber – es wäre vielleicht keine schlechte Idee, wenn Ihre Leute ein Auge auf Emily hätten, wenigstens wenn sie außer Haus ist.«

»Abgemacht. Ich stelle eine Streife dafür ab. In Zivil oder Uniform?«

Isabel wog das Für und Wider ab. »Versuchen wir nicht, unauffällig zu sein. Uniformiert. Sagen Sie ihnen, sie sollen sich zwanglos verhalten, aber wachsam bleiben. Wenn wir unsere Aufmerksamkeit auf ein Mitglied der Familie eines Opfers richten, denkt der Mörder vielleicht, wir sind auf der falschen Spur, wenn schon sonst nichts.«

»Oder auf der richtigen«, murmelte Mallory.

»Wenn er hinter ihr her ist, ja. Wenn dem so ist, bringt ihn der Polizeischutz vielleicht dazu, dass er es sich noch einmal überlegt. Das ist das Risiko wert, finde ich.«

Rafe nickte. »Denke ich auch. Die Streife beauftrage ich gleich auf dem Weg nach draußen. Ich fahre mit Ihnen zu Jamies Wohnung. Mal, Hollis ist in Tricia Kanes Büro. Durchsuchst du noch mal Jamies Büro? Nur um sicherzugehen.«

»Ihr Boss ist schon stinkig, weil wir die Tür zu ihrem Büro versiegelt haben. Kann ich das Büro wieder freigeben, wenn ich auch diesmal nichts finde?«

»Ja, wieso nicht? Es sei denn, das FBI hat Einwände.«

»Nein.« Isabel schüttelte den Kopf. »Aber wenn Sie irgendetwas finden, das Ihnen fehl am Platze erscheint, bringen Sie es hierher.«

»Alles klar.«

Rafe sah zu, wie Isabel ihre Aktentasche öffnete und ein Fläschchen Ibuprofen herausnahm. Sie schluckte mehrere Tabletten und spülte sie mit dem Rest ihres Kaffees hinunter, dann verkündete sie fröhlich: »Von mir aus können wir los.«

»Kopfschmerzen?«

»Wie gewöhnlich«, bestätigte sie, immer noch vergnügt. »Sollen wir?«

»Es ist schon spät«, sagte Caleb Powell.

Hollis saß an Tricia Kanes ehemaligem Schreibtisch. Sie sah hoch und nickte. »Ja. Ich bin Ihnen sehr dankbar, dass Sie das Büro heute zwei Stunden lang geschlossen haben, damit ich ihren Schreibtisch durchsuchen kann.«

»Kein Problem. Mir ist diese Woche sowieso nicht nach Arbeit. Irgendwas gefunden?«

»Nichts, was uns weiterhilft, soweit ich sehe.« Hollis presste kurz die schlanken Finger auf die geschlossenen Augen – eine für sie charakteristische Geste, wie er erkannte –, dann musterte sie den kleinen Haufen Gegenstände auf der sauberen Schreibtischunterlage.

»Nichts Neues, würde ich sagen«, bemerkte Caleb und fragte sich, ob sie so müde war, wie sie aussah. Und sagte sich, dass er das nicht ausnutzen dürfe.

Hollis nickte zustimmend. »Die Polizei hat den Tagesplaner schon Seite für Seite kopiert und untersucht: Die Eintragungen sind rein beruflich. Die paar persönlichen Habseligkeiten, die sie im Schreibtisch aufbewahrt hat, sind Sachen, wie Frauen sie typischerweise an ihrem Arbeitsplatz haben. Puderdose und Lippenstift, kleine Parfümflasche, Nagelfeile und Nagelclipper, ein in der Mitte durchgerissenes Foto eines Ex-Freunds, das sie offenbar noch nicht wegwerfen mochte.«

Caleb zog eine Grimasse. »Ich habe sie ein, zwei Mal dabei ertappt, wie sie es angeschaut hat. Sie hat genau das gesagt – dass sie es noch nicht wegwerfen mochte.«

»Manche Menschen brauchen Zeit, um loszulassen.«

Er beschloss, nichts dazu zu sagen. »Hier im Büro ist also nichts, was Ihnen weiterhilft.«

»Soweit ich sehe, nicht.« Hollis erhob sich. Sie sah an Caleb vorbei zur Eingangstür und erstarrte. Ihre Augen weiteten sich.

Caleb warf einen Blick zurück über die Schulter, dann sah er wieder Hollis an. Angesichts ihrer Haltung und ihres Gesichtsausdrucks dachte er instinktiv, irgendetwas hätte ihr einen Schock versetzt. Doch sie fasste sich beinahe sofort wieder.

»Was?«, fragte er.

Sie blinzelte, ihr Blick wandte sich wieder ihm zu. »Hm? Nichts. Es ist nichts. Hören Sie, Mr Powell, ganz im Vertrauen, der Ermittlungsschwerpunkt wird sich wieder auf das erste Opfer verlagern. Wir glauben, dass etwas, das dieses Opfer oder diesen Mord betrifft, uns sehr wahrscheinlich bei der Identifizierung des Mörders helfen kann.«

Er fand, sie sei ein wenig bleich, doch dieser Eindruck trat in den Hintergrund, als er hörte, was sie sagte. »Also werden die Ermittlungen zum Mord an Tricia auf Eis gelegt?«

Ernst entgegnete Hollis: »Im Besprechungsraum des Polizeireviers, in dem wir jeden Tag arbeiten, stehen Anschlagtafeln, die bis jetzt in Drittel eingeteilt sind. Jedes Drittel enthält Fotos und Informationen über je ein Opfer. Zeitleisten für ihre letzten Lebenswochen. Gewohnheiten, Lieblingsplätze, Ereignisse, die vielleicht wichtig waren, oder auch nicht. Jeden Tag sehen wir auf diese Tafeln. Und jeden Tag besprechen wir das Leben der drei Frauen und die Menschen, die sie kannten, und versuchen herauszubekommen, wer sie ermordet hat. Jeden Tag.«

Caleb atmete tief durch. »Tut mir leid. Es ist nur ... ich hatte sie gern.«

»Ich weiß. Es tut mir leid.« Ihre blauen Augen blickten erneut kurz an ihm vorbei. »Sie sollen nur wissen, dass niemand Tricia vergessen wird. Und dass wir ihren Mörder fassen werden.«

»Sie scheinen sich da ganz sicher zu sein.«

Ein wenig überrascht sah Hollis ihn an. »Wir geben nicht auf. Es ist nur eine Frage der Zeit, Mr Powell.«

»Caleb«, sagte er, »bitte. Und danke für Ihre Mühe, Agent Templeton.«

Sie lächelte schief. »Hollis. Zumal ich noch keine richtige Agentin bin. *Special Investigator*, so bezeichnet die SCU Mitglieder, die keine polizeiliche oder juristische Ausbildung haben. Ich bin erst seit ein paar Monaten dabei.«

»Aber Sie sind ausgebildete Ermittlerin?«

»Seit Kurzem, ja. In meinem ... früheren Leben ... habe ich etwas anderes gemacht.« Hollis kam hinter dem Schreibtisch hervor und fügte ein wenig gedankenverloren hinzu: »Meine Partnerin andererseits hat eine solide juristische und polizeiliche Ausbildung sowie jahrelange Erfahrung. Sie müssen sich also keine Sorgen machen, dass das FBI zwei Anfänger hergeschickt hat.«

»Ehrlich gesagt, habe ich mir gar keine Sorgen gemacht.« Ihm wurde klar, dass sie gehen wollte, aber er mochte sie irgendwie nicht gehen lassen. Daher redete er rasch weiter: »Ich erinnere mich, dass Sie sagten, Sie seien Künstlerin.«

»Ich war Künstlerin.«

»Sie waren? Hört ein schöpferischer Mensch jemals auf, schöpferisch zu sein?«

Zum ersten Mal war Hollis sichtlich unbehaglich zumute. »Manchmal geschieht etwas, was das ganze Leben verändert. Ich, ähm, muss zurück zum Polizeirevier. Vielen Dank für Ihre Mithilfe, Mr – Caleb. Ich melde mich.«

»Ich werde hier sein.«

»Danke nochmals. Wiedersehen.«

Caleb versuchte nicht, sie aufzuhalten, doch er starrte ihr noch mehrere Minuten hinterher, runzelte die Stirn und fragte sich, was geschehen sein mochte, das Hollis Templetons ganzes Leben verändert hatte.

Ich weiß alles über das Böse, Mr Powell, glauben Sie mir. Ich bin ihm persönlich und hautnah begegnet.

Er hätte nicht gedacht, dass sie das wörtlich gemeint hatte. Nun befürchtete er das Schlimmste.

17.00 Uhr

Rafe und Isabel waren in einem der Polizeijeeps unterwegs zu Jamie Browers Wohnung. Er sagte: »Sie haben nicht vorgeschlagen, dass Hollis die Tatorte besucht. Das ist mir aufgefallen.«

»Nach dem Vorfall vorhin, meinen Sie?« Isabel zuckte mit den Achseln. »Ihnen ist offenbar nicht entgangen, dass Hollis ein bisschen ... verletzlich ist.«

»Das ist kaum zu übersehen.«

»Sie hat großes Potenzial. Aber um ein Medium zu werden, musste sie durch die Hölle gehen, Sie können sich das nicht vorstellen. Und das hat sie noch nicht ganz bewältigt. Aber obwohl sie Angst hat, obwohl sie gar nicht ihre Fühler ausgestreckt hat, obwohl sie nicht versucht hat, einen Kontakt herzustellen – hat sie genau das getan. Und das ist ein deutlicher Hinweis darauf, welches Potenzial in ihr schlummert.«

Rafe warf seiner Begleiterin einen Blick zu. »Sie glauben wirklich, dass da ein Geist bei uns im Zimmer war?«

»Ich glaube, der Geist von Jamie Brower war da, ja.«

»Aber Sie haben sie nicht gesehen? Beziehungsweise ihn?«

»Nein, ich kann die Toten nicht sehen.« Isabels Stimme klang völlig sachlich. »Hören übrigens auch nicht. Aber manchmal spüre ich, dass sie in der Nähe sind. Die Luft im Raum verändert sich, vielleicht weil sie eigentlich nicht auf dieser Dimensionsebene sein dürften. Sie haben es selbst gespürt.«

Diesmal wandte Rafe den Blick nicht von der Straße ab. »Meine Ohren haben geknackt. So was kommt vor.«

»Ständig«, stimmte sie nachsichtig zu.

»Hören Sie, wenn Jamie wirklich da war, warum hat sie dann nichts gesagt oder getan, um uns zu helfen, ihren Mörder zu finden?«

»Sie hat es versucht. Sie hat versucht, mit Hollis zu reden, mit der Einzigen im Zimmer, die die Fähigkeit hat, sie zu hören. Unglücklicherweise ist Hollis noch nicht bereit, zuzuhören.«

»Ich gehe mal davon aus, dass Jamie uns nicht einfach eine Notiz hinkritzeln kann, was? *X hat mich ermordet.*«

Isabel nahm die Frage ernst. »Bis jetzt ist keiner von uns auf einen Geist oder eine körperlose Macht gestoßen, der oder die so konzentriert und so machtvoll wäre, dass er Gegenstände physisch berühren oder bewegen könnte. Es sei denn natürlich, der Geist oder die Macht befände sich in einem Wirt. Oder würden einen beherrschen.«

6

Sie wird es verraten. Du weißt genau, dass sie es verraten wird.

Diesmal hörte er der Stimme zu, weil er es wollte. Weil er diesen Teil des Ganzen so genoss. Sie zu beobachten. Ihnen zu folgen. Ihren Tagesablauf in Erfahrung zu bringen.

Auf der Jagd zu sein.

Wie die anderen. Genau wie die anderen auch.

Damit hatte die Stimme Recht. Sie war genau wie die anderen. Lachte hinter seinem Rücken über ihn. So begierig, seine Geheimnisse zu verraten. Er musste sie aufhalten, ehe sie Gelegenheit dazu hatte.

Du hast drei erledigt. Jetzt noch drei. Dann kannst du ausruhen. Dann darfst du sein.

»Ich bin müde«, murmelte er und beobachtete sie weiter. »Diesmal bin ich müde.«

Weil du dich veränderst.

»Ich weiß.« Er bewegte sich vorsichtig, blieb im Schatten, während er ihr folgte.

Die hier war schwierig. Sie war sich ihrer Umgebung bewusst, wachsam. Nervös. Sie verhielten sich allmählich alle so, war ihm aufgefallen. Ein Teil von ihm genoss es, dass er sie so nervös machte.

Aber es erschwerte die Dinge natürlich auch.

Du kannst es. Du musst. Oder sie verrät dich. Sie wird ihnen alles über dich erzählen.

»Ja«, murmelte er und schlich sich noch ein wenig näher an sie heran, trotz des Risikos, entdeckt zu werden. »Ich muss. Ich kann nicht zulassen, dass sie mich verrät. Ich kann nicht zulassen, dass eine von ihnen mich verrät.«

Rafe fuhr unvermittelt an den Straßenrand und stellte den Wagen ab. Sie waren immer noch im Innenstadtbereich und hatten den Weg zu Jamies Wohnung nicht einmal zur Hälfte zurückgelegt. Er starrte weiter durch die Windschutzscheibe, das markante Gesicht völlig undurchdringlich. »Ein Wirt.«

Auch ohne hellseherische Fähigkeiten hätte Isabel gewusst, dass er an die Grenzen seiner Bereitschaft, an das Übersinnliche zu glauben, gekommen war. Oder seiner Bereitschaft, auch nur zu akzeptieren, dass es möglich war.

Oder vielleicht war er auch nur mit seinem Latein am Ende.

Man konnte es ihm kaum verdenken.

»Ein Wirt«, wiederholte er. Seine tiefe Stimme war nach wie vor ausgesprochen ruhig. »Möchten Sie das vielleicht erklären?«

Isabel erwiderte im gleichen Tonfall: »Bei Geistern ist es manchmal einfach so, dass sie sich weigern zu akzeptieren, was ihnen geschieht, wenn sie sterben. Ob nun aufgrund nicht abgeschlossener Angelegenheiten oder schlicht aus Unwillen, weiterzuziehen – sie wollen hier bleiben.«

»Das erklärt dann wohl die Spukhäuser.« Er rang um einen sachlichen Ton.

»Na ja, nur zum Teil. Einige der Häuser beherbergen wirklich einen oder mehrere Geister von Menschen, die nicht weiterziehen wollten. Aber einiges von dem, was die Leute Spuk nennen, sind nur die Erinnerungen der Orte.«

»Die Erinnerungen der Orte?«

»Ja. Wenn die Leute berichten, sie hätten gesehen, wie ein und derselbe Geist die gleichen Handlungen immer wieder vornimmt, dann handelt es sich wahrscheinlich um die Erinnerung eines Ortes. Ein gutes Beispiel sind die römischen Soldaten, die so viele Menschen unaufhörlich über ihr Schlachtfeld marschieren gesehen haben. Oder andere Schlachtfelder wie Gettysburg. Wir glauben nicht, dass diese armen Männer die Schlachten, in denen sie umkamen, immer wieder wiederholen. Wir glauben, dass die Orte sich daran erinnern, was dort geschehen ist.«

»Und wie soll das gehen?«

»Darüber können wir nur Theorien aufstellen. Entweder liegt es daran, dass diese Gebiete eine eigene spezifische Energie besitzen, oder vielleicht auch einfach nur daran, dass manche Orte sich von ihrer geografischen Lage oder ihrer Oberflächengestaltung her besser als andere dazu eignen, Energie zu speichern. Wir glauben, dass die extreme psychische – elektromagnetische – Energie solcher entsetzlichen, tragischen Ereignisse an diesen Stellen buchstäblich in die Erde gesickert ist. Manchmal baut sich ein gewaltiger Druck auf, und die ›Erinnerungen‹ entladen sich in Form von Energie, wie wenn statische Elektrizität sich entlädt. Wenn dann gerade jemand da ist – besonders ein aktiver übersinnlich Begabter oder einer mit verschütteten Gaben –, sieht er die Erinnerungen dieses Ortes. Ein Abbild dessen, was dort geschehen ist.«

»Das klingt in gewisser Weise sogar wirklich logisch«, sagte Rafe. Er sagte es widerstrebend und verwirrt zugleich.

»Ja, das ist meistens so, wenn man mögliche naturwissenschaftliche Erklärungen berücksichtigt. Und das tun wir immer. Alles basiert auf irgendeiner Form von Energie.«

»Dann erklären Sie mir mal diese Sache mit dem Wirt.«

»Tja, wie gesagt, die meisten Menschen wollen nicht tot sein. Wenn sie verzweifelt oder wütend genug sind, können sie manchmal genug Macht aufbieten, um ... einen Wirtskörper zu finden und in Besitz zu nehmen. Einen anderen Menschen.«

»Besessenheit. Sie sprechen von Besessenheit?« Nun klang er wieder ungläubig.

Isabel wartete, bis er sie endlich ansah. Dann sagte sie: »Nicht in der ... Hollywood-Bedeutung des Wortes. Das ist kein Erbsensuppe spuckender Dämon, den ein Priester exorzieren könnte. Oft sind es gar keine negativen oder bösen

Geister. Sie wollen bloß leben. Was dann geschieht, ist, dass jemand mit einem stärkeren Geist und Verstand einen schwächeren oder sonst wie verletzlichen Menschen überwältigt.«

»Wollen Sie damit sagen, so etwas ist wirklich passiert?«

»Wir glauben, ja, allerdings kann ich Ihnen keine Beweise liefern. Bishop und Miranda haben ein Mal tatsächlich den Geist eines zum Äußersten entschlossenen Serienmörders bekämpft. Das war eine Geschichte!«

Rafe blinzelte, fragte aber nur: »Wer ist Miranda?«

»Entschuldigung. Bishops Frau und Partnerin. Vor Jahren hat Miranda einmal mit diversen Psychiatriepatienten gearbeitet, die wegen schwerer Schizophrenie behandelt wurden. In jedem der Fälle nahm sie eindeutig wahr, wie in diesen Menschen zwei verschiedene, voneinander unabhängige Seelen um die Vorherrschaft kämpften. Das hat sie überzeugt. Es hat uns alle überzeugt, schon bevor wir das Experiment wiederholten und bei drei von fünf getesteten Psychiatriepatienten mit der Diagnose Schizophrenie zum gleichen Ergebnis kamen.«

»Das ist ziemlich starker Tobak«, sagte Rafe schließlich.

»Ich weiß. Tut mir leid.« Sie hätte sich genauso gut dafür entschuldigen können, dass sie ihn in einer Menschenmenge angerempelt hatte.

Er sah sie prüfend an, dann lenkte er den Jeep wieder auf die Straße, und sie setzten ihre Fahrt fort. »Also wird der Wirt im ungünstigsten Fall verrückt und landet in einer psychiatrischen Anstalt, wo man ihn wegen einer Geisteskrankheit *behandelt*, die er gar nicht hat.«

»Ich könnte mir Schlimmeres vorstellen, aber ja, wir glauben, das kommt vor. In der Theorie würde der eindringende Geist seinen Wirt einfach übernehmen, wenn dessen Psyche und Verstand wirklich schwach sind. Dann hätten Sie einen Menschen, der plötzlich eine ganz neue Persönlichkeit zu entwickeln scheint.« Isabel dachte nach, dann fügte sie hinzu: »Was dann wohl das Phänomen Teenager erklärt.«

Rafe lächelte nicht. »Was geschieht anschließend mit dem Geist des Wirts?«

»Ich weiß nicht. Wir wissen es nicht. Schwindet vielleicht dahin wie Muskeln, die man nicht benutzt. Wird vor die Tür gesetzt und zieht weiter zu dem, was uns alle erwartet, wenn wir das Irdische hinter uns lassen.« Isabel seufzte. »Neuland, wissen Sie noch? Wir haben eine Menge Theorien, Rafe. Wir haben einige persönliche Erfahrungen, Kriegsgeschichten, die wir erzählen können. Sogar ein paar nicht übersinnlich begabte, wenn auch nicht unvoreingenommene Personen, die bezeugen können, was sie gesehen und gehört haben. Aber wissenschaftliches Datenmaterial, auf das wir uns stützen können? Nicht besonders viel. Die meisten von uns glauben daran, weil sie müssen. Weil wir selbst diejenigen sind, die Erfahrungen mit dem Übersinnlichen machen. Es ist schwer, etwas zu leugnen, das Teil des eigenen Alltags ist.«

»Und wir übrigen müssen es eben glauben.«

»Unglücklicherweise ja. Es sei denn, Sie haben irgendwann Ihre eigene Begegnung mit dem Übersinnlichen.«

»Darauf kann ich verzichten.«

Isabels Lächeln gefror ein wenig. »Ja. Tja, hoffen wir, dass Ihr Wunsch in Erfüllung geht. Aber verlassen Sie sich nicht darauf. Vielleicht liegt es daran, dass wir übersinnlich Begabten hier sind und die Energie anziehen und sammeln, aber die Menschen um uns herum erleben oft Dinge, die sie sich vorher nicht hätten träumen lassen. Das ist eine gut gemeinte Warnung.«

»Sie warnen mich immer wieder.«

»Ich versuche es immer wieder.«

Nun war es an Rafe zu seufzen, doch er sagte lediglich: »Sie haben vorhin zwischen einem Geist und einem – wie haben sie das genannt? – einer körperlosen Macht unterschieden. Was zum Teufel soll das sein?«

»Das Böse.«

Er wartete einen Augenblick, dann sagte er: »Sie meinen ...«
Isabel entgegnete ruhig: »Ich meine die Macht, die dem Guten entgegengesetzt ist, das Negative, das das Positive ausgleicht. Im prekären Gleichgewicht der Natur, des Universums selbst. Ich meine das Böse, das schlimmer ist, als Sie es sich vorstellen können – Schwefelatem, rot glühende Augen, direkt aus der Hölle.«

»Das meinen Sie jetzt aber nicht ernst?«

Als er sie ansah, entdeckte er in ihren grünen Augen etwas, das älter und weiser war als alles, was in den Augen irgendeiner Frau zu sehen sein sollte. In den Augen irgendeines Menschen.

»Wussten Sie das nicht, Rafe? Hatten Sie die Möglichkeit nicht einmal in Betracht gezogen? Das Böse ist real. Es ist eine greifbare, sichtbare Präsenz, wenn es das will. Es hat sogar ein Gesicht. Glauben Sie mir, ich weiß es. Ich habe es gesehen.«

Alan war fest entschlossen, den Zettel zu Rafe und den FBI-Agentinnen zu bringen. Nur nicht jetzt sofort.

Doch er war selbstverständlich auch kein Idiot. Er machte eine Kopie davon und steckte das Original zum Schutz in eine durchsichtige Plastikhülle. Dann betrachtete er die Notiz eine geraume Weile. Die Worte. Versuchte herauszubekommen, was der Autor ihm damit sagen wollte.

Und versuchte zu entscheiden, ob der Autor der Notiz der Mörder war. Trotz seines manchmal provokativen Schreibstils war Alan kein großer Anhänger von Verschwörungstheorien. Deshalb war seine erste instinktive Reaktion auf die Notiz die Überzeugung, sie stamme vom Mörder. Das war die einfachste Erklärung und ergab in seinen Augen einen Sinn. Keinen Sinn ergab hingegen die Tatsache, dass jemand in der Stadt wusste, wer der Mörder war, und nichts getan hatte, um ihn aufzuhalten.

Es sei denn, dieser Jemand hatte sehr, sehr große Angst.

Und wenn dem so war ... wie könnte Alan ihn oder sie aus dem Versteck locken?

Das wäre ein Coup! Und würde natürlich der Mordserie ein Ende setzen.

Doch wie sollte er diese Person, wenn er oder sie überhaupt existierte, aus ihrem Versteck locken?

Über dieser Frage brütete Alan, als er die Originalnotiz in seinen Schreibtisch einschloss und mit der Kopie – ein wenig früh am Tag – das Büro verließ. Er fuhr nicht direkt nach Hause, sondern hielt am Rathaus, das der inoffizielle Treffpunkt für die meisten Medienvertreter geworden war.

Auch jetzt trieben sich dort eine ganze Menge Journalisten herum, doch die meisten unterhielten sich zwanglos miteinander, in der entspannten Haltung, die sich einstellte, wenn die Abgabefrist für die Sechsuhrnachrichten verstrichen war. Im Augenblick herrschte eine entspannte Stimmung, jedenfalls bei den meisten.

Dana Earley, die einzige blonde Frau in der Gruppe, wirkte auch mit Abstand am angespanntesten. Verständlich. Sie war heute die einzige noch anwesende Fernsehreporterin, und behielt ihren Kameramann dicht bei sich.

Alan bezweifelte, dass sie das tat, weil sie den Kerl mochte – er war mager, offensichtlich gelangweilt und schien etwa siebzehn zu sein.

Was für ein Beschützer, dachte Alan.

»Sie«, sagte Dana zu ihm, »sehen viel zu selbstgefällig aus. Was wissen Sie, was wir anderen nicht wissen?«

»Oh, kommen Sie, Dana. Glauben Sie, ich will, dass mir ein Sender aus Columbia den Knüller vor der Nase wegschnappt?«

Ihre Augenbrauen verschwanden unter ihrem Pony. »Ihnen den Knüller vor der Nase wegschnappen? Was für alte Filme gucken Sie denn?«

Alan nahm den Köder nicht an. Er sagte lediglich: »Es ist bald dunkel. Wenn ich eine blonde Fernsehreporterin wäre, würde ich mich lieber drinnen aufhalten. Hinter einer verschlossenen Tür. Mit einer Kanone. Oder wenigstens mit jemandem, der ein bisschen die Muskeln spielen lassen kann.« Er musterte den Kameramann hämisch.

»Ich habe gehört, Sie haben da selbst jemanden«, entgegnete sie. »Polizeimuskeln. Ein Cop als Betthupferl, Alan?«

»Und wenn schon, das ist wohl kaum ein Medienereignis«, sagte er trocken und ließ sich nicht anmerken, dass er innerlich zusammenzuckte. Es würde Mallory nicht gefallen, wenn diese *Nachricht* sich überall herumsprach. Verdammt. »Es sei denn, Ihr Sender zieht Boulevardklatsch echten Nachrichten vor.«

»Jetzt tun Sie mal nicht so überheblich. Sie waren der erste Zeitungsjournalist, der das Wort *Serienmörder* benutzt hat. Ich weiß ja nicht, ob es beabsichtigt war, aber in Ihrem Artikel klang es freudig erregt.«

»Das ist nicht wahr«, widersprach er unwillkürlich gereizt.

»Lesen Sie noch mal nach.« Sie strich sich eine verirrte blonde Strähne hinters Ohr, lächelte ihn liebenswürdig an und schlenderte in Richtung eines Magazinreporters davon, der in Hastings über Serienmörder recherchieren wollte.

»Hier, nehmen Sie, Alan.«

Er fuhr zusammen und sah Paige Gilbert finster an. Sie hielt ihm ein Taschentuch hin.

»Du lieber Himmel, schleichen Sie sich doch nicht so an. Und was soll das?«

»Ich dachte, Sie könnten das vielleicht brauchen. Für die Spucke in Ihrem Gesicht.«

Vorübergehend war er perplex, doch dann warf er einen Blick zu Dana und wandte sich mit finsterer Miene wieder der Radioreporterin zu. »Haha. Sie kam sich nur deshalb überlegen vor, weil sie in Großaufnahme in den Sechsuhrnachrichten zu sehen ist.«

»Heute nicht«, murmelte Paige.

»Heute hat wohl keiner von uns besonders viel zu berichten«, wandte er ein.

»Stimmt. Aber Sie könnten genauso gut Kanarienvogelfedern am Mund kleben haben. Kommen Sie, Alan, geben Sie's auf. Sie wissen doch, dass wir es früher oder später herausfinden.«

Alan nahm sich vor, nicht mehr mit Rafe und anderen Freunden Poker zu spielen. Offenbar lag es an seinem miserablen Pokerface, dass er ständig gegen sie verlor.

»Ich bin für heute fertig«, teilte er Paige mit. »Und auch wenn das hier Ihre erste wirklich große Story ist – wenn Sie einen Rat von einem alten Hasen möchten, dann gehen Sie jetzt nach Hause und schlafen auch mal ein bisschen. Man weiß nie, wann der Anruf kommt, der einen um zwei Uhr morgens aus den Federn holt.«

Paige sah ihm nach. Dann fuhr sie selbst leicht zusammen, als Dana neben ihr sagte: »Er weiß etwas.«

»Ja«, sagte Paige. »Aber was?«

Der Mietwagen, den sie und Isabel sich teilten, stand ganz in der Nähe von Caleb Powells Kanzlei. Hollis schaffte es bis dorthin. Doch sobald sie im Wagen saß und Motor und Klimaanlage liefen, konnte sie nur dasitzen und ihre zitternden Hände betrachten.

Bishop hatte sie gewarnt: Bis sie gelernt hätte, ihre Gabe vollständig zu beherrschen, würde sich die Tür, die jenes verheerende Trauma in ihrem Kopf geschaffen oder aktiviert hatte, wahrscheinlich unerwartet öffnen. Und mitten in den Ermittlungen zu einer Mordserie, bei der kürzlich mehrere Menschen gewaltsam zu Tode gekommen waren, würden die Erfahrungen wahrscheinlich besonders intensiv sein.

Doch all die Monate, die sie im vergleichsweise friedlichen Quantico verbracht hatte, in denen sie zur Ermittlerin ausgebildet worden war und alles über die SCU erfahren hatte, dazu die Konzentrations-, Meditations- und Kontrollübungen – all dies hatte ihr lediglich eine trügerische Sicherheit vorgegaukelt.

Sie hatte gedacht, sie wäre bereit.

Sie war es nicht.

Erst hatte sie Jamie Brower im Besprechungszimmer gesehen, und nun dies. Sie hatte Tricia Kane an dem Schreibtisch stehen sehen, an dem sie einst gearbeitet hatte, nicht so deutlich sichtbar wie Jamie, sondern eigenartig traumhaft. Aber sie hatte ganz offensichtlich etwas sagen wollen, was Hollis nicht hatte hören können.

Warum konnte sie sie nicht hören? Damals war es nur eine Stimme in ihrem Kopf gewesen, dazu das Gefühl, da sei jemand – jedenfalls bis kurz vor dem Ende. Nicht ... dies. Nicht diese undeutlichen Bilder von Menschen – Seelen –, die zwischen zwei Welten gefangen waren. Nicht mehr lebendig, aber auch noch nicht fort, standen sie in der Tür zwischen diesem Leben und dem nächsten, in der Tür, die Hollis' verräterischer Geist ihnen immer wieder öffnete. Und sie sprachen zu ihr.

Sie versuchten, zu ihr zu sprechen.

Damit hatte Hollis nicht gerechnet.

Damit nicht.

Sie wusste nicht, wie sie damit fertig werden sollte. Sie wusste nicht, ob sie auch nur versuchen wollte, es zu lernen.

Sie wollte weglaufen, das wollte sie. Weglaufen und sich verstecken, vor den Toten und ...

Das unbarmherzige Klingeln ihres Handys rüttelte sie aus ihrer Panik auf. Sie atmete tief durch, fasste sich und nahm das Gespräch an: »Templeton.«

»Was ist passiert?«, fragte Isabel ohne Einleitung.

»Ich habe Tricia Kanes Büro überprüft, aber ...«

»Nein, Hollis. Was ist passiert?«

Hollis hatte bereits einige beunruhigende Erfahrungen mit anderen SCU-Mitgliedern und der mühelosen geistigen Verbindung zwischen ihnen gemacht, deshalb überraschte es sie nicht besonders, dass Isabel offenbar über ihren Zustand im Bilde war. Es beunruhigte sie dennoch.

»Ich habe Tricia Kane gesehen«, sagte sie schließlich knapp.

»Hat sie dir etwas erzählt?« Isabels Stimme klang ruhig.

»Sie hat es versucht. Ich konnte sie nicht hören. Wie beim letzten Mal.«

»Wie lange hat es gedauert?«

Darüber musste Hollis nachdenken. »Nicht lange. Nicht so lange wie im Besprechungszimmer. Und das Bild war nicht so klar. Sie war ... das Bild war schwächer. Durchscheinender. Und es fühlte sich nicht so unheimlich an.«

»Powell hat nichts gemerkt?«

»Ich glaube nicht.«

»Du bist nicht mehr im Büro?«

»Nein.«

»Okay. Es ist schon spät. Fahr doch zurück in die Pension und leg dich in die Badewanne, oder nimm eine heiße Dusche, etwas in der Art. Entspann dich. Bestell eine Pizza. Sieh dir irgendwas Todlangweiliges im Fernsehen an.«

»Isabel –«

»Hollis, vertrau mir. Nimm dir die Zeit, solange es noch geht, und komm runter. Komm einfach wieder runter. Schlaf, wenn du kannst. Denk nicht zu viel nach. Wir fangen hier gerade erst an, und es kann nur schwerer werden.«

»Ich muss lernen, damit umzugehen.«

»Ja. Aber du musst nicht alles heute lernen. Heute musst du dich nur ein bisschen ausruhen und dich wieder sammeln. Das ist alles. Ich komme in zwei Stunden auch zurück in die Pension. Dann schau ich bei dir vorbei, vielleicht hast du ja Lust auf Gesellschaft. Wenn nicht, auch gut, dann sehen wir uns eben beim Frühstück. Aber wenn du reden willst, bin ich da. Okay?«

»Okay. Danke.«

»Nicht der Rede wert, Partnerin.«

Rafe beobachtete, wie Isabel ihr Handy zuklappte und wieder in die Gürteltasche steckte, die sie anstelle einer Handtasche trug. Sie standen im Wohnzimmer von Jamie Browers Wohnung. Kaum waren sie dort angekommen, hatte Isabel ihr Handy gezückt und ohne weitere Erklärung verkündet, sie müsse Hollis anrufen.

»Sie hatte ein Problem«, riet Rafe und betrachtete Isabel.

»Sie hat noch eins der Opfer gesehen: Tricia Kane. Da hat sie ein bisschen die Fassung verloren.« Isabel zuckte mit den Achseln und runzelte flüchtig die Stirn. »Sie konnte nicht hören, was Tricia ihr sagen wollte – also keine Hilfe für uns.«

»Sie wussten, dass sie ein Problem hatte, bevor Sie sie angerufen haben. Woher?« Ehe Isabel antworten konnte, tat Rafe es selbst. »Geistige Verbindungen. Eine übersinnliche Verbindung. Sie ist Ihre Partnerin.«

»Eine Verbindung, die sie im Augenblick eher nervt, als dass sie sie beruhigt«, erwiderte Isabel sarkastisch. »Ich bin sicher, Sie können es ihr gut nachfühlen.« Sie begann einen Rundgang durch die sehr schöne Wohnung und sah sich neugierig um.

Rafe folgte ihr. »Wie meinen Sie das?«

»Ich mache Sie nervös. Geben Sie es zu.«

»Ich kenne Sie noch keine vierundzwanzig Stunden«, entgegnete Rafe. »Das ist nicht lange genug, um sich an das Parfüm einer Frau zu gewöhnen, geschweige denn daran, dass sie ohne nachzusehen weiß, welche Unterhosen man trägt.«

Isabel kicherte. »Okay. Die Runde geht an Sie.«

Rafe fand es auch an der Zeit, dass er eine gewann. »Geht es Hollis gut?«

»Sie wird sich wieder fangen, denke ich. Diesmal. Aber wenn Sie nicht ganz schnell lernt, ihre Gabe zu meistern, dann wird für sie alles nur immer noch schwerer werden.«

»Ich würde ja meinen, mit Toten zu sprechen, kann gar nicht einfach sein.«

»Nein, nach allem, was ich höre, nicht. Das Medium muss

außergewöhnlich machtvoll sein und dabei ein starkes Selbstgefühl haben, um die Tür öffnen und sich dabei von all der emotionalen und spirituellen Energie, die durch diese Tür kommt, distanzieren – und auch vor ihr schützen – zu können.«

»Schützen?«

In der Küche blieb Isabel stehen und fuhr mit einer Hand ganz leicht über die makellosen Granitarbeitsflächen. Darauf standen die üblichen Elektrokleingeräte verteilt: Toaster, Mixer, Kaffeemaschine. »Sie hat nicht viel gekocht.«

»Nach dem, was ihre Familie und ihre Freunde gesagt haben, nicht. Sie hat sich viel im Straßenverkauf geholt. Was meinen Sie damit, dass Medien sich schützen müssen? Weil sie Frauen sind?«

»Nein, Männer müssen das auch. Diese Gabe ist nicht auf Frauen beschränkt, wissen Sie.«

»Ich nehme alles zurück. *Gibt* es denn geschlechtsspezifische Gaben?«

»Soweit ich weiß, nicht.«

»Okay. Was meinen Sie also damit, dass Medien sich schützen müssen?«

Isabel ging aus der Küche und durch den kleinen Flur ins Schlafzimmer. Sie stellte sich in die Mitte und sah sich um. »Medien sind von allen übersinnlich Begabten am anfälligsten für das, was Sie Besessenheit genannt haben. Sie sind diejenigen, die zornigen oder verzweifelten Geistern die Türen öffnen, die diese Geister normalerweise brauchen, um auf diese Existenzebene zurückzukehren. Und sie sind die nächsten verfügbaren Wirtskörper, wenn ein Geist durch die Tür kommt.«

»Die sie *normalerweise* brauchen?«

»Wir haben die Theorie aufgestellt, dass ein ungewöhnlich machtvoller Geist wahrscheinlich selbst einen Zugang öffnen kann, wenn er entschlossen genug ist. Erlebt haben wir bisher allerdings ausschließlich, dass Medien oder Personen mit einer verschütteten medialen Begabung den Zugang bereitstellen.«

»Ich fasse es nicht, worüber ich mich hier unterhalte. Was ich mir hier anhöre.«

Mit einem schwachen Lächeln sah sie ihn an. »Das alles war immer schon da, war immer Teil unseres Lebens. Bei den meisten von uns war es einfach so, dass sie nicht gesehen haben, was da war. Wer wusste denn, dass es Protonen und Elektronen gibt, bevor sie entdeckt wurden? Wer wusste, dass Bakterien für Krankheiten verantwortlich sind, bis es jemand herausgefunden hat? Wer hätte vor fünfzig Jahren gedacht, dass wir auch nur den Hauch einer Chance haben, das menschliche Genom zu entschlüsseln?«

»Ich verstehe, worauf Sie hinauswollen«, sagte Rafe. »Trotzdem, das ist was anderes – oder jedenfalls fühlt es sich anders an.«

»Es ist menschlich. Und eines Tages wird die Wissenschaft aufholen, wird einen Weg finden, unsere Fähigkeiten zu erklären, zu messen und zu analysieren, und uns anerkennen.«

»Es ist nur ... es ist schwer, das gedanklich zu fassen.«

»Ich weiß, aber es bleibt Ihnen nichts anderes übrig.« Isabel ging zum Bett und legte mit gerunzelter Stirn eine Hand darauf. »Es gibt mehr Ding' im Himmel und auf Erden, Horatio. Gewöhnen Sie sich daran. Hier ist der Unterweisung Ende.«

Rafe nahm die milde Zurechtweisung mit einem Nicken zur Kenntnis. »Okay. Aber ich behalte mir das Recht vor, Fragen zu stellen, wenn direkt vor meiner Nase etwas Ungewöhnliches passiert.«

»Das hätte ich auch nicht anders erwartet.«

Über ihren trockenen Tonfall musste er lächeln. »Nehmen Sie hier irgendwas wahr, das uns weiterhilft«?«

Berühr mich da ... genau so ...

Härter ...

O Gott, du fühlst dich gut an ...

Jahrelange Übung ermöglichte es Isabel, ihr Gesicht ausdruckslos zu halten, doch es erwies sich als unerwartet schwierig, jetzt, da Rafes Blick auf sie gerichtet war. Er hatte sehr dunkle Augen, und sie hatten etwas Unwiderstehliches an sich.

Damit hatte sie nicht gerechnet.

Mit ihm hatte sie nicht gerechnet.

»Hier hat sie ganz normalen Heterosex gehabt. Ein paar männliche Liebhaber über die Jahre. Keine Frauen.«

»Sie glauben also, der Raum auf den Fotos gehörte ihr? Sie glauben, er ist irgendwo in einem ihrer Häuser oder einer ihrer Wohnungen? Ein separater geheimer Ort, der nur diesen ... Zusammentreffen ... vorbehalten war?«

»Wahrscheinlich. Sie hat das sehr angepasste Leben, das sie hier geführt hat, und ihr Geheimleben offenbar streng voneinander getrennt gehalten. Völlig getrennt – hier gibt es überhaupt keine Geheimnisse. Eigentlich wundert es mich sogar sehr, dass Emily den Fotokarton hier in der Wohnung gefunden hat.«

»Es sei denn, Jamie hatte ihre letzte Liebhaberin verloren und noch keine neue gefunden. In dem Fall hat sie es vielleicht gebraucht, sich die Fotos anzusehen.«

Isabel lächelte. »Sie würden einen ganz brauchbaren Profiler abgeben, wissen Sie das?«

Rafe war einigermaßen verblüfft. »Ich habe doch nur eine Mutmaßung angestellt, mehr nicht.«

»Was glauben Sie denn, was Profiler tun? Wir stellen Mutmaßungen an. Meistens gut begründete Mutmaßungen, manche von uns auch hin und wieder übersinnlich begründete Mutmaßungen, aber letzten Endes bleiben es Mutmaßungen. Spekulation, die sich auf Erfahrung, Wissen über Kriminelle und über die Arbeitsweise ihres Verstandes gründet, so in der Art. Ein guter Profiler liegt zu sechzig bis fünfundsiebzig Prozent richtig, wenn er oder sie in einem Thema richtig drin ist. Ein fähiger übersinnlich Begabter, der seine

Fähigkeiten gut beherrscht, bringt es auf eine Trefferquote von vielleicht vierzig bis sechzig Prozent.«

»Ist das Ihre Trefferquote?«

»So ungefähr.«

Er beschloss, sie nicht darauf festzunageln, denn er hatte das unbestimmte Gefühl, dass er dabei nur verlieren könnte. Schon als er Isabel Adams erst eine Stunde kannte, war er zu dem Schluss gekommen, dass ihr aller Wahrscheinlichkeit nach nie etwas herausrutschen würde, von dem sie nicht wollte, dass er es erfuhr.

Isabel sagte: »Wir müssen den Karton oder dieses Zimmer finden. Am besten beides. Ich muss wissen, was Jamie ihr Doppelleben wirklich bedeutet hat. Und hier nehme ich in der Hinsicht gar nichts wahr.«

»Sie nehmen also kein Geheimversteck wahr, das meine Leute übersehen haben?«

»Ich nehme hier nichts Geheimes wahr. Und zwar gar nichts. Die Dame wusste offenbar, wie man öffentliches und geheimes Leben säuberlich voneinander trennt. Das hier war ihr öffentliches Ich, das die Welt sehen durfte. Blitzblank, wie gemalt. Ihr öffentliches Ich kennen wir. Jetzt müssen wir ihr privates Ich kennen lernen.«

Rafe folgte ihr mit gerunzelter Stirn aus dem Raum. »Glauben Sie, Jamie wurde ihre sexuelle Vorliebe zum Verhängnis? Dass sie eine Domina war?«

»Ich weiß es nicht. Es hat etwas mit zwischenmenschlichen Beziehungen zu tun, da bin ich mir sicher. Irgendwie geht es dabei um Beziehungen. Es fällt mir nur schwer, Jamies Sexualität – auch ihre Sadomasospielchen – als den Auslöser zu sehen, das ist alles. Wenn man seine Vorgeschichte bedenkt. Aber es ist das Einzige, was Jamie aus ihrem Alltagsleben herausgehalten hat, und das bedeutet, wir müssen feststellen, wie wichtig es war.« – »Klingt logisch.«

»Also müssen wir diesen Raum finden. Und wir müssen ihn schnell finden. Es ist vier Tage her, seit Tricia Kane ermordet wurde. Selbst wenn er mit dem nächsten Mord eine ganze Woche wartet, haben wir nur noch drei Tage, um ihn zu finden und aufzuhalten, bevor eine weitere Frau sterben muss.«

Und bevor Isabel auf der Abschussliste weiter nach oben rückte, dachte Rafe, behielt den Gedanken aber für sich.

»Sie glauben, er bespitzelt sie jetzt gerade?«, fragte er stattdessen.

»Er beobachtet sie. Denkt an das, was er mit ihr vorhat. Stellt sich vor, wie es sich anfühlen wird. Kostet die Vorfreude aus.« Sie war überrascht, dass sie dabei nach all den Jahren und so vielen ähnlich gelagerten Ermittlungen immer noch eine Gänsehaut bekam.

Aber es war nicht nur dieser spezielle Mörder, das wusste sie. Es war nicht einmal das, was er seinen Opfern antat. Er war es. Das, was sie in ihm spürte. Etwas Krankhaftes und Böses, das in den Schatten darauf lauerte, zuzuschnappen.

Sie konnte den Schwefel beinahe riechen.

Beinahe.

»Isabel –«

»Nicht jetzt, Rafe.« Zum ersten Mal sah er einen Anflug von Verletzlichkeit in ihrem ein wenig schiefen Lächeln. »Ich bin nicht bereit, über jenes böse Gesicht zu sprechen, das ich gesehen habe. Nicht mit Ihnen. Nicht jetzt.«

»Dann sagen Sie mir eins. Hat es etwas mit dem Augenblick zu tun, in dem Ihre übersinnliche Gabe aktiviert wurde?«

»Und wie es damit zu tun hat.« Ihr Lächeln verzerrte sich noch mehr. »Das Universum hat einen ironischen Humor, finde ich. Oder vielleicht auch nur einen angeborenen Gerechtigkeitssinn. Denn manchmal erzeugt das Böse selbst das Werkzeug, das mithelfen wird, es zu zerstören.«

Cheryl hatte vorgehabt, die Nacht in Columbia zu verbringen, besonders nach Danas Warnung, doch irgendetwas störte sie. Es hatte sie schon den ganzen Tag gestört, seit es ihr am frühen Morgen aufgefallen war.

Sie ließ ihren Kameramann im Wagen warten und ging nachsehen. Sie sagte sich, sie sei nicht in Gefahr. Es war ja nicht einmal dunkel, um Himmels willen. Natürlich war es eine Sache, sich das zu sagen, und eine ganz andere, was sie in Wirklichkeit empfand.

Jedes Mal, wenn eine Brise aufkam, fühlte sich das an, als berührte sie jemand mit geisterhafter Hand, und sie ertappte sich mehrfach dabei, dass sie über die Schulter zurückblickte.

Natürlich war da nichts. Niemand da.

Wahrscheinlich bildete sie sich das Ganze nur ein. Denn es ergab keinen Sinn, nicht, wenn sie gesehen hatte, was sie glaubte gesehen zu haben. Nicht, wenn es bedeutete –

Eine Hand berührte sie an der Schulter, und Cheryl wirbelte keuchend herum. »O mein Gott! Haben Sie schon mal daran gedacht, sich anzuschleichen?«

»Habe ich Sie erschreckt? Das tut mir leid.«

»Ausgerechnet Sie sollten –«

»Ja. Wie gesagt, tut mir leid. Was tun Sie hier draußen?«

»Ich hatte so eine Eingebung, der wollte ich nachgehen. Bestimmt haben Sie es alle gesehen, aber es stört mich, deshalb ... bin ich jetzt hier.«

»Sie sollten nicht allein hier draußen herumlaufen.«

»Ich weiß, ich weiß. Aber ich bin keine Blondine. Und wenn mich etwas stört, lässt mich das nicht mehr los. Da dachte ich, die Sache sei es wert, dass ich es riskiere.«

»Nur für eine Story?«

»Na ja«, sagte Cheryl verunsichert, »die gehört natürlich auch dazu, klar. Und vielleicht, ihn aufzuhalten. Ich meine, das wäre so cool, wenn ich helfen könnte, ihn aufzuhalten.«

»Glauben Sie wirklich, Ihre Eingebung reicht dafür?«

»Das weiß man nie. Vielleicht habe ich Glück.«

»Oder Pech.«

»Was wollen Sie –«

»Keine Blondine. Aber genauso neugierig. Und du wirst es verraten. Das kann ich wirklich nicht zulassen.«

Cheryl sah das Messer, aber als der Groschen endlich fiel, war es zu spät zum Schreien.

Zu spät für alles.

Freitag, 23.30 Uhr

Ganz selten, wenn Mallory einen besonders anstrengenden Tag gehabt hatte, war sie im Bett so wild, dass Alan kaum mit ihr mithalten konnte.

Am Freitagabend war sie so.

Sie hielt ihn mit ihren Armen, ihren Beinen, ihrem ganzen Körper, als könnte er ihr womöglich entfliehen. Sie verhedderten sich in den Betttüchern, stießen die Kopfkissen aus dem Bett, rangen weiter miteinander, rollten umher, hielten einander umschlungen. Am Ende war Mallory oben und ritt ihn mit einer wilden Intensität. Eine Hand auf seiner Brust, die andere hinter sich auf seinem Bein abgestützt, bewegte sie sich in einem ungestümen hungrigen rhythmischen Tanz auf ihm.

Er hielt sie an den Hüften und drängte ihr entgegen, den Blick fest auf ihr herrliches Gesicht gerichtet, das angespannt war und ein primitives Bedürfnis spiegelte. Die Augen waren sehr dunkel, der geschmeidige straffe trainierte Körper glühte vor Lebendigkeit und Anstrengung.

Als sie schließlich mit einem Schrei zum Höhepunkt kam und ein Schauder durch ihren ganzen Körper lief, kam er beinahe im selben Augenblick. Er spürte, wie ihre Muskeln sich krampfartig um ihn zusammenzogen und ihn erst wieder freigaben, als er sich völlig verausgabt hatte.

An diesem Punkt rollte Mallory normalerweise von ihm herunter und lag dann, wenn auch noch so kurz, neben ihm. Diesmal hielt er sie fest und drehte sie beide so auf die Seite, dass sie einander ansahen. Er hielt die Arme um sie gelegt.

»Gut«, murmelte sie, zumindest vorübergehend ein wenig entspannt. »Das war ... gut.«

Selbst völlig verausgabt, versuchte Alan dennoch bewusst, den Augenblick zu steuern. In sanften wohltuenden Bewegungen streichelte er ihr den Rücken und genoss es, ihren warmen Atem an seinem Hals zu spüren. »Mehr als gut.« Er wusste aus Erfahrung, dass er jetzt keine Bemerkung über ihre Leidenschaftlichkeit machen durfte. Sie würde sich nur zurückziehen und unter Ausflüchten gehen.

Er hatte nie herausbekommen, ob es die Intimität des Geschlechtsakts war, die Mallory beunruhigte, wenn sie es sich gestattete, darüber nachzudenken oder daran erinnert wurde, oder ob ihr eigener Kontrollverlust sie störte. Wie auch immer, er achtete sorgfältig darauf, diesen Knopf nicht zu drücken.

Er hatte dazugelernt.

»Langer Tag«, murmelte er schließlich und ließ seine Stimme bewusst so unbeschwert und sanft klingen, wie seine Hände sie streichelten.

»Sehr lang.« Sie klang schläfrig. Dann rückte sie noch ein wenig näher an ihn heran und seufzte. »Und morgen wird er noch länger. O Gott, bin ich müde.«

Er sagte nichts, sondern streichelte ihr weiter den Rücken, auch als sie schon eingeschlafen war. Er hielt sie eng an sich gedrückt und liebkoste ihre warme seidige Haut, spürte ihr Herz an seinem schlagen. Und das genügte. Im Moment.

Ein Unwetter weckte ihn vor dem Morgengrauen. Mallory war fort.

Sie hatte ihm nicht einmal eine Nachricht hinterlassen, verdammt!

7

Samstag, 14. Juni, 6.30 Uhr

Er wachte mit Blut an den Händen auf.

Feuchtem Blut.

Frischem Blut.

Die Luft im Zimmer war dicht und schwer von dem herben Kupfergeruch, und er musste würgen, als er aus dem Bett kletterte und ins Bad stolperte. Das Licht schaltete er gar nicht an, obwohl der Raum im Halbdunkel lag. Er drehte nur die Wasserhähne auf und tastete ungeschickt nach der Seife. Dann wusch er seine Hände mit Wasser, das so heiß war, wie er es gerade noch ertragen konnte. Immer wieder seifte er sie ein.

Das Wasser verschwand zunächst in leuchtend roten, dann rostfarbenen Wirbeln im Abfluss. Allmählich wurde die Farbe immer schwächer. Der Geruch ebenfalls.

Als das Wasser schließlich klar abfloss und er das Blut nicht mehr riechen konnte, drehte er die Wasserhähne zu. Lange stand er da, die Hände auf das Waschbecken gestützt, und starrte sein schattenhaftes Abbild im Spiegel an. Schließlich ging er zurück ins Schlafzimmer, setzte sich auf das zerwühlte Bett und starrte ins Leere.

Schon wieder.

Es war schon wieder passiert.

Er konnte das Blut immer noch riechen, obwohl er auf den Betttüchern kein Blut sah.

Wie schon beim letzten Mal. Nie war auf irgendetwas, das er berührt hatte, Blut.

Nur an seinen Händen.

Er beugte sich vor, die Ellenbogen auf die Knie gestützt, und starrte seine Hände an. Starke Hände. Saubere Hände. Jetzt. Kein Blut. Jetzt.

»Was habe ich getan?«, flüsterte er. »O mein Gott, was habe ich nur getan?«

Travis Keech gähnte ausgiebig, als er sich im Bett aufsetzte, und rubbelte sich energisch mit beiden Händen über den Kopf. »Verdammt! Es ist acht Uhr durch.«

»Es ist früh am Morgen«, meinte Alyssa Taylor schläfrig. »Und es ist Samstag, also wen interessiert's?«

»Mich interessiert's. Mir bleibt ja nichts anderes übrig. Der Chief sagt, wir können ruhig später kommen, wenn wir lange gearbeitet haben – und das habe ich gestern Abend –, aber wir machen alle Überstunden.«

»Ich nehme an, man braucht euch bei diesen Mordermittlungen alle.«

»Allerdings.«

»Und ihr habt sicher Spuren, die ihr verfolgen könnt.«

Ihre Stimme klang immer noch schläfrig, aber Travis sah mit einem nachsichtigen Lächeln auf sie hinab. »Weißt du, bloß weil du glaubst, ich sei ein Bauerntrampel mit Stroh im Kopf, heißt das noch lange nicht, dass das auch stimmt.«

»Ich weiß nicht, wovon du redest.« Plötzlich klang sie nicht mehr so schläfrig und reckte sich elegant wie eine Katze. Dabei entblößte sie ein appetitliches Stück nackter Haut, die schon eine leichte Sommerbräune aufwies und ihr dunkles Haar und die hellen Augen gut zur Geltung brachte.

»Ach, komm schon, Ally. Da lerne ich in dieser lächerlichen Klitsche, die in Hastings als Bar durchgeht, eine tolle Frau kennen, und ein paar Stunden später landen wir schon im Bett? Das passiert mir normalerweise nicht. Außer natürlich, sie ist zufällig Fernsehreporterin aus der großen Stadt, und ich bin zufällig an den Ermittlungen in einer Mordserie beteiligt.« – »Unterschätz dich nicht«, widersprach ihm

Alyssa. »Und miss meine Moral nicht mit deinen Maßstäben, bitte. Ich hatte nicht vor, mit einem Cop zu schlafen, und ich recherchiere meine Storys auch nicht auf dem Rücken.«

»Eine Menge Journalisten tun das aber, wie ich höre.«

»Zu denen gehöre ich nicht.«

Die Bettdecke war herabgerutscht, sodass eine üppige Brust fast vollständig entblößt war. Da mochte Travis sie nicht vor den Kopf stoßen. »Habe ich ja auch gar nicht behauptet«, widersprach er. Er legte sich wieder neben sie und langte unter die Bettdecke. »Aber du hättest jeden Typen in der Bar haben können und bist mit mir nach Hause gegangen. Was soll ich denn da denken?«

»Dass ich dich sexy finde?« Sie machte zwar keinen Schmollmund, aber ihr Körper versteifte sich gerade eben merklich, als er sie wieder in seine Arme zog. »Dass ich Langeweile hatte und nicht allein zurück in mein Hotelzimmer wollte? Dass ich auf Kerle in Uniform stehe?«

»Und was war es?«, fragte er und liebkoste ihren Hals.

»Alles zusammen.« Sie entspannte sich, schlang die Arme um seine Körpermitte und ließ ihre Hände dann tiefer gleiten. »Und außerdem hast du einen Knackarsch.«

Er stöhnte auf vor Verlangen. Sein Körper reagierte sofort auf ihre Liebkosung, und sie dachte etwas amüsiert, dass es viel für sich hatte, sich einen Kerl zu schnappen, der Anfang zwanzig und auf dem Höhepunkt seiner Manneskraft war.

Es hatte eine Menge für sich.

Sie murmelte: »Ich dachte, du musst zur Arbeit.«

»Später.«

Beinahe eine halbe Stunde später quälte er sich aus dem Bett. »Ich muss zur Arbeit. Lust, mit mir zu duschen?«

Alyssa reckte sich träge. »Machst du Witze? Deine winzige Duschkabine ist gerade groß genug für dich. Ich warte lieber, danke. Ich kann ja duschen, während du dich rasierst.«

»Okay, wie du willst.«

Alyssa wartete, bis sie das Wasser laufen hörte. Dann glitt

sie aus dem Bett und sammelte ihre Kleidung vom Boden auf. Sie musste einer Spur aus Kleidungsstücken folgen, die halb bis zur Wohnungstür führte. Das erheiterte sie erneut. Ihre Handtasche hatte sie unvorsichtigerweise auf einem Stuhl in der Nähe der Wohnungstür liegen gelassen. Sie schüttelte den Kopf über sich selbst. Nicht klug. Ganz und gar nicht klug.

Womöglich wurde sie nachlässig.

»Quatsch«, murmelte sie, und damit war der Fall für sie erledigt.

Sie kehrte ins Schlafzimmer zurück, legte die Kleidung aufs Bett und nahm ihr Handy aus der Handtasche. Sie schaltete es ein und tippte eine Nummer ein. Dabei wandte sie den Blick nicht von der halb geöffneten Badezimmertür ab.

»Hi, hier ist Ally.« Sie sprach leise. »Ich habe die Quelle gefunden, von der wir gesprochen haben. Eine ziemlich gute. Er hat mir schon mehr verraten, als ihm klar ist. Er muss gestern Abend ein halbes Dutzend hochprozentiger Drinks gehabt haben, und keinen Kater heute Morgen. Ach, könnte man noch einmal vierundzwanzig sein.«

Sie hörte eine Weile zu, dann sagte sie: »Ja, *mein* Kopf tut weh. Na ja, ich musste doch wenigstens so tun, als ob ich mithalte. Vergiss es. Er geht gleich zur Arbeit, und der Plan ist, ihn dazu zu bringen, dass er mit mir zu Mittag isst.«

Auf eine weitere Frage hin musste sie leise lachen. »Nein, ich glaube nicht, dass es schwer wird, ihn zu überreden, dass er sich mit mir trifft. Und ich habe so ein … Gefühl … dass er mich im Augenblick nur zu gerne um sich haben würde. Deshalb gehe ich mal davon aus, dass ich ganz gut darüber im Bilde sein werde, was bei der Polizei läuft. Ja. Ja, ich melde mich mindestens zwei Mal am Tag, wie vereinbart.«

10.05 Uhr

Die dritte Immobilie, die sie überprüften, stellte sich als altes Geschäftshaus an einem zweispurigen Highway heraus, auf dem einst viel Verkehr geherrscht hatte, bis vor einigen Jahren die Umgehungsstraße gebaut worden war. Verschiedene Unternehmen dort hatten die meisten ihrer Kunden verloren, und nun standen diverse Bürogebäude und kleine Ladengeschäfte leer und verfielen zunehmend. Einige wenige jedoch, darunter auch das im Besitz von Jamie Brower, hatte man einer neuen Nutzung zugeführt, die nicht von der Laufkundschaft abhing.

»Angeblich hat sie es als Lager benutzt«, merkte Rafe an. Sie waren gleich hinter der Eingangstür stehen geblieben. Der morgendliche Sonnenschein fiel schräg durch die staubigen vorderen Fenster herein, sodass sie die Einrichtung im vorderen Teil des Gebäudes erkennen konnten.

»Solange man nicht zu genau hinsieht«, bestätigte Isabel und betrachtete rund ein halbes Dutzend alter Möbel, die offensichtlich restauriert oder repariert werden mussten, dazu einige Kisten, auf denen »Lager« stand. »Hier steht gerade genug Krempel, dass jemand, der einen Blick durchs Fenster hineinwirft, annehmen muss, dass das Haus als Lagerhaus genutzt wird.«

»Die eigentliche Geschichte spielt sich hinten ab«, rief Mallory von einer Tür aus, die etwa neun Meter von der Eingangstür entfernt in die zweite Gebäudehälfte führte, wo eine Wand den Raum teilte. »Mit den Werkzeugen, die der Mann vom Schlüsseldienst uns gegeben hat, haben wir diese Tür und die Hintertür aufbekommen. Die ist praktischerweise von der Straße aus nicht zu sehen. Hervorragender Platz, um das Auto abzustellen, wenn man nicht gesehen werden will. Und es gibt Anzeichen dafür, dass da hinten in den letzten Monaten nicht wenige Fahrzeuge geparkt haben.«

»Warum wundert mich das nicht?«, fragte Hollis sich laut.

»Wird auch Zeit, dass wir mal Glück haben«, sagte Rafe, als er, Isabel und Hollis sich zu Mallory gesellten und sich damit alle in die Gebäudehälfte begaben, deretwegen Jamie dieses Haus offensichtlich gekauft hatte.

Es war der Raum auf den Fotografien. »Die submissive Frau wusste, dass sie fotografiert wurde«, sagte Rafe und deutete auf die Kamera, die auf einem Stativ mehrere Meter vor der Plattform mit dem Bett aufgebaut war. »Hier drin ist kein Platz, um so etwas zu verstecken. Entfernung und Winkel sehen genau richtig aus.«

Hollis trug Latexhandschuhe wie die anderen auch und untersuchte die Kamera. »Ja, sie ist so eingestellt, dass sie mit einem Timer arbeitet. Kein Film, keine Diskette«, sagte sie. »Die letzten Bilder sind nicht mehr in der Kamera.«

»Natürlich nicht, so viel Unvorsichtigkeit hätte ich ihr auch nicht zugetraut«, sagte Isabel und sah sich um. »Wirklich interessant ist die Frage, ob die Kamera zum Ritual gehörte. Wenn sie wirklich einen ganzen Karton voller Fotos hat, wie Emily sagte, dann hat sie sehr wahrscheinlich die meisten ihrer Partnerinnen, wenn nicht alle, fotografiert.«

Rafe beobachtete weiterhin Isabel, anstatt den Raum zu untersuchen. Irgendetwas störte ihn, doch er konnte den Finger nicht darauf legen. Er fand, Isabel wirkte hier irgendwie unbehaglich oder nervös. Ihm schien, sie hielt sich steifer als gewöhnlich, und ihre sehr ruhigen Gesichtszüge hatten beinahe etwas Maskenhaftes an sich.

Deshalb war er nicht ganz bei der Sache, als er nun sagte: »Alles dreht sich um Kontrolle. Und um Unterwerfung. Fotografiert zu werden, gehörte vermutlich zum Ritual, das war bestimmt eine von Jamies Regeln. Ihre Partnerinnen mussten sich ihr und ihren Regeln vollständig unterwerfen, bis hin zu dem Punkt, dass ihre Erniedrigung, ihre geheimsten Bedürfnisse und Sehnsüchte auf Film gebannt wurden – und bei der Domina verblieben.«

Mallory hatte an der rechten Wand einen großen Wandschrank entdeckt und machte sich mithilfe des Universalwerkzeugs an dem Vorhängeschloss zu schaffen, das an der Doppeltür hing. »Nur, um das mal festzuhalten«, sagte sie. »Ich möchte niemals etwas so sehr wollen.«

»Dem schließe ich mich an«, sagte Rafe. Er beobachtete nach wie vor Isabel und fragte sie. »Nehmen Sie irgendwas wahr?«

»Jede Menge«, antwortete sie. »Aber ich weiß noch nicht, wie viel davon wichtig ist. Oder auch nur unseren Fall betrifft.« Ihre Stimme klang ganz heiter, doch Rafe fiel auf, wie sie das Gesicht verzog. Er sah zu Hollis und bemerkte, dass auch sie ihre Partnerin aufmerksam beobachtete – die tiefe Falte zwischen den Augenbrauen bewies, dass sie sich sorgte oder beunruhigt war.

Isabel ging zur Plattform mit dem Bett und beugte sich leicht nach vorn, um ihre behandschuhte Hand auf die nackte fleckige Matratze zu legen. Ihre Miene blieb ausdruckslos, doch um ihren Mund lag ein entschlossener Zug.

»Ich gehe davon aus, dass der Latex den übersinnlichen Kontakt nicht behindert«, meinte Rafe.

Hollis antwortete ihm. »Nein, offenbar nicht. Allerdings sagen ein paar übersinnlich Begabte von der SCU, er hätte leicht dämpfende Eigenschaften. Wie alles andere auch variiert das von Mensch zu Mensch.«

»Ich hab's«, verkündete Mallory plötzlich. Sie nahm das Vorhängeschloss ab und öffnete dann die Doppeltür. »Großer Gott!«

»Die Spielzeugkiste«, murmelte Hollis.

Dana Earley wäre die Erste gewesen, die zugegeben hätte, dass es sie außerordentlich nervös machte, gerade jetzt in Hastings zu sein. In der Vergangenheit hatte sie stets mühelos mit dem Hintergrund verschmelzen können, bis sie bereit gewesen war, vor die Kamera zu treten und eine Nachricht zu verlesen.

Diesmal hatte sie Angst, selbst zu einer Nachricht zu werden.

»Sie sollten nicht da draußen sein«, tadelte sie ein männlicher Bewohner der Kleinstadt vor dem Café, als sie versuchte, ihn zu seinen Gefühlen zu interviewen.

»Ich bin ja nicht allein«, sagte Dana und deutete auf Joey. Der Mann bedachte ihren Kameramann mit dem gleichen verächtlichen Blick, den Alan am Vortag für ihn übrig gehabt hatte. »Na ja, er könnte dem Mörder vielleicht die Kamera auf die Zehen fallen lassen, bevor er Reißaus nimmt, aber wenn ich Sie wäre, würde ich mich nicht darauf verlassen.«

»Das nehme ich Ihnen übel«, sagte Joey verdrossen.

Sie ignorierten ihn beide.

»Sie sollten sich wenigstens schützen«, sagte der Mann ernsthaft zu Dana. »Die Polizei verteilt auf Anfrage Pfefferspray an alle Frauen. Ich habe meiner Frau welches besorgt. Sollten Sie auch tun.«

»Was ist mit Ihnen«, fragte Dana und nahm sich vor, an das Pfefferspray zu denken. »Machen Sie sich keine Sorgen, dass der Mörder demnächst vielleicht auch hinter Männern her sein könnte?«

Er blickte vorsichtig von einer Seite zur anderen, dann öffnete er seine leichte Windjacke und zeigte ihr die Pistole, die er in den Gürtel gesteckt hatte. »Ich hoffe, der Schweinehund kommt zu mir. Ich bin bereit. Viele von uns sind bereit.«

»Sieht ganz so aus«, entgegnete sie munter und versuchte, sich nicht anmerken zu lassen, wie sehr es sie erschreckte, wenn sie Schusswaffen in anderen Händen als denen der Polizei sah. Besonders in denen wütender und ausgesprochen nervöser Menschen. »Vielen Dank, Sir.«

»Gern geschehen. Und passen Sie auf sich auf, ja? Bleiben Sie so viel es geht von der Straße weg.«

»Das werde ich.« Sie sah ihm nach. Dann blickte sie sich auf der Main Street um, auf der weniger Betrieb herrschte als normalerweise an einem schönen Samstagmorgen im Juni. Und auf der es viel zu viele Männer gab wie den, den sie soeben interviewt hatte – sie liefen in Windjacken umher, deren Reißverschluss halb hochgezogen war, und blickten argwöhnisch und wachsam drein.

»Können wir jetzt gehen?«, quengelte Joey.

»Ich wünschte, das könnten wir«, sagte Dana und berührte halb unbewusst ihr Haar. »Das wünschte ich wirklich. Hey – hast du Cheryl gesehen?«

»Nö. Hab heute Morgen ihren Transporter in der Nähe vom Rathaus stehen sehen. Wieso?«

Dana biss sich auf die Lippe. Dann sagte sie: »Gehen wir wieder Richtung Rathaus.«

»Och, nee!«, nörgelte Joey.

»Du wirst dafür bezahlt«, erinnerte sie ihren Kameramann.

»Nicht gut genug«, murrte er und folgte ihr.

»Es könnte schlimmer sein«, erklärte sie ihm gereizt. »Du könntest eine blonde Frau sein. Nach allem, was ich gehört habe, müsste der Chirurg nicht viel abschneiden, um das zu arrangieren.«

»Miststück«, brummte er leise.

»Das habe ich gehört.«

Schweigend zeigte er ihr den Mittelfinger, einigermaßen sicher, dass sie im Hinterkopf keine Augen hatte.

»Und das habe ich gesehen.«

»Scheiße.«

In dem großen Wandschrank in Jamies Spielzimmer befand sich, ordentlich auf Regalen angeordnet und an Haken hängend, das gesamte Arsenal dessen, was man für Sadomasospielchen benötigte: Peitschen, Masken, gepolsterte und ungepolsterte Handschellen, ein extrem breites Spektrum an Dildos und Vibratoren, Seile, Ketten und eine Reihe unidentifizierbarer Gegenstände, von denen einige ausgesprochen kunstvoll gearbeitet waren.

Dazu eine geschmackvolle Auswahl an Lederbustiers, Strumpfhaltern und Strümpfen, darunter anscheinend auch die Outfits, die Jamie und ihre Partnerin auf den Fotos getragen hatten.

»Ich bin ja keine Expertin«, sagte Hollis, »aber ich glaube, zumindest ein paar von diesen Vorrichtungen sind für Männer gedacht.«

Rafe sah, welche Vorrichtungen sie meinte. »Würde ich auch sagen. Es sieht immer mehr danach aus, als wäre Jamie eine ... Domina für beiderlei Geschlecht gewesen. Sie hatte vielleicht keinen Spaß an Sex mit Männern, aber es sieht so aus, als hätte sie es genossen, sie zu dominieren.«

»Männer und Frauen«, sagte Hollis. »Sie wollte wirklich der Boss sein, was? Ich frage mich, was passiert wäre, wenn sie jemanden getroffen hätte, dem es noch wichtiger gewesen wäre, der Boss zu sein?«

»Ein Auslöser vielleicht?«, überlegte Isabel in zerstreutem Ton.

»Sein Auslöser?«, fragte Rafe. »Er wollte sozusagen oben liegen, und Jamie war nicht bereit, ihm diese Position zuzugestehen?«

»Vielleicht.« Isabel klang immer noch abgelenkt. »Besonders falls wir rausfinden, dass die ersten Opfer der beiden früheren Mordserien ebenfalls ungewöhnlich starke Persönlichkeiten waren. Dominante Frauen. Es könnte der Auslöser sein, sein wunder Punkt. Wenn er merkt, dass die Frauen, für die er sich interessiert, buchstäblich zu stark für ihn sind.«

»Manche Männer haben ihre Frauen wohl lieber lieb und unterwürfig«, sagte Hollis trocken.

»Idioten«, sagte Mallory. Dann sah sie Rafe mit erhobener Augenbraue an. »Spurensicherung?«

»Ja, lass sie herkommen«, erwiderte Rafe. »Aber nur T.J. und Dustin mit ihrer Ausrüstung, nicht den ganzen Wagen. Ich möchte das hier immer noch so lange wie nur irgend möglich geheim halten.«

»Alles klar.« Sie zückte ihr Handy.

Rafe ging hinüber zu Isabel. Er hatte immer noch das ungute Gefühl, dass mit ihr etwas nicht stimmt. Sie berührte nicht mehr die Matratze, sondern hatte wieder diesen leeren

Blick, den er allmählich kannte. Doch diesmal schien sie in solche Ferne zu blicken, dass ihn ein Frösteln überlief.

»Sind Sie in Ordnung?«

»In diesem Raum«, sagte sie langsam, »ist viel Schmerz.«

»Den fühlen Sie aber nicht, oder?«

»Nein. Nein, ich bin keine Empathin. Während einer Vision fühle ich die Dinge, aber so nicht. Ich ... ich weiß einfach, dass in diesem Raum viel Schmerz ist. Körperlich. Emotional. Psychisch.« Mit beiden Händen rieb sie sich den Nacken. Ihr Haar trug sie wie üblich in dem adretten hohen Pferdeschwanz, daher sah Rafe, wie sie angestrengt ihre angespannten Nackenmuskeln knetete. Doch ehe er sie danach fragen konnte, fuhr sie im gleichen vernünftigen Ton fort: »Jamie war stark. Sehr stark. Aber sie hat ihr ganzes Leben lang das liebe Mädchen gespielt. Hat so getan, als wäre sie die, die sich alle wünschten. Hinter dieser Maske hat sie sich versteckt. Aber dieser Teil ihres Lebens ... hier hatte sie die Kontrolle. Echte Kontrolle. Hier konnte sie sie selbst sein und wurde respektiert – hier konnte sie Respekt verlangen – als die, die sie wirklich war.«

Hollis trat näher zu ihnen, ihr Stirnrunzeln verstärkte sich. »Isabel ...«

»Hier beraumte sie die Fotosessions an. Ihre Partner – ob nun männlich oder weiblich – waren nie ihre Liebhaber, standen ihr emotional nie nahe. Sie waren ... die Bestätigung. Dass sie stark und sich ihrer selbst sicher war. Dass sie die Kontrolle hatte. Sie taten alles, was sie ihnen sagte. Alles. Egal, was. Egal, wie sehr sie in Raserei geriet. Egal, wie sehr sie sie verletzte.«

Als Rafe bemerkte, dass Isabels Fingernägel sich trotz der Handschuhe in ihre Haut gruben, zog er seine eigenen Handschuhe aus und ergriff ihre Handgelenke. Den erneut deutlich sicht- und hörbaren Funken, der um einiges stärker ausfiel als jeder Schlag, den er je durch Reibungselektrizität erhalten hatte, ignorierte er. Er löste ihr die Hände vom Nacken.

»Wow«, murmelte Hollis. »Das nenne ich einen Funken.«
Rafe ignorierte sie. »Isabel.«

Sie blinzelte. Ihre leuchtend grünen Augen blickten immer noch in die Ferne, doch nun schien sie sie auf ihn zu richten. »Was?«

»Sie müssen aufhören. Jetzt.«

»Ich kann nicht.«

»Sie müssen. Sie tun sich weh.« Er war sich nicht ganz sicher, ob sie wusste, wer er war. Sie sah ihn an, dachte er, als wäre er in einem schwarz-weißen Universum der einzige Gegenstand in Technicolor. Verwirrt und fragend.

»Es tut immer weh«, sagte sie nüchtern. »Was macht das schon?«

»Isabel –«

»Hier sind schlimme Dinge passiert, wissen Sie. Das ging schon seit Jahren so. Seit Jahren. Aber Jamie hatte immer die Kontrolle. Das musste sie. Immer. Zumindest bis ...«

Sie runzelte die Stirn. »Sie haben hier drin Versicherungen verkauft, und davor – nein, danach – hat hier fast ein Jahr lang jemand schwarz Whiskey verkauft. Schwarzgebrannten, wie Sie schon sagten. Merkwürdig. Und eine Zeit lang war hier ein Prediger, ein paar Wochen. Nur war er gar kein Prediger mehr, weil man ihn mit der Frau eines anderen Geistlichen im Bett erwischt hatte und es nicht das erste Mal gewesen war. Er dachte, Gott hätte ihn verlassen, dabei war es genau anders herum ...«

Hollis sagte: »Bringen Sie sie nach draußen. Hier drin sind zu viele Geheimnisse. Zu viel Schmerz. Zu viele Informationen, die auf ein Mal auf sie einstürmen.«

Rafe wartete nicht auf eine detailliertere Erklärung. Isabel war bleich, er spürte, wie sie zitterte. Schon der gesunde Menschenverstand sagte einem, dass sie kurz vor einem Zusammenbruch stand. Also brachte er sie hinaus.

Isabel widersprach nicht, doch als sie draußen waren, murrte sie leise: »Scheiße. Ich *hasse* es, wenn das passiert.«

Er setzte sie auf den Beifahrersitz seines Jeeps, startete den Motor und schaltete die Klimaanlage ein. Dann wühlte er in seinem Verbandskasten und zog ein Mullkissen heraus.

»Wofür ist das?«

Er riss die Verpackung auf und legte ihr das Kissen auf den Nacken, wobei er einen erneuten starken elektrischen Schlag ignorierte.

»Aua«, sagte sie.

»Sie haben sich die Fingernägel in die Haut gebohrt, bis Blut kam«, erzählte ihr Rafe. »Trotz der Handschuhe. Mein Gott, passiert so was oft?«

Isabel sah mit schwach gerunzelter Stirn auf ihre Hände hinab, dann zog sie die Handschuhe aus. »Oh ... hin und wieder. Bishop sagt mir immer wieder, ich soll meine Nägel kurz tragen. Vielleicht sollte ich langsam mal auf ihn hören. Haben Sie da Aspirin in dem Kasten?«

»Ibuprofen.«

»Noch besser. Könnte ich vielleicht zwei haben? Oder ... ein Dutzend?« Sie hielt das Mullkissen selbst fest, während er die Schmerzmittel herausnahm und eine Flasche Wasser aus dem Kühlbehälter holte, den er immer im Jeep hatte.

Als sie vier Kapseln geschluckt hatte, bluteten auch die schwachen Kratzer nicht mehr, und Rafe wischte ihren Nacken mit einem antiseptischen Tuch ab, während sie mit gebeugtem Hals und geschlossenen Augen dasaß.

Jedes Mal, wenn er sie berührte, bekam er einen merklichen Schlag, doch sie reagierte nicht darauf und sagte auch nichts dazu. Rafe hatte den Eindruck, dass er sich daran gewöhnte. Er schien sogar einen klareren Kopf davon zu bekommen.

Und das war ausgesprochen irritierend.

Ihr flachsblondes Haar fühlte sich noch seidiger an, als es aussah, und schien an seiner Hand haften zu wollen, während er sich um ihren Nacken kümmerte. Statische Elektrizität natürlich. Das musste es sein. Er konzentrierte sich darauf, die Kratzer zu versorgen, die sie sich selbst beigebracht hatte, doch insgeheim gestand er sich ein, dass er dafür länger brauchte als unbedingt nötig.

»Danke.«

»Keine Ursache. Wird es so gehen?«

Sie nickte leicht, die Augen immer noch geschlossen. »Sobald die Schmerzmittel wirken. Und vorausgesetzt, ich muss nicht sofort wieder da rein.«

»Isabel ...«

»Hören Sie, ich weiß, Sie haben Fragen. Können wir uns die für später aufheben, bitte?« Sie hob den Kopf und öffnete endlich die Augen. Ihr Blick war nun nicht mehr in die Ferne gerichtet, doch sie sah unsagbar erschöpft aus. »Jetzt ist Ihr Spurensicherungsteam bestimmt gleich da. Gehen Sie doch einfach wieder rein und sagen Sie den Leuten, was sie tun sollen. Hollis kann vielleicht helfen. Ich habe da drin etwas Eigenartiges gespürt.«

Rafe fand, da drin sei einiges eigenartig gewesen, doch er fragte lediglich: »Das heißt?«

»Diese zunehmende Nervosität und Angst, die Emily bei ihrer Schwester wahrgenommen hat. Ich glaube nicht, dass der einzige Grund dafür der war, dass Jamie Angst hatte, ihr geheimes Leben könnte herauskommen. Ich glaube, sie hatte noch ein Geheimnis, ein weit schlimmeres. Und das hat ihr noch viel mehr Angst gemacht. Ich glaube, da drin ist irgendwas schief gegangen. Ich glaube, sie ist zu weit gegangen.«

»Was wollen Sie damit sagen?« Er stellte diese Frage, obwohl er glaubte, die Antwort zu kennen.

»Lassen Sie ihr Team nach Anzeichen von Blut suchen. Viel Blut.«

»Keine Spur von diesem Karton«, sagte Mallory, nachdem die beiden Frauen das Hinterzimmer gründlich durchsucht hatten. »Keinerlei Anzeichen dafür, dass sie hier etwas versteckt hätte – außerhalb dieses Schranks, meine ich.«

Hollis nickte. »Es gibt einen Dachboden, aber der steht sperrangelweit offen und ist leer.«

»Ähm ... mal was ganz anderes: So, wie Sie reagiert haben, ist es wohl nicht normal, dass buchstäblich Funken fliegen, wenn jemand Isabel berührt?«

»Ich habe so was noch nie gesehen, aber ich kenne sie auch erst ein paar Monate.« Hollis runzelte die Stirn. »Man hat mich ziemlich ausführlich über die anderen SCU-Mitglieder informiert, aber das wurde dabei definitiv nicht erwähnt. Könnte neu für sie sein, ausgelöst durch diese spezielle Situation.«

»Oder vielleicht durch Rafe.«

»Oder vielleicht durch Rafe, ja. Ich würde meine Hand nicht dafür ins Feuer legen, weil ich eindeutig keine Expertin bin, aber ich vermute, wenn die richtigen beiden Energiesignaturen aufeinander treffen, dann könnte so etwas wie diese Funken entstehen.«

»Jetzt sagen Sie nicht, dass es das ist, worüber die Dichter immer geschrieben haben«, flehte Mallory.

Zur Antwort lächelte Hollis, doch sie sagte: »Wer weiß? Vielleicht handelt es sich dabei ebenso sehr um eine emotionale Verbindung wie um Energiefelder im wörtlichen Sinne. Jedenfalls reagieren die beiden aufeinander, und zwar auf einer sehr grundlegenden Ebene.«

»Ist das jetzt gut oder schlecht?«

»Ich habe keine Ahnung. Aber es erklärt vielleicht, warum diese Ermittlungen Isabel mehr zu schaffen machen als üblich.«

»Was könnte das erklären?«, fragte Rafe, der den letzten Satz gerade noch mitbekommen hatte.

»Sie.«

»Wie bitte?«

»Hey, ich stelle hier nur Vermutungen an«, erklärte ihm Hollis. »Und ich bin alles andere als Expertin auf diesem Gebiet, das habe ich Mallory gerade schon gesagt. Aber in

Quantico habe ich gelernt, dass elektromagnetische Felder – von Menschen oder von Orten – manchmal auf eine bestimmte Weise aufeinander treffen, die die naturgegebenen Fähigkeiten eines übersinnlich Begabten verändert oder verstärkt. Oder zumindest die Beschränkungen, denen diese Fähigkeiten unterliegen, verändert. Ich habe Isabel noch nie so empfänglich für alles erlebt, und soweit ich das beurteilen kann, hat sie mit allem ins Schwarze getroffen. Keine Fehlschüsse. Das ist sehr ungewöhnlich. Ich glaube, dieses Funkensprühen zwischen Ihnen beiden hat etwas damit zu tun.«

»Wir können nicht davon ausgehen, dass alles, was sie wahrgenommen hat, richtig ist, noch nicht«, meinte Rafe, ohne auf die Bemerkung bezüglich des Funkensprühens einzugehen.

»Ich würde nicht gegen Isabel wetten.«

»Tja, ich hoffe jedenfalls, dass sie sich in einem Punkt irrt. Sie denkt, eines von Jamies Spielchen sei außer Kontrolle geraten. Wir suchen hier nach Beweisen für einen Todesfall.«

»Scheiße.« Mallory starrte ihn an. »Du meinst, neben unserem Serienmörder?«

»Weiß der Himmel. Hollis, nehmen Sie irgendwas wahr?«

»Ich habe es nicht versucht.« Ihr trotzig vorgerecktes Kinn deutete an, dass sie das in nächster Zeit auch nicht vorhatte.

Nachdem Rafe nun gesehen hatte, wie es Isabel ergangen war, hatte er nicht vor, die beiden übersinnlich Begabten weiter zu bedrängen, doch neugierig war er trotzdem. »Isabel scheint es nicht zu versuchen. Ich meine, bei ihr scheint es keine bewusste Anstrengung zu sein.«

»Ist es auch nicht. Bei ihr.«

Er wartete mit erhobenen Augenbrauen.

Nach einem Augenblick sagte Hollis: »Sie wissen doch davon, dass ich nicht hören kann, was die beiden Opfer versucht haben, mir zu sagen? Bis jetzt, meine ich.«

Ein wenig argwöhnisch erwiderte Rafe. »Ja, ich denke, das habe ich kapiert.«

»Da ist eine Barriere, etwas, das praktisch jeder übersinnlich Begabte hat. Wir nennen das einen Schild oder eine Abschirmung. Stellen Sie sich das als eine Energieblase vor, die unser Geist erzeugt, um uns zu schützen. Die meisten übersinnlich Begabten müssen ganz bewusst eine Öffnung in diesem Schild erzeugen, um ihre Fähigkeiten nutzen zu können. Wir müssen unsere Fühler ausstrecken, uns öffnen, uns bewusst verletzlich machen.«

»Es sah nicht so aus, als ob Sie das bewusst getan hätten«, warf Rafe ein.

»Ich bin noch nicht lange dabei. Ich beherrsche meine Fähigkeiten noch nicht so gut, wie ich sollte, deshalb strecke ich manchmal meine Fühler aus – oder öffne zumindest ein Fenster oder eine Tür in meiner Abschirmung –, ohne es zu wollen. Normalerweise, wenn ich müde oder abgelenkt bin – oder so. Man hat mir gesagt, dass ich irgendwann in der Lage sein werde, alles auszusperren, was ich nicht haben will. Die meisten übersinnlich Begabten tun das. Isabel ist die seltene Ausnahme. Sie kann es nicht.«

»Sie meinen ...«

»Ich meine, ihr fehlt die Fähigkeit, ihren Geist abzuschirmen. Sie ist immer für alles empfänglich, schnappt ständig irgendetwas auf. Wichtiges Zeug. Belanglosigkeiten. Alles dazwischen. Alles, was auf sie einstürmt, in ihren Kopf drängt, wie die Stimmen Hunderter von Menschen, die alle auf einmal reden. Es ist das reinste Wunder, dass sie sich überhaupt einen Reim darauf machen kann. Was sag ich, es ist das reinste Wunder, dass sie nicht irgendwo in einer Gummizelle sitzt und sich die Seele aus dem Leib schreit.«

Hollis holte Luft. »Als Sie Ihnen gesagt hat, dass sie nicht aufhören kann, da hat sie das wörtlich gemeint. Sie kann das alles nie aussperren.«

Isabel saß im kühlen Jeep und starrte auf ihre Hände. Beobachtete, wie sie zitterten.

»Okay«, murmelte sie, »das war schlimm. Du hattest früher schon schlimme Erlebnisse. Du hast solche widerwärtigen Stimmen schon einmal gehört. Du wirst mit ihnen fertig. Du wirst mit der Situation fertig.«

Sie hörte, wie ihr ein Lachen entfuhr. »Aber *nicht*, wenn du weiter mit dir selbst sprichst.«

Sie verflocht ihre Finger im Schoß miteinander. Dann hob sie den Kopf und blickte durch die Windschutzscheibe auf das Gebäude, in dem Rafe und die anderen waren.

Sie sollte auch dort sein, verdammt, und sich nicht um die Schmerzen kümmern. Sie sollte da drin die Eindrücke sortieren, den Stimmen zuhören, die immer noch laut in ihrem Kopf widerhallten. Auch den widerwärtigen. Denen vielleicht erst recht. Sie sollte eigentlich ihre Arbeit tun.

Isabel atmete tief durch und versuchte, sich zu konzentrieren, die bloßliegenden Nerven zu beruhigen und die Kontrolle über ihre Sinne, über alle ihre Sinne, zurückzuerlangen. Kontrolle. Sie musste eine Möglichkeit der Kontrolle finden.

Jamie hatte gerne andere Menschen kontrolliert.

Und dieser Prediger ...

Gott, mein Gott, warum hast du mich verlassen?

Gehorch deiner Gebieterin! Kriech!

Nur noch drei Quarts, und ...

Knochen biegen sich, bevor sie brechen, weißt du. Knochen biegen sich ...

Blut ... so viel Blut ...

Mit zitternden Händen bedeckte Isabel ihr Gesicht, mit den Fingerspitzen massierte sie sich heftig Stirn und Schläfen. Sie atmete nochmals tief durch, rang darum, die Stimmen auszusperren. Es gelang ihr nicht.

Nicht, dass es ihr jemals gelungen wäre. Dennoch versuchte sie es.

Konzentrier dich.

Lass dich nicht ablenken.

Hör ihnen nicht zu.

Sie hat mich in Versuchung geführt, das war es. Sie hat mich auf die Straße zur Verdammnis gelockt. Ich war schwach. Ich ...

Ich kann das Seil straffer ziehen. Ich kann das Seil viel straffer ziehen. Du willst doch, dass ich das tue, nicht wahr? Du willst, dass ich dir wehtue. Du willst, dass ich dir wehtue, bis du vor Schmerzen schreist.

Knochen biegen sich ...

Und Bobby Grange: Rüber zu Horton Mill, er will so viel, dass er ein Fässchen füllen kann. Veranstaltet wohl eine Feier. Männer wie er halten mein Geschäft am Laufen, das steht fest. Und was sie sonst noch treiben, geht mich nichts an.

Es war nicht meine Schuld! Sie hat mich in Versuchung geführt!

Weißt du, was passiert, wenn du alle Schmerzen fühlst, die du fühlen kannst? Wenn deine Nervenenden heiß und wund sind und dir die Stimme wegbleibt, weil du so viel geschrien hast? Weißt du, wie es sich anfühlt, wenn man über den Schmerz hinausgeht? Finden wir es heraus ...

Knochen biegen sich, bevor sie ...

Isabel.

Iii-saaaaa-bellllll!

Isabel riss sich die Hände vom Gesicht und blickte wild um sich. Da war sie. Eine andere Stimme. Männlich. Kraftvoll. Im Dunkeln kauernd ...

Aber ... da war niemand. Niemand. In ihrem Kopf hämmerte es, ihr Herz klopfte wie wild, und die Stimmen waren nur noch Geflüster. Nur noch Geflüster, keine rief ihren Namen.

»Okay«, sagte sie zittrig. Sie sprach es laut aus. »Das war neu. Das war etwas völlig Neues.«

Das war furchterregend.

8

11.00 Uhr

T.J. McCurry hatte etwa sechzig Zentimeter von der Bettplattform entfernt den Boden eingesprüht und gab nun die Anweisung: »Licht aus.«

Das hohe Fenster hatten sie bereits zuvor verhängt. Als daher T.J.s Kollege Dustin Wall das Licht im Raum ausschaltete, sahen sie alle das unheimliche grünlich-weiße Leuchten.

»Bingo«, murmelte Dustin und begann, den Beweis zu fotografieren.

»Jede Menge Blut hier, Chief«, sagte T.J. »In anderen Bereichen des Zimmers sind ein paar ältere Spritzer, besonders da um das Bett herum. Aber nur hier hat jemand geblutet wie ein abgestochenes Schwein.«

»Genug, um daran zu sterben?«

Im Licht des Luminol sah T.J.s rundes Gesicht eigenartig hager aus. Sie zuckte mit den Achseln und sah hinab auf den alten Vinylbodenbelag. »Hier hat jemand sorgfältig sauber gemacht, aber Sie sehen ja selbst, wie stark das Luminol reagiert. Ich wette, wenn wir diesen Bodenbelag entfernen, finden wir noch mehr, das in den Betonboden gesickert ist. Hier hat man das Vinyl in Fliesen verlegt, wie man das früher gemacht hat. Das Blut ist garantiert in sämtliche Ritzen gesickert.«

»T.J., ist hier jemand gestorben?«

»Sie wissen doch, dass ich das nicht mit letzter Sicherheit sagen kann, Chief. Aber wenn Sie eine begründete Vermutung hören wollen, dann würde ich sagen, ja. Entweder das oder jemand hat hier mehrmals ein bisschen geblutet – und wenn man bedenkt, welchem Zweck dieser Raum gedient hat, kann das sehr gut möglich sein. Wir verschaffen uns Klarheit darüber und bringen Ihnen die Blutgruppe oder die Blutgruppen, auch die DNA, wenn Sie wollen.«

»Ich will. Zumal wir keine Leiche haben.«

»Das Polizeilabor von South Carolina hat Leichensuchhunde, falls Sie schon mal anfangen wollen zu suchen«, meinte Dustin.

»Noch nicht. Nicht mit so wenigen Informationen. So nervös diese Stadt auch sein mag, das Letzte, was wir jetzt brauchen, ist, dass die Leute sehen, wie wir mit Hunden nach einer weiteren Leiche suchen. Es sei denn, wir sind uns sehr sicher, dass da draußen wirklich eine ist.« Von übersinnlicher Hilfe sagte Rafe nichts und Hollis, die nur wenige Schritte von ihm entfernt stand, sah er nicht an. »T.J., können Sie mir sagen, ob eine Blutspur aus dem Raum herausführt?«

»Ich kläre das. Dustin, hast du die Fotos? Dann machen wir das Licht wieder an, damit wir auch sehen können, was wir da tun.«

Rafe überließ sie ihrer Arbeit und gestand sich schweigend ein, dass er erleichtert war, als die Lichter wieder angingen. Er hatte den Einsatz von Luminol schon mehrfach erlebt und es immer gruselig gefunden. Unsichtbar für das menschliche Auge, bis die Chemikalien in der Luminollösung reagierten, war das Blut eine schweigende geisterhafte Anklage.

Er ging zu Hollis und sagte: »Würde ich sehr daneben liegen, wenn ich sage, Isabel sollte zurück in die Pension fahren und es für heute gut sein lassen?«

»Kann man vertreten, nehme ich an, aber sie wird es nicht tun, also spielt das keine Rolle.«

Er seufzte. »Ihr Leutchen seid ein sturer Haufen.«

Hollis fragte ihn nicht, ob er FBI-Agenten im Allgemeinen oder übersinnlich Begabte im Besonderen meinte. Sie kannte die Antwort. Stattdessen sagte sie: »Es gibt nur eine Hand voll Teamleiter in der SCU, also Agenten, denen Bishop zutraut, Ermittlungen zu leiten. Isabel ist eine davon, und sie war es von Anfang an.«

»Sie haben gesagt, es sei das reinste Wunder, dass sie nicht wahnsinnig geworden ist.« Rafe sprach leise.

»Ja. Aber sie ist eben nicht wahnsinnig geworden, das ist der springende Punkt. Sie ist eine außergewöhnlich starke Frau. Sie lebt ihr Leben und sie tut ihre Arbeit, egal, was es sie kostet. Was Sie hier drin mit angesehen haben, kommt selten vor, aber so etwas Ähnliches ist schon einmal passiert. Es hat sie früher nicht aufgehalten, und das vorhin wird sie jetzt auch nicht aufhalten. Wenn überhaupt etwas, dann stärkt die intensive Verbindung höchstens noch ihren Entschluss, die Puzzleteilchen zusammenzusetzen und diesen Mörder endlich zu fassen.«

»Er ist ihr schon zwei Mal entwischt«, sagte Rafe, mehr zu sich selbst als zu Hollis.

Doch sie nickte. »Ja, es ist etwas Persönliches. Wie auch nicht? Er hat vor zehn Jahren ihre beste Freundin ermordet, falls Sie das nicht wussten. Sie und Julie King waren zusammen aufgewachsen, sie waren wie Schwestern. Isabel war erst einundzwanzig, als es geschah, sie war auf dem College und versuchte, sich darüber klar zu werden, was sie mit ihrem Leben anfangen sollte. Sie hatte ein wirklich erstaunliches Fächerspektrum belegt, Latein, Informatik und Botanik. Langweiliges Zeug.«

Hollis zuckte mit den Achseln. »Sie hat sich größtenteils treiben lassen. Kam mit guten Noten durch, weil sie was im Kopf hatte, nicht weil sie was dafür getan hätte. Sie war irgendwie ... verschlossen, distanziert, unbeteiligt. Nach allem, was ich gehört habe, hat der Mord an Julie sie völlig verwandelt.«

»Aber er hat nicht ihre übersinnlichen Fähigkeiten ... ausgelöst?« Es war eigentlich keine Frage.

»Nein. Das war bereits vorher passiert.« Hollis ging nicht weiter ins Detail.

Das wunderte Rafe nicht. »Aber mit dem Mord an ihrer Freundin hat ihr Leben als Cop mehr oder weniger angefangen?«

»Würde ich sagen. Am Anfang wollte sie nur herausfinden, wer Julie ermordet hatte. Das war ihr Antrieb, das gab ihrem Leben und ihrer Zukunft eine Struktur. Doch als er fünf Jahre später in Alabama wieder auftauchte, da hatte sie schon einen Abschluss in Kriminalistik in der Tasche und arbeitete bei der Florida State Police. Offenbar hat sie routinemäßig die Datenbanken der Polizeibehörden durchforstet und darauf gewartet, dass der Mörder wieder zuschlägt. Kurz nachdem er sein zweites Opfer in Alabama ermordet hatte, ließ sie sich beurlauben und tauchte dort auf. Da ist sie auch Bishop begegnet.«

»Und hat das eine Polizeiabzeichen gegen das andere eingetauscht.«

»So in etwa, ja.«

Rafe atmete tief durch. »Und jetzt setzt sie ihr Wissen, ihre Ausbildung und ihre übersinnlichen Fähigkeiten ein, um Mörder aufzuspüren. Besonders diesen einen. Sagen Sie mir eins, Hollis. Wie oft kann sie so etwas wie das, was sie hier drin durchgemacht hat, noch durchstehen, bevor sie daran zerbricht?«

»Mindestens noch ein Mal.« Hollis verzog das Gesicht, als sie seine Miene sah. »Ich weiß, das klingt hart. Aber es ist die Wahrheit. Wir befassen uns immer mit einer ... Erfahrung ... nach der anderen, und niemand von uns weiß, wann das Ende kommt. Oder wie.«

»Moment mal. Sie wollen mir sagen, dass Sie alle *wissen*, dass es Sie eines Tages umbringen wird?«

»Das wäre dann die radikale Lesart«, murmelte sie.

»Hollis.«

»Wir sind hier nicht die einzigen, die stur sind, wie ich sehe.«

»Antworten Sie auf meine Frage.«

»Das kann ich nicht.« Sie zuckte mit den Achseln, nunmehr ausgesprochen ungehalten. »Rafe, wir wissen es nicht. Niemand weiß es genau. Wir unterziehen uns alle nach jedem Einsatz einer ärztlichen Untersuchung, und bei manchen Agenten haben die Ärzte Veränderungen festgestellt. Sie wissen nicht, was das bedeutet, *wir* wissen nicht, was das bedeutet. Vielleicht nichts.«

»Oder vielleicht doch etwas. Etwas Tödliches.«

»Schauen Sie, ich kann Ihnen nicht mehr sagen, als dass manche Agenten einen Preis für den Einsatz ihrer Fähigkeiten zahlen. Manche leben wie Isabel mit fast permanenten Schmerzen, meistens Kopfschmerzen. Manche sind nach ihren Einsätzen so erschöpft, dass sie Wochen brauchen, bis sie sich davon richtig erholt haben. Ich kenne eine Agentin, die während eines Falls ununterbrochen isst, und das meine ich wörtlich. Es ist, als würde die Gabe ihren Stoffwechsel veranlassen, in einen höheren Gang zu schalten, und sie müsste ihren Körper ständig füttern, damit sie ihre Arbeit tun kann. Andere Agenten wiederum werden offenbar körperlich von dem, was sie tun, gar nicht in Mitleidenschaft gezogen. Es kommt ganz darauf an. Von daher: Nein, ich kann Ihnen nicht bestätigen, dass der Einsatz unserer Fähigkeiten uns eines Tages umbringen wird. Weil wir es nun einmal einfach nicht wissen.«

»Aber möglich ist es.«

»Klar, möglich ist es, nehme ich an. Es ist auch möglich – ehrlich gesagt, sehr gut möglich –, dass wir in Erfüllung unserer Pflicht einer stinknormalen Kugel oder einem Messer oder irgendeiner Explosion zum Opfer fallen. Das Risiko gehört zum Job. Wir kennen die potenziellen Risiken alle, glauben Sie mir. Bishop achtet darauf, dass wir begreifen, welches Risiko wir eingehen, auch wenn es nur eine theoretische Möglichkeit ist. Jedenfalls hat Isabel eine Entscheidung getroffen, die nur ihr zusteht, nämlich ihre Fähigkeiten so einzusetzen. Sie tut es seit Jahren, und sie kennt ihre Grenzen.«

»Das bezweifle ich ja gar nicht. Ich habe nur meine Zweifel, ob sie rechtzeitig aufhört, ehe sie diese Grenzen erreicht.«

»Sie ist mit Leib und Seele dabei.«

»Ja, das ist mir aufgefallen.«

»Sie gehen in Ihrem Job auch Risiken ein. Warum bleiben Sie dabei?«

Darauf antwortete Rafe nicht, sondern schüttelte den Kopf und sagte: »T.J. und Dustin werden hier noch eine Weile zugange sein, und es gibt wirklich nichts mehr, was Sie und Isabel hier tun können. Oder?«

Nun war es an Hollis, seiner Frage auszuweichen. »Wir könnten zurück zum Polizeirevier fahren und da arbeiten, während Sie mit Ihren Leuten hier alles fertig machen. Wir könnten dafür sorgen, dass die Informationen über die beiden vorigen Mordserien auf die Anschlagtafeln kommen.«

»Gute Idee.«

Hollis nutzte die erste Gelegenheit, die sich ihr bot, um Bericht zu erstatten. Das war rund eine Stunde später, als Isabel den Besprechungsraum verließ, um einen Stapel Papiere zu kopieren. Die Nummer war ihr noch immer ein wenig unvertraut, aber das Adressbuch ihres Handys war sorgfältig einprogrammiert worden, daher fand sie die Nummer schnell und tätigte ihren Anruf.

Als er sich meldete, sagte Hollis: »Ich mache das sehr ungerne. Mich in Isabels Angelegenheiten mischen. Sie würde hinter meinem Rücken auch nicht über mich reden, nicht über so persönliche Dinge.«

»Er musste es erfahren«, sagte Bishop.

»Dann hätte Isabel es ihm selbst sagen sollen.«

»Ja, aber sie wollte nicht. Jedenfalls nicht jetzt. Er muss es aber jetzt wissen.«

»Und warum dies, o weiser Yoda?«

Bishop kicherte. »Ich vermute mal, die Antwort ›weil ich es so sage‹ stellt dich nicht zufrieden?«

»Habe ich bei meinem Vater schon nicht akzeptiert. Bei dir wird es definitiv auch nicht funktionieren.«

»Okay. Dann sage ich dir die Wahrheit.«

»Das weiß ich zu schätzen. Und die Wahrheit ist?«

»Die Wahrheit ist, dass manche Dinge in einer bestimmten Reihenfolge geschehen müssen, wenn wir eine Katastrophe abwenden wollen.«

Hollis blinzelte. »Und wir wissen, dass diese Katastrophe auf uns zukommt, weil …?«

»Weil einige von uns hin und wieder einen Blick in die Zukunft werfen können.« Bishop seufzte. »Hollis, wir können nicht alles hinbiegen. Wir können die Zukunft nicht heiter und strahlend gestalten, bloß weil wir im Voraus wissen, dass uns Ärger und Tragödien erwarten. Manchmal können wir höchstens – aber allerhöchstens – einen Kurs festlegen, der vorsichtig zwischen schlecht und schlimmer laviert.«

»Und dieser Kurs erfordert, dass ich Rafe Dinge aus Isabels Vergangenheit verrate.«

»Ja. Genau. Diesmal. Nächstes Mal bittet man dich vielleicht um etwas anderes. Und du wirst es tun. Nicht weil ich das sage, sondern weil du darauf vertrauen kannst, dass Miranda und ich niemals ein Mitglied des Teams verletzen oder verraten würden – nicht einmal, um die Zukunft zu retten.«

Hollis seufzte. »Ich wünschte, du hättest einfach nur einen Hang zum Melodramatischen, aber da ich die Geschichten kenne und selbst ein paar Dinge gesehen habe, fürchte ich, ich muss es wörtlich nehmen. Die Sache mit der Rettung der Zukunft, meine ich.«

»Wir müssen tun, was wir können. Es passiert nur selten genug, aber manchmal kann das rechte Wort oder die richtige Information zur rechten Zeit die Dinge ein wenig verändern. Das Gleichgewicht ein wenig zu unseren Gunsten verschieben. Wenn wir denn überhaupt so viel tun können. Manchmal können wir uns gar nicht einmischen.«

»Sagst du mir, woher du weißt, dass dies einer der Zeitpunkte war, an denen man sich einmischen kann?«

»Miranda sieht die Zukunft und nimmt mich mit. Manchmal sehen wir verschiedene Versionen der Zukunft. Dann wissen wir, dass wir etwas ändern können. Manchmal sehen wir nur eine Zukunft. Dann sehen wir das Unausweichliche.«

»Dann wisst ihr, ihr könnt nichts ändern.«

»Ja.«

»Und die Zukunft, die ich gerade geändert habe, indem ich Rafe von Isabels Vergangenheit erzählt habe?«

»War eine Zukunft, in der er gestorben ist.«

»Und warum hat ihr Kameramann nicht gemeldet, dass sie verschwunden ist?«, fragte Isabel Dana Earley.

»Ich glaube, er schämt sich. Offenbar hatte sie ihm gesagt, er soll im Wagen warten, während sie etwas überprüfen wollte. Er behauptet, er weiß nicht, was. Jedenfalls war sie gerade zehn Minuten weg, da ist er eingeschlafen. Und er ist erst aufgewacht, als Joey und ich vor etwa einer halben Stunde an den Wagen geklopft haben.«

»Das ist aber ein langes Nickerchen.«

»Er sagt, er bekommt seit Tagen zu wenig Schlaf. Wahrscheinlich stimmt das. Eine Menge Technikmitarbeiter sind fasziniert von ihren Spielzeugen und arbeiten bis in die Puppen.«

Isabel verzog das Gesicht. »Sie haben bei ihrem Sender und bei den anderen Medienleuten auf der anderen Straßenseite nachgefragt?«

Dana nickte. »Aber ja. Zum letzten Mal hat man Cheryl gestern Abend kurz vor Einbruch der Dunkelheit gesehen. Verdammt. Ich hab sie noch gewarnt, sie soll auf sich aufpassen, brünett hin oder her.«

»Warum?«

»Weil ich denke, dass es ziemlich ungemütlich sein kann,

wenn eine kleine Stadt wie Hastings so im Rampenlicht steht. Ich würde mich nicht wundern, wenn dieser Irre einen Journalisten aufs Korn nimmt, damit wir das Feld räumen.«

Isabel setzte sich mit einer Pobacke auf die Ecke des unbesetzten Schreibtischs, an dem das Gespräch stattfand. »Die Theorie ist nicht übel, vorausgesetzt, er ist nicht schon jenseits von logischem Denken. Das ist jetzt nicht zur Veröffentlichung bestimmt.«

Dana nickte erneut, diesmal ein wenig ungehalten. »Außerdem, ich bin zwar kein Profiler, aber ich würde erwarten, dass er sich jemanden vornimmt, der seinen bisherigen eindeutigen Vorlieben gerade nicht entspricht, einfach, um seinen Standpunkt zu verdeutlichen.«

»Du bist nicht die, die ich will, aber du bist mir im Weg. Niemand ist vor mir sicher«, murmelte Isabel. »Verschwindet.«

»Das ergibt einen Sinn, oder?«

»Unglücklicherweise ja. Danke, dass Sie das gemeldet haben, Ms Earley.«

»Wenn ich irgendetwas tun kann, um zu helfen, sie zu finden …«

»Am besten helfen Sie ihr und uns, indem Sie dafür sorgen, dass Sie nicht auch auf die Liste der vermissten Personen kommen. Gehen Sie nirgendwo allein hin. Wirklich nirgendwo, außer in ein verschlossenes Zimmer, von dem Sie hundertprozentig wissen, dass es sicher ist. Geben Sie den Rat bitte an die anderen Journalisten weiter, ja?«

»Mache ich.«

»An männliche wie weibliche Journalisten«, fügte Isabel hinzu.

Dana nickte mit sarkastischem Blick und ging.

Isabel blieb noch mehrere Minuten, wo sie war. Sie blickte finster drein. Sie war müde. Sehr müde. Und besorgt. Wenn dieses Schwein sich *wirklich* eine braunhaarige Journalistin geschnappt hatte, *wirklich* wütend genug gewesen war, um so stark von seinen Vorlieben abzuweichen, warum hatte sie das dann nicht gespürt?

»Was stimmt nicht mit mir?«, murmelte sie.

Darauf hatte sie keine Antwort, nur das Gefühl, dass da etwas im Dunkeln kauerte. Und sie beobachtete.

Wartete.

Als Rafe um kurz vor vier Uhr an diesem Nachmittag das Besprechungszimmer betrat, war er nicht besonders glücklich darüber, dort Alan Moore bei Isabel anzutreffen.

»Hollis und Mallory gehen einigen Hinweisen nach«, erzählte sie ihm, ohne ins Detail zu gehen. Sie wirkte nicht, als hätte das, was in Jamie Browers geheimem Spielzimmer geschehen war, noch irgendwelche Nachwirkungen. Allerdings lag etwas in ihrem Blick, woran er erkannte, dass sie immer noch starke Kopfschmerzen hatte.

Rafe nickte, ohne sich zu der Information oder dem Eindruck, den er im Augenblick von ihr hatte, zu äußern. Dann wandte er sich an Alan: »Bitte sag mir, dass du nicht nur aus reiner Neugier hier bist.«

»Meine Neugier hat immer einen Anlass.«

»Ich hätte Sie vor ihm warnen sollen, Isabel. Sie können nur die Hälfte von dem glauben, was er sagt. An guten Tagen.«

»Sehen Sie, das passiert, wenn man mit einem Mann aufwächst, der Cop wird?«, versetzte Alan. »Er verwandelt sich vor Ihren Augen in einen misstrauischen Scheißkerl.«

»Nicht ohne Grund«, erwiderte Rafe. »Du gehst mir schon auf den Sack, seit ich Polizeichef bin.«

»Ich tue nur meine Arbeit.«

Isabel ging dazwischen, ehe die beiden alte Kränkungen wieder aufwärmen konnten, und sagte: »Alan hatte gestern eine ziemliche Überraschung in der Post.«

Rafe blickte Alan finster an. »Und die bringst du erst jetzt her?«

»Ich hatte zu tun.«

»Alan, eines Tages gehst du noch zu weit. Betrachte das einfach als Warnung.«

Alan war trotz des ruhigen Tonfalls vollkommen klar, dass es seinem Freund aus Kindertagen damit bitterernst war. Er nickte nur kurz und musste seinen schuldbewussten Gesichtsausdruck eigentlich nicht spielen. »Hab's zur Kenntnis genommen.«

Ohne sich zu dem Geplänkel zwischen den beiden Männern zu äußern, reichte Isabel Rafe ein einzelnes Blatt Papier in einer durchsichtigen Plastikhülle. »Ich habe es bereits überprüft. Keine Fingerabdrücke, bis auf seine.«

Die kurze Nachricht war in Blockbuchstaben auf dem unlinierten Papier verfasst. Dennoch konnte man von so etwas wie einer kühnen, bösartigen Handschrift sprechen.

MR. MOORE, DIE COPS SIND
AUF DER FALSCHEN SPUR. ER TÖTET SIE NICHT,
WEIL SIE BLOND SIND.
ER TÖTET SIE, WEIL SIE ES NICHT SIND.

»Nicht blond?«, fragte Rafe und sah Isabel an.

»Ja, waren sie aber«, entgegnete sie. »Jamie und Tricia waren jedenfalls naturblond. Allison Carroll hat sich die Haare gefärbt.«

»Aber ...« Er brach ab.

Isabel beendete die Bemerkung für ihn. »Oben und unten passten zusammen. Aber die Laborergebnisse sind da, und die sagen, sie hat sich die Haare gefärbt. Es ist nicht so ungewöhnlich, dass eine Frau sich die Schamhaare färbt, besonders wenn der Unterschied so groß ist und sie sich in einer Phase ihres Lebens befindet, in der es eines der Hauptziele ist, nackt gut auszusehen. Jedenfalls war Allisons natürliche Haarfarbe sehr dunkel.«

Rafe begegnete Alans neugierigem Blick und sagte: »Das ist nicht zur Veröffentlichung bestimmt, ist dir das klar?«

»Ja, Isabel hat mich schon gewarnt. Große rote FBI-Warnung, mit Fahnen, Stempeln, Siegelwachs, Geheimhaltungseiden und zweckdienlichen Drohungen, mich zur Area 51 zu deportieren und in eine Laborratte zu verwandeln.«

Isabel lächelte, sagte jedoch nichts.

»Nur nebenbei«, bemerkte Alan, »Cheryl Bayne hat braune Haare.«

»Cheryl Bayne«, sagte Isabel, »wird vermisst. Wie verschiedene andere auf einer unglücklicherweise eher langen Liste. Uns ist nichts darüber bekannt, dass ihnen etwas zugestoßen ist.«

»Bis jetzt.«

»Bis jetzt«, stimmte sie zu.

Alan musterte sie, dann fuhr er fort: »Jedenfalls, wenn ihr den Knaben am Ende habt, behalte ich mir das Recht vor, die Öffentlichkeit darüber zu informieren, dass der Mörder sich mit mir in Verbindung gesetzt hat.«

»Hat er das denn?«, murmelte Isabel.

»Dritte Person«, merkte Rafe an und las die Nachricht erneut. »*Er* tötet sie nicht, weil sie blond sind. Das könnte auch jemand geschrieben haben, der den Mörder kennt. Der weiß, was er tut.«

»Oder vielleicht«, schlug Alan vor, »ist er ja schizophren und glaubt, das sei gar nicht wirklich er, der diese Frauen ermordet.«

»Du willst doch nur, dass der Mörder das geschrieben hat«, sagte Rafe geistesabwesend.

»Na ja, schon. Diese Story könnte meine Watergate-Story sein.«

Isabel schürzte die Lippen. »Nein. Vielleicht Ihre Ted-Bundy- oder Ihre John-Wayne-Gacy-Story – Ihre Serienmörder-Story eben. Aber doch nicht Watergate.«

»Sie könnte meine Karriere richtig auf Touren bringen«, beharrte Alan.

»Ach ja?« Isabel wirkte höflich interessiert. »Und erinnern

Sie sich zufällig an den Namen des Journalisten, der angeblich von Jack the Ripper kontaktiert wurde?«

Alan blickte finster drein. »Warum rauben Sie einem Mann nicht mal zur Abwechslung seine Illusionen?«

»Erinnern Sie sich?«

»Das ist über hundert Jahre her.«

»Und er war der berühmteste Serienmörder der Neuzeit. Zahllose Bücher sind über ihn geschrieben worden. Filme sind über ihn gedreht worden. Endlose Debatten wurde darüber geführt, wer er denn nun war. Und trotzdem fällt Ihnen der Name des Journalisten nicht sofort ein, stimmt's?«

»Wissen Sie ihn denn?«, konterte Alan.

»Sicher. Aber ich bin natürlich auch auf Serienmörder spezialisiert. Mehr oder weniger. In meiner Branche hat jeder den Ripper-Fall studiert. Das ist praktisch der Grundkurs Mord im Fach Verhaltenswissenschaften in Quantico. Jeder will derjenige sein, der den Fall aufklärt.«

»Auch Sie?«

»Ach, ich glaube nicht, dass er je endgültig aufgeklärt wird. Und ich glaube, das ist auch besser so. Manche Dinge bleiben besser geheim.«

»Das glauben Sie nicht wirklich.«

»Doch, das glaube ich. Man sollte nie, niemals glauben, dass das Leben – oder die Geschichte – keine Überraschungen mehr bereithält. Sonst wird man arrogant. Und Arroganz macht einen blind für die Wahrheit.«

»Für welche Wahrheit?«

»Für jede Wahrheit. Für alle Wahrheit.« Sie sprach in feierlichem Ton.

Alan seufzte und stand auf. »Okay, bevor Sie mich gleich ›kleiner Grashüpfer‹ nennen, gehe ich lieber.«

»Ich habe hier bestimmt irgendwo einen Stein, falls Sie bleiben und testen wollen, ob Sie bereit sind«, sagte Isabel immer noch ernst.

»Irgendwie glaube ich nicht, dass ich schnell genug bin«,

erwiderte Alan mit einem Unterton echten Bedauerns in der Stimme. Er verabschiedete sich formlos von den beiden, dann verließ er das Besprechungszimmer und schloss die Tür hinter sich.

»Gutes Ablenkungsmanöver«, kommentierte Rafe.

»Vielleicht. Mit etwas Glück verbringt er zumindest die nächsten paar Stunden im Internet oder in der Bibliothek und informiert sich über Jack the Ripper – nur damit er mir beim nächsten Mal den Namen des Journalisten sagen kann. Das wird ihn ein Weilchen beschäftigen.« Sie lehnte sich zurück, rieb sich mit einer Hand den Nacken und runzelte die Stirn.

»Immer noch Kopfschmerzen?«

»Sie kommen und gehen. Bis jetzt gibt es keine Spur von Cheryl Bayne. Ihr Sender hat Dana Earleys Vermisstenmeldung durch eine eigene bestätigt. Und Hollis und Mallory überprüfen die übrigen Häuser und Wohnungen, die Jamie Brower gehört haben.«

»Sie wollen immer noch diesen Fotokarton finden.«

»Ich will alles finden, was es zu finden gibt. Apropos, Ihr Spurensicherungsteam hat, so viel ich weiß, Blut in Jamies Spielzimmer gefunden. Viel Blut.«

Er nickte. »Ja, damit hatten Sie Recht. Und eine schwache Blutspur bis zur Tür. T.J. meint, die Leiche war in Plastik eingewickelt. Ich schätze, sie wurde in ein Auto verladen und irgendwohin transportiert. Sie haben sich jetzt Jamies Auto vorgenommen, aber wir haben es schon nach ihrer Ermordung von einer Stoßstange zur anderen untersucht und nichts gefunden.«

Isabel schüttelte den Kopf. »Sie wäre nicht in Panik geraten und sie war zu klug, um eine Leiche in ihrem eigenen Wagen zu transportieren. Sie hat bestimmt den Wagen ihrer Gespielin genommen. Und ich wette, sie hat ihn sich hinterher vom Hals geschafft. Möglichst gründlich. Vielleicht hat sie ihn in einem der Seen hier in der Gegend versenkt. Mit oder ohne Leiche.«

»Das«, meinte er zustimmend, »ist sehr wahrscheinlich.« Er zögerte, dann fragte er: »Haben Sie bei Alan irgendetwas aufgeschnappt?«

»Nein, er ist ein Buch mit sieben Siegeln. Nicht ungewöhnlich für einen Journalisten. Die haben in der Regel eine Menge Geheimnisse. Den meisten von uns fällt es schwer, bei ihnen etwas wahrzunehmen, selbst den Telepathen.«

»Sie glauben, er hat Recht mit seiner Vermutung, dass der Mörder schizophren ist?«

»Ich glaube, die Wahrscheinlichkeit ist mindestens so hoch wie bei jeder anderen unserer Theorien. Vielleicht höher.« Sie holte tief Luft und sprach schnell weiter. »Es gibt eine Theorie, derzufolge es vier verschiedene Typen von Serienmördern gibt: den visionären, den missionarischen, den hedonistischen und den kontrollorientierten. Der missionarische Serienmörder hat es darauf abgesehen, eine bestimmte Gruppe auszumerzen, die er nicht für würdig hält zu leben. Typische Opfer dieses Mördertypus' sind solche, die sich leicht einer Gruppe zuordnen lassen: Prostituierte, Obdachlose, Geistesgestörte. Oder – Klempner.«

Rafe blinzelte. »Klempner?«

»War nur so dahingesagt. Missionarische Serienmörder nehmen Gruppen ins Visier. Wenn unser Mann nicht gerade alle Frauen ermorden will, oder wenigstens alle erfolgreichen Frauen – und diese Aufgabe würde wohl auch einen Wahnsinnigen entmutigen –, dann glaube ich nicht, dass er vom missionarischen Typ ist.«

»Klingt logisch für mich. Der nächste Typ?«

»Der hedonistische Mörder tötet um der Lust oder der Erregung willen. Vielleicht hat er seinen Spaß schon bei der Tötung selbst, durch die Erregung und Befriedigung, die dieser Lustmord – denn genau das ist es – bei ihm hervorruft. Vielleicht genießt er die Planungsphase, das Beschatten seiner Beute. Oder vielleicht bezieht er seine Befriedigung auch aus den Folgen der Tötung, wenn er zum Beispiel eine Art Freiheit erlangt, indem er seine Familie oder andere Menschen, die ihn seiner Wahrnehmung nach einengen, umbringt.«

»Der kontrollorientierte Typ?«

»Sein Ding ist es, Macht über das Opfer zu haben, besonders Macht über Leben und Tod. Wenn er vergewaltigt, tut er es der Kontrolle, der Beherrschung eines Menschen wegen, nicht wegen der Erregung. Und dieser Typus tötet seine Opfer im Allgemeinen nicht sofort. Er quält sie gerne, körperlich und seelisch. Er will es in die Länge ziehen, seine Macht über sie auskosten, ihre Hilflosigkeit und ihre panische Angst beobachten.«

»Sie müssen höllische Albträume haben«, sagte Rafe.

Sie sah ihn halb lächelnd an. »Seltsamerweise nicht. Meine Albträume suchen mich im Wachzustand heim.«

Rafe wartete einen Augenblick und gab ihr damit Gelegenheit zu weiteren Ausführungen, doch sie wollte sie offensichtlich nicht ergreifen. »Also ist unser Mann wahrscheinlich eher nicht kontrollorientiert, oder zumindest ist das nicht sein Antrieb, denn er verschwendet bei der Ermordung seiner Opfer ja nun gar keine Zeit. Damit ist der visionäre Typ des Serienmörders ja wohl der sprichwörtliche Nagel, den Alan vielleicht auf den Kopf getroffen hat?«

»Hm-hm. Alan ... und die Nachricht, die er bekommen hat.« Sie tippte mit einem roten Fingernagel auf den Zettel in der Plastikhülle vor sich auf dem Tisch. »Das wundert mich, wirklich. Wenn das nicht nur ein Trick ist, um uns von seiner Spur abzubringen – und diese Möglichkeit müssen wir zumindest in Betracht ziehen –, dann könnte diese Nachricht uns eine Menge über den Mörder erzählen. Ich werde übrigens eine Kopie für uns machen und das Original nach Quantico schicken müssen. Die Handschriftenexperten können uns vielleicht etwas darüber sagen. Was den Inhalt der Nachricht angeht ...«

»Er will, dass wir ihn aufhalten?«

»Wenn wir das so nehmen, wie es hier steht, und akzeptieren, dass der Mörder es geschrieben hat, dann will ein Teil von ihm das. Der geistig gesunde Teil.« Stirnrunzelnd hielt Isabel inne. »Der am wenigsten verbreitete Serienmördertypus ist der visionäre – jemand, der Visionen hat oder Stimmen hört, die ihm befehlen zu morden.«

»Wie Son of Sam?«

»Ja. Für gewöhnlich schreibt der Mörder die Stimmen Gott oder irgendeinem Dämon zu, dem er gehorchen zu müssen glaubt. Nicht er hat die Situation unter Kontrolle, sondern die Stimmen. Sie befehlen ihm zu morden. Sie sagen ihm, wen er ermorden soll und wann. Vielleicht sagen sie ihm auch, warum die jeweiligen Menschen sterben müssen. Es kann sein, dass er die Stimmen schon als Kind gehört hat, oder es ist eine plötzlich aufgetretene Psychose, die durch Stress oder ein Trauma ausgelöst wird. Manche glauben, eine chemische Veränderung im Gehirn sei dafür verantwortlich, aber wie gesagt, wir wissen nicht sehr viel über die Arbeitsweise des Gehirns.

Jedenfalls glaubt der visionäre Mörder, dass er von etwas Fremdem kontrolliert wird, von etwas, das kein Teil von ihm ist. Manchmal kämpft er jahrelang gegen die Stimmen oder Visionen an oder ignoriert sie, bis sie ihn schließlich überwältigen. Fazit: Er ist eine Marionette, bei der jemand – oder etwas – anderes die Fäden zieht.«

»Okay«, sagte Hollis, sah in ihre Notizen und dann zu Mallory. Die fuhr den Polizeijeep an den Straßenrand und stellte ihn dort ab. »Das sollte es sein. Das letzte Haus auf der Liste mit Jamies Grundstücken.«

»Was erwarten wir hier zu finden?«, fragte Mallory und musterte das mit Brettern vernagelte vordere Fenster einer ehemaligen Tankstelle. »Einem Mitarbeiter zufolge hatte Jamie vor, das hier zu verkaufen.«

»Ja, aber er hat auch gesagt, dass sie das nicht von Anfang an vorhatte. Als sie dieses Gelände kaufte, hatte sie vor, alles abzureißen und irgendwas Hübsches hier hinzusetzen, das zu den Boutiquen passt, die überall in diesem Stadtteil aus dem Boden schießen. Das hätte den Wert des Grundstücks erheblich gesteigert. Und dann hat sie sich wohl sehr plötzlich entschieden, es einfach zu verkaufen.«

»Aber diese Entscheidung hat sie für mehrere der Grundstücke getroffen, die wir uns angesehen haben. Und der Mitarbeiter hat nicht gesagt ›plötzlich‹, er hat gesagt ›ein wenig unerwartet‹.«

»Ein wenig unerwartet vor etwa drei Monaten. Isabel sagt, das passt in den Zeitrahmen. Da hat Jamie angefangen, Nerven zu zeigen. Die Entscheidung, einen so großen Teil ihres Grundbesitzes praktisch auf einmal abzustoßen, obwohl sie dabei Verluste in Kauf nehmen musste, sah ihr gar nicht ähnlich, und wenn die Leute etwas tun, was ihnen nicht ähnlich sieht, dann gibt es normalerweise auch einen guten Grund dafür.«

»Wie zum Beispiel, dass sie versehentlich eine Geliebte getötet hat. Ja, vielleicht. Aber was hätte sie getan, wenn alles verkauft gewesen wäre? Wollte sie möglichst viel Geld flüssig machen, damit sie die Stadt verlassen konnte?«

»Könnte sein. Isabel glaubt, das wäre eine Möglichkeit.«

»Und warum überprüfen wir dann alle diese Grundstücke? Sie hätte den Fotokarton – oder andere Andenken – doch nicht in einem Haus versteckt, das sie verkaufen will. Sie glauben doch nicht etwa, dass wir da drin eine Leiche finden?«

»Na ja, Sie wissen so gut wie ich, dass das kriminalpolizeiliche Informationssystem von South Carolina eine Liste von mindestens drei Frauen in grob dem richtigen Alter ausgespuckt hat, die in der weiteren Umgebung ungefähr zu der Zeit als vermisst gemeldet wurden, zu der Jamie nervös wurde. In allen drei Bezirken glaubt die Polizei, dass die Frauen nicht aus eigenem Antrieb fortgegangen sind, und das heißt, Mord oder Totschlag müssen zumindest in Betracht gezogen werden. Und ... wenn Jamie eins ihrer Spielchen außer Kontrolle geraten ist, dann musste sie etwas mit der Leiche anfangen.«

»Sie in einem Gebäude verstecken, das ihr selbst gehörte und das sie verkaufen wollte?«

»Ich finde, das wäre nicht sehr clever von ihr gewesen. Es sei denn, sie hätte gewusst, wie sie die Leiche vollständig zerstören oder unauffindbar verstecken kann, auch für den Fall, dass das Haus abgerissen wird. Oder sie hätte vorgehabt, weit weg zu sein und unter einem anderen Namen zu leben, wenn etwas herauskommt, oder so.«

»Interessante Möglichkeiten«, stimmte Mallory zu. »Okay. Nehmen Sie Ihre Taschenlampe und dann lassen Sie uns das Haus durchsuchen.«

Isabel wandte ihren Blick den Anschlagtafeln auf der anderen Seite des Raumes zu, vor denen, wie Rafe auffiel, nunmehr praktische Vorhänge aus Segeltuch hingen, mit denen man die Tafeln verdecken konnte, wenn Unbefugte zugegen waren.

Im Augenblick waren die Vorhänge herabgelassen, vermutlich weil Alan im Zimmer gewesen war.

Geistesabwesend sagte sie: »Mallory dachte, Vorhänge seien eine gute Idee, also hat sie welche angebracht. Wir können sie die meiste Zeit davor lassen, es sei denn, wir arbeiten hier. Verringert die Chancen, dass zu viele Informationen nach draußen sickern.«

»Isabel? Könnte ein visionärer Mörder die Stimmen, die er immerzu hört, mehrere Jahre lang zwischen seinen Mordzügen unter Kontrolle bringen? Könnte er in diesen Jahren ein normales Leben führen?«

»Das wäre ... ungewöhnlich.«

»Aber wäre es möglich? Könnte es sein? Haben wir es mit einem Mörder zu tun, der für das, was er tut, eigentlich nicht verantwortlich ist – zumindest nicht juristisch?«

»Das hängt vom Auslöser ab – und von dem Grund oder den Gründen, die hinter allem stecken.«

»Wie meinen Sie das?«

»Ich meine, der menschliche Geist, die menschliche Psyche, ist ein ziemlich kompliziertes Ding. Im Großen und Ganzen weiß sie, wie sie sich schützen kann, oder jedenfalls ihre verletzlichsten Teile. Wenn der Kerl Stimmen hört oder Visionen hat, und die ihm befehlen, etwas zu tun, was seinem Wesen fremd ist, dann ja, sicher – er könnte das alles vergessen, sobald die Stimmen verstummen oder die Visionen aufhören.«

»Jahrelang?«

»Vielleicht. Und dann passiert womöglich etwas, das seine Psychose wieder auslöst, und sein krankes, verkorkstes Alter Ego kommt wieder zum Vorschein, um sich auszutoben.«

»Sechs Wochen lang. Sechs Frauen. Sechs Morde.«

»Die Anzahl, der Zeitraum, beides muss von Bedeutung sein, entweder in Verbindung mit einem Ereignis in seiner Vergangenheit oder mit seiner Psychose. Mit seinen Stimmen.«

»Worauf tippen Sie?«

Isabel dachte einen Augenblick nach, dann sagte sie: »Kindheit. Die Traumata, die die stärksten Auswirkungen auf uns alle haben, ereignen sich meistens in der Kindheit. Da sind wir am verletzlichsten.«

»Was ist mit der Idee, dass er schizophren sein könnte?«

»Es gibt Schizophrene, die mithilfe von Medikamenten oder anderer Behandlung funktionieren können. Aber keine Apotheke im Umkreis von hundert Meilen hat ein Rezept für Medikamente entgegengenommen, wie sie dafür vonnöten wären.«

Rafe hob die Augenbrauen. »Schon überprüft?«

»Nun, im Profil wird erwähnt, dass er schizophren sein könnte, von daher schien es vernünftig. Eine Anfrage vom FBI hat normalerweise einiges Gewicht, und da wir nicht nach Informationen über einen bestimmten Patienten oder nach Namen gefragt haben, waren die Apotheken alle sehr hilfsbereit.«

»Okay. Also können wir ziemlich sicher davon ausgehen, dass er nicht wegen Schizophrenie in Behandlung ist.«

»Was natürlich nicht ausschließt, dass er schizophren ist. Oder dass er ohne Medikation in psychiatrischer Behandlung ist. Bei den Ärzten haben wir uns noch nicht erkundigt.«

»Weil sie uns diese Information nicht geben würden.«

»Nicht bereitwillig. Sie sind verpflichtet zu melden, wenn sie glauben, dass ein Patient ein Gewaltverbrechen begangen hat oder begehen wird, aber bei einer Schizophreniebehandlung können Jahre vergehen, bis der Arzt seinen Patienten allmählich wirklich versteht.«

»Und versteht, wozu die Stimmen ihn veranlassen.«

»Genau. Jedenfalls tippe ich darauf, dass unser Mann überhaupt nicht in Behandlung ist. Ob ihm klar ist, dass er krank ist, die Frage lässt sich nicht beantworten. Auf der Grundlage der Informationen, die wir bisher gesammelt haben, lässt sich das einfach nicht mit Sicherheit sagen.«

»Sie haben einmal gesagt, dass manche Schizophrene buchstäblich von anderen Personen besessen seien, von anderen Seelen, die versuchen, sie zu übernehmen. Kann das hier der Fall sein?«

Isabel schüttelte den Kopf. »Bisher haben wir noch niemanden in diesem Zustand gefunden, der nicht in einer psychiatrischen Einrichtung gelebt hätte, unter Aufsicht und mit Beruhigungsmitteln voll gestopft. Wir glauben nicht, dass so jemand normal funktionieren könnte, egal unter welchen Bedingungen, und schon gar nicht unter den gegebenen. Bei so jemandem spielt sich im Gehirn selbst einfach zu viel Gewalttätigkeit ab, um ihm auch nur den Anschein von Normalität zu ermöglichen.«

»Und unser Mörder wirkt normal.«

»Ja. Egal, wie verkorkst seine Kindheit gewesen sein mag

oder wie viele Stimmen er hören mag, er ist in der Lage, ein nach außen hin völlig normales Leben zu führen.«

Nach kurzem Schweigen sagte Rafe: »Ich glaube, ich würde einen bösartigen Mörder vorziehen, der genau weiß, was er tut, so krank es auch sein mag. Wenigstens wäre es dann ...«

»Einfach«, stimmte sie sarkastisch zu. »Schwarz-weiß, keine Grauschattierungen. Kein qualvolles Ringen mit der Entscheidung, wer oder was verantwortlich ist. Kein Grund, zu zögern oder etwas zu bedauern. Aber Sie wissen so gut wie ich, dass es kaum jemals so einfach ist.«

»Ja. Wie Hollis gesagt hat: Das Universum ist für solche Lösungen offenbar nicht zu haben. Hören Sie ... wir sprechen hier aber nicht von einem übersinnlich begabten Mörder, oder?«

»Großer Gott, ich hoffe nicht.« Seufzend wandte sie ihm das Gesicht zu. »Echte visionäre Mörder leiden unter einem Wahn. Sie glauben, sie hören die Stimmen von Dämonen oder die Stimme Gottes. Diese Stimmen befehlen ihnen, etwas zu tun, was sie normalerweise nicht tun würden, aus Gründen, die die geistig Gesunden unter uns komplett durchgeknallt finden. Sie sind nicht übersinnlich begabt. Was sie erleben, ist nicht real, außer in ihren kranken Köpfen.«

9

Alan brauchte nicht lange, um die gesuchten Informationen über Jack the Ripper zu finden. Er war beinahe ein wenig gekränkt, weil so viele Informationen über den Fall frei im Internet zugänglich waren.

Genau wie Isabel gesagt hatte.

Sie hatte ihm nicht direkt einen Fehdehandschuh hingeworfen, aber Alan fühlte sich dennoch herausgefordert, die FBI-Agentin zu übertrumpfen. Rafe natürlich auch. Es wäre schön, ein Mal die Oberhand über Rafe zu gewinnen.

Nur ein Mal, verdammt.

Das Problem war, dass Alan keinen Zugang zu der Art von Datenbanken hatte, auf die die Polizei und das FBI zugreifen konnten. Über eins verfügte er jedoch, und das war Wissen über seine Heimatstadt und deren Bewohner.

Die Frage war nur, wie konnte er das nutzen?

Er konnte nicht mit Mallory sprechen, als er das Polizeirevier verließ, weil sie nicht da war, von daher wusste er nicht, ob er am Abend mit einem Besuch von ihr rechnen konnte. Nach der letzten Nacht, schätzte er, würde er sie vermutlich tagelang nicht zu Gesicht bekommen. Immer wenn sie ihm gegenüber Anzeichen von Schwäche erkennen ließ – und in seinen Armen einzuschlafen, fiel garantiert darunter, das wusste er –, zog sie sich eine Zeit lang physisch wie auch seelisch von ihm zurück.

Wie auch immer, er hatte auf die harte Tour gelernt, seine Tage und Nächte ohne sie zu planen. Er stieg in sein Auto, das am Polizeirevier stand, sah auf die Uhr und ging mit sich zu Rate. Dann ließ er den Wagen an.

Es wurde Zeit, dass er *alle* seine Quellen anzapfte.

16.45 Uhr

Rafe hatte das Gefühl, dass Isabels Erklärung ein ›Aber‹ beinhaltete, daher fragte er: »Aber?«

»Aber wir haben schon Serienmörder gehabt, die auch übersinnlich begabt waren, insofern schließt das eine das andere nicht aus. Manche Wissenschaftler meinen sogar, dass Serienmörder und übersinnlich Begabte etwas gemeinsam haben: ein ungewöhnlich hohes Maß an elektromagnetischer Energie im Gehirn.«

»Und das bedeutet?«

»Das bedeutet, wir könnten geistesverwandt sein, so erschreckend das klingt. Die *überschüssige* Energie eines übersinnlich Begabten scheint einen Bereich in seinem Gehirn zu aktivieren, der bei den meisten Menschen offenbar brachliegt, einen Bereich, der, wie wir glauben, die übersinnlichen Fähigkeiten kontrolliert. Die Energie eines Serienmörders ist oft gewissermaßen unkontrolliert, sie sammelt sich in verschiedenen Bereichen des Gehirns an, insbesondere im Wutzentrum, und da sie nicht kanalisiert werden kann, versagen am Ende überall die Synapsen ihren Dienst. Ausgebrannte oder überlastete Gehirnbereiche wiederum könnten den Tötungszwang auslösen.«

»Das ist also eine Theorie.«

»Eine von vielen. Und dieser Theorie zufolge ist noch etwas möglich: Dass sich bei einem Serienmörder eine übersinnliche Gabe ausbildet. Was in diesem Fall zuerst da ist, die übersinnliche Gabe oder der Wahnsinn, das ist immer noch eine unbeantwortete, viel diskutierte Frage.«

»Spielt das denn eine Rolle?«

»Nun ja, für einige von uns schon.« Ihre Stimme klang sorglos. »Denken Sie daran, Rafe, ich höre Stimmen.«

»Aber Sie schreiben sie nicht Gott oder einem Dämon zu. Die Stimmen veranlassen Sie nicht, jemanden zu töten.«

»Selbst wenn es ganz schlimm kommt nicht, Gott sei Dank. So weit, so gut.« Sie schüttelte flüchtig den Kopf.

»Aber um aufs Thema zurückzukommen – ein übersinnlich begabter Mörder läge im Bereich des Möglichen.«

»Würden Sie das wissen? Ich meine, könnten Sie beurteilen, ob es so ist?«

»Nicht unbedingt. Übersinnlich Begabte erkennen andere übersinnlich Begabte zwar häufig, aber nicht immer.«

»Schilde«, sagte er, als ihm wieder einfiel, was Hollis ihm erklärt hatte. »Noch ein Schutzmechanismus des menschlichen Geistes.«

»Hollis hat mir erzählt, dass sie das erwähnt hat.« Es schien Isabel nicht zu beunruhigen. »Und es ist ein Grund, warum wir einander nicht immer wiedererkennen. Außerdem entwickeln auch nicht übersinnlich begabte Menschen Schilde, um ihre Intimsphäre zu schützen, besonders in kleinen Städten, wo jeder über jeden Bescheid weiß. Das ist weiter verbreitet, als man meint. Im Ernst, ich könnte jeden Tag mit dem Mörder sprechen, ohne zu wissen, dass er der Mörder ist, ohne seine übersinnliche Begabung wahrzunehmen – oder die psychotischen Stimmen in seinem Kopf.«

Zum ersten Mal seit seiner Rückkehr klang sie müde, und so fragte er: »Wie weit sind Mallory und Hollis?« Er wollte schon vorschlagen, eine von ihnen anzurufen, doch Isabel benutzte automatisch einen direkteren Kommunikationsweg.

»Sie sind ...«, sie runzelte die Stirn und konzentrierte sich, »... beim letzten Haus auf der Liste, glaube ich. Einer ehemaligen Tank...« Sie erstarrte.

Rafe beobachtete sie und hatte das gleiche ungute Gefühl wie in Jamies Spielzimmer. Sie war irgendwo anders, fern von hier. Er wollte die Hand ausstrecken und sie berühren, sie irgendwie hier verankern.

Unvermittelt stand sie auf. »Großer Gott!«

»Wissen Sie, für eine Tankstelle ist das hier ein riesiges Gebäude.« Mallorys Stimme hallte von den Wänden wider.

Sie befanden sich im rückwärtigen Teil, der in mindestens

drei, offenbar sämtlich höhlenartige Räume unterteilt war. Der Raum, den sie gerade erforschten, besaß einen Betonboden und hohe Fenster, die so verschmutzt waren, dass sie kaum Licht durchließen. Verrostetes Autozubehör und Teile alter Autos hingen immer noch an Haken und lagen auf Gestellen an den Hohlziegelwänden, und überall stapelte sich der Schrott.

Immer wenn Mallory den Lichtstrahl ihrer Taschenlampe bewegte, schien er etwas Metallisches einzufangen, das wütend zurückfunkelte, als wollte es sie gleich aus den Schatten heraus anfallen.

Beunruhigend.

»Sie sagen es. Ich schätze, es war nicht von Anfang an eine Tankstelle.« Hollis deutete mit ihrer Taschenlampe in eine dunkle Ecke und fuhr zusammen, als eine glänzende Chromstoßstange unerwartet hell aufleuchtete. »Du lieber Gott!«

Im selben Augenblick fuhr auch Mallory zusammen, allerdings weil ihr etwas über den Fuß hüpfte. »Scheiße! Ich hasse Ratten, aber ich hoffe, das war eine Ratte, was mir da gerade über den Fuß gerannt ist.«

Hollis waren die Ratten gleichgültig. Sie stand vor etwas, das aussah, wie eine massive Stahltür, und der galt im Augenblick ihr Interesse. Die Tür war mit einem Vorhängeschloss abgesperrt. »Lassen Sie die Ratten. Sehen Sie mal hier.«

Mallory ging zu ihr. »Ich kann die Ratten nicht lassen. Ich hasse Ratten. Und diese Schuhe werde ich wegschmeißen. Igitt.« Der Strahl ihrer Taschenlampe vereinigte sich mit dem von Hollis' Lampe. »Ist das Schloss neu?«

»Würde ich sagen. Warten Sie mal.« Sie klemmte sich die Taschenlampe unter den Arm. Dann kramte sie in ihrer Bauchtasche, zog ein Paar Gummihandschuhe an und holte ein kleines Lederetui mit Reißverschluss hervor.

Mallory beobachtete sie neugierig. »Einbruchswerkzeug? Das hatten Sie in Jamies Spielzimmer aber nicht dabei.«

»Da brauchte ich es auch nicht, Sie hatten ja das Werkzeug vom Schlüsseldienst.« Plötzlich lächelte Hollis. »Ich hatte gehofft, dass sich einmal eine Gelegenheit ergibt, mein Können mit dem Dietrich zu erproben. Im Ernstfall habe ich das nämlich noch gar nicht versucht.«

»Haben Sie das in Quantico gelernt?«

»Von Bishop. Es ist schon faszinierend, welche Fertigkeiten ein neuer Agent seiner Meinung nach vor allem erlernen sollte. Gebrauch von Schusswaffen, ohne sich selbst in den Fuß zu schießen – Häkchen. Beherrschen einer Form von Selbsthypnose und der Biofeedbackmethode, um mich zu konzentrieren – Häkchen. Fähigkeit, mit den Toten zu reden – ein großer Pluspunkt. Öffnen verschiedener Schlösser – Häkchen. Hoffe ich jedenfalls.«

Mallory lachte leise. »Wissen Sie, Ihren Bishop würde ich wirklich gerne einmal kennen lernen. Klingt, als wäre er ein höchst interessanter Mann.«

»Das ist er auf jeden Fall. Verdammt. Könnten Sie mit der Taschenlampe hierhin leuchten, bitte?«

Mallory gehorchte.

»Warten Sie – ich glaube –« Ein leises Klicken war zu hören, dann öffnete Hollis das Vorhängeschloss: »Ta-ta-tataaa! Was sagen Sie jetzt, ich kann es. Ich war mir da gar nicht so sicher.«

»Herzlichen Glückwunsch.«

»Danke.« Sie packte ihr Werkzeug weg, dann musste sie mit der Schulter gegen die Tür drücken, um sie zu öffnen. Kaum hatte Hollis die Tür einige Zentimeter weit aufgeschoben, da wich sie wieder zurück. »Oh, Scheiße!«

Die beiden Frauen sahen einander an, und Mallory sagte: »Ich hatte bis jetzt noch nicht das Pech, über eine verwesende menschliche Leiche zu stolpern, aber ich schätze, so würde es riechen. Bitte sagen Sie mir, dass ich mich irre.«

Hollis atmete durch den Mund. Sie erwiderte: »Ich bin ziemlich sicher, dass es genau das ist. Zu meiner Ausbildung gehörte auch ein Besuch auf der Leichenfarm – da untersuchen Studenten und Rechtsmediziner Verwesungsprozesse. Den Geruch vergisst man nicht so leicht.«

Mallory starrte die einen Spalt weit offen stehende Tür an. »Ich freue mich nicht gerade auf das, was da drin ist.«

»Nein, ich auch nicht.« Hollis musterte sie. »Möchten Sie lieber warten und Verstärkung rufen?«

»Nein. Nein, verdammt. Bei einer verschlossenen Tür und dem Geruch ist hier klar, dass da nichts drin ist, was uns gefährlich werden kann. Nichts Lebendiges, meine ich. Wir müssen nachsehen, damit wir wissen, dass da drin nicht nur ein totes Tier liegt. Dann rufen wir Verstärkung.«

Hollis wappnete sich seelisch und emotional – und tat ihr Möglichstes, um ihren geistigen Schild zu verstärken. Dann drückten sie und Mallory die Tür mit den Schultern ganz auf und traten ein.

»O Gott«, flüsterte Mallory.

Hollis hätte dasselbe gesagt, wenn es ihr gelungen wäre, Worte an dem dicken Kloß in ihrem Hals vorbeizuzwängen.

Der Raum war größtenteils kahl, nur einige wenige Regale an einer Wand zeugten davon, dass er wenigstens ein Mal als Lager genutzt worden war. Die heiße Sonne stand gerade tief genug, dass durch die hohen Fenster an der südwestlichen Ecke des Gebäudes Lichtstrahlen hereinfielen, in denen der Staub tanzte. Die Lichtstrahlen fielen genau in die Raummitte.

Auf sie.

Ein Ende der dicken rostigen Kette war um einen Doppel-T-Träger aus Stahl gewunden. Am anderen Ende der Kette ragte ein großer Haken zwischen ihren gefesselten Händen hindurch. Sie baumelte buchstäblich am Haken, die Füße mehrere Zentimeter über dem Boden. Unter ihr waren nur die rostfarbenen Flecken auf dem Beton.

Dickes dunkles Haar hing herab und verdeckte ihr Gesicht größtenteils. Die Kleidung, die sie trug – klassisch geschnittene Bluse und Rock –, war zerfetzt, allerdings sehr methodisch, beinahe kunstfertig. So bildete der Stoff eine Einfassung, die beinahe verbarg, was ihrem Körper angetan worden war.

Beinahe.

»Jamie hätte das nicht getan«, flüsterte Mallory. »Sie hätte das nicht tun können.«

»Kein menschliches Wesen hätte das tun können«, entgegnete Hollis ebenfalls mit schwacher Stimme. »Als wäre er neugierig gewesen, welche Farbe ihre Eingeweide haben.«

Mallory stolperte rückwärts aus dem Zimmer, sie würgte, und Hollis musste ihr nicht nachgehen, um zu wissen, dass die andere Polizistin alles erbrach, was sie an diesem Tag zu sich genommen hatte.

Auch Hollis drehte sich der Magen um. Sie griff nach ihrem Handy, wandte den Blick jedoch nicht ab von der am Haken baumelnden, verwesenden Leiche einer Frau, die man wie einen Fisch ausgenommen hatte.

18.00 Uhr

Der Gerichtsmediziner Dr. David James war normalerweise ein mürrischer Mann, und ein Anblick wie dieser machte ihn nicht fröhlicher.

»Sie ist mindestens zwei Monate tot«, erzählte er Rafe. »Die relativ kühlen trockenen Bedingungen hier drin haben die Verwesung wahrscheinlich ein bisschen verzögert, aber nicht viel. Ich kann natürlich noch nichts Endgültiges sagen, aber von den Blutergüssen an ihrem Hals schließe ich auf Strangulation, vermutlich mit einem Seil. Derjenige, der sie aufgeschnitten hat, hat das postmortal getan, wahrscheinlich mehrere Tage danach. Diese Wunden haben kaum geblutet.«

»Fehlt etwas?« Rafe hielt seine Stimme ebenso ruhig wie der Arzt, doch das kostete ihn enorm viel Kraft.

»Ich kann dir mehr sagen, wenn ich sie auf den Tisch bekomme, aber es sieht so aus, als würde eine Niere fehlen, ein Teil des Darms, ein Teil des Magens.«

»Mein Gott.«

»Ja. Vielleicht kann ich euch Fingerabdrücke von ihr besorgen, und es sieht so aus, als hätte ein Zahnarzt an ihren Zähnen gearbeitet, also haben wir ganz gute Chancen auf eine Identifizierung, wenn sie eine von den vermissten Frauen auf eurer Liste ist. Schnappt euch diesen Kerl, Rafe. Was er den anderen Frauen angetan hat, ist schlimm genug, aber das hier ... Der ist schlimmer als ein Schlächter.«

Rafe sagte nichts zur Annahme des Arztes, dass auch für den Tod dieser Frau derselbe Mörder verantwortlich war. »Wir tun, was wir können.«

»Ja. Ja, ich weiß.« Dr. James zog die Schultern hoch, die Gebärde drückte Müdigkeit aus. »Meine Jungs stehen bereit und packen sie in die Tüte, sobald deine Jungs fertig sind.«

»Alles klar.«

»Ihr bekommt den Bericht so bald wie möglich.«

Rafe beobachtete, wie der Arzt zurück zur Vorderseite der ehemaligen Tankstelle ging, dann wandte er seine Aufmerksamkeit wieder den Aktivitäten im Raum zu. T.J. und Dustin arbeiteten methodisch, die Mienen grimmig. Abseits an einer Seite standen Isabel und Hollis und musterten die tote Frau.

Wenn er hätte raten sollen, hätte Rafe gesagt, dass Hollis übel und Isabel erschöpft war. Er war sich ziemlich sicher, dass er mit beiden Eindrücken richtig lag.

Er stand in der Tür. Mallory gesellte sich zu ihm und sagte mit einem Nicken in Richtung der FBI-Agentinnen: »Sie glauben immer noch, dass sie eine von Jamies Gespielinnen war, diejenige, die sie versehentlich getötet hat.«

»Aber sie glauben nicht, dass Jamie das hier getan hat«, sagte Rafe. Es war eine Feststellung, keine Frage.

»Nein.«

»Und damit stellt sich die Frage ...«

»Wer war es dann? Ja. Hat der Doc nicht gesagt, sie sei vor mindestens zwei Monaten gestorben?«

Rafe nickte. »Bevor die Mordserie anfing. Isabel?«

Sie und Hollis kamen herüber.

»Der Doc sagt, sie ist nicht verblutet«, sagte Rafe ohne Einleitung zu Isabel.

Sie nickte. »Das habe ich übersehen. Ich schätze, die Laborproben aus Jamies Spielzimmer werden ergeben, dass an der Stelle mehrere Leute über einen längeren Zeitraum geblutet haben. Ein paar von ihren Kunden wahrscheinlich, aber auch andere. Vor sehr langer Zeit könnte es sogar einmal einen Mord gegeben haben.«

»Diese Blutspur, die zur Tür führt«, warf er ein.

»Möglicherweise. Oder einer von Jamies Kunden, oder mehrere.« Isabel zuckte mit den Achseln. »Wie auch immer, ich habe es übersehen.«

Mallory versetzte trocken: »Ihnen wird alles vergeben, wenn Sie uns nur helfen, dieses Schwein zu schnappen.«

»War das der Auslöser bei ihm?«, fragte Rafe.

»Ich weiß es nicht«, erwiderte Isabel.

»Und eine begründete Vermutung?«

»Wenn Sie die wollen ...: vielleicht. Vielleicht hat er gesehen, wie diese Frau versehentlich von Jamies Hand zu Tode kam, und vielleicht hat ihn das angekotzt. Oder vielleicht hat er einen kalten Körper in die Finger bekommen und sich gefragt, wie sich wohl ein warmer anfühlt. Oder vielleicht war sie nur ein Spielzeug, mit dem er herumgespielt hat, weil es zufällig zur Hand war.«

»Sie nehmen nichts wahr?« Er sprach leise.

Sie verzog leicht das Gesicht. »Eine Menge alter, alter Geschichten. Dieses Gebäude steht schon eine ganze Weile. Meistens Leute, die sich streiten, aber ...«

Geflüster.

Du liebe Güte, George, müssen wir es denn wirklich auf dem Rücksitz tun?

Ich habe dir doch schon gesagt, dass ich mir ein Motelzimmer nicht leisten kann.
Ja, aber ...
Versteck das Zeug in der Radkappe. Ich sag dir, da finden die Cops das nie ...
Diese dämliche Jones will ihr Auto morgen fertig haben, sonst bezahlt die nicht ...
Du bist gefeuert, Carl! Es steht mir bis hier oben ...
Knochen biegen sich, bevor sie brechen ...
Innen ist sie die reinste Farborgie.
Isabel.
Iii-saaaaa-bellllll!
»Isabel?«

Sie blinzelte und blickte Rafe an. »Was? Oh. Nur altes Zeug, zumindest größtenteils. Aber er war hier. Vor ein, zwei Tagen.«

»Woher wissen Sie das?«

Keinesfalls würde Isabel Rafe erzählen, dass der Mörder diese arme Frau angesehen und dabei daran gedacht hatte, was er Isabel antun wollte.

Keinesfalls.

Daher sagte sie lediglich: »Er ... hat sie angesehen. Hat darüber nachgedacht, dass sie verdient hatte, zu sterben, weil sie schlecht war.«

Rafe runzelte die Stirn. »Schlecht?«

»Ich nehme wahr, dass er sie mit Jamie zusammen gesehen hat. Sie beobachtet hat. Und was sie miteinander getan haben, hat ihn auf einer sehr tiefen Ebene gequält. Hat ihm Übelkeit verursacht, ob Sie's glauben oder nicht.«

Etwas, das im Dunkeln kauerte, wartete.
Beobachtete.

Isabel zitterte. »Es ist kalt hier. Richtig kalt.«

Das wunderte ihn. »Kalt?«

»Ja.« Sie verschränkte fröstelnd die Arme vor der Brust und hatte tatsächlich eine Gänsehaut. »Kalt. Als ob ein eisiger Windstoß durch mich hindurchfährt. Noch eine lustige neue Erfahrung.«

»Sie haben gesagt, Sie seien keine Empathin.«

»Bin ich auch nicht. Ich habe keine Ahnung, warum ich die Dinge neuerdings eher fühle, als dass ich sie einfach nur weiß. Bis jetzt hatte ich Gefühle, Sinneswahrnehmungen nur in den Visionen. Jetzt ...« Sie zitterte. »Keine Visionen. Aber mir ist verdammt kalt. Ich finde, das ist nicht normal für Juni, mal abgesehen davon, dass es nicht normal ist für mich.«

»Vielleicht brüten Sie irgendetwas aus?«, schlug Rafe vor.

»Das bezweifle ich.«

»Nur hier drin?«, fragte Hollis.

»Offenbar. Draußen ging es mir gut.«

»Dann solltest du hinausgehen.«

»Das sollten wir beide«, versetzte Isabel. »Dir ist auch kalt.« Sie machte eine knappe Geste, und alle sahen die Gänsehaut an Hollis' nackten Armen.

Rafe musterte die beiden Agentinnen, dann wandte er sich an seine Mitarbeiterin: »Mal, würdest du bitte hier bleiben und alles beaufsichtigen, bis T.J. und Dustin fertig sind und die Leiche abtransportiert ist?«

»Kein Problem.«

»Danke. Ich bin gleich wieder da.« Rafe wies zur Tür, und die beiden anderen Frauen gingen mit ihm zur Vorderseite des Gebäudes. »Die meisten Unternehmen hier haben schon Feierabend, deshalb ist hier nicht viel Verkehr, aber ich habe trotzdem ein paar meiner Leute am Häuserblock postiert, damit sich keine Schaulustigen ansammeln. Jedenfalls nicht in unmittelbarer Nähe.«

Als sie draußen auf dem Bürgersteig standen, sah Isabel etwa einen halben Block entfernt tatsächlich sowohl uniformierte Polizisten als auch Passanten stehen.

»Großartig«, murrte sie. »Na ja, wenigstens hat sich der eisige Wind gelegt.« Sie rieb sich flüchtig mit beiden Händen die Oberarme und entspannte sich sichtlich.

Zu Hollis sagte Rafe: »Ich gehe davon aus, dass Sie da drin auch nichts Nützliches aufgeschnappt haben.«

»Richtig.«

Er konnte aus dieser Antwort nicht heraushören, ob es daran lag, dass dort drin nichts aufzuschnappen war, oder daran, dass sie es nicht versucht hatte. Er beschloss, nicht zu fragen.

»Bevor Hollis und Mallory die Leiche fanden, wollte ich vorschlagen, dass wir für heute Schluss machen. Das halte ich immer noch für eine gute Idee. Morgen früh bekommen wir einen ersten gerichtsmedizinischen Bericht, und so, wie ich den Doc kenne, auch die Autopsie. Wir haben gute Chancen auf eine Identifizierung und können anfangen, uns ein Bild davon zu machen, was dieser Frau passiert ist. Bis dahin können wir nicht viel tun. Außer uns auszuruhen.«

»Werde ich, wenn Sie das auch machen«, sagte Isabel.

Er musterte sie, doch ehe er etwas erwidern konnte, sprach Hollis ganz ruhig: »Ich persönlich würde gern morgen in alter Frische weitermachen. Doch jetzt will ich mindestens sechs Mal duschen, irgendwas Lustiges im Fernsehen schauen und vielleicht meine Mutter anrufen. Falls mir je wieder nach essen ist, bestelle ich mir eine Pizza. Wenn ihr zwei also den Masochisten geben wollt – nur zu. Ich fahre zurück zur Pension.«

Isabel verzog das Gesicht. »Eine Dusche klingt wirklich verlockend. Niemand will wie der Tod riechen. Aber ich bin viel zu ruhelos, um für heute Schluss zu machen.« Sie sah Rafe an, die Augenbrauen fragend erhoben. »Ich lade Sie zum Essen ein, okay?«

Er sah auf die Uhr und antwortete, ohne zu zögern: »Ich hole Sie um acht ab.«

»Bis dann.« Isabel ging mit Hollis zurück zu ihrem Mietwagen und stieg auf der Fahrerseite ein. Hollis setzte sich neben sie und sagte eine halbe Meile lang erst einmal gar nichts.

Dann sprach sie mit Bedacht. »Er blockiert dich, oder? Nein – er schirmt dich ab.«

Isabel sah ihre Partnerin überrascht an, dann wandte sie den Blick wieder der Straße zu. »Bishop meinte, du bekommst so etwas schnell mit. Er hat sich wieder einmal nicht geirrt.«

Zerstreut sagte Hollis: »Du entspannst dich, wenn Rafe in der Nähe ist, als ob ein Teil der Anspannung von dir genommen wird. Vielleicht sehe ich das, weil ich einmal Malerin war. Es hat in Jamies Spielzimmer angefangen, habe ich Recht? Als er deine Handgelenke angefasst hat.«

»Ja.«

»Hast du da was gespürt?«

»Zuerst den Schlag. Und dann etwas Dämpfendes. Das hat die Stimmen nicht ganz ausgeschlossen, sie nur ... ein bisschen leiser gemacht, als wäre ich plötzlich schallisoliert. Gerade so viel, dass ich es gemerkt habe. Als er draußen im Jeep meinen Hals desinfiziert und dabei ganz nahe bei mir gesessen hat, da war von den Stimmen gerade noch ein Flüstern zu hören. Als er sich entfernte, wurden sie wieder lauter.«

»Und jetzt gerade eben da drin?«

»Wenn er einen Meter fünfzig von mir entfernt steht, höre ich nur Geflüster. Unheimliches Geflüster, das schon, aber mehr nicht. Und ich habe diesen fiesen eisigen Lufthauch gespürt. Darauf scheint er keinen Einfluss gehabt zu haben.«

»Und was hat das alles zu bedeuten?«

»Ich weiß es nicht. Das habe ich heute wohl ziemlich oft gesagt. Und ich sage es nicht gerne, um das mal festzuhalten.«

Hollis sah sie an. »Was hörst du jetzt?«

»Das übliche Hintergrundbrummen. Als ob man nebenan eine Party hört. Das ist normal.«

»Kopfschmerzen?«

»Dumpfes Pochen. Auch normal.«

»Rafe schirmt dich ab – wird es mit der Zeit stärker?«

Isabel zuckte mit den Achseln. »Schwer zu sagen, es hat ja erst vor ein paar Stunden angefangen. Das werde ich abwarten müssen. Es könnte stärker werden. Oder es könnte auch völlig verschwinden. Weiß der Himmel.« Plötzlich lächelte sie sarkastisch. »Aber falls sich herausstellt, dass er die Stimmen zum Schweigen bringen kann, wenn auch nur vorübergehend, dann werde ich einfach bei dem Mann einziehen müssen. Oder wenigstens mit ihm in Urlaub fahren.«

»Es wäre schön, so einen stillen Ort zu haben, an den man sich hin und wieder zurückziehen könnte«, sagte Hollis ernsthaft. »Einen Zufluchtsort.«

Kopfschüttelnd entgegnete Isabel: »Das ist noch etwas, was du dir merken solltest: Das Universum bietet einem niemals etwas umsonst an. Da hängt garantiert ein Preisschild dran. Das ist immer so.«

»Vielleicht ist es ein Preis, den du dir leisten kannst.«

»Und vielleicht ist es ein Preis, den er an meiner Stelle bezahlen muss. Oder bezahlen würde, wenn wir in diese Richtung gingen. Solche Dinge fordert das Universum gern. Kosmische Ironie.«

»Das scheint mir aber nicht fair. Und du musst mich jetzt nicht daran erinnern, dass es im Universum nicht um Fairness geht.«

»Nein, es geht ums Gleichgewicht.«

»Dann ist Rafe vielleicht genau das für dich. Der Ausgleich. Vielleicht bietet das Universum dir einen Zufluchtsort an, weil du dir so viel abverlangst.«

»Klar, und was bietet es ihm? Eine hellsehende karrieregeile FBI-Agentin, die zum Vergnügen alles über Serienmorde liest, regelmäßig durchs ganze Land reist, damit man auf sie schießen kann und um über Serienmörder zu *reden* – ach, übrigens, und die noch in ihrem ganzen Erwachsenenleben keine funktionierende Liebesbeziehung gehabt hat.«

»Großartige Atembeherrschung«, murmelte Hollis. »Die Meditationsübungen funktionieren offenbar wirklich.«

Das ignorierte Isabel. »Rafe kann das Universum nicht so verärgert haben, dass er diesen kleinen *Ausgleich* für sein Leben verdient hätte. Da bin ich mir ziemlich sicher.«

»Vielleicht hast du Eigenschaften, die er für seinen eigenen Balanceakt braucht.«

»Und vielleicht«, versetzte Isabel, »ist es auch nur eine Sache der Chemie oder des Elektromagnetismus. Energiefelder, mehr nicht. Wissenschaft für Anfänger. Gefühle und Persönlichkeit spielen da vielleicht gar keine Rolle.«

Hollis benötigte keine übersinnlichen Fähigkeiten, um zu wissen, dass sie damit gewarnt wurde, sie solle nicht zu weit gehen. Deshalb schwieg sie, bis ihre Partnerin den Wagen auf dem Parkplatz der Pension abstellte. Auch dann merkte sie nur an: »Ich habe gehört, es gibt einen erstaunlich guten Mexikaner in Hastings. Du magst doch mexikanisches Essen?«

»Ja.«

»Und Rafe?«

Isabel zögerte, dann antwortete sie sichtlich widerstrebend: »Ja, er auch.«

Als die beiden Agentinnen ausstiegen, sagte Hollis, immer noch in sanftem Ton: »Sehr praktisch, dass du schon so viel über ihn weißt. Vorlieben und Abneigungen, Gewohnheiten, Vergangenheit. Das kürzt das lästige Kennenlerngeplänkel ziemlich ab.«

»Für mich. Für ihn nicht.«

»Ach, da wäre ich mir nicht so sicher. Ich habe so ein Gefühl, dass Rafe Sullivan schon das meiste von dem weiß, was er über dich wissen muss. Außer einer Sache, schätze ich. Und früher oder später wirst du ihm die erzählen müssen.«

»Ich weiß«, erwiderte Isabel.

Special Agent Tony Harte blickte grimmig zum Fenster. Draußen zuckten Blitze. Er sagte: »Warum bekommen wir immer das lausige Wetter ab, kannst du mir das verraten?«

»Zufall, schätze ich«, erwiderte Bishop geistesabwesend, während er an seinem Laptop arbeitete.

»Das hat nichts mit Zufall zu tun. Das Universum hasst mich. Mich persönlich. Wer hatte gestern Abend einen Platten? Ich. Wer wurde von einer Kugel gestreift, als ein stinkwütender Typ, der nicht mal unser Verdächtiger war, noch wütender wurde und anfing herumzuballern? Ich. Wer musste bei der eindeutig übelsten Autopsie, die urkundlich belegt ist, dabei sein? Ich.«

»Wer muss deine Meckerei ertragen? Ich«, versetzte Bishop.

»Und ich«, sagte Miranda, die gerade hereinkam. »Was hat er denn jetzt schon wieder?«

»Das Übliche«, entgegnete Bishop. »Das Universum hasst ihn.«

»Verfolgungswahn.«

»Ja, das war auch meine Diagnose.«

»Ihr zwei seid nicht halb so witzig, wie ihr glaubt«, teilte Tony ihnen mit.

»Du auch nicht«, sagte Miranda. Dann lächelte sie. »Kendra passiert schon nichts, Tony.«

»Ich kann es nicht ausstehen, wenn du das tust. Hier sitze ich und steigere mich in eine richtig erfrischende Wut hinein, um mal Dampf abzulassen, und dann kommst du, tätschelst mir – im übertragenen Sinne – den Kopf und sagst: Ei, ei, setz dich hin und sei ein braver Junge.«

»Ich habe nichts dergleichen getan. Ich habe nur gesagt, dass Kendra schon nichts passiert. Und das stimmt.«

»Sie ist in *Tulsa*«, lautete seine vernichtende Antwort. »Den geistesgestörten Mörder, den sie da sucht, will ich mal außer Acht lassen, aber sie haben da Tornados. Hast du den Wetterbericht gesehen?«

»Muss ich verpasst haben.« Miranda warf einen Blick zum Fenster, wo ein weiterer Blitz grell den peitschenden Regen beleuchtete. »Wir hatten auch hier so ungemütliches Wetter, dass ich mich damit nicht befassen konnte.«

»Da ist eine Sturmzelle«, sorgte sich Tony. »Eine große, eklige. Steuert direkt auf Tulsa zu.«

»Tony. Kendra passiert schon nichts.«

Er beäugte sie mit verhaltenem Optimismus. »Sagst du das nur so, oder weißt du es?«

»Ich weiß es.«

Bishop sah von seinem Laptop hoch und tadelte sie sanft: »Das ist gegen die Vorschriften.«

»Willst du dir wirklich weiter anhören, wie er die nächsten Stunden meckert?«

»Nein.«

»Na, siehst du.«

Tony blickte Bishop entrüstet an. »Du wusstest es? Du wusstest, dass Kendra nichts passiert und hast einfach da gesessen und hast mich zappeln lassen?«

»Ich dachte, du wolltest Dampf ablassen.«

»Es hätte überhaupt keinen Dampf zum Ablassen gegeben, wenn du mir gesagt hättest, dass Kendra nichts passiert. Verdammt.«

»Siehst du, was du angerichtet hast?«, fragte Bishop seine Frau.

»Tut mir leid. Ich wollte eigentlich auch nur ...«

Mit welcher Absicht sie auch gekommen sein mochte – nun hatte sie eine Vision.

Zwar war Tony an diesen Anblick einigermaßen gewöhnt, doch ihn überlief trotzdem ein leichter Schauder, als er sah, wie Miranda und Bishop völlig synchron erbleichten und die Augen schlossen.

Er wartete, beobachtete sie, und seine eigenen zusätzlichen Sinne sagten ihm, dass dies eine sehr machtvolle, eine schmerzliche Vision war.

Schließlich öffneten sie die Augen und massierten sich beide die Schläfen. Miranda setzte sich ihrem Ehemann gegenüber, sie blickten einander an. Nie zuvor hatte Tony einen Gesichtsausdruck wie den der beiden Agenten gesehen.

Da lief ihm ein weiterer eisiger Schauder über den Rücken.

»Wir können uns nicht einmischen«, sagte Bishop. »Wir haben alles getan, was wir tun können.«

»Ich weiß. Sie würde eine Warnung wahrscheinlich sowieso in den Wind schlagen.«

»Wahrscheinlich. Sie ist stur.«

»So kann man es auch nennen.«

Tony waren sämtliche Mitglieder der SCU wichtig, nicht nur seine Verlobte, und nun war er besorgt. »Was ist denn los?«, wollte er wissen. »Was habt ihr gesehen?«

Bedächtig, den Blick immer noch auf ihren Mann gerichtet, antwortete Miranda: »Wenn es nicht symbolisch zu verstehen ist, dann steht Isabel kurz davor, eine Entscheidung zu treffen, die ihr Leben verändern wird. Und sie auf einen sehr, sehr gefährlichen Pfad führen wird.«

»Was liegt am Ende dieses Pfades?«

Miranda atmete tief durch. »Der Tod eines Menschen, den sie mag.«

10

Caleb hörte von der vierten weiblichen Leiche, als er im Café Station machte, um sich einen Kaffee mit nach Hause zu nehmen. Die junge Frau hinter der Theke – er konnte sich nicht erklären, wie um alles auf der Welt man die Bedienung in einem Café »Sales Associate« nennen konnte – erzählte ihm liebend gern die letzten Neuigkeiten, während sie seinen Latte macchiato zubereitete.

Blutrünstige Neuigkeiten.

»Und wissen Sie, was das Schlimmste ist?«, fragte sie, während sie einen Deckel auf den Becher drückte.

»Jemand ist gestorben?«, schlug er vor.

Sie blinzelte, dann sagte sie ängstlich: »Na ja, klar, aber ich habe gehört, sie ist schon seit Monaten tot.«

Caleb widerstand dem Impuls, sie zu fragen, was das an der Sache änderte. Stattdessen fragte er: »Und was ist das Schlimmste?«

»Sie hatte braune Haare«, flüsterte Sally Anne, »Sales Associate« in diesem Café und selbst braunhaarig.

»Ah.«

»Also ist keine Frau vor ihm sicher. Jetzt ist er nicht mehr nur hinter Blondinen her, er – er hat es auch auf uns andere abgesehen.«

Caleb bezahlte seinen Kaffee und erwiderte gnadenlos mitfühlend: »Wenn ich Sie wäre, würde ich die Stadt verlassen.«

»Das tue ich vielleicht wirklich. Danke, Mr Powell. Oh – kann ich Ihnen helfen, Ma'am?«

»Einen Iced Caffè Mocha, bitte. Mittelgroß.«

Caleb wandte sich rasch um und erblickte zu seiner Überraschung Hollis. »Hi.«

»Hi.« Sie sah erschöpft aus und war auch legerer gekleidet, als bei ihren bisherigen Begegnungen.

»Sie arbeiten doch nicht etwa noch?«

»Nein, wir haben für heute mehr oder weniger Schluss gemacht.« Sie zuckte mit den Achseln. »Bei der Leiche, von der Ihnen Sally Anne gerade erzählt hat, können wir erst weiterermitteln, wenn wir den Bericht der Spurensicherung und der Autopsie haben.«

Ihr sarkastischer Tonfall veranlasste ihn zu sagen: »Sie haben doch nicht erwartet, dass die Neuigkeit sich *nicht* herumsprechen würde, oder?«

»Nein. Aber diese Stadt stellt den nationalen Geschwindigkeitsrekord im Tratschen auf, das ist mal sicher. Unglücklicherweise stimmt er oft auch noch.«

»Das können Sie laut sagen. Ich bin nicht hier aufgewachsen, aber als ich vor fünfzehn Jahren meine Kanzlei eröffnet habe, hat es nicht einmal eine Woche gedauert, bis die ganze Stadt wusste, dass meine Eltern tot waren und mein jüngerer Bruder seine Freundin geschwängert und dann geheiratet hatte, während ihr Herr Papa ihm buchstäblich die Gewehrmündung in den Rücken gerammt hatte.« Er hielt inne, dann fügte er hinzu: »Ich hatte es niemandem erzählt, absolut niemandem.«

Hollis lächelte schwach und bezahlte ihren Kaffee bei Sally Anne. »Sie scheinen eben alles herauszubekommen, was sie wissen wollen. Was die Frage aufwirft ...«

»Wie kann sich dann ein Mörder unbemerkt unter uns bewegen?«

»Ach, das nicht. Mörder bewegen sich immer unbemerkt unter uns. Nein, ich stelle mir die Frage: Wie ist es möglich, dass die verwesende Leiche einer Frau in einer baufälligen Tankstelle weniger als drei Häuserblocks vom Stadtzentrum entfernt hängt, ohne dass es jemandem auffällt?«

Sally Anne gab einen erstickten Laut von sich und stürzte ins Hinterzimmer des Cafés.

Hollis verzog das Gesicht. »Tja, das war wirklich indiskret. Mehr als das. Ich muss erschöpfter sein, als ich dachte. Das ist jedenfalls meine Version der Geschichte.«

Caleb schüttelte den Kopf. »Hören Sie, ich weiß, Sie hatten einen furchtbaren Tag, aber könnten wir uns vielleicht kurz setzen? Ich würde Sie gerne etwas fragen.«

Sie nickte und setzte sich mit ihm an einen der kleinen Tische am vorderen Fenster.

»Haben Sie schon gegessen?«, fragte Caleb. »Die Sandwiches hier sind nicht übel, oder ...«

Hollis schüttelte den Kopf, beinahe wäre sie zurückgezuckt. »Nein. Danke. Ich bin mir ziemlich sicher, dass ich den Kaffee bei mir behalten kann, aber nur, weil ich mit dem Zeug praktisch gestillt worden bin. Ich habe nicht vor, in absehbarer Zeit etwas zu essen.«

Nun war es an Caleb, das Gesicht zu verziehen. »Ich nehme also an, dass die blutrünstigen Einzelheiten, die Sally Anne vorhin zum Besten gegeben hat, tatsächlich stimmen?«

»O ja.« – »Tut mir leid. Das muss hart gewesen sein.«

»Es gehört nicht gerade zu meinen angenehmen Erinnerungen. Aber ich wusste, was mich erwartet, als ich in dem Laden angeheuert habe.«

»Warum *haben* Sie denn da angeheuert?«

Überrascht erwiderte Hollis: »Ich ... mit einer persönlichen Frage habe ich nicht gerechnet.«

»Ich auch nicht«, gestand er.

Sie lächelte. »Ich dachte immer, Anwälte studieren ihre Sätze vorher ein.«

»Der hier nicht. Jedenfalls nicht diesmal. Wenn es zu persönlich ist, vergessen wir einfach, dass ich gefragt habe. Aber die Antwort interessiert mich wirklich.«

»Warum so neugierig?«

So erfahren Caleb auch darin war, Geschworene zu durchschauen, er vermochte nicht zu sagen, ob sie ihn hinhielt oder es wirklich wissen wollte. »Um das zu erklären, müsste ich zweifellos weit ausholen und zumindest mir selbst gegenüber meine Neugier begründen, von Ihnen ganz zu schweigen. Deshalb würde ich das lieber lassen. Sagen wir einfach, ich bin ein neugieriger Mann, und belassen es dabei.«

Sie musterte ihn eine geraume Weile mit undurchdringlichem Blick, dann sagte sie in sonderbar gelassenem Ton: »Ich wurde überfallen. Geschlagen, vergewaltigt, mit dem Messer verletzt und so gut wie tot liegen gelassen.«

Nicht ganz das, was er erwartet hatte. »Mein Gott. Hollis, es tut mir leid, ich hatte ja keine Ahnung.«

»Natürlich nicht, woher auch?«

Er wusste buchstäblich nicht, was er sagen sollte, was bei ihm kaum jemals vorkam. »Deshalb ... sind Sie zum FBI gegangen?«

»Nun ja, mein altes Leben war ziemlich ruiniert, daher schien es mir eine gute Idee zu sein, als man mir die Chance bot, mir ein neues aufzubauen.« Ihre Stimme klang gleichbleibend gelassen. »Ich konnte – in bescheidenem Maße – dabei helfen, den Mann aufzuhalten, der mich und so viele andere Frauen überfallen hatte. Das fühlte sich gut an.«

»Rache?«

»Nein. Gerechtigkeit. Auf Rache aus zu sein, ist, als würde man sich die Pulsadern aufschneiden und dann erwarten, dass jemand anders verblutet. Das brauchte ich nicht. Ich musste nur ... dafür sorgen, dass er aufgehalten wird. Und ich musste meinem Leben eine neue Richtung geben. Das FBI und die Special Crimes Unit haben mir das ermöglicht.«

Zögernd, denn er war sich nicht sicher, wie weit sie bereit war, sich auf ein Gespräch darüber einzulassen, fragte er: »Aber sich einem Beruf zu verschreiben, der Sie regelmäßig direkt mit Gewalt und Tod konfrontiert – und mit dem Bösen – wie gesund kann das sein, besonders nach dem, was Sie durchgemacht haben?«

»Ich schätze, das hängt von den jeweiligen Beweggründen ab. Ich glaube, meine sind ganz gut, angefangen beim Hauptgrund: Irgendjemand muss das Böse bekämpfen. Da kann ich es auch machen.«

»Nach meinen nicht unbeträchtlichen Erfahrungen braucht man dafür mehr als eine Armee. Nichts für ungut.«

Hollis schüttelte den Kopf. »Man bekämpft das Böse nicht mit einer Armee. Man bekämpft es mit dem eigenen Willen. Mit Ihrem. Oder meinem. Mit dem Willen jedes Menschen, dem es wichtig ist, wie das alles ausgeht. Ich kann nicht behaupten, dass ich vor dem, was mir zugestoßen ist, viel darüber nachgedacht hätte. Aber wenn Sie das Böse ein Mal von Angesicht zu Angesicht gesehen haben, wenn es erst ihr ganzes Leben auf den Kopf gestellt hat, dann sehen Sie vieles klarer.« Ihr Lächeln gefror ein wenig und barg nun einen Anflug von Bitterkeit. »Sogar mit fremden Augen.«

Er runzelte die Stirn. Diese letzte Bemerkung konnte er nicht einordnen. »Ich kann verstehen, dass Sie so empfinden, nach allem, was Sie durchgemacht haben, aber zuzulassen, dass es ihr ganzes Leben auf den Kopf stellt ...«

»Nach dem, was ich durchgemacht habe, war es das Einzige, was ich mit meinem Leben tun *konnte*. Ich habe nicht nur vieles klarer gesehen, ich sah auch vieles anders. So anders, dass ich nicht mehr Künstlerin sein konnte.«

»Hollis, es ist nur logisch, dass man nach einer so traumatischen Erfahrung vieles anders sieht.«

Ein kleines Lachen entfuhr ihr. »Nein, Caleb, Sie verstehen nicht. Ich habe wirklich anders *gesehen*. Buchstäblich. Die Farben sind nicht mehr die gleichen. Die Strukturen. Die Tiefenwahrnehmung. Ich sehe nicht mehr dieselbe Welt wie früher, nicht die Welt, die Sie sehen, weil ich das nicht kann. Die Verbindungen zwischen meinem Gehirn und meinem Sehvermögen sind ... von Menschenhand geschaffen. Oder zumindest von Menschenhand zusammengeschmiedet. Nicht organisch gewachsen. Die Ärzte sagen, dass mein Gehirn sich vielleicht nie ganz daran gewöhnt.«

»Woran?« – »An meine neuen Augen. Sehen Sie, das sind

nicht die Augen, mit denen ich geboren wurde. Als der Vergewaltiger mich halb tot liegen ließ, da nahm er zwei Andenken mit. Er hat mir meine Augen genommen.«

Als Mallory zurück zum Polizeirevier kam, war es beinahe acht Uhr und sie war erschöpft. Um genau zu sein, total erschöpft. Außerdem war ihr übel, sie war deprimiert und ziemlich besorgt.

»Mallory ...«
»Hilfe!«
»Oh, tut mir leid«, sagte Ginny McBrayer. »Ich wollte dich nicht erschrecken.«
»Neuerdings fahre ich beim kleinsten Laut zusammen.« Mallory seufzte. »Was gibt's, Ginny?«
»Du hast mir doch gesagt, ich soll herausfinden, ob die anderen Frauen hier bei uns in letzter Zeit auch das Gefühl haben, dass sie beobachtet werden.«
»Ja. Und?«
Ginny zuckte mit den Achseln. »Irgendwie schwer zu sagen. Alle sind nervös. Zwei oder drei meinten, sie hätten mindestens zwei Mal in den letzten Wochen das Gefühl gehabt, beobachtet zu werden, aber selbst die haben eingeräumt, dass sie sich da nicht völlig sicher sind. Klar, jetzt, wo ich das Thema zur Sprache gebracht habe, reden sie alle darüber, auch die Jungs.«

Mallory setzte sich an ihren Schreibtisch und rieb sich müde die Augen. »O Mann. Keine Ahnung, ob uns das weiterhilft.«

»Wir halten auf jeden Fall alle die Augen offen. Hast du schon mit den FBI-Agentinnen darüber gesprochen?«

»Noch nicht. Werde ich wohl müssen, nehme ich an.« Sie seufzte. »Die Frau des Milchfarmers – ist die wiederaufgetaucht? Wie hieß sie noch gleich? Helton. Und der Vorname?«

»Rose. Keine Spur von ihr. Und wir haben immer noch zwei andere Frauen, die im letzten Monat als vermisst gemeldet wurden, nicht mitgerechnet die Reporterin, die gestern Abend verschwunden ist. Sharona Jones und Kate Murphy. Plus die rund ein Dutzend Frauen aus der weiteren Umgebung, die im gleichen Zeitraum als vermisst gemeldet wurden.«

»Ich kenne Sharona – sie passt nicht ins Profil, sie ist schwarz. Sie wird vermisst?«

»Na ja, ihr Freund behauptet das. Aber ihr Hund fehlt auch, ebenso ihr Auto und eine ganze Menge Klamotten, und ihre Mutter sagt, sie hätte schon immer die Welt sehen wollen, von daher denken wir, dass sie vielleicht einfach auf und davon ist.«

»Wenn ich mit Ray Mercer zusammen wäre, wäre ich auch auf und davon.« Mallory seufzte erneut. »Trotzdem, wir müssen ganz sichergehen, lasst also alle auf der Liste. Was ist mit Kate Murphy?«

»Das ist schon beunruhigender, sie *passt* nämlich ins Profil. Ende zwanzig, blond, erfolgreich. Ihr gehört eine dieser neuen kleinen Boutiquen auf der Main Street. Und die läuft auch ziemlich gut. Sie ist am Montag nicht zur Arbeit erschienen, ihre Stellvertreterin führt im Moment den Laden.«

»Ihr Haus oder ihre Wohnung haben wir überprüft?«

»Hm-hm. Keinerlei Anzeichen dafür, dass sie entführt wurde – aber auch keine Anzeichen dafür, dass sie aus freien Stücken fort ist. Ihr Auto steht auf seinem Parkplatz vor dem Haus, in dem sie ihre Eigentumswohnung hat, und soweit wir es beurteilen können, ist es sauber. Allerdings haben wir ihre Handtasche und ihre Schlüssel nicht gefunden. Und sie hatte – sie hat – keine Haustiere und keine Familie in Hastings. Wir versuchen jetzt, Angehörige aufzuspüren.«

»Und immer noch keine Spur von Cheryl Bayne.«

»Nein. Der Sender in Columbia hat einen neuen Reporter hergeschickt, diesmal einen Mann, um über diesen neuen ... Aspekt ... zu berichten.«

»Wie fürsorglich von ihnen.«

Ginny nickte. »Ja, nicht wahr? Sogar die anderen Journalisten haben dafür nur noch beißende Kritik übrig.«

»Während sie ihre eigenen Berichte anfertigen.«

»Hm-hm.«

Angeekelt schüttelte Mallory den Kopf. »Okay. Lass es mich oder den Boss wissen, wenn es was Neues gibt.«

»Klar.«

Als sie wieder allein war, saß Mallory eine Weile einfach da, die Ellenbogen auf den Schreibtisch, das Gesicht in die Hände gestützt, und massierte sich geistesabwesend die Schläfen. Sie müsste eigentlich im Büro bleiben, aber Rafe hatte ihr deutlich zu verstehen gegeben, dass sie nach Hause fahren sollte, sobald die Leiche aus dem alten Gebäude abtransportiert worden war und die Spurensicherung ihre Arbeit beendet hatte.

Was nun beides der Fall war.

Mallory war müde, doch zugleich seltsam hellwach. Sie wollte nicht nach Hause fahren. Sie wollte nicht allein sein. Sie brauchte etwas, was das Bild jener armen Frau in ihrem Kopf verdrängte.

Mallory zögerte nur kurz, dann nahm sie den Hörer ab und rief Alan auf dem Handy an. »Hi, bist du zu Hause?«, fragte sie ohne Einleitung.

»Unterwegs nach Hause. Genau genommen, stelle ich gerade meinen Wagen ab.«

»Hast du schon gegessen?«

»Nichts, was man wahrheitsgemäß als Nahrung bezeichnen könnte«, erwiderte er. »Vor Stunden war da etwas, das man mit viel Wohlwollen Sandwich nennen könnte, aber vielleicht war es auch nur Einbildung. Machst du mir ein Angebot?«

»Ich biete Essen vom Chinesen. Ich würde es sogar auf dem Weg zu dir holen und mitbringen. Abgemacht?«

»Abgemacht. Besorg auch Wein, wenn dir danach ist. Meine Wohnung ist knochentrocken. Ach, und ich habe scheußliche Kopfschmerzen, vielleicht könntest du noch ein paar Aspirin mitbringen? Ich glaube, ich habe keine mehr.«

»Okay. Bis gleich.« Mallory legte auf und sagte sich, dass das gar keine so schlechte Idee war. Was machte es, dass sie den Großteil der vorhergehenden Nacht in seinem Bett verbracht hatte? Das hatte nichts zu bedeuten. Jedenfalls musste es nichts bedeuten. Alan konnte ein amüsanter unterhaltsamer Gesellschafter sein, und er war gut im Bett.

Sehr gut sogar. Und sie musste sich eingestehen, dass sie sich auf ein wenig körperliche Nähe freute. Zwei saubere, gesunde, schwitzende Leiber, ineinander verschlungen zwischen den Betttüchern, das klang wie eine erstklassige Art und Weise, sich zu vergewissern, dass sie beide lebendig waren.

Lebendig. Nicht von einem Stahlträger baumelnd wie ein Wochen zuvor ausgenommener Fisch. Kein lebloser blutiger Haufen, der irgendwo an einem Highway im Wald lag. Nicht in ein unglaublich enges Lederkorsett geschnürt, das Gesicht unter einer Kapuze begraben, während eine Frau sie mit Peitsche und Ketten quälte ...

»Mein Gott«, murmelte sie. »Ich muss hier raus.«

Natürlich benötigte sie noch einige Minuten, um ein paar Dinge zu erledigen, ehe sie Feierabend machen konnte, doch sie beeilte sich und machte sich davon, ehe jemand mit etwas kommen konnte, das ihre weitere Anwesenheit auf dem Polizeirevier erforderlich gemacht hätte.

Von unterwegs rief sie im Chinarestaurant an und gab ihre Bestellung auf, damit das Essen fertig war, wenn sie kam. Dann hielt sie ein weiteres Mal an und besorgte Wein, obwohl sie normalerweise nicht viel trank. Sie dachte sogar an Alans Aspirin. Dennoch war seit ihrem Telefonat mit ihm erst eine knappe halbe Stunde vergangen, als Mallory mit einer Tüte voller kleiner Schachteln und einer zweiten mit Wein und Aspirin seine Wohnung betrat.

»Du siehst höllisch nervös aus«, bemerkte er, sobald sie durch die Tür trat.

»Das ist ja wohl kein Wunder, oder?« Mallory kannte selbstverständlich den Weg in die Küche und verlor keine Zeit, sondern nahm den Wein aus der Tüte und suchte in seinem Schrank nach Gläsern. »Du liebe Güte, Alan, nicht ein einziges Weinglas?«

»Haushaltswaren sind mir nicht so wichtig. Verklag mich doch.«

»Jetzt bin ich schon so weit gesunken, dass ich Wein aus Marmeladengläsern trinke. Kann dieser Tag noch besser werden?«

Alan hatte mehrere Aspirin trocken hinuntergeschluckt und stellte nun die Essenschachteln auf die Frühstückstheke, an der sie normalerweise aßen. Er hielt inne und sah sie aufmerksam an. »Ich hab's gehört. Kann kein großes Vergnügen gewesen sein, diese Leiche zu finden.«

»Nein.«

»Möchtest du darüber reden?«

»Nein.« Sie goss Wein in eines der Gläser und trank einen Schluck. »Ich beabsichtige, mindestens die Hälfte dieser Flasche zu trinken, zum Teil während ich mir die gesammelten Gerüche des heutigen Tages abdusche. Dann werde ich mir ein bisschen Krabben mit Gemüse einverleiben. Und danach – es sei denn, du hast etwas dagegen – plane ich, in dein Schlafzimmer umzuziehen und zu vögeln, was das Zeug hält. Möglichst die ganze Nacht. Es sei denn natürlich, du hast immer noch Kopfschmerzen. Bitte sag, dass sie weg sind.«

»Ich erwartete, dass die Wirkung des Aspirins jeden Moment einsetzt«, erwiderte Alan. »Und dein Plan kommt mir sehr gelegen.«

In dem mexikanischen Restaurant war es nicht voll, obwohl dort am Samstagabend normalerweise am meisten los war. Als der Besitzer sie zu einem gemütlichen Tisch in einer Ecke führte, erklärte er ihnen traurig, die Menschen gingen seit Beginn der Mordserie abends weniger aus. Und nach dem heutigen Leichenfund saßen die meisten seiner Stammgäste sicherlich zu Hause hinter verriegelten Türen.

So hatten Rafe und Isabel zwar nicht das Restaurant, aber immerhin eine abgeschiedene Ecke ganz für sich allein. Im Hintergrund lief leise Musik, der Kellner war aufmerksam, aber unaufdringlich, und so waren sie beinahe in einer Welt für sich. Beinahe.

»Sie glauben immer noch, dass Jamie die unbekannte Frau nicht verstümmelt hat?«, fragte Rafe, als sie mit dem Hauptgericht fertig wurden. Sie hatten ganz allgemein über die Morde und die Ermittlungen gesprochen. Beide verfügten sie über zu viel Polizeierfahrung, als dass die sachlichen Details eines brutalen Todes oder die blutigen Bilder, die sie vor nur allzu kurzer Zeit gesehen hatten, ihnen den Appetit verdorben hätten.

»Da bin ich mir sicher. Ich tippe darauf, dass er Jamie beobachtet und dabei gesehen hat, wie sie die Leiche der Frau in den Kofferraum ihres Autos gelegt hat. Ich weiß nicht, ob sie den Wagen dahin gefahren hat, wo sie ihn stehen lassen wollte, oder ob er ihn weggefahren hat – jedenfalls, als sie aus irgendeinem Grund wieder in ihr Spielzimmer oder zum Wagen kam und die Leiche weg war, da ist sie wirklich ausgeflippt. Ich denke, er hat die Leiche in diese alte Autowerkstatt gebracht. Und sich da mit ihr vergnügt.«

»Das ist ekelhaft«, warf Rafe ein.

»Er ist ziemlich krank, unser Junge.«

»Also waren die Gründe, weshalb er Jamie in Hastings als erstes Opfer ausgewählt hat, auch krank.«

»Na ja, möglicherweise lag es eher daran, dass Jamie eine Domina war, als daran, dass sie lesbisch war. Daran, dass sie so viel Macht über andere Frauen ausübte – Macht, die er gerne gehabt hätte, aber nicht hatte. Vielleicht war der Auslöser die reine Eifersucht. Oder Neid. Vielleicht konnte er es nicht ertragen, dass sie die Frauen in ihrem Leben unter Kontrolle hatte.« – »Und er nicht.«

»Vielleicht. Vielleicht lag es aber auch daran, dass Jamies Partnerinnen von sich aus zu ihr kamen, sich aus freien Stücken in ihre Hände gaben, sich ihr unterwarfen. Und egal, wie sehr er es versuchte, ihm gelang es nicht, diese Reaktion in den Frauen zu erwecken. Eigentlich Ironie des Schicksals. Er steht auf die gescheiten, erfolgreichen Frauen, auf die, bei denen es am wenigsten wahrscheinlich ist, dass sie sich in einer Beziehung unterordnen, und gerade diese Frauen will er unbedingt dominieren.«

»Also geht es ihm eigentlich um das Unerreichbare.«

»Wenn sein Frauengeschmack sich nicht geändert hat, ja.« Isabel klang sarkastisch. »Er wird nie bekommen, was er will – außer, indem er sie tötet. Erst wenn sie sterben, wenn sie leblos sind, dann hat er sie unter Kontrolle, dann ist er stärker als sie.

Als er Jamie getötet hat, hat er daraus vielleicht eine besondere Befriedigung gezogen, weil sie eine Domina war. Zum ersten Mal konnte er eine Frau dominieren, deren Spezialität es war, andere zu dominieren. Auch wenn er sie dafür umbringen musste.«

»Sie besaß Wesenszüge, die er zerstören möchte?«

»Normalerweise ist das so bei Sadisten.«

»Aber nicht diesmal? Nicht bei unserem Mann?«

Isabel runzelte die Stirn. »Wenn jemand Brüste und Genitalien ins Visier nimmt, ist das ein klassisches Anzeichen für eine sexuelle Obsession. Aber dieser Mann, unser Mann – so, wie ich es wahrnehme ..., bestraft er sie offenbar dafür, dass sie Frauen sind. So versucht er vielleicht, die weiblichen Züge in sich selbst zu zerstören. Oder vielleicht ist er auch wütend auf sie, weil sie zu weiblich für ihn sind, buchstäblich zu sehr Frau, als dass er damit umgehen könnte.«

»Und das soll kein sexuelles Tatmotiv sein?«

»Eigentlich nicht. Es hat eher mit Identität zu tun. Mit seiner Identität.«

»Das ist faszinierend«, meinte Rafe.

Isabel blickte ihm lange in die Augen, dann lehnte sie sich seufzend zurück. »Sehen Sie, deshalb habe ich so ein beschissenes Sozialleben. Am Ende rede ich immer über Mörder.«

»Meine Schuld. Ich habe gefragt.«

»Schon, aber das Thema hat sich angeboten. Nicht gerade Werbung für meinen Sexappeal.«

»Das liegt nur daran, dass wir mitten in Mordermittlungen stecken. Das ist alles.«

»Was für eine praktische Ausrede. Merken Sie eigentlich nicht, wenn eine Frau auf Komplimente aus ist?«

»Das meinen Sie jetzt nicht ernst. Isabel, Sie müssen doch wissen, dass Sie eine fantastische Frau sind.«

»Mein Spiegelbild zeigt mir, dass alle Teile gut zusammenpassen, aber das bedeutet noch lange nicht, dass ich Ihr Typ bin. Viele Männer bevorzugen zierliche Rothaarige oder sehr zartgliedrige Brünette. Oder – eine Frau, die keine Schusswaffe trägt und nicht ein Dutzend verschiedener Methoden kennt, wie sie einem Mann *wirklich* wehtun kann, wenn er ihr blöd kommt.«

Er musste lachen. »Ich gebe zu, dieser letzte Punkt gibt wohl jedem Mann zu denken, aber wie Sie sehen, habe ich die Beine noch nicht in die Hand genommen.«

»Das nicht, aber da wir zusammenarbeiten müssen ...«

»Wir müssen aber nicht zusammen zu Abend essen. Isabel, ich bin hier, weil ich hier sein will, Punkt. Und um das einmal klarzustellen: Ich bevorzuge nicht zierliche Rothaarige oder sehr zartgliedrige Brünette. Und ich hätte nie gedacht, dass Sie so unsicher sind.«

»Und ich dachte schon, ich komme zu stark rüber.«

Der Kellner erschien, um ihre Teller abzuräumen und ihre Bestellungen für Nachtisch und Kaffee aufzunehmen. Rafe wartete, bis er wieder fort war, ehe er auf ihren ein wenig spöttischen Kommentar einging.

»Also, was ist heute passiert?«

Isabel blinzelte. »Sie wissen, was heute passiert ist.«

»Und was weiß ich nicht? Was hat Sie so aus der Fassung gebracht, dass Sie sich dazu zwingen ... eine andere Art von Beziehung zu mir herzustellen, obwohl Sie nicht sicher sind, ob Sie das überhaupt wollen?«

»Wer sagt denn, dass ich das nicht will?«

»Ich. Ach, was sag ich, Sie selbst. Sehen Sie sich doch Ihre Körpersprache an, Isabel. In dem Augenblick, in dem Sie beschlossen haben, nicht mehr über die Arbeit zu reden und sich auf persönlicheres Terrain vorzuwagen, haben Sie sich zurückgelehnt. Weg von mir. Das ist nicht nur so gut wie ein Zeichen, das *ist* ein Zeichen. Ihre Worte sagen, dass Sie interessiert sind, aber Ihr Körper sagt: Bleib mir vom Leib.«

»Verdammt«, murmelte sie. »Habe ich nicht gesagt, Sie würden einen ganz ordentlichen Profiler abgeben? Ich revidiere meine Einschätzung. Sie würden einen sehr guten Profiler abgeben.«

»Also habe ich ins Schwarze getroffen?«

»Nun, sagen wir, Sie liegen nicht weit daneben. Ich kann so etwas einfach nicht.«

Rafe musste über ihren verdrossenen Tonfall lächeln. »Sie sind eine sehr selbstbewusste Frau, Isabel – meistens. Sehr selbstbewusst. Aber jetzt, in diesem Augenblick, haben Sie Angst. Wovor?«

Sie schwieg und blickte stirnrunzelnd auf den Tisch hinab.

»Irgendetwas ist passiert. Was?«

»Sehen Sie, diese Ermittlungen sind ... anders, das ist alles. Sonderbare Dinge passieren. Meine Fähigkeiten scheinen sich zu verändern. Und ich weiß nicht recht, was ich tun soll.«

»Haben Sie das schon Bishop gemeldet?«

»Nein. Noch nicht.«

»Warum nicht?«

»Weil ... ich weiß nicht, warum. Weil ich es selbst herausfinden möchte.«

»Und mich anzumachen, schien Ihnen dazu geeignet?«

»Sie müssen mir das wirklich nicht noch mal aufs Brot schmieren.« – »Was?«

»Dass es nicht geklappt hat.«

Trocken bemerkte er: »Wer sagt denn, dass es nicht geklappt hat? Isabel, mir ist irgendwann gestern klar geworden, dass ich dich will. Gestern Früh. Oder vielleicht auch schon zehn Minuten, nachdem wir uns begegnet waren. Mir ist auch klar geworden, dass es die ganze Situation höllisch verkomplizieren würde. Deshalb habe ich versucht, nach Möglichkeit nicht daran zu denken.«

»Vielleicht wäre es aber gut, daran zu denken«, sagte sie ernsthaft. »Und etwas deswegen zu unternehmen, wäre vielleicht noch besser.«

»Du sitzt immer noch zurückgelehnt«, bemerkte er.

»Ich kann mich vorbeugen.« Aber sie tat es nicht. Verdutzt über ihr eigenes Verhalten, runzelte sie nochmals die Stirn.

»Siehst du?«, meinte Rafe. »Widersprüchliche Signale. Selbst wenn du bewusst darüber nachdenkst, bist du nicht sicher, was du willst.«

Seufzend sagte sie: »Ich muss mir natürlich genau den einen Mann aussuchen, der nicht einfach das nimmt, was ihm geboten wird, ohne Fragen zu stellen. Mach nur so weiter, am Ende glaube ich wieder an Kobolde. Und Einhörner.«

»Tut mir leid. Aber ich bin kein Grünschnabel mehr, Isabel. Ich bin ein Veteran im Geschlechterkampf, mit zwanzig Jahren Erfahrung auf dem Buckel, und ich habe unterwegs ein paar Dinge gelernt. Zum einen: Wenn man sich mit einer komplizierten Frau einlassen will, sollte man wissen, wo die Fußfallen liegen. Vorher. Bevor man drüber stolpert.«

»Das klingt nach bitterer Erfahrung.«

»Stimmt. Wobei, eigentlich nicht bitter, aber ich habe eine harte Lektion gelernt. Und es war mehr oder weniger meine eigene Schuld. Du hast gesagt, die Sorte Energie, die dich zu einer übersinnlich Begabten macht, ist etwas, was du mit unserem Mörder gemeinsam hast. Tja, ich habe auch etwas mit ihm gemeinsam: Ich mag starke Frauen. Aber ich habe festgestellt, dass stark und kompliziert zusammengehören, und das kann zu Problemen führen. Es sei denn, ich weiß vorher, worauf ich mich einlasse.«

»Okay. Okay, ich höre Stimmen. Das wäre eine Sache.«

»Hm-hm. Und?« – »Ich brauche morgens einen Kaffee, bevor ich wieder zum Menschen werde. Und Cornflakes. Ich mag Cornflakes. Ich dusche richtig heiß, immer, deshalb verwandele ich das Badezimmer normalerweise in ein Dampfbad. Ich kann Stille an fremden Orten nicht ertragen, deshalb reise ich mit einem MP3-Player. Meereswellen. Ich muss auch im tiefsten Winter die Klimaanlage voll aufdrehen, sonst kann ich nicht schlafen. Ach – und ich kann es nicht leiden, wenn der Mond ins Schlafzimmer scheint.«

»Isabel.«

»Das hast du nicht gemeint, was?«

»Nein.«

»Verdammt.«

»Wenn ich wirklich ein Profiler wäre«, sagte er langsam, »und eine begründete Vermutung anstellen sollte, dann würde ich sagen, hinter deiner unbeschwerten, witzelnden Art verbirgt sich eine Menge Schmerz. Und ich rede hier nicht von den Kopfschmerzen, die du von den Stimmen bekommst. Jenes böse Gesicht, das du gesehen hast – es hat wirklich dein Leben verändert, stimmt's?«

Ihr Kellner stellte Kaffee und Dessert auf den Tisch und entfernte sich wieder. Isabel schwieg weiter. Sie nahm den Löffel und stocherte in ihrem Nachtisch herum, dann legte sie den Löffel wieder hin.

»Immer noch nicht bereit, es mir zu sagen?« Er machte sich seinen Kaffee so fertig, wie er ihn gerne trank. Dabei wandte er den Blick nicht von ihrem Gesicht ab, versuchte jedoch, von seiner Haltung und seinem Gesichtsausdruck her so entspannt und wenig bedrohlich wie möglich zu wirken.

Sie trank bedächtig einen Schluck Kaffee, verzog das Gesicht und kippte Milch und Zucker hinein, ehe sie einen zweiten vorsichtigen Schluck wagte.

»Isabel?«

Unvermittelt, beinahe wie gegen ihren Willen, sagte sie: »Es war schön.«

»Was denn?«

»Das Gesicht des Bösen. Es war schön.«

Es war schon spät, als Ginny das Polizeirevier verließ, viel später als gewöhnlich. Und nachdem sie mit den anderen Frauen gesprochen und erfahren hatte, wie nervös sie waren, sorgte sie dafür, dass sie in Begleitung von zwei männlichen Kollegen, die ebenfalls Feierabend machten, hinaus zu ihrem Wagen ging. Zwar hatte keiner der Cops explizit etwas zu seinen Kolleginnen gesagt, doch Ginny war aufgefallen, dass sämtliche Frauen in dieser Woche eine Begleitung hatten, wenn sie kamen und gingen.

Sie bezweifelte, dass eine der Frauen sich darüber beschweren würde. Sie jedenfalls würde das gewiss nicht. Wann immer sie allein draußen war, verwendete sie viel Zeit darauf, über die Schulter zurückzuschauen und bei jedem Schatten zusammenzufahren.

In stillschweigendem Einverständnis blieben die beiden Männer so lange bei ihr, bis sie den Wagen aufgeschlossen hatte und sie sich alle im Licht der Innenbeleuchtung vergewissert hatten, dass der kleine Honda leer und völlig harmlos war.

»Verriegele die Türen«, riet ihr Dean Emery.

»Worauf du Gift nehmen kannst. Danke euch, Jungs.« Sie stieg ein, verriegelte sofort die Türen und ließ den Wagen an. Geistesabwesend sah sie den beiden nach, bis sie wohlbehalten in ihre eigenen Autos gestiegen waren.

Nicht dass die Jungs sich wirklich Sorgen zu machen bräuchten. Jedenfalls bis jetzt nicht.

Ginny war nicht gerade ein Profiler, aber sie hatte ein Semester »Psychologie des Abnormen« hinter sich und erinnerte sich noch lebhaft an den Abschnitt über Serienmörder, zumal sie davon wochenlang Albträume bekommen hatte.

Nur sehr wenige Serienmörder ermordeten sowohl Männer als auch Frauen. Es hatte Mörder gegeben, die sowohl männliche als auch weibliche Kinder oder Jugendliche gemordet hatten, aber wenn die Zielpersonen Erwachsene waren, beschränkten die Täter sich beinahe immer auf ein Geschlecht.

In der Regel töteten homosexuelle Mörder Männer oder männliche Jugendliche, und heterosexuelle Mörder brachten Frauen oder weibliche Teenager um. Man wusste allerdings auch von homosexuellen Männern und solchen, die sexuell unsicher waren und befürchteten, sie könnten homosexuell sein, dass sie aus reiner Wut Frauen ermordeten. Sie wollten nicht so sein, wie sie waren, und machten dafür Frauen verantwortlich.

Die sehr seltenen weiblichen Serienmörder hatten es auf Männer abgesehen, jedenfalls sah es bisher so aus – mit Ausnahme der ziemlich erschreckenden, weit verbreiteten Fälle, in denen Frauen Kinder oder andere Familienmitglieder vergifteten. Dabei machten sie normalerweise keinen Unterschied zwischen den Geschlechtern.

Iss etwas Suppe, Liebes. Ach, sie schmeckt komisch? Das ist nur ein neues Gewürz, das ich ausprobiert habe.

Großer Gott. Wozu die Menschen doch fähig waren.

Ginny lenkte ihren Wagen auf die Straße und machte sich auf den Heimweg. Sie sann immer noch über das Thema nach, hauptsächlich deshalb, weil sie einfach nicht davon loskam. Wie mochte er aussehen? Begegnete sie ihm wohl jeden Tag auf der Straße? Kannte sie ihn? Er war stark, sehr stark. Im Bericht des Gerichtsmediziners über Tricia Kane stand, dass er ihr ein sehr langes Messer bis zum Heft in die Brust getrieben hatte.

Ginny erschauderte.

In was für eine Raserei musste man verfallen, um so etwas fertig zu bringen? Und wie hatte Tricia das in ihm ausgelöst? Einfach indem sie blond und erfolgreich gewesen war? Nur dadurch, dass sie eine Frau war?

Durch ihre bloße Existenz?

Als Ginny ihr gebleichtes Haar vor rund einer Woche wieder in etwa in ihrer ursprünglichen Haarfarbe gefärbt hatte, hatte niemand auf dem Polizeirevier darüber gelacht oder etwas dazu gesagt, und ihre Freunde fanden, das sei klug von ihr gewesen. Es gab schließlich keinen Grund, ein unnötiges Risiko einzugehen, nicht als Polizistin, die mitten im Geschehen steckte.

Ihre Mutter war sichtlich erleichtert gewesen.

Ihr Vater hatte gesagt, wenigstens sehe sie jetzt nicht mehr wie eine Nutte aus.

Als sie in die Einfahrt einbog, spürte Ginny, wie sich alles in ihr zusammenzog. Er war zu Hause, und so schief, wie er den Wagen geparkt hatte, hatte er wieder den ganzen Nachmittag getrunken, wie immer am Wochenende.

Scheiße.

Noch im Auto zog sie das Holster aus und schloss es ins Handschuhfach. Als sie ausstieg, schloss sie den Wagen ebenfalls ab.

Sie nahm die Schusswaffe nie mit ins Haus. Nie.

Die Versuchung wäre zu groß gewesen.

Sie stieg die Treppe hinauf und öffnete die Tür mit ihrem Schlüssel. Dabei sagte sie sich zum hundertsten Mal, dass sie sich um jeden Preis eine eigene Wohnung suchen müsse. Und zwar bald.

»Hallo, mein kleines Mädchen.« Er nuschelte, sein Mund war feucht. »Wo bist du gewesen?«

Matt erwiderte Ginny: »Arbeiten, Papa«, und schob die Tür hinter sich zu.

11

Isabel sah Rafe schwach lächelnd an. »Das hast du wohl nicht erwartet? Dass das Böse schön sein kann.« Sie fragte sich, ob er es verstand. Ob er es auch nur ansatzweise verstehen könnte.

»Nein.« – »Natürlich nicht. Es sollte hässlich sein, so stellt man es sich vor. Rote Augen, schuppige Haut, Hörner und Reißzähne. Es sollte aussehen, als käme es direkt aus der Hölle. Mindestens. Es sollte Feuer spucken und nach Schwefel stinken. Es sollte einen bei Berührung verbrennen.«

»Aber so ist es nicht.«

»Nein. Das Gesicht des Bösen ist immer trügerisch. Es ist nie hässlich, jedenfalls erst, wenn es sich zu erkennen gibt. Es sieht nicht aus wie etwas Schlechtes. Das wäre zu leicht. Wir würden es zu leicht erkennen. Denn das Wichtigste, das, worin das Böse am besten ist, ist die Täuschung.«

»Und dich hat es getäuscht?«

Sie lachte leise, freudlos. »Es trug ein gut aussehendes Gesicht, als es sich mir zum ersten Mal zeigte. Ein charmantes Lächeln. Es hatte eine vertrauenerweckende Stimme, und es wusste genau, was es sagen musste. Und seine Berührung war freundlich und sanft. Zumindest am Anfang.«

»Ein Mann. Jemand, der dir wichtig war.«

Isabel verschränkte die Arme vor der Brust und errichtete so unbewusst eine weitere Barriere zwischen ihnen beiden, sprach aber mit tonloser Stimme weiter.

»Ich war siebzehn. Er war ein bisschen älter, aber ich kannte ihn schon mein ganzes Leben lang. Er war der Nachbarsjunge, auf den alle sich verließen. Wenn eine ältere Witwe ihren Rasen gemäht haben wollte, hat er das gemacht –

und er wollte nichts dafür haben. Wenn jemand Möbel fortschaffen wollte, bot er seine Hilfe an. Wenn der Babysitter ausfiel, war er da, immer zuverlässig und verantwortungsvoll, und alle Kinder beteten ihn an. Die Eltern vertrauten ihm. Ihre Söhne hielten ihn für ihren Kumpel. Und in den Augen ihrer Töchter konnte er nichts falsch machen.«

»Er hat alle getäuscht.«

Sie nickte langsam, den Blick fest auf den Tisch gerichtet, ohne ihn wirklich zu sehen. »Das Komische daran ist, dass er unglaublich viel Zeit und Mühe darauf verwendet hat, alle um sich herum so lange zu täuschen, aber letzten Endes brauchte es nicht viel, um die Bestie in ihm zum Vorschein zu bringen.«

Rafe befürchtete, dass er wusste, worauf das alles hinauslief, und es fiel ihm nicht leicht, seine Stimme ruhig zu halten, als er fragte: »Was war es?«

»*Nein*. Mehr nicht. Nur dieses eine kleine Wort.« Sie sah auf, sah ihn an. »Das war der Anfang. Er fragte mich, ob ich mit ihm zum Schulball gehen wollte, und ich sagte Nein.«

»Was hat er dann getan, Isabel?«

»Erst einmal nichts. Ich sagte ihm, dass ich nicht so für ihn empfinden würde, dass er für mich eher wie ein Bruder sei. Er meinte, das sei schade, aber er würde es verstehen. Ein paar Tage später entdeckte ich ihn im Gebüsch vor unserem Haus. Vor meinem Zimmer. Er beobachtete mich.«

»Du hast nicht die Polizei gerufen«, vermutete Rafe.

»Ich war siebzehn. Ich habe ihm vertraut. Ich dachte, er käme einfach nur ... schwer über die Zurückweisung hinweg. Vielleicht war ich in gewisser Weise sogar ein bisschen geschmeichelt, dass es ihm so viel ausmachte. Also zog ich einfach nur die Vorhänge zu. Und ließ sie zu. Aber dann fing er an ... überall aufzutauchen, wo ich war. Er hielt immer einen gewissen Abstand. Aber er hat mich ständig beobachtet. Da bekam ich es langsam ... mit der Angst zu tun.«

»Aber du hast es immer noch niemandem gesagt?«

»Nein. Er war ja bei allen beliebt, und ich denke, ich hatte Angst, dass mir niemand glauben würde. Ich habe mich meiner besten Freundin anvertraut. Sie war neidisch. Sie meinte, er sei in mich verknallt, und ich sollte mich doch geschmeichelt fühlen.« Erneut lachte sie freudlos auf. »Sie war auch siebzehn. Was weiß man mit siebzehn schon? Also habe ich versucht, mich geschmeichelt zu fühlen, aber es wurde immer schwieriger, etwas anderes zu fühlen als Angst. Ich konnte auf mich aufpassen, ich konnte Selbstverteidigung, aber ... da war etwas in seinen Augen, was ich noch nie zuvor gesehen hatte. Etwas Wütendes. Hungriges. Und auch, wenn ich nicht wusste, warum, es machte mir schreckliche Angst.«

Rafe wartete, unfähig, weitere Fragen zu stellen. Er wünschte, sie befänden sich an einem etwas intimeren Ort, doch zugleich hatte er ganz stark das Gefühl, dass Isabel ihm dies dann nicht hätte anvertrauen wollen – oder können. Er glaubte, sie benötigte dafür die Isolation eines halböffentlichen Raums. Hier waren Menschen, wenn auch nicht in unmittelbarer Nachbarschaft. Essen und Musik und hin und wieder leises Lachen aus einem anderen Teil des Restaurants.

Hier war Normalität.

Er dachte, Isabel hätte Angst, sie würde das Gespräch nicht durchstehen, wenn sie alleine wären. Entweder das, oder sie wollte es ihm ganz bewusst ohne jeden Anflug von Vertrautheit erzählen. Mit einem Tisch zwischen ihnen, an einem öffentlichen Ort, wo sie ihr schreckliches Erlebnis am Ende mit einem lahmen Achselzucken oder einem »Aber das ist natürlich lange her« abtun konnte.

Je nachdem, wie er auf das reagierte, was sie ihm erzählte.

Je nachdem, wie gut *er* es durchstand.

»Natürlich hat man damals noch nicht viel über Stalking geredet.« Ihre Stimme war fest, beherrscht. »Ich meine, das war etwas, was berühmten Persönlichkeiten passierte, aber doch nicht einfachen Leuten. Nicht siebzehnjährigen Mädchen. Und schon gar nicht mit Jungen, die sie schon ihr ganzes Leben lang kannten. Als ich es also endlich meinem Vater erzählte, tat er das, was ihm logisch erschien. Er rief nicht die Polizei an – er stellte den Jungen zur Rede. Sehr vernünftig, ohne Geschrei, ohne Drohungen. Nur eine gut gemeinte Warnung, dass ich nicht an ihm interessiert sei und er sich jetzt wirklich von mir fern halten sollte.«

»Sein Auslöser«, murmelte Rafe.

»Wie sich herausstellte, ja. Mein Vater konnte das nicht wissen. Niemand hätte das wissen können. Er hatte sein wahres Gesicht viel zu gut verborgen. Wenn mein Vater zur Polizei gegangen wäre und man dort die Bedrohung ernst genommen hätte – vielleicht wäre dann alles ganz anders gekommen. Aber nachdem alles vorbei war, sagten sie mir ... wahrscheinlich hätte es nichts geändert. Es hätte vielleicht alles verzögert, aber er hatte ja nicht wirklich etwas getan, und er war *so* ein netter Junge, sie hätten ihn nicht festhalten können. Also hätte es wahrscheinlich nichts geändert, wenn ich anders gehandelt hätte, wenn mein Vater anders gehandelt hätte. Wahrscheinlich nicht.« – »Isabel ...«

»Es war ein Mittwoch. Ich kam von der Schule nach Hause, genau wie immer. Eine Freundin hatte mich mitgenommen. Mein Vater fand nämlich, ich sei noch nicht alt genug, um ein Auto zu haben. Sie setzte mich ab und fuhr dann weiter, während ich ins Haus ging. Sobald ich die Tür hinter mir geschlossen hatte, wusste ich, dass etwas nicht stimmte. Dass nichts stimmte. Vielleicht habe ich das Blut gerochen.«

»Großer Gott«, flüsterte Rafe.

»Ich ging ins Wohnzimmer, und ... da saßen sie. Meine Eltern. Nebeneinander auf der Couch. Sie hielten sich an den Händen. Er hinterließ eine Nachricht. Dadurch fanden wir später heraus, dass er sie mit der Waffe gezwungen hatte, ins Wohnzimmer zu gehen. Sie mussten sich hinsetzen. Und dann hat er sie erschossen. Sie hatten nicht einmal Zeit, Angst zu haben. Sie sahen einfach nur ... überrascht aus.«

»Isabel, wie furchtbar. Es tut mir so leid.«

Sie blinzelte, und ganz kurz schien ihr Mund zu beben. Dann fing sie sich wieder und sagte ruhig: »Die Geschichte hätte da enden können. Dann hätte ich heute vielleicht keine übersinnlichen Fähigkeiten. Ich weiß es nicht. Niemand weiß es.

Aber das war eigentlich erst der Anfang. Ich drehte mich um – um wegzulaufen oder die Polizei zu rufen, ich weiß nicht mehr. Und da stand er. Er sagte, er hätte auf mich gewartet. Er hatte die Pistole, eine Automatik mit Schalldämpfer. Deshalb hatten die Nachbarn auch nichts gehört. Ich war zuerst zu erschrocken, um zu schreien, stand zu sehr unter Schock, und dann sagte er, er würde mich umbringen, wenn ich nicht still wäre. Also war ich still. In all den Stunden, die ganze Nacht über habe ich keinen Laut von mir gegeben.«

Rafe wünschte, er könnte etwas Alkoholisches trinken. Er wünschte, er könnte sie davon abhalten, die Geschichte zu Ende zu erzählen. Doch er konnte keins von beidem.

»Rückblickend betrachtet und mit dem Wissen, das ich heute habe, denke ich, wenn ich wenigstens einmal gewimmert hätte, wäre er vielleicht nicht ganz so in Rage geraten. Ich glaube, das hat ihn wirklich rasend gemacht, dass er mir antun konnte, was er wollte, ohne dass er mich zum Schreien bringen konnte. Oder auch nur zum Weinen. Ohne zu verstehen, wie, nahm ich ihm seine Macht.

Er – gleich da, auf dem Wohnzimmerteppich, vor meinen toten Eltern, hat er mir die Kleider vom Leib gerissen und mich vergewaltigt. Dabei hat er mir die Pistole an den Hals gehalten. Immer wieder hat er gesagt, ich würde ihm gehören, und er würde mich schon noch dazu bringen, es zuzugeben.

Er hat mir Dinge angetan, die ich nicht für möglich gehalten hätte. Ich war erst siebzehn. Eigentlich noch ein Kind. Ich war Jungfrau. Ich hatte noch nie einen Freund gehabt, mit dem es mir so ernst gewesen wäre, dass wir – mehr getan hätten, als uns zu küssen. Ich war wohl aufgeklärt, aber ... ich konnte nicht verstehen, wieso ich nicht starb, warum das, was er mir antat, mich nicht umgebracht hat. Aber das tat es nicht. Ich blutete. Ich hatte Schmerzen. Und im Verlauf der Stunden wurde das schöne Gesicht, das er so lange getragen hatte, immer hässlicher und hässlicher. Er fing an, mich zu beschimpfen. Mich zu schlagen. Er nahm die Pistole und ... tat mir auch damit weh.«

Sie atmete tief durch. »Gebrochene Rippen, ein gebrochener Kiefer, ein gebrochenes Handgelenk, eine ausgerenkte Schulter. Zahllose Prellungen. Innen völlig wund. Am Ende hat er rittlings auf mir gesessen, mit beiden Händen meinen Kopf gehalten und ihn immer wieder auf den Boden geknallt. Und wieder gebrüllt, ich würde ihm gehören und er würde mich schon noch dazu bringen, es zuzugeben.«

Isabel weinte nicht, doch ihre Augen glänzten, und ihre Stimme war sehr leise, als sie endete. »Und seine Berührung brannte. Er hatte rote Augen und Hörner und schuppige Haut, und sein Atem roch nach Schwefel.«

Travis freute sich mehr, als er zugeben oder ihr zeigen mochte, als er Ally nach der Arbeit draußen vor dem Polizeirevier erblickte. Genau genommen wartete sie auf der Motorhaube seines Wagens und trug einen sehr kurzen Rock.

»Du solltest um diese Zeit nicht mehr alleine draußen sein«, ermahnte er sie und bemühte sich, nicht auf diese langen Beine zu starren, die trotz der grellen Außenbeleuchtung großartig aussahen.

Amüsiert blickte sie ihn mit erhobener Augenbraue an. »Ich bin auf einem hell erleuchteten Parkplatz. Vor einem Polizeirevier. Ich glaube nicht, dass ich im Moment irgendwo sicherer wäre, außer im Polizeirevier.«

»Mag sein. Ein paar von unseren Polizistinnen glauben aber, dass sie beobachtet wurden, vielleicht auch verfolgt.«

»Echt?« Sie glitt von der Motorhaube und zuckte mit den Achseln. »Tja, ich bin nicht blond. Und ich kann auf mich aufpassen.«

»Kann sein, dass es nicht nur Blondinen sind. Oder hast du nicht von der Leiche gehört, die wir heute gefunden haben?«

»Doch. Aber die soll auch schon zwei Monate oder so tot sein. Also war das vielleicht ein anderer Mörder.«

Travis mochte nicht zugeben, dass er bei diesen Ermittlungen nicht zum Kreis der Eingeweihten gehörte und über die neuesten Theorien nicht im Bilde war. So zuckte er lediglich mit den Achseln und sagte: »Trotzdem, wir vermissen noch mehr Frauen hier in der Gegend, und nicht alle sind blond. Du solltest wirklich vorsichtig sein, Ally.«

»Das ist süß von dir, dass du dir Sorgen um mich machst.«

Er verzog das Gesicht. »Sag das nicht so.«

»Nicht wie?«

»Als fändest du das lustig. Ich bin nicht dein Spielzeug, Ally. Oder falls doch ...«

»Falls doch was?« Sie trat näher und legte ihm die Arme um den Hals.

»Falls ich doch nur ein Spielzeug für dich bin ... dann sag es mir, bevor ich mich zum Narren mache, verdammt«, meinte er und küsste sie.

Sie lachte. »Glaub mir, Süßer, du bist kein Spielzeug. Ich mag Männer mit Muskeln und eigenem Verstand. Das passt doch auf dich.«

»Das will ich ja wohl hoffen.«

»Fein. Und jetzt, wo wir das geklärt haben – wie wäre es mit ein, zwei Drinks zur Entspannung?«

Er stöhnte. »Ich muss morgen in aller Herrgottsfrühe aufstehen. Holen wir uns doch auf dem Weg zu mir einfach eine Pizza.«

»Oder das«, willigte Ally ein. Sie lächelte ihm zu, und sie lächelte weiter, als er sie auf den Beifahrersitz seines protzigen Sportwagens setzte und zur Fahrerseite ging.

Sie musste unbedingt eine Gelegenheit finden, um zu telefonieren und zu berichten, was Travis wusste.

Ehe er herausfand, was sie vorhatte.

Wortlos legte Rafe seine Hand zwischen ihnen offen auf den Tisch. Einen langen Augenblick rührte Isabel sich nicht. Schließlich beugte sie sich vor und legte ihre Hand in seine. Sie bekamen beide einen Schlag, und diesmal knisterte es hörbar, als müsste der Stromschlag glühend heiß sein und sie verbrennen.

Aber das geschah nicht. Es fühlte sich nur warm an, dachte Isabel.

Rafe sagte: »Ich kann mir auch nicht ansatzweise vorstellen, wie du das mit gesundem Verstand überlebt hast. Nur um dann festzustellen, dass du Stimmen hörst. So war es doch, oder?«

Sie nickte. »Das Schlimmste daran war, dass ich am Anfang mit verdrahtetem Kiefer im Krankenhaus lag.« Ein zittriges Auflachen entfuhr ihr. »Ich bin Linkshänderin, und mein linkes Handgelenk war gebrochen. Also konnte ich dem Arzt nicht einmal schreiben, was ich hörte. Mir blieb nichts anderes übrig, als da zu liegen und zuzuhören.«

»Eine Kombination aus der Kopfverletzung, den anderen Traumata und dem Schock – das hat deine verborgenen Gaben geweckt.«

»Mit aller Macht. Zuerst dachte ich nur, ich werde verrückt. Ich dachte, er hätte mich psychisch doch schlimmer verletzt als körperlich. Aber als mein Körper heilte, begriff ich nach und nach, dass die Stimmen mir etwas sagten. Etwas, das ich eigentlich nicht hätte wissen dürfen. Eine Krankenschwester kam herein, um nach mir zu sehen, und ich wusste, dass sie Eheprobleme hatte. Später hörte ich dann, wie sie sich draußen auf dem Korridor mit einer anderen Schwester unterhielt – über ihre Eheprobleme. So in der Art. Manchmal waren es richtige Stimmen, als wenn jemand im Gespräch etwas zu mir sagen würde, manchmal ... wusste ich es einfach.«

»Und als du dann wieder sprechen konntest? Da hast du es keinem erzählt, stimmt's?«

»Nicht mal dem Traumaexperten – dem Seelenklempner, zu dem ich nachher fast ein Jahr lang gegangen bin. Bis ich mit der Highschool fertig war, wohnte ich bei einer Tante. Ich ging auch auf eine andere Schule, logisch. In einem anderen Stadtviertel.«

»Wo niemand etwas wusste.«

Isabel seufzte. »Wo niemand etwas wusste. Meine Tante war sehr lieb, und ich hatte sie gern, aber ich habe ihr nie von den Stimmen erzählt. Zuerst hatte ich Angst, die würden mich in die Klapse sperren. Und später, als ich anfing, das wenige zu lesen, was über übersinnliche Begabungen geschrieben worden war, dachte ich, niemand würde mir glauben.«

»Bis du Bishop begegnet bist.«

»Bis ich Bishop begegnet bin. Damals wusste ich nur eins sicher: dass es einen Grund dafür geben musste, weshalb ich das konnte, einen Grund, weshalb ich die Stimmen hörte. Einen Grund dafür, dass das Böse mich nicht hatte zerstören können, so sehr es das auch versucht hatte.«

»Einen Grund dafür, dass du überlebt hast.«

»Ja. Denn es musste ja einen Grund geben. Man nennt das Überlebensschuld. Man muss da durch, man muss seinem Leben ein Ziel geben, herausfinden, wie man überleben konnte, während die Menschen um einen herum sterben mussten. Und warum. Ich kannte die Antworten auf diese Fragen nicht.

Ich ließ mich durch die Collegezeit treiben, bis meine Freundin ermordet wurde. Julie. Sie starb ganz plötzlich, und sie hatte einen schrecklichen Tod. Am einen Tag war sie noch da, am nächsten nicht mehr. Bevor ich auch nur anfangen konnte, um sie zu trauern, waren noch mehr Frauen tot, und ihr Mörder war verschwunden.«

»Das zweite traumatische Ereignis in deinem Leben«, sagte Rafe. »Und das zweite Mal, dass du dem Bösen begegnet bist.«

Isabel nickte. »Auch diesmal hatte ich es nicht kommen sehen, das traf mich am härtesten. Diese Stimmen, die zu mir sprachen, hatten mir nichts davon gesagt, dass ich meine beste Freundin verlieren würde. Da beschloss ich, zur Polizei zu gehen. Ich wusste immer noch nicht, wie ich die Stimmen lenken oder nutzen konnte – oder dafür sorgen, dass man mich nicht in eine Gummizelle sperrte, wenn es mir gelingen sollte. Aber ich wusste, ich musste es versuchen. Ich wusste, ich musste nach diesem bösartigen Gesicht suchen. Und es zerstören, wenn ich es fände.«

Dana war Joeys Gejammer schließlich leid geworden und hatte ihn zurück nach Columbia geschickt – aber sie hatte ihm auch befohlen, schon am Sonntagmorgen zurück nach Hastings zu kommen. Und als er *darüber* jammerte, hatte sie ihn daran erinnert, dass Nachrichten ein Rund-um-die-Uhr-Geschäft waren, und falls ihm das nicht passe, könne er seine vermeintlichen Kamerakünste ja anderswo einsetzen.

Dana selbst hatte beschlossen, ihr Zimmer in der Pension zu behalten. Mehrere andere Frauen wohnten dort, unter anderem die beiden FBI-Agentinnen. Sie fühlte sich dort sicherer.

Wenn man sich in Hastings überhaupt noch irgendwo sicher fühlen konnte.

Nicht einmal sich selbst gegenüber rechtfertigte Dana sich noch dafür, dass sie so schreckhaft war, besonders seit Cheryl Bayne verschwunden war. Wenn dieser Irre jeden ermordete, der ihm in die Quere kam, jeden, von dem er sich irgendwie bedroht fühlte ... dann sprachen jetzt zwei Punkte gegen sie: Sie war blond und sie gehörte zum Medienvolk.

Da wäre wohl jede Frau schreckhaft, ganz zu schweigen von der zusätzlichen Sorge darüber, dass viel zu viele Männer mit Schusswaffen im Gürtel durch die Stadt streiften und ebenfalls bei jedem Geräusch zusammenzuckten ...

»Hi.«

Dana wäre beinahe das Herz stehen geblieben. »Mein Gott! Machen Sie das bitte nicht noch mal.«

»Sorry.« Paige Gilbert zuckte entschuldigend mit den Achseln. »Ich wollte mir nur Eis holen, genau wie Sie.« In einer Hand hielt sie einen Eiskübel.

Dana warf einen Blick auf ihren eigenen Kübel und seufzte. Sie ging weiter um die Ecke zu der Nische, wo auf dieser Etage die Eismaschine stand. »Warum wohnen Sie hier?«, fragte sie die andere Frau. »Sie leben doch in Hastings, oder?«

»Ich lebe allein. Also dachte ich, ich wohne lieber so lange in der Pension.«

Dana schaufelte Eis in ihren Kübel, dann musterte sie Paige. »Aber Sie sind doch nicht blond.«

»Cheryl Bayne auch nicht. Und dann ist da noch die Leiche, die sie heute gefunden haben.«

Vorsichtig entgegnete Dana: »Ich weiß, dass sie eine gefunden haben. War wohl schon eine Weile tot, wie ich gehört habe.«

»Ja.« Paige schaufelte Eis in ihren Kübel, richtete sich wieder auf und sagte: »Meine Quellen behaupten, sie war braunhaarig.«

»Braunhaarig.«

»Ja.«

»Haben Ihre Quellen auch gesagt, dass sie ... gefoltert wurde?«

»Zerfleischt.«

»Was ist der Unterschied?«

Paige zögerte, dann sagte sie: »Gefoltert bedeutet, sie war dabei noch am Leben. Zerfleischt will sagen, sie war schon tot.«

»Ach du Scheiße!«

»Ich habe eine Flasche Scotch auf meinem Zimmer. Wollen Sie welchen?«

Dana zögerte nicht. »Darauf können Sie Gift nehmen.«

Rafe wollte sein Glück nicht überstrapazieren, indem er zu viele Fragen stellte. Er wusste, dass Isabel schon vor dem Abendessen erschöpft gewesen war, und nachdem sie ihm nun die entsetzlichen Dinge, die sich in ihrem Leben ereignet hatten, anvertraut hatte, war offensichtlich, dass sie vor allem Schlaf brauchte, und davon reichlich.

Daher brachte er sie zurück zur Pension, wobei irgendein Instinkt ihn dazu veranlasste, sie so viel wie möglich zu berühren.

Er hielt immer noch ihre Hand, als sie die Stufen zu der breiten altmodischen Veranda hinaufstiegen.

Geistesabwesend sagte sie: »Dieses Haus konnte sich nicht entscheiden, was es werden wollte, wenn es groß ist – eine Frühstückspension oder ein Hotel. So eine Mischform habe ich noch nie gesehen.«

»Schaukelstühle auf der Veranda, aber kein zentraler Speisesaal«, stimmte er zu. »Merkwürdig. Aber jeder hat sein eigenes Bad, und es gibt Kabelfernsehen.«

Isabel lächelte schwach und sah ihn im gelben Licht der Verandalampen an. »Ich glaube, Hollis und ich und ein paar Journalisten sind die einzigen Gäste.«

»Hastings war noch nie ein beliebtes Reiseziel, es ist einfach eine Kleinstadt auf dem Weg nach Columbia. Gibt nicht viel zu sehen. Aber ich habe so ein Gefühl, wenn es uns gelingt, diesen Kerl aufzuhalten, bevor er sich wieder davonstiehlt, haben wir doch noch unsere Attraktion. Leider aus den falschen Gründen.« Seine Finger schlossen sich fester um ihre. »Isabel ... das erste Gesicht des Bösen, das du gesehen hast – er hat sich selbst getötet, stimmt's? Als er dachte, er hätte dich umgebracht.«

Sie nickte. »Er hinterließ die Nachricht, von der ich vorhin sprach, in der er erklärte, was er getan hatte und warum. Dann hat er sich das Hirn weggepustet. Sie fanden seine Leiche über mein Bett drapiert. Woher wusstest du das?«

»Weil du ihn nicht verfolgt hast. Wenn er nicht schon tot

gewesen wäre, hättest du ihn gesucht, sobald du wieder gesund gewesen wärst, bevor deine Freundin ermordet wurde.«
»Vielleicht.«
»Von wegen vielleicht. Ganz sicher.«
Ihr Lächeln fiel ein wenig schief aus. »Wahrscheinlich hast du Recht. Und wahrscheinlich wäre ich dabei umgekommen. Wenn man aus Wut oder Rache handelt, gibt es nie ein Happy End. Insofern war es gut, dass er das für mich erledigt hat, dass das Böse ebenso selbstzerstörerisch wie zerstörerisch ist. Denn wenn es sich einmal selbst zerstört, ohne dass wir groß mithelfen müssen, was selten genug vorkommt, dann verschiebt sich das Gleichgewicht ein wenig zugunsten des Guten.«
»Schon wieder Gleichgewicht.«
»Ja. Schon wieder Gleichgewicht.« Sie sah auf ihrer beider Hände, die ineinander verschränkt waren. »Rafe ... was mir da passiert ist, davon habe ich mich irgendwann erholt. Körperlich, und sogar psychisch. Ich hatte in den letzten Jahren ein paar Beziehungen. Sie haben nicht lange gehalten, aber das hat vermutlich genauso viel mit meinem beruflichen Engagement zu tun wie mit ... emotionalen Narben, die ich zurückbehalten habe. Oder vielleicht sind es auch die Stimmen, mit denen die Männer nicht fertig geworden sind. Ich schleppe ja wirklich eine Menge Altlasten mit mir herum.«
»Du willst nicht, dass ich Angst habe, dich zu berühren.«
»Sei nicht immer so scharfsinnig. Das nervt.«
Rafe lächelte. »Das Einzige, wovor ich Angst habe, Isabel, ist, dass du immer noch nicht weißt, was du willst. Von mir. Von dir selbst. Und solange du das nicht weißt, ist es womöglich eine ganz schlechte Idee, den falschen Schritt zu tun. Um das mal klarzustellen: Ich denke, wir glauben beide nicht daran, dass ein Quickie die ideale Methode ist, um Stress abzubauen.«
»Stimmt.«
»Und wir sind beide keine Kinder mehr. In unserem Alter

sollten wir wissen, was wir wollen – oder zumindest, worauf wir uns einlassen, wenn wir etwas miteinander anfangen.«

Isabel musterte ihn ein wenig erheitert. »Ich war immer höllisch impulsiv. Nach dem Motto: Spring, und dann guck, wo du landest. Offensichtlich siehst du erst einmal nach.«

»Es heißt doch, Gegensätze ziehen sich an.«

»Auf jeden Fall.« Sie seufzte. »Du hast Recht. Ich weiß nicht, was ich will. Und ich bin schon den ganzen Tag durcheinander, weil meine Gabe sich verändert. Vermutlich nicht der beste Zeitpunkt, um so eine Entscheidung zu treffen.«

»Nein. Aber ich hätte da eine Entscheidungshilfe …« Er beugte sich zu ihr und küsste sie, mit der freien Hand umfasste er ihren Nacken und mit dem Daumen streichelte er ihre Wange. Daran war nichts besonders Sanftes, nichts im Mindesten Zögerliches. Er wollte sie, und das machte er ihr nun unmissverständlich klar.

Als sie wieder sprechen konnte, sagte Isabel: »Okay, das war unfair.«

Rafe grinste sie an, trat zurück und ließ ihre Hand los. »Wir sehen uns morgen im Büro, Isabel.«

»Mistkerl.«

»Schlaf schön. Denn wer schläft, sündigt nicht.«

»Noch so einen Spruch, und ich erschieße dich!«

Rafe kicherte und ging.

Sie stand auf der Veranda und sah ihm nach, bis er wieder bei seinem Jeep war. Dann schüttelte sie den Kopf und betrat, immer noch lächelnd, die Pension.

»Guten Abend, Agent Adams«, sagte die Rezeptionistin vergnügt.

Isabel blickte über die Schulter zurück durch die Eingangstür, die größtenteils aus Glas bestand, auf die gut beleuchtete vordere Veranda. Dann musterte sie die Rezeptionistin. Sie sah aus wie die Verschwiegenheit in Person.

Was vermutlich bedeutete, dass sie im Geiste bereits eine Liste derjenigen Personen erstellte, denen sie gleich am Telefon den neuesten Tratsch erzählen würde. Seufzend sagte Isabel: »Guten Abend, Patty.«

»Sonntagmorgens servieren wir ein leichtes Frühstück, Agent Adams. Von acht bis elf. Nur damit Sie und Ihre Kollegin Bescheid wissen.«

»Ich sage es meiner Kollegin. Gute Nacht, Patty.«

»Schlafen Sie gut, Agent Adams.« Sie klang tröstend und mitfühlend, offensichtlich, weil Isabel allein schlafen würde.

Isabel floh die Treppe hinauf und hoffte, dass die Glastür wenigstens schalldicht war. Vor Hollis' Zimmer blieb sie stehen und klopfte leise. Sie war ziemlich sicher, dass ihre Partnerin noch nicht im Bett lag, wusste aber nicht, ob ihr nach Gesellschaft zumute sein würde.

Doch Hollis öffnete sofort die Tür und sagte: »Ich habe tatsächlich vor zwei Stunden eine Pizza bestellt. Und sie zum Teil auch gegessen. Heißt das, ich nähere mich langsam einem Zustand, in dem ich an Leichen gewöhnt bin?«

»Das heißt im Wesentlichen, dein Körper ist gesund und will ernährt werden«, erwiderte Isabel und trat ein. »Aber ja, das lässt darauf hoffen, dass du mit den derberen Aspekten unserer Arbeit umgehen kannst. Ich würde es auf der Habenseite verbuchen.«

»Gut. Ich brauche noch viele Häkchen auf meiner Habenseite. Ich habe mich schon ganz unzulänglich gefühlt.« Hollis machte eine einladende Geste und fügte hinzu: »Ich habe noch eine Pepsi da. Oder hast du für heute genug Koffein?«

»Eindeutig genug. Außerdem muss ich mal richtig ausschlafen.« Isabel runzelte die Stirn, dann sagte sie: »Wir treffen uns um halb zehn auf dem Polizeirevier. Patty an der Rezeption hat gesagt, sonntagmorgens gibt es hier ein leichtes Frühstück. Wir können zwischen acht und halb neun hinuntergehen, wenn dir das recht ist.«

»Sicher.« Hollis setzte sich neben einem Pizzakarton aufs Bett und musterte Isabel nachdenklich. »Du wirkst irgendwie ... durcheinander. Rafe?«

»Er ist ein bisschen komplizierter, als ich mir vorgestellt hatte«, räumte Isabel ein. Rastlos ging sie in dem kleinen Zimmer umher. »Sogar das, was ich durch Hellsehen von ihm aufgeschnappt hatte, hat mich nicht gewarnt. Verdammt.«

»Du hast es ihm erzählt?«

»Meine Horrorgeschichte? Ja.«

»Und?«

»Er ... hat es wirklich gut aufgenommen. Ist nicht ausgeflippt, hat mich nicht plötzlich wie eine Aussätzige behandelt. Mitfühlend, verständnisvoll und sehr scharfsichtig.« Sie runzelte erneut die Stirn und fügte verdrießlich hinzu: »Außerdem ist der Mann auf der Hut.«

Hollis grinste. »Du meinst, er hatte keine Lust, einfach so mit dir ins Bett zu hüpfen?«

»Also, wie kommst du denn darauf, dass ...«

»Ach, komm schon, Isabel. Als wir vorhin darüber sprachen, war mir klar, was bei dir abläuft. Du hast eine potenzielle emotionale Komplikation gesehen, und deine Reaktion darauf war – typisch für dich –, sie frontal anzugehen. Wenn er schon ein Problem darstellen musste – egal in welcher Form –, dann wolltest du das *sofort* klären. Ob er dafür bereit war oder nicht.«

»Woher wisst ihr plötzlich alle so gut über meine Beweggründe Bescheid?«, wollte Isabel wissen. »Ich bin hier die Hellseherin. Sieh mal, ich wollte gar keinen One-Night-Stand. Nicht unbedingt. Aber ... es vereinfacht die Dinge, wenn man das Körperliche aus dem Weg hat, das ist alles.«

Kopfschüttelnd meinte Hollis: »Tja, jetzt verstehe ich, warum deine früheren Beziehungen nicht so toll gelaufen sind, wenn du so über Sex denkst. Wenn Sex für dich nur etwas ist, das man hinter sich bringt, und fertig.«

»Das habe ich nicht gesagt.«

»Doch, das hast du. Du magst ja vieles können, Isabel, aber subtiles Vorgehen ist nicht deine Stärke. Wahrscheinlich hast du dem Mann praktisch gesagt, dass du mit ihm schlafen willst, damit du nicht mehr daran denken musst und nicht abgelenkt bist.«

»So ungehobelt war ich nicht.«

»Mag sein, aber ich bin mir sicher, genau so ist es bei ihm angekommen.«

Isabel setzte sich auf den Stuhl, der in einer Ecke stand, und blickte Hollis finster an. »Die SCU-Therapeutin meint, ich hätte Probleme damit, die Kontrolle abzugeben.«

»Ach, wirklich?«

»Keine große Sache. Ich ... mache nur am liebsten den ersten Schritt, wenn es geht.«

»Weil sich der letzte Typ, dem du den Vortritt gelassen hast, als perverses, bösartiges Schwein entpuppt hat. Ja, kapiert. Rafe hat es bestimmt auch kapiert.«

»Es gefällt mir nicht, dass meine Beweggründe so leicht zu durchschauen sind«, verkündete Isabel. »Da fühle ich mich nackt.«

Hollis lächelte. »Ich habe dir nichts gesagt, was du nicht schon wusstest.«

Isabel seufzte. »Es geht um die Kontrolle. Ich weiß, dass es darum geht. Aber auch nach all diesen Jahren kann ich nicht anders, ich bin ... misstrauisch. Nicht bei Männern im Allgemeinen – nur bei Männern, die mir vielleicht – eventuell – etwas bedeuten könnten. Du nicht? Wir haben beide Ähnliches durchgemacht, und bei dir ist es gerade mal ein paar Monate her.«

»Ich hatte Maggie Barnes«, erinnerte sie Hollis. »Mit ihrer Empathie-Begabung hat sie ganze Arbeit geleistet, sie hat mir viel von den Schmerzen abgenommen und mein Trauma geheilt. Auch wenn das alles erst ein paar Monate her ist, es fühlt sich an, als wäre es Jahre her. Jahrzehnte. Es ist ganz fern, unwichtig, fast, als wäre es jemand anderem passiert. Fast. Kann ich normales, gesundes Verlangen nach einem Mann empfinden? Keine Ahnung. Bis jetzt jedenfalls. Ich habe bisher aber auch noch keinen Mann getroffen, an dem ich so interessiert gewesen wäre.«

Isabel hob eine Augenbraue. »Ich dachte, du fühlst dich ein bisschen zu Caleb hingezogen.«

»Ein bisschen«, gab Hollis mit einem Achselzucken zu. »Aber ... es gibt einen Grund, wenn ein Anwalt von Großstadtkaliber in einer Kleinstadt lebt und arbeitet. Der will ein einfaches Leben. Und das hatte er auch, bis ein gnadenloser Mörder anfing, diese nette kleine Stadt heimzusuchen, und seine Angestellte und Freundin ermordet hat. Und ob ich will oder nicht, jetzt bin ich Teil der Serie von grausigen Vorfällen, die sein schlichtes friedliches Leben auf den Kopf gestellt haben.«

»Du gehörst doch zu den Guten.«

»Super, das gibt Punkte auf der Habenseite. Aber nicht genug, um das Negative auszugleichen, fürchte ich. Zumal ich meine eigene Horrorgeschichte habe.«

»Hast du ...?«

»Es ihm erzählt? Ja. Wir haben uns vorhin zufällig im Café getroffen und uns ein bisschen unterhalten. Er hat Fragen gestellt, also habe ich sie beantwortet. Er hat es nicht besonders gut aufgenommen. Genau genommen war er ziemlich fertig. Sehr ruhig, sehr beherrscht, wie Anwälte eben sind. Aber ich habe sein Gesicht gesehen. Und er hat jedenfalls nicht angeboten, mich zur Pension zu fahren.« Sie lächelte schief. »Es war die Sache mit den Augen, die ihm zu schaffen gemacht hat. Bis dahin kam er mehr oder weniger mit allem klar, aber der Teil war wohl ein bisschen viel für ihn.«

»Oh, Hollis, das tut mir leid.«

»Ach, mach dir keine Sorgen. Manche Dinge sollen eben nicht sein, weißt du? Ich meine, wenn er so eine Kleinigkeit wie eine Augentransplantation nicht akzeptieren kann, dann kommt er erst recht nicht damit klar, dass ich mit Toten rede.«

»Nein, wahrscheinlich nicht.«

»Manche Menschen ... können einfach nicht über den Tellerrand sehen. Sei froh, dass Rafe es kann.«

Isabel runzelte wieder die Stirn. Sie legte den Kopf schief, die senkrechte Falte auf ihrer Stirn vertiefte sich. Geistesabwesend sagte sie: »Ja. Ja, das bin ich wohl. Die Sache mit dem Hellsehen wirft ihn nicht um, und beim Rest hat er sich überaus korrekt verhalten.«

»Du musst also nur mit deinem Kontrollproblem fertig werden. Vielleicht schenkt das Universum dir hier wirklich etwas ganz Besonderes – immer vorausgesetzt, wir kriegen diesen Mörder, bevor er beschließt, dich seiner Blondinensammlung hinzuzufügen. Es schenkt dir einen Mann, der weiß, was du durchgemacht hast, was du bist, und dem die ganzen Altlasten, die du mit dir herumschleppst, nichts ausmachen.«

»Vielleicht.«

»Akzeptier doch wenigstens, dass es möglich ist, Isabel.«

Isabel sah sie an und blinzelte. »Sicher. Möglich wäre es natürlich.«

Nun war es an Hollis, die Stirn zu runzeln. »Machst du dir etwa schon Sorgen um die Zukunft – darum, dass er hier sitzt und du in Quantico?«

»Nein. So weit bin ich noch nicht. Ich meine, ich habe eigentlich noch nicht weiter als bis heute gedacht.«

Hollis musterte sie. »Was stört dich dann?«

»Ach, es ... Ich bin müde. Wirklich müde.«

»Das wundert mich nicht. Du musst wirklich mal richtig ausschlafen.«

Immer noch die Stirn gerunzelt, sagte Isabel: »Ich weiß. Ich kann mich nicht erinnern, je so müde gewesen zu sein. Wahrscheinlich ist das der Grund.«

»Der Grund wofür?«

Leise sagte Isabel: »Dafür, dass ich keine Stimmen mehr höre. Gar keine.«

12

Sonntag, 15. Juni, 10.30 Uhr

Ginny legte auf und sah stirnrunzelnd auf die Wanduhr. Drei Mal. Drei Mal hatte sie versucht, Tim Helton anzurufen in der Hoffnung, seine Frau sei vielleicht zurückgekehrt und er habe nur vergessen, es zu melden.

Es war nach halb elf. Milchfarmer standen im Morgengrauen auf, das wusste sie. Auch sonntags. Und Tim Helton war kein Kirchgänger. Vielleicht war er draußen bei seinem Vieh. Nur, dass er ihr die Nummer seines Handys gegeben und gesagt hatte, er würde es immer bei sich tragen. Man sollte doch meinen, dass ihm daran gelegen wäre zu erfahren, was die Polizei gegebenenfalls über seine vermisste Frau zu berichten hatte. Es sei denn, sie wäre nach Hause gekommen.

Oder er wüsste, dass sie nicht nach Hause kommen würde.

Travis war nicht an seinem Schreibtisch, deshalb konnte Ginny ihn nicht wie sonst fragen, was sie tun sollte. Diese Entscheidung würde sie allein treffen müssen.

Zu ihrer eigenen Verwunderung zögerte Ginny nicht. Sie stand auf und steuerte auf die geschlossene Tür des Besprechungszimmers zu.

Rafe schlug die Mappe zu und schob sie in die Mitte des Konferenztisches. »Okay, also weder die Obduktion noch die Spurensicherung haben viel Neues ergeben.«

Mallory sagte: »Na ja, der Doc ist sicher, dass sie nicht gefesselt war, als sie starb, und sie hat absolut keine Abwehrverletzungen, also können wir mit ziemlicher Sicherheit davon ausgehen, dass sie sich nicht gewehrt hat.«

»Ja«, meinte Rafe, »aber wenn sie *wirklich* eine von Jamies Partnerinnen war, dann war Unterwürfigkeit vielleicht ihr Normalzustand.«

»Und sie hätte einen Angreifer nicht unbedingt abgewehrt«, stimmte Isabel zu. »Trotzdem, um jemanden zu erwürgen, muss man demjenigen sehr nahe kommen. Wenn jemand ganz offensichtlich versucht hätte, sie umzubringen, hätte sich ihr Überlebensinstinkt eingeschaltet. Wir hätten zumindest ein paar Hautzellen unter ihren Fingernägeln finden müssen. Wir haben aber keine gefunden. Das stützt die Annahme, dass sie nicht begriffen hat, was mit ihr geschah, bis es zu spät war.«

Hollis warf ein: »Und unser Mörder benutzt ein Messer, er erdrosselt die Frauen nicht. Das ist noch ein Argument, das für einen unbeabsichtigten Tod spricht, möglicherweise bei einer Sadomasositzung mit Jamie.«

Mallory fügte hinzu: »Zumal die Spurensicherung kleine Teilchen von diesem alten Linoleumboden in den Knien des Opfers gefunden hat. Das bedeutet, sie war *in* Jamies Spielzimmer, und zwar in einer knienden, möglicherweise unterwürfigen Haltung. Und das ist zumindest ein weiterer handfester Beleg für die Theorie, dass diese Frau eine von Jamies Partnerinnen war. Wir waren uns da ja schon ziemlich sicher, hätten es aber bisher vor Gericht nicht beweisen können.«

»Eine Sub, die Pech gehabt hat«, merkte Rafe an. »Nach unseren Informationen über die SM-Szene ist Strangulieren bis zur Bewusstlosigkeit relativ weit verbreitet. Angeblich wird der Orgasmus dann intensiver erlebt.«

»Noch etwas, das ich nicht *unbedingt* möchte«, murmelte Mallory. Rafe nickte mit sarkastischem Blick. Er fuhr fort: »Wir werden wahrscheinlich nie erfahren, warum Jamie zu weit gegangen ist – ob aus Wut oder aufgrund einer ... Fehleinschätzung. Aber wir müssen diese Frau identifizieren. Ihre Familie benachrichtigen.«

Isabel sagte: »Ein Forensiker in Quantico vergleicht ihr

Gebiss mit den zahnärztlichen Unterlagen der Frauen, die hier in der Gegend als vermisst gemeldet wurden. Wir sollten in der nächsten Stunde erfahren, ob es eine Übereinstimmung gibt.«

»Aber wir haben gar nicht von allen Frauen Unterlagen«, erinnerte Mallory sie. »Entweder weil wir ihre Zahnärzte nicht aufstöbern konnten oder weil sie gar nicht zum Zahnarzt gegangen sind. Gibt immer noch eine Menge Leute, die Angst haben, sich in diesen Stuhl da zu setzen.«

»Und keiner der vermissten Frauen hat man je Fingerabdrücke abgenommen«, ergänzte Rafe.

»Würde uns eine Identifizierung denn überhaupt weiterhelfen?«, fragte Hollis. »Ihre Familie kann dann damit abschließen, das ist natürlich gut, aber was würde uns das bringen?«

»Vielleicht, wenn sie eine Stammkundin von Jamie gewesen wäre«, entgegnete Isabel. »Wir könnten mit ihren Angehörigen und Freunden reden, ihre Bankkonten überprüfen, vielleicht finden wir ja auch einen Terminkalender oder ein Tagebuch, wenn wir sehr viel Glück haben. Aber, klar, ich verstehe, was du meinst. Es ist eigentlich nicht sehr wahrscheinlich, dass uns das unserem Serienmörder näher bringt. Oder uns hilft, die Frau zu ausfindig zu machen und zu schützen, die er garantiert genau jetzt ausspioniert.«

»Und uns läuft die Zeit davon«, sagte Mallory.

Einen Augenblick lang herrschte Schweigen. Dann wurde ein wenig zaghaft an die Tür geklopft, und Ginny trat ein.

»Entschuldigen Sie die Störung, Chief ...«

»Sie stören nicht«, sagte ihr Rafe. »Was gibt's?«

»Ich habe versucht, Tim Helton anzurufen, um zu hören, ob seine Frau vielleicht nach Hause gekommen ist, aber es nimmt niemand ab. Er geht nicht in die Kirche, und nach allem, was man hört, verlässt er die Farm so gut wie nie. Er müsste da sein.«

»Wenn er draußen in den Ställen ist ...«

»Er hat mir die Nummer von seinem Handy gegeben,

Chief, und er hat gesagt, er trägt es immer am Gürtel. Ich habe auch seine private Nummer gewählt, aber da geht keiner ran. Und unter der geschäftlichen Nummer ist nur der Anrufbeantworter. Als ob keiner da wäre.«

Isabel meinte: »Das gefällt mir nicht. Wenn das Verhalten dieses Mörders eskaliert, gibt es keine Garantie dafür, dass er seinen Modus Operandi beibehält. Dann bringt er womöglich eine Frau bei ihr zu Hause oder ganz in der Nähe um. Oder er kommt hinterher einfach noch mal wieder und schnappt sich auch den Ehemann.«

»Was mir Sorgen macht«, meinte Rafe, »ist, dass Tim Helton der Typ ist, der sein Gewehr holt und selbst loszieht, wenn er das Gefühl hat, dass die Polizei nicht genug tut, um seine Frau zu finden. Der Detective, den ich zu ihm geschickt habe, damit er mit ihm spricht, meinte, er wäre wütend und fast beleidigend gewesen, als es darum ging, was wir bisher unternommen haben.«

»Hat er eine Schusswaffe?«

»Mehrere, unter anderem Schrotflinten und Büchsen und seine Dienstpistole. Er war beim Militär.«

»Das hat uns noch gefehlt«, murmelte Isabel. »Ein verängstigter, wütender Mann mit einer Knarre – der auch weiß, wie man sie benutzt.«

»Keine Spur von seiner Frau?«, fragte Rafe Ginny.

»Bis jetzt nicht. Auch kein Hinweis von irgendwem, der sie kannte, dass sie vielleicht auf eigene Faust irgendwohin gefahren ist. Genau genommen sagen alle das Gegenteil: Sie sei ein häuslicher Mensch und sehr zufrieden auf der Farm.«

»Gute Ehe?«, fragte Hollis.

»Nach allem, was man hört.«

»Keine Kinder?«

»Nein.«

Isabel trommelte mit den Fingern auf dem Tisch. »Ich bin dafür, dass wir das überprüfen. Hier können wir im Augenblick nicht viel tun, ohne neue Informationen. Wir müssen

Helton finden und uns vergewissern, dass es ihm gut geht – und er nicht etwa seine eigene Großfahndung veranstaltet.«

Rafe nickte und sah Ginny an. »Irgendetwas Neues über die anderen vermissten Frauen?«

»Bis jetzt nicht. Immer noch fast ein Dutzend, deren Verbleib nicht geklärt ist, wenn wir ein paar Monate zurückgehen und die rund dreißig Meilen Umgebung um Hastings dazurechnen, aber nur eine Hand voll passt halbwegs auf das Profil. Die Reporterin, Cheryl Bayne, wird immer noch vermisst. Wir haben es mit Hunden versucht, und sie haben die Spur etwa einen Häuserblock von ihrem Wagen entfernt verloren.«

»Wo genau?«, wollte Rafe wissen.

»Bei Kate Murphys Laden. Das ist die andere Frau aus Hastings, die noch vermisst wird. Egal, wo wir nach den beiden suchen, bisher war überall Fehlanzeige.«

»Okay, bleiben Sie dran.«

Als die junge Polizistin sich zum Gehen wandte, fragte Isabel: »Ginny? Geht es Ihnen gut?«

»Klar.« Sie lächelte. »Ich bin müde, wie alle hier, aber sonst geht's mir gut. Danke der Nachfrage.«

Isabel hielt ihren Blick einen Moment fest, dann nickte sie lächelnd, und Ginny verließ hastig das Besprechungszimmer.

Geistesabwesend sagte Rafe: »Wisst ihr, in einem womöglich wesentlichen Punkt entspricht Rose Helton dem Profil ganz offensichtlich nicht.«

»Sie ist verheiratet«, führte Isabel seinen Gedankengang fort. »Bis jetzt waren es in allen drei Mordserien nur ledige weiße Frauen.«

Bedächtig überlegte Hollis: »Ich frage mich, was passieren würde, wenn er merkt, dass er sich für eine verheiratete Frau interessiert. Würde er den Ehemann dann als Rivalen betrachten? Würde er die Jagd – das Ausspionieren – dann noch aufregender finden?«

»Könnte sein.« Isabel stand auf.

Auch die Übrigen erhoben sich. Mallory sagte: »Da Kate Murphy und Cheryl Bayne immer noch vermisst werden, finde ich, sie sollten auch ganz oben auf der Prioritätenliste stehen. Ich gehe mal das Material durch, das wir über die beiden haben. Vielleicht habe ich ja Glück, und finde sie oder kann zumindest eine freiwillige Abwesenheit ausschließen.«

»Gute Idee«, sagte Isabel. »Vor allem die Reporterin macht mir Sorgen. Wenn er mordet, um die Medienleute abzuschrecken oder um uns etwas mitzuteilen, dann ist alles möglich. Das würde bedeuten, dass er sich grundlegend verändert hat, und wir haben keine Ahnung, inwiefern oder warum.«

»Oder wen er sich als nächstes Oper aussuchen könnte«, fügte Hollis hinzu.

Er wünschte, er könnte die Stimmen zum Schweigen bringen. Mit dem Rest, mit den übrigen Veränderungen konnte er fertig werden. Bis jetzt jedenfalls. Aber die Stimmen trieben ihn wirklich in den Wahnsinn. Es fiel ihm immer schwerer, sie auszusperren, sie abzuschalten. Sie gaben ihm Befehle. Sie befahlen ihm, etwas Schlimmes zu tun.

Etwas, das er schon einmal getan hatte.

Nicht, dass es ihm etwas ausgemacht hätte, Schlimmes zu tun. Nur dann fühlte er sich real, stark und lebendig. Nur dann fühlte er sich frei. Bloß hatte er jetzt ständig Kopfschmerzen wegen der Stimmen, und er hatte keine Nacht mehr durchgeschlafen, seit ... er konnte sich nicht erinnern.

Die ganze Welt wirkte unwirklich, wenn man nicht schlafen konnte, hatte er festgestellt.

Und Blondinen waren überall.

Verlockend, nicht wahr?

Er ignorierte die Frage. Die Stimme.

Sie legen es doch darauf an. Das weißt du.

»Geh weg«, murmelte er. »Ich habe mich um die eine da gekümmert. Um die, von der du gesagt hast, dass sie uns beinahe gefunden hätte. Jetzt lass mich in Ruhe. Ich bin müde.«

Sieh dir mal die da an der Ecke an. Wenn die noch mehr mit dem Arsch wackelt, renkt sie ihn sich noch aus.
»Halt die Schnauze!«
Vergiss nicht, was sie dir angetan haben. Was sie dir jetzt antun. Sogar jetzt, in diesem Moment, verderben sie dich.
»Du lügst mich an. Ich weiß es.«
Ich bin der Einzige, der dir die Wahrheit sagt.
»Ich glaube dir nicht.«
Das liegt daran, dass sie dir den Kopf verdreht haben, diese Frauen. Diese Blondinen. Sie machen dich schwach.
»Nein. Ich bin stark. Ich bin stärker als sie.«
Du bist ein Versager. Bist zu nichts zu gebrauchen. Du lässt dich ablenken.
»Ich bin nicht abgelenkt. Sie muss die Nächste sein.«
Die andere ist gefährlicher. Diese Agentin. Isabel. Sie ist anders. Sie sieht Dinge. Wir müssen sie aus dem Weg räumen.
»Ich kann sie später erledigen. Die hier muss ich als Nächste machen.«
Die hier kann uns nicht schaden.
»Das glaubst du.« Er beobachtete, wie sie aus dem Café kam und den Bürgersteig entlangging, einen Kaffee in der einen und ihre Liste in der anderen Hand. Sie hatte immer irgendeine Liste dabei. Hatte immer etwas zu tun.

Träge fragte er sich, ob sie ahnte, dass der letzte Punkt auf der heutigen Liste ihr Tod war.

11.00 Uhr

Unterwegs zur Milchfarm sagte Hollis: »Wenn Rafe nicht noch ein paar Minuten auf dem Polizeirevier zu tun gehabt hätte, hättest du dann trotzdem vorgeschlagen, dass wir mit zwei Wagen fahren?«
»Wahrscheinlich.«
»Immer noch keine Stimmen, hm?«

»Nein. Ich dachte, wenn ich mich von den Leuten fern halte, hilft das vielleicht, aber so war es nicht.«

»War irgendwas anders, als Rafe in deiner Nähe war?«

»Nein. Nur Schweigen, genau wie wenn er nicht in der Nähe ist. So ist es seit gestern Abend die ganze Zeit.« Isabel sah ihre Partnerin an, und ihr Mund verzerrte sich ein wenig. »Ich dachte, die Ruhe, das Schweigen, das müsste einfach himmlisch sein. Aber das stimmt nicht. Es fühlt sich einfach ... schlecht an. Nicht natürlich. Ich vermisse sogar die verdammten Kopfschmerzen. Ein Teil von mir ist plötzlich taub geworden, und ich weiß nicht, warum.«

»Es hat bestimmt etwas damit zu tun, dass zwischen dir und Rafe so die Funken gesprüht sind.«

»Ich weiß es nicht. Soweit ich mich erinnern kann, ist so etwas noch keinem übersinnlich Begabten passiert. Ich meine, unsere Begabungen können sich verändern, aber so drastisch und plötzlich, und das auch noch bei einer einigermaßen stabilen, erfahrenen übersinnlich Begabten? Nicht ohne einen ... Auslöser. Das ergibt einfach keinen Sinn.«

»Bishop hast du immer noch nicht angerufen?«

Isabel schüttelte den Kopf. »Die stecken mitten in ihren eigenen Ermittlungen und können keine Ablenkung gebrauchen.«

»Du willst nur nicht, dass er dich hier rauszieht.«

»Na ja, okay, das auch. Ich glaube eigentlich nicht, dass er das tun würde, nicht in diesem Stadium, aber er macht sich immer Sorgen, wenn einer von uns Probleme mit seiner Gabe hat. Unvorhergesehene Probleme, meine ich.«

Hollis zögerte, dann sagte sie: »Woher willst du wissen, dass es ein unvorhergesehenes Problem ist? Ich meine, Bishop und Miranda sehen ziemlich regelmäßig in die Zukunft. Was, wenn sie das vorhergesehen haben?«

Darüber dachte Isabel nach. Dann zuckte sie mit den Achseln und meinte sarkastisch: »Das ist sehr gut möglich. Wäre nicht das erste Mal, dass sie etwas gesehen hätten, das vor uns liegt – und uns einfach blind weiterstolpern lassen. Manche Dinge müssen eben genauso geschehen, wie sie geschehen.«

»Unser Mantra.«

»Mehr oder weniger. Weißt du, gestern Abend habe ich halb damit gerechnet, dass Bishop anruft, weil er offenbar immer weiß, wenn irgendwas schief geht. Also ist das vielleicht gar nicht so falsch, wie es sich für mich anfühlt. Oder vielleicht weiß er es, weiß aber auch, dass ich damit selbst zurechtkommen muss.«

»Wirst du es Rafe erzählen?«

»Irgendwann werde ich das müssen. Es sei denn, er merkt es selbst. Das kann nämlich auch sein.«

»Ja, er ist sehr ... feinfühlig, wenn es um dich geht. Ich meine, das ist nicht zu übersehen. Ich glaube, er wusste in Jamies Spielzimmer schon vor mir, dass das zu viel für dich war. Er hat dich die ganze Zeit beobachtet.«

»Ich weiß.«

»Das hast du gespürt, trotz der ganzen Stimmen, die da auf dich eingestürmt sind?«

»Ich habe es gespürt. Ihn. Er wollte mich beschützen. Dafür sorgen, dass mir nichts geschieht.«

Hollis hob beide Augenbrauen. »Und jetzt hörst du keine Stimmen mehr. Du bist vor ihnen geschützt. Zufall? Das bezweifle ich irgendwie.«

»Rafe hat keine übersinnliche Gabe. Er kann das nicht getan haben.«

Hollis dachte darüber nach, dann schüttelte sie den Kopf. »Vielleicht nicht bewusst, aber er könnte auch eine verschüttete Begabung haben. Und was ist, wenn es eine Kombination aus mehreren Faktoren ist?«

»Als da wären?«

»Als da wären der Wunsch, dich zu beschützen, und die Art, wie eure jeweiligen elektromagnetischen Felder aufeinander reagieren. Womöglich ist das einfach nur ein chemisch-physikalisches Phänomen – oder war es jedenfalls am Anfang.« Isabel runzelte die Stirn. »Ich habe zwar selbst keinen Schild, aber man hat mich darin ausgebildet, wie man einen Schild einsetzt. Ich weiß, wie man seine Fühler da hindurch ausstreckt, wie man eine solche Barriere durchbricht. Ich weiß, wie ein Schild beschaffen sein sollte, auch wenn ich nie einen hatte. Das hier ... fühlt sich nicht wie einer an. Ich habe keine Kontrolle darüber.«

»Es ist neu. Vielleicht musst du dich erst daran gewöhnen. Oder vielleicht ...«

»... *soll* ich das auch nicht kontrollieren«, führte Isabel den Satz zu Ende.

»Wenn Rafe eine verborgene Gabe hat, dann ist er vielleicht auch derjenige, der es kontrollieren soll. Du hast nichts davon wahrgenommen, als du ihn zum ersten Mal abgetastet hast, oder?«

»Nein.«

»Überhaupt nichts Ungewöhnliches?«

»Nein. Jedenfalls ... Er ist sehr stark. Und es ist nicht gerade leicht, bei ihm etwas aufzuschnappen, außer oberflächlichem, trivialem Zeug. Ich hatte nicht das Gefühl, dass er mich abblockt, aber zugleich habe ich gespürt, dass ich bei ihm an vieles einfach nicht herankomme.«

»Hast du mir nicht gesagt, seine Großmutter sei übersinnlich begabt gewesen?«

»Ja.«

»Wenn ich mich an das, was man uns beigebracht hat, richtig erinnere, dann besteht dadurch bei ihm eine überdurchschnittlich hohe Wahrscheinlichkeit, dass er eine verschüttete Begabung hat.«

»Unserer Erfahrung nach, ja. Es liegt oft in der Familie.«

»Ist das denn nicht die logischste Erklärung? Dass er eine verschüttete – oder jetzt vielleicht aktivierte – Gabe hat; dass die Art, wie ihr zwei aufeinander reagiert habt, sie irgendwie aktiviert und ihn zu einem funktionsfähigen übersinnlich Begabten gemacht hat, wenn auch nur auf einer unbewussten Ebene?« – »Nach allem, was wir bisher wissen, erfordert die Aktivierung einer verschütteten Begabung ein Trauma.«

»Vielleicht bereichert Rafe unser Wissen auf diesem Gebiet.«

»Vielleicht.«

»Du könntest ihn fragen.«

»Ob er übersinnlich begabt ist? Da freut er sich bestimmt.«

»Wenn er eine Gabe hat und sie aktiviert ist, dann muss er es wissen. Er muss lernen zu beherrschen, was er kann. Zumal er dich womöglich abschirmt. Mit seinem Beschützerinstinkt packt er deine übersinnliche Gabe vielleicht in Watte. Das ist natürlich eine hübsche Atempause für dich, jedenfalls theoretisch, aber wir brauchen deine Fähigkeiten, um diesen Mörder zu fassen.«

»Erzähl mir doch mal was Neues.«

Hollis schob sich die Sonnenbrille auf die Stirn und musterte ihre Partnerin nachdenklich. »Als ihr zwei miteinander in Verbindung getreten seid, habt ihr das vielleicht auf neuartige Weise getan. Vielleicht war es genauso unmittelbar und intensiv wie ein richtiger Körperkontakt – und dazu noch verstärkt von reiner Energie. Dieses Funkensprühen, das wir alle so faszinierend finden. Vielleicht hat das eine Verbindung zwischen euch hergestellt.«

»Einen Schild hat es jedenfalls nicht erzeugt. Ich habe dir doch gesagt, zuerst waren die Stimmen nur ein bisschen gedämpft. Erst gestern Abend waren sie plötzlich ganz still.«

»Es ist plötzlich passiert? Das hast du mir gar nicht gesagt. Weißt du noch, was genau passiert ist, als es dir auffiel?«

Darüber musste Isabel kurz nachdenken. Bedächtig sagte sie: »Eigentlich ist es sogar völlig klar. Ich weiß gar nicht, warum es mir nicht sofort aufgefallen ist. Weil ich so müde war, vermutlich. Ich dachte, es hätte daran gelegen. Und an der Erleichterung.«

»Erleichterung?«

»Dass er sich nicht von mir zurückgezogen hat. Ich habe ihm mein ganzes Gruselkabinett gezeigt, und er hat sich nicht zurückgezogen. Im Gegenteil, er hat die Hand ausgestreckt. Buchstäblich. Und da sind die Stimmen verstummt.«

»Travis, hast du Kate Murphys Schwester in Kalifornien erreicht?«, fragte Mallory.

Travis schüttelte den Kopf, ohne in seinen Notizen nachzusehen. »Nein. Da drüben ist es noch schrecklich früh für einen Sonntagmorgen, man würde meinen, um die Uhrzeit sind die Leute noch zu Hause, aber falls ja, dann geht sie jedenfalls nicht ans Telefon.«

»Anrufbeantworter oder Voicemail?«

»Gar nichts. Es klingelt einfach durch.«

»Scheiße. Ich dachte, heutzutage hat jeder einen Anrufbeantworter.«

»Offenbar nicht.«

»Tja, versuch's weiter.« Mallory ging zurück an ihren eigenen Schreibtisch. Als sie bei Ginny vorbeikam, blieb sie stehen und fragte: »Immer noch nichts Neues über Rose Helton?«

»Ich habe endlich ihren Bruder in Columbia erreicht, und der meinte, das Letzte, was er gehört hätte, sei, dass Rose mit Tim auf der Farm glücklich sei. Von einer Familienfeier oder einem Verwandtenbesuch weiß er nichts. Er wusste nicht einmal, dass Rose nicht zu Hause ist. Bis zu unserem Telefonat.«

Mallory grinste. »Das hasse ich ja. Wir gehen irgendwelchen Spuren nach oder suchen nach Leuten, und dann versauen wir jemandem mit Neuigkeiten, die er gar nicht hören will, den Tag, womöglich sogar das ganze Leben. Das ist nie schön.«

»Das kannst du laut sagen. Ach, übrigens – ich weiß nicht, ob es wichtig ist, aber es ist Roses Bruder gar nicht erst in den Sinn gekommen, dass ihr Ehemann etwas mit ihrem Verschwinden zu tun haben könnte.«

»Das kann viel wert sein. Angehörige wissen oft, wenn es in einer Ehe Probleme gibt, und sei es auch nur unterbewusst.«

»Er denkt das offenbar nicht. Im Gegenteil, er hat sofort gefragt, ob wir glauben, dass es dieser Serienmörder war, auch wenn Rose eigentlich keine richtige Blondine war.«

»Wie bitte?«

»Als er Rose an Weihnachten das letzte Mal gesehen hat, war sie offenbar blond. Er meinte, sie hätte es mal ausprobieren wollen.«

Mallory runzelte die Stirn. »Das steht aber nicht im Bericht.«

»Ich weiß. Als Tim Helton uns seine Frau beschrieben hat, hat er nur ›braune Haare‹ gesagt. Mehr nicht. Auf dem Foto, das er uns gegeben hat, hat sie braune Haare. Und von den Leuten, mit denen wir hier in der Gegend gesprochen haben, hat sie auch niemand als blond beschrieben.«

»Aber letzte Weihnachten war sie blond.«

»Sagt ihr Bruder.«

»Scheiße. Weiß der Boss davon?«

»Ich wollte ihn gerade anrufen. Er sollte jetzt eigentlich jeden Augenblick auf der Helton-Farm ankommen.«

»Ruf ihn an. Er muss wissen, dass Rose Helton dem Opferprofil gerade ein wenig ähnlicher geworden ist.«

Die Milchfarm der Heltons schien so verlassen wie das Wohnhaus, als Isabel und Hollis ihren Wagen in der Nähe der Tore zum Stallbereich parkten und ausstiegen. Isabel stand an der vorderen Stoßstange und überprüfte gedankenverloren ihre Dienstwaffe, dann steckte sie sie zurück ins Holster am Rücken.

Hollis tat es ihr automatisch nach.

»Da zieht ein Unwetter auf«, sagte Isabel, schob die Sonnenbrille auf die Stirn und warf einen flüchtigen Blick auf die schweren Gewitterwolken, die heranzogen. Der Tag hatte heiß und sonnig begonnen. Nun war es heiß und feucht.

»Ich weiß.« Voller Unbehagen verlagerte Hollis ihr Gewicht von einem Fuß auf den anderen. Unwetter machten sie immer besonders gereizt. Jetzt jedenfalls. Sie fragte sich, ob Bishop wirklich nur einen Scherz gemacht hatte, als er ihr erzählt hatte, dass manche Leute glaubten, mit Stürmen öffne die Natur einen Durchgang zwischen dieser Welt und der nächsten – wie ein Dampfventil, das den Dampfdruck reguliert.

»Und für mich fühlt sich dieser Ort verlassen an«, fügte Isabel hinzu und blickte rastlos um sich.

»Du nimmst hier draußen gar nichts wahr? Ich meine jetzt nicht nur keine Stimmen. Da ist nichts, was die normalen fünf Sinne nicht empfangen könnten?«

»Nein. Ich empfange gar nichts, nichts, was ich nicht sehen könnte. Verdammt. Ich kann nicht einmal sagen, ob Helton hier irgendwo in der Nähe ist. Er könnte sich von hinten an mich anschleichen, und ich würde es nicht spüren. Dabei konnte ich so etwas spüren, sei ich siebzehn war.«

»Keine Panik, das geht bestimmt vorbei.«

»Bist du sicher? Ich nämlich nicht.«

»Isabel, auch ohne den Vorteil des Übersinnlichen bist du eine ausgebildete Ermittlerin. Du musst einfach ... die normalen fünf Sinne benutzen, bis der sechste wieder da ist.«

Isabel musterte ihre Partnerin. »Höre ich da einen befriedigten Unterton?«

Hollis räusperte sich. »Na ja, sagen wir, ich komme mir einfach nicht mehr ganz so nutzlos vor wie vorher.«

»Wir sind schon ein feines Paar. Zwei übersinnlich Begabte, die ihre Fähigkeiten nicht nutzen können. Das kann Bishop nicht vorhergesehen haben.«

»Schau, wir sind Cops. FBI-Agentinnen. Wir *verhalten* uns jetzt einfach wie FBI-Agentinnen und setzen unser Fachwissen ein, um nach Helton zu suchen«, lautete Hollis' praktischer Vorschlag. »Sobald Rafe hier ist.«

Isabel sah sich um und runzelte die Stirn. »Wo *bleibt* er

denn? Rafe, meine ich. Und ist das bloß das Schweigen in mir, oder ist es hier wirklich zu still?«

Es war tatsächlich eigentümlich still, die heiß-feuchte Luft umgab alles mit einer erdrückenden Schwüle.

»Ziemlich still für eine Milchfarm, würde ich sagen. Aber das ist jetzt nur meine Vermutung.« Hollis betrachtete die Ansammlung von Nebengebäuden und umliegenden Weiden. »Vielleicht sind die Kühe alle auf der Weide? So läuft das doch, oder? Morgens werden sie gemolken, dann dürfen sie raus und fressen den ganzen Tag Gras?«

»Das fragst du mich?«

»Irgendjemand hat mir gesagt, du reitest, da habe ich gedacht ...«

»Was – dass ich mich dann auch mit Kühen auskenne? Tut mir leid. Ich weiß, dass sie Milch geben. Aber das ist auch schon alles.« Isabel trommelte rastlos mit den Fingern auf der Motorhaube. »Zeit, FBI-Agentin zu spielen. Okay. Wir haben es zuerst beim Haus versucht, aber niemand hat aufgemacht. An beiden Türen. Beide Türen sind abgeschlossen, und wir haben keinen plausiblen Grund, uns Zutritt zu verschaffen.«

»Dürfen wir uns ohne triftigen Grund Zutritt zu den Ställen verschaffen?«

»Als FBI-Agentinnen müssen wir vorsichtig sein, zumindest, bis Rafe hier ist. Unter dem Mäntelchen seiner Zuständigkeit können wir mehr tun.« Isabel musterte die Ansammlung von Gebäuden. »Die Ställe, die offen stehen, kann man betreten, würde ich sagen. Der große zentrale Stall da sieht allerdings abgeschlossen aus, zumindest auf dieser Seite.«

Ehe Hollis darauf etwas erwidern konnte, sahen sie beide Rafes Jeep in die lange Einfahrt einbiegen.

»Kein Glück beim Haus?«, fragte er, sobald er ausgestiegen war.

»Nein«, erwiderte Isabel. »Und ich kann hier draußen keinen Mucks hören. Ist das normal?«

»Tja, ich würde es jetzt nicht unnormal nennen. Die Kühe werden draußen auf der Weide sein, also ist es in den Ställen ruhig. Helton betreibt die Farm allein, wenn man von den Leuten, die die Milch abholen, und der Teilzeithilfe am Nachmittag absieht. Er hat also den Großteil des Tages über hier zu tun. Habt ihr ihn einmal gerufen?«

Ohne mit der Wimper zu zucken, versetzte Isabel: »Wir dachten, wenn du brüllst, ist es lauter.«

Rafe musterte sie einen Augenblick lang, dann legte er die gewölbten Hände an den Mund und rief Heltons Namen.

Er bekam keine Antwort.

»Okay«, sagte Rafe, »sehen wir uns mal hier um, bevor es noch heißer wird.«

»Privatbesitz, auch wenn es ein Betrieb ist«, erinnerte ihn Isabel.

»Ja, aber wir haben einen triftigen Grund – die Frau ist verschwunden und Helton können wir nicht erreichen. Der Richter deckt mir dabei den Rücken.« Er ging vor, öffnete das Tor am oberen Ende der Einfahrt und ließ es wieder zufallen, nachdem sie hindurch gegangen waren. Sie steuerten auf die Ansammlung von Ställen und anderen Gebäuden nur wenige Meter vor ihnen zu.

Eine leichte Brise lockerte die schwere feucht-heiße Luft auf und verschaffte ihnen kurzfristig Erleichterung – sowie ein deftiges olfaktorisches Erlebnis.

»Ich liebe den Geruch von Jauche am Morgen«, sagte Isabel. »Riecht nach ... Scheiße.«

Rafe musste lachen, sagte jedoch: »Sieht so aus, als hätte er Heu abladen wollen und mittendrin aufgehört.« Neben dem größten, verschlossenen Stall parkte ein Pick-up. Das Heck war ihnen zugewandt, die Ladeklappe hing herab, und eine große Menge Heu stapelte sich um den Wagen herum. Einige Ballen lagen noch auf der Ladefläche.

»Ich seh mal in die Fahrerkabine«, sagte Isabel und ging durchs knisternde Heu zur Vorderseite des Pick-up.

Hollis wollte gerade sagen, dass sie in die andere Richtung gehen und nachsehen würde, ob der Stall an der anderen Seite offen sei, doch etwas an der Art, wie Rafe Isabel nachsah, ließ sie innehalten. Nur um etwas zu sagen, fragte sie: »Warum hat er wohl mitten im Abladen aufgehört?«

»Vielleicht ist ihm da aufgefallen, dass seine Frau nicht mehr da war. Vielleicht ist er seitdem zu durcheinander, um das Heu abzuladen.« Rafe sah sie stirnrunzelnd an und fragte dann leise: »Was ist mit Isabel los?«

»Wie kommen Sie darauf, dass etwas mit Isabel ist?«, versuchte Hollis, Zeit zu gewinnen.

Die senkrechte Falte auf Rafes Stirn vertiefte sich noch. »Ich weiß nicht, als wäre etwas ... aus. Was ist los?«

Als wäre etwas aus. Ausgeschaltet. Waren Sie das?

Aber das fragte sie natürlich nicht. Hollis bereute bereits, dass sie sich darauf eingelassen hatte, und entgegnete so beiläufig wie möglich: »Das müssen Sie Isabel fragen. Ich sehe mal auf der anderen Seite des Stalls nach, vielleicht ist da eine Tür offen.«

Nach kurzem Zögern meinte Rafe: »Okay, tun Sie das.«

Hollis tat einen Schritt, dann wandte sie sich nochmals um und fragte ehrlich neugierig: »Meine ich das nur, oder riecht es hier an diesem Gebäude wirklich komisch? Jetzt, wo der Wind gedreht hat, riecht es gar nicht mehr nach Jauche. Eher so süß-säuerlich.«

Rafe schnüffelte, und sein markantes Gesicht nahm einen entsetzten Ausdruck an. »O nein«, sagte er.

»Was?«

Ehe einer von beiden sich rühren konnte, wurden die Türflügel nach außen aufgestoßen, und ein dünner Mann zwischen dreißig und vierzig erschien in der Türöffnung. In einer zitternden Hand hielt er eine große Automatik, die er direkt auf Rafe richtete.

»Verdammt, Sullivan. Mir mit FBI-Agenten auf die Pelle zu rücken!«

13

Alyssa Taylor wusste verdammt gut, dass sie keinen plausiblen Grund hatte, an einem Sonntagmorgen in der Nähe des Polizeireviers herumzulungern. Jedenfalls keinen, der zwanglos und unschuldig gewirkt hätte. Sie konnte nicht einmal ganz nonchalant im Café beim Polizeirevier sitzen, denn das öffnete erst nach Gottesdienstende.

Sie hatte mit dem Gedanken gespielt, in die Kirche zu gehen, war jedoch zu dem Schluss gekommen, dass sie ganz so scheinheilig nicht sein mochte.

Zudem war Ally sich nicht völlig sicher, ob sie nicht womöglich doch vom Blitz erschlagen würde, wenn sie über die Schwelle träte.

»Sie liegen wohl auch auf der Lauer, was?« Paige Gilbert, die, wie Ally wusste, Lokalreporterin beim beliebtesten Radiosender der Stadt war, lehnte sich auf der anderen Seite gegen den altmodischen schmiedeeisernen Laternenpfahl, scheinbar ebenso zwanglos wie Ally.

»Ich wette, wir wirken wie zwei Nutten«, meinte Ally.

Paige musterte Allys sehr kurzen Rock und das hauchdünne Top, dann ihre eigene Jeans und ihr T-Shirt, und meinte: »Na ja ...«

»Mit Speck fängt man Mäuse«, versetzte Ally.

»Ich gucke einfach zu, wie sie vorbeisausen, danke.«

Ally kicherte. »Travis gefallen meine Beine. Und es kostet so wenig, ihn glücklich zu machen.«

»Na sicher«, murmelte Paige. »Und, wie ist das Bettgeflüster?«

»So etwas plaudere ich doch nicht aus.«

»Außer über den Äther?«

»Nun, wir haben eben alle unsere Grenzen, nicht wahr?«
Paige lachte halbherzig und neigte in einer Art Achtungsbezeigung knapp den Kopf. »Sie sind gut, das muss ich Ihnen lassen.«

»Ich bekomme in der Regel, worauf ich es abgesehen habe.«

»Hat Cheryl Bayne nicht auch so etwas gesagt?«

»Sie war nicht vorsichtig. Ganz offensichtlich nicht. Ich schon.«

»Man munkelt, dass sie ihre Nase irgendwo hineingesteckt hat, wo sie nicht hingehörte.«

»Berufsrisiko.«

»Für uns auch.«

Ally zuckte mit den Achseln. »Meine Philosophie ist: Es hat keinen Sinn mitzuspielen, wenn man nicht aufs Ganze gehen will. Ich will. Wie gesagt, ich bekomme in der Regel, worauf ich es abgesehen habe.«

»Haben Sie irgendwas Neues über die Leiche gehört, die sie gestern gefunden haben?«

Ally wog rasch Für und Wider gegeneinander ab. Dann sagte sie: »Keine Blondine und kein Opfer des Serienmörders. Die Theorie lautet, ihr Tod sei ein Versehen gewesen.«

»Und ihre Leiche hat sie dann wohl selbst in der alten Tankstelle aufgehängt?«

»Nein, das hat vermutlich der hiesige Unhold getan. Schönes Spielzeug für ihn, schon tot und so.«

»Igitt.«

»Na ja, wir wussten ja, dass er krank und pervers ist. Jetzt wissen wir, dass er außerdem ein Abstauber ist.«

Paige runzelte die Stirn. »Wenn sie keins seiner Opfer war, wie hat er sie dann in die Finger bekommen?«

»Das ist das Rätsel daran. Ich will mich mal aus dem Fenster lehnen: Ich würde sagen, es gab eine Verbindung zwischen ihr und ihm oder einem seiner Opfer.«

»Was für eine Verbindung?«

»Weiß ich nicht. Freund, Familie, ein gemeinsamer Liebhaber – irgendetwas. Sie starb durch einen Unfall, er hat es gesehen oder erfahren und hat die Situation ausgenutzt.«

Paige runzelte immer noch die Stirn. »Da muss mehr dahinter stecken. Wie genau ist sie gestorben?«

»Das weiß ich nicht. Noch nicht.«

»Stimmt es, dass sie schon zwei Monate tot war?«

»Ungefähr.«

»Dann ist sie vor dem ersten Opfer gestorben. Vielleicht hat es ihm so gut gefallen, mit einer Leiche zu spielen, dass er beschlossen hat, selbst ein paar zu machen?«

»Vielleicht.«

Sie lehnten von beiden Seiten am Laternenpfahl und blickten über die Straße zum Rathaus. Die Innenstadt war praktisch menschenleer. Es war sehr still.

»Irgendwie wünschte ich, ich wäre in die Kirche gegangen«, sagte Paige schließlich.

»Ja«, sagte Ally. »Ich auch.«

Rafe trug seine Waffe in einem Hüftholster. Die Verschlussklappe war geschlossen, er kam nicht heran. Hollis trug ihr Holster wie Isabel am Rücken, ebenfalls außer Reichweite. Sie und Rafe standen erstarrt da, die Hände ein Stück über Taillenhöhe erhoben, die Handflächen nach außen gedreht – Ausbildung und Instinkt veranlassten sie, diesem gefährlich labilen Gegner gegenüber die am wenigsten bedrohliche Haltung einzunehmen, während die Mündung seiner Waffe zwischen ihnen hin- und herpendelte.

»Tim, beruhigen Sie sich«, empfahl Rafe ihm ruhig.

»Rose hat gesagt, sie hat es satt«, sagte Helton, dessen Stimme ebenso zitterte wie seine Waffe. »Das ist es doch, deshalb sind Sie doch hier. Sie hat es Ihnen gesagt. Sie ist zu Ihnen hin und hat es Ihnen gesagt, und jetzt haben Sie die FBI-Leute angeschleppt.«

Von ihrer Position aus erhaschte Hollis nur einen flüchtigen Blick auf Isabel an der hinteren Stoßstange des Heulasters. Sie wusste, dass Rafe sie besser im Blick hatte. Wie die anderen beiden war sie in dem Augenblick erstarrt, in dem die Tür aufgeschwungen war, aber im Gegensatz zu ihnen beiden konnte Tim Helton sie nicht sehen.

Unglücklicherweise konnte sie ihn auch nicht sehen, weil die schwere Stalltür ihn vor ihr verbarg.

Schlimmer noch, sie stand bis zu den Knien in sprödem geräuschvollem Heu. Jeden Augenblick konnte sie seine Aufmerksamkeit auf sich ziehen und so jede Hoffnung zunichte machen, ihn zu überraschen.

Lautlos zog Isabel ihre Waffe und hielt sie geübt in beidhändigem Griff. Mit dem Daumen entsicherte sie die Pistole.

Dann sah sie Rafe und Hollis an, die Augenbrauen fragend erhoben.

»Tim, wir haben nichts von Rose gehört«, sagte Rafe immer noch ruhig. Er hielt seinen Blick auf Helton gerichtet, konnte Isabel aber aus dem Augenwinkel sehen. »Deshalb sind wir hier, um nach ihr zu suchen.«

»Lügner. Ich habe die beiden vorhin hier draußen reden hören – das sind FBI-Agentinnen, beide. Sie bringen FBI-Leute hierher und glauben, ich weiß nicht, warum? Ich bin doch nicht blöd! Wo ist die andere? Sagen Sie ihr, sie soll rauskommen, Sullivan, und zwar schnell. Sie wissen, ich habe keine Probleme damit, die Waffe hier zu benutzen.«

»Tim, hören Sie zu,« sagte Rafe. »*Aspice super caput suum.*«

Helton blinzelte verdutzt. »Häh? Was haben Sie ...«

Mit lautem Knall entlud sich Isabels Pistole. Helton zuckte überrascht zusammen, doch da stürzte ihm auch schon der Heuballen, der ein, zwei Meter über ihm gehangen hatte, auf den Kopf – und setzte ihn außer Gefecht.

Rafe lief sofort zu dem Bewusstlosen hin und ergriff seine Pistole. Er rief: »Hab ihn, Isabel. Guter Schuss.«

Während er noch sprach, kam sie schon um die Stalltür

herum. Mit gesenkter, aber schussbereiter Pistole bewegte sie sich durchs knisternde Heu und sagte: »Nenn mich Calamity Jane.«

Hollis blickte hinauf zur Speichertür und zur Winde, mit der schwere Heuballen hochgehievt wurden. »Ich glaube es nicht. Der Stall ist auch noch weizengelb gestrichen, ich habe das Ding da oben nicht mal gesehen.«

»Ich auch nicht«, versetzte Isabel. »Aber Rafe, zum Glück. Ich schätze, das war alles nur wegen des Schwarzbrands? Absurd.«

Rafe nickte. »Er hat da drin eine Destillieranlage. Man kann das Zeug riechen. Hollis konnte es jedenfalls. Mir ist es leider nicht gleich aufgefallen.«

»Jetzt kann man es gut riechen. An ihm. Er stinkt.«

»Ja, er ist betrunken. Wahrscheinlich seit ihm aufgefallen ist, dass seine Frau weg ist, wahrscheinlich ist sie deshalb überhaupt weg. Ich weiß nicht, wie lange er schon das schwarzgebrannte Zeug verkauft, aber es ist nicht zu übersehen, dass er das Zeug seit Jahren trinkt und auch anderswie einsetzt.«

»Mallorys Traktorgeschichte«, sagte Isabel, als es ihr wieder einfiel. »Er hat seinen Traktor in die Luft gejagt, als er seinen Schwarzgebrannten statt Benzin benutzt hat.«

»Richtig. Daran hätte ich wirklich denken müssen, bevor ich zwei *FBI-Leute* hier herausbringe. Bei der Paranoia und der Menge reinem Alkohol, den er intus hatte, hätte er uns glatt erschossen und es erst bereut, wenn er wieder nüchtern gewesen wäre.«

»Eins verstehe ich nicht«, meinte Hollis. »Was haben Sie zu ihm gesagt?«

»Nicht zu ihm. Ich habe Isabel gesagt, sie soll über seinem Kopf nach oben gucken. Ich wusste, dass sie von da, wo sie stand, nur auf die Winde oder auf das Seil schießen konnte.«

»Wie schön, dass du mir immerhin zugetraut hast, dass ich treffe«, sagte Isabel und sah ihn stirnrunzelnd an. »Aber woher wusstest du, dass ich Latein kann? Das habe ich dir nicht erzählt.«

»Nein, das war Hollis, bei irgendeiner Gelegenheit. Ich habe daran gedacht, weil ich das auf dem College zufällig auch hatte.« Er warf Hollis einen Seitenblick zu. »Ziemlich langweiliges Zeug, das gebe ich zu, aber hier und da ganz nützlich.«

»Besonders hier«, meinte Isabel. »Noch ein paar Sekunden, und dieser Irre hätte auf einen von euch geschossen. Und ihn wahrscheinlich umgebracht.«

Hollis lachte zittrig auf, und als die anderen beiden sie fragend anblickten, meinte sie: »Okay, ihr habt mich bekehrt.«

Es war schon beinahe fünf Uhr, als Rafe das Besprechungszimmer betrat und Isabel zum ersten Mal an diesem Tag allein antraf. Er schloss die Tür hinter sich.

Sie saß auf dem Tisch, betrachtete Fotos von der Autopsie der Frau, die man in der alten Tankstelle aufgehängt gefunden hatte, und sagte: »Bitte sag, dass wir sie endlich identifiziert haben.«

»Gerade ist was aus Quantico gekommen. Sie glauben, dass sie Hope Tessneer heißt. Fünfunddreißig Jahre alt, geschieden, keine Kinder. Die zahnärztlichen Unterlagen zeigen eine große, allerdings keine hundertprozentige Übereinstimmung. Die Unterlagen, die wir ihnen zum Vergleich geschickt haben, sind mindestens zehn Jahre alt.«

»Dann bestehen also gute Chancen, dass sie es ist.«

»Sehr gute Chancen. Mallory spricht gerade mit der Polizei von Pearson. Das ist eine kleine Stadt etwa dreißig Meilen von hier. Sie sollen uns sämtliche Informationen geben, die sie haben, und mit den Angehörigen und Freunden reden. Dann wissen wir mehr. Immerhin wissen wir schon, dass Hope Tessneer als Immobilienmaklerin gearbeitet hat.«

Isabel sah ihn stirnrunzelnd an. »Eine mögliche Verbindung zu Jamie. Vielleicht haben sie sich so kennen gelernt.«

»Mag sein. Sie wird seit ziemlich genau acht Wochen vermisst, sagt ihr Boss. Er hat sich keine großen Sorgen gemacht, weil sie in den letzten Jahren zwei Mal ohne Vorankündigung oder Erklärung frei genommen hatte. Er meinte, beide Male hätte sie hinterher nur deshalb noch einen Job gehabt, weil sie seine beste Vertriebskraft gewesen sei.«

»Dann wusste sie ja, wie man Leute zufriedenstellt, wie man ihnen gibt, was sie wollen. Das passt.«

»Auf eine submissive Frau, meinst du.«

»Ja. Und so was hätte gut zu Jamie gepasst. So jemand hätte eine dauerhafte Partnerin sein können. Eine Frau, die nicht nur unterwürfig war, sondern Jamie wirklich vertraut hat. Das würde erklären, wieso wir keine Abwehrverletzungen gefunden haben.«

»Das meine ich auch.«

Immer noch stirnrunzelnd sagte Isabel: »Ich wünschte, wir würden diesen verdammten Fotokarton finden.«

»Bis morgen Früh können wir nicht einmal weiter nach Schließfächern in anderen Banken in der Gegend suchen.«

»Ja, ich weiß. Ich glaube eben, dass es wichtig ist. Wir müssen wissen, was in dem Karton ist.«

»Absolut deiner Meinung.« Ganz bewusst nahm er sich einen Stuhl auf der Seite des Tisches, an der auch sie saß. »Mal was anderes ...«

Ihre Stirn glättete sich, und sie lächelte. »Wo zum Teufel bin ich eigentlich, und wo geht's hier nach Detroit?«

Er lächelte schwach. »Bist du Richard-Pryor-Fan oder wusstest du nur, dass ich einer bin?«

»Beides.«

»Möchtest du mir vielleicht noch einen Einzeiler an den Kopf werfen?«

»Nein. Ich werde brav sein.«

»Sag mir einfach, was los ist, Isabel.«

Sie schlug entschlossen die Autopsiemappe zu und legte sie beiseite. Dann atmete sie tief durch. »Die Kurzversion, die aber hundertprozentig wahr ist, lautet: Ich weiß nicht, was los ist.«

»Und die lange Version?«

»Ich nehme nichts mehr wahr, bei niemandem. Ich höre keine Stimmen mehr. Alle meine zusätzlichen Sinne haben gestern Abend dicht gemacht, und ich glaube, das hat mit dir zu tun. Und ich weiß nicht, was zum Teufel hier los ist.«

17.10 Uhr

Mallory legte den Hörer auf und rieb sich den Nacken, während sie Hollis ansah, die auf einer Ecke ihres Schreibtischs saß. »Sie rufen uns zurück, wenn sie Hope Tessneers Angehörige und Freunde befragt haben. Aber sie hatten schon Informationen über ihre Bankkonten, und es sieht so aus, als hätte sie seit etwa einem Jahr circa zwei Mal im Monat für *irgendetwas* bezahlt. Sie hat Barschecks ausgestellt und sie selbst eingelöst.«

»In welcher Höhe?«

»Immer derselbe Betrag. Fünfzehnhundert.«

Hollis hob eine Augenbraue. »Ich schätze, Jamies Dienste waren nicht ganz billig.«

»Offenbar nicht. Wenn wir Recht haben mit unserer Annahme, dann waren das zusätzlich dreitausend in bar und schwarz, die Jamie da jeden Monat kassiert hat – und das nur von einer Kundin. Wer weiß, wie viele Stammkunden sie hatte?«

»Wo zum Teufel hat sie das ganze Geld versteckt?«

»Es muss noch eine andere Bank geben. Auf den Konten, die sie bei zwei Banken hier in Hastings hatte, tauchen keine Gelder ungeklärter Herkunft auf. Ihr Gehalt, versteuerte Einkünfte aus Immobilien und anderen Investitionen – alles belegt, alles brav angegeben. Der öffentliche Teil ihres Lebens war tipptopp.«

»Und der geheime Teil war gut versteckt.«

»In der Tat. Gut versteckt, vermutlich hinter einem Pseudonym, die finanziellen Transaktionen jedenfalls. Sie hat offensichtlich zumindest einen Teil davon seit Langem verheimlicht, vielleicht seit Jahren. Verdammt, ihre andere Bank oder ihre Banken könnten auch in einem anderen Bundesstaat sein. Oder sogar in einem anderen Land.«

»Dann finden wir sie nie. Wir haben doch Leute darauf angesetzt, morgen alle anderen Banken hier in der Gegend abzuklappern, stimmt's?«

»Ja. Mit Bildern von Jamie und der Information bewaffnet, dass sie eventuell verkleidet war und ein Pseudonym benutzt hat.«

»Und dabei schien das hier so ein nettes Städtchen zu sein«, sagte Hollis.

Seufzend lehnte Mallory sich auf ihrem Stuhl zurück. »Hab ich auch immer gedacht.«

»Sie sind hier aufgewachsen, haben Sie, glaube ich, gesagt.«

»Ja. Na ja, seit ich etwa dreizehn war. Meine Eltern und ein Bruder leben immer noch hier in der Gegend. Als ich auf dem College war, habe ich darüber nachgedacht wegzuziehen, aber ... es gefällt mir hier. Na ja, es hat mir gefallen. Mir war gar nicht klar, wie viele Leute fiese kleine Geheimnisse haben, bis ich zur Polizei gegangen bin.«

»Mir hat das auch die Augen geöffnet«, gestand Hollis. »Trotzdem, das hier kann nicht normal sein für Kleinstädte. Ich meine, eine Domina, die ihre ... Kunst ... zahlenden Kunden anbietet und zugleich als Spitzenimmobilienmaklerin arbeitet?«

»Falls das normal ist, ziehe ich weg.«

»Kann ich Ihnen nicht verdenken.«

»Wissen Sie, sie hat sich für ihren geheimen Zweitjob den richtigen offiziellen Job ausgesucht«, sinnierte Mallory. »Immobilienmakler haben oft unregelmäßige Arbeitszeiten, deshalb hat sicher niemand Fragen gestellt, wenn sie nicht zu einer bestimmten Zeit im Büro war. Sie konnte ihre Kunden tagsüber oder abends treffen und sich leicht nach ihren Zeitplänen richten.«

»Und dass sie die Dominante war«, meinte Hollis, »erlaubte ihr vermutlich, so viele Kunden anzunehmen, wie sie bewältigen konnte. Sie brauchte ja nicht hin und wieder einen Tag oder eine Woche frei zu nehmen, damit hässliche blaue Flecke und Brandmale heilen konnten. Oder was auch immer. Sie war ja diejenige, die die Strafen ausgeteilt hat. Oh, Mann.«

Mallory nahm den Abscheu in der Stimme der anderen Frau wahr und verzog zustimmend das Gesicht. »Eine ziemlich kranke Art, Lust zu empfinden, wenn Sie mich fragen.«

Ginny gesellte sich zu ihnen und bekam noch mit, worum es in ihrem Gespräch ging. Sie sagte: »Was sich die Leute im stillen Kämmerchen so alles ausdenken. Wir haben Rose Helton gefunden.«

»Munter und fidel, nehme ich an?«, fragte Mallory.

»Eindeutig am Leben. Allerdings eher stinksauer als fidel. Als ich ihr erzählt habe, dass ihr Mann in einer Zelle seinen Rausch ausschläft, nachdem er mit seiner Kanone vor dem Chief und zwei FBI-Agentinnen herumgefuchtelt hat, meinte sie, sie würde wirklich hoffen, dass der Richter den Schlüssel wegwirft.«

»Wo ist sie?«, fragte Hollis.

»In Charleston, bei einer Collegefreundin.«

»Sie war auf dem College?«, fragte Mallory überrascht. »Und hat trotzdem Tim Helton geheiratet?«

»Sie hat gesagt, sie hätte einen kosmischen oder karmischen Fehler gemacht.« Ginny sprach die Worte sorgfältig aus. »Und sie hätte schon die Scheidung eingereicht und käme nicht zurück. Und übrigens, falls wir sie noch nicht gefunden hätten, da wäre eine Destillieranlage in einem alten Schuppen auf der hinteren Weide.«

»Wir haben sie gefunden«, murmelte Hollis.

»Alle haben gesagt, die beiden seien so glücklich miteinander.« Mallory schüttelte den Kopf. »Himmel, man kann den Leuten eben nur vor den Kopf gucken.«

Hollis sagte: »Tja, jedenfalls können wir sie von der Liste der Vermissten streichen.«

»Eine weniger, um die wir uns sorgen müssen«, stimmte Ginny zu.

»Wie läuft's mit dem Rest der Liste?«

»Unverändert. Keine Spur von Cheryl Bayne. Außerdem werden immer noch mehrere Frauen in der weiteren Umgegend vermisst, und von Kate Murphy gibt's nichts Neues.« Ginny seufzte, sichtlich erschöpft. »Als hätte sie sich in Luft aufgelöst. Sie passt auch genau zu den anderen Opfern.«

»Aber Cheryl Bayne nicht.«

Hollis sagte: »Ich glaube, Isabel hat wahrscheinlich Recht, was Cheryl betrifft. Wenn der Mörder sie sich geschnappt hat, dann wahrscheinlich nicht, weil sie Reporterin war – oder ist –, sondern weil sie irgendwie zu nahe dran war. Oder weil er das befürchtet hat. Und wenn das so ist, dann wird es nur noch schwieriger werden vorherzusagen, was er als Nächstes tun wird.«

»Außer morden«, warf Mallory sarkastisch ein.

Nun rieb Hollis sich den Nacken. »Und da ist noch etwas. Isabel ist hier zwar der Profiler, aber ich meine, wenn Kate Murphy eines der Opfer ist, warum haben wir sie dann noch nicht gefunden? Bisher war es doch so: Wenn er sie umbringt, dann tut er das schnell, und er lässt sie offen herumliegen, sodass man sie leicht finden kann. Mal angenommen, er hat wieder gemordet, oder er hat Kate Murphy, warum sollte er jetzt seinen Modus Operandi ändern?«

»Unsere Streifen überprüfen sämtliche Highwayrastplätze«, sagte Ginny. »Die meisten zwei, drei Mal am Tag.«

»Vielleicht haben wir ihn aufgeschreckt«, schlug Mallory vor. »Vielleicht mordet er und lässt die Leichen dann an Orten liegen, die wir nicht so gründlich überwachen.«

Hollis warf einen Blick auf die geschlossene Tür des Besprechungszimmers. »Vielleicht ist es an der Zeit, dass wir diese Möglichkeit diskutieren.«

Mallory regte sich nicht. »Rafe hatte irgendwie einen entschlossenen Gesichtsausdruck, als er die Tür zugemacht hat. Ich weiß nicht, ob ich diejenige sein will, die die beiden stört.«

Hollis wandte den Blick nicht von der Tür ab, sie konzentrierte sich, probierte vorsichtig ihren Spinnensinn aus. Nach einer Weile sagte sie: »Ähm ... geben wir ihnen noch ein paar Minuten.«

»Meinst du das ernst?« Rafe beugte sich zu ihr und berührte ihre Hand. Den Funken, der dabei entstand, beachtete er gar nicht.

Isabel betrachtete ihrer beider Hände. Dann sah sie ihm wieder in die Augen. »Völlig ernst. Zum ersten Mal seit mehr als vierzehn Jahren herrscht Stille in meinem Kopf.«

»Das ist es, was den ganzen Tag nicht gestimmt hat.«

»Das ist es«, bestätigte sie. Es wunderte sie nicht, dass es ihm aufgefallen war. »Die Frage ist: Warum?«

Beide sahen sie hinab auf ihre Hände, die sich berührten. Rafe sagte: »Neuland, hm?«

»Ja. Erschreckend, nicht wahr?«

»Als mir heute jemand mit dem falschen Ende einer Kanone vor der Nase herumgewedelt hat, das war erschreckend. Aber das hier? Das ist nur eine sehr interessante Wendung, die mein Leben genommen hat.«

»Du bist ein sehr ungewöhnlicher Mann«, sagte sie.

»Und das ist wahrscheinlich auch gut so«, versetzte er, »wenn man bedenkt, dass du eine sehr ungewöhnliche Frau bist.«

Ein Teil von Isabel wollte ihm ausweichen, wollte vorgeben, dass er das nicht gesagt hatte oder dass sie nicht verstanden hatte, was er meinte. Aber sie gestattete sich nicht, ihm auszuweichen oder sich ihm zu entziehen.

Was es auch war, sie musste sich damit auseinandersetzen, und zwar sofort.

»Rafe, ist dir klar, was das bedeutet?«

»Statische Elektrizität ist wichtiger, als ich gedacht hatte?«

»Elektromagnetische Energie. Nein, das nicht.«

»Dann habe ich keine Ahnung, was es bedeuten könnte. Oder auch nur, um was es überhaupt geht.«

»Hollis und ich haben eine Theorie.«

»Und die wäre?«

»Die Theorie lautet: Meine Fähigkeiten sind noch da, nur steht jetzt etwas zwischen mir und der großen weiten Welt da draußen.«

»Du meinst doch nicht ...«

»Wir glauben, das könntest du sein.«

»Du meinst *doch*.« Er sah sie stirnrunzelnd an. »Isabel, wie könnte ich das sein? Ich bin nicht übersinnlich begabt. Und selbst wenn, ich wüsste ja nicht einmal, wie man damit umgeht.«

»Wir glauben, dass genau das vielleicht das Problem ist.«

Rafe wartete mit erhobenen Augenbrauen.

»Wenn aus jemandem mit einer verschütteten Begabung ein aktiver übersinnlich Begabter wird, gibt es eine Anpassungszeit. Der Betreffende hat seine Fähigkeiten nicht von Anfang an unter Kontrolle. Ich meine – sieh dir Hollis an. Sie ist seit Monaten ein Medium, aber sie kann diese Tür immer noch nicht nach Belieben öffnen und schließen. Das erfordert Konzentration und Übung. Viel Übung.«

»Ich bin nicht übersinnlich begabt.« Das sagte er eher argwöhnisch als unsicher.

»Aber deine Großmutter war es.«

»Und?«

»Und manchmal liegt das in der Familie. Die Wahrscheinlichkeit, dass du eine verschüttete übersinnliche Begabung hast, ist also überdurchschnittlich hoch.«

»Ich glaube trotzdem nicht ...«

»Schau. Zwischen uns hat doch von Anfang an eine Verbindung bestanden. Nenn es Anziehung, gegenseitiges Verstehen, Sympathie, wie auch immer. Das war da. Wir haben es beide gespürt.«

»Ja, ich habe es gespürt.«

»Wir spüren es jetzt«, sagte sie und gab es damit zu.

Rafe nickte sofort. »Wir spüren es jetzt.«

»Und da ist die Sache mit den Funken. Ich habe dir ja gesagt, das war neu für mich.«

»Elektromagnetische Energiefelder. Wissenschaft für Anfänger.«

»Ja, aber die Art, wie die Felder aufeinander reagieren, und die Intensität dieser Reaktion, die waren anders. Das war es vielleicht, was meine Fähigkeiten beeinträchtigt hat.«

»Okay. Aber ...«

»Rafe. Da war diese Verbindung, dieser ... Kanal von dir zu mir. Vielleicht hat die Energie ihn geöffnet, oder vielleicht ... Vielleicht hat die Energie ihn geöffnet. Und als ich dir dann erzählt habe, was mir passiert ist, da hast du deine Fühler nach mir ausgestreckt. Durch diesen Kanal. Du wolltest, dass mein Schmerz weggeht. Und genau das ist passiert.«

Rafe sprach mit Bedacht. »Wie hätte ich denn deine Fähigkeiten ... wegsperren sollen?«

»Das trifft es wirklich ganz gut«, warf sie ein.

»Isabel.«

»Okay. Eins der Dinge, die wir entdeckt haben, ist, dass unsere Fähigkeiten oft stärker vom Unterbewusstsein als vom Bewusstsein kontrolliert werden, besonders wenn übersinnliche Begabungen gerade erst aktiviert worden sind. Einer Theorie zufolge liegt das daran, dass diese Fähigkeiten nicht neu sind – sie sind im Gegenteil sogar sehr alt. Sie sind ein Produkt des Instinkts, aus einer Zeit, als der Urmensch jeden Vorteil, der ihm zur Verfügung stand, nutzen musste, um zu überleben.«

»Klingt logisch«, sagte Rafe.

»Ja. Und wenn du dich dieser Theorie anschließt, dann ist es auch logisch, dass unser Unterbewusstsein – das tief vergrabene, urtümliche Es – nicht nur in der Lage wäre, übersinnliche Begabungen geschickt zu meistern, sondern auch, die Kontrolle über diese Begabungen sofort zu übernehmen. Für diesen Teil von uns wäre es völlig normal, dass wir übersinnlich begabt sind.«

»Mein Es hat deine Fähigkeiten weggesperrt?«

Nachdenklich sagte Isabel: »Ist dir aufgefallen, dass wir ziemlich merkwürdige Gespräche führen?«

»Ständig. Antworte auf meine Frage.«

»Ja. Mehr oder weniger. Rafe, du bist von Natur aus sehr beschützend, und auch wenn du starke Frauen magst und respektierst und absolut fähig bist, gleichberechtigt mit uns zusammenzuarbeiten, wirst du tief drinnen jemanden, der ... dir wichtig ist, immer beschützen wollen. Das ist deine instinktive Reaktion.«

»Jemanden, der mir wichtig ist.«

»Ja. Und je wichtiger dir jemand ist, je ... leidenschaftlicher ... deine Gefühle sind, desto stärker ist dein Beschützerinstinkt.«

Sein Mund verzerrte sich ein wenig. »Würdest du bitte aufhören, um den heißen Brei herumzureden, und es endlich aussprechen?«

»Muss ich?«

»Wir können die Karten genauso gut offen auf den Tisch legen. Es passiert, weil ich mich in dich verliebe.«

Isabel musste sich räuspern, ehe sie antworten konnte. »Mit oder ohne zusätzliche Sinne, du überraschst mich immer wieder. Das ist äußerst verwirrend.«

»Was hättest du denn gesagt? Dass ich nur ein bisschen in dich verliebt bin?«

»Na ja ...«

Trocken meinte er: »Wir sprechen hier über meine Gefühle, Isabel, nicht über deine. Ich will dich nicht in die Enge treiben, ich frage dich nicht einmal, was du für mich empfindest. Du brauchst also nicht noch weiter zurückzuweichen.«

»Ich bin gar nicht ...«

»Aber ich schätze, es ist im Augenblick sehr wichtig, dass ich ehrlich bin, weil ich ja vielleicht – unbewusst – deine Fähigkeiten beeinträchtige. Ja oder nein?«

Sie räusperte sich. »Ja. Das glauben wir.«

»Okay. Also, obwohl Logik und Vernunft meinem bewussten Verstand sagen, dass du auf jeden Fall auf dich aufpassen kannst, und obwohl du mir heute zur Genüge demonstriert hast, dass du nötigenfalls auch auf mich aufpassen kannst, glaubt mein Unterbewusstsein, dass du einen Schild brauchst?«

»Offenbar.«

»Und hat dich mit einem umgeben.«

»Unserer Theorie nach schon.«

»Wie?«

»Der Teil ist ein bisschen unklar.«

»Will heißen?«

»Wir haben keine Ahnung.«

»Scheiße.«

Isabel musste über seinen Gesichtsausdruck lachen, allerdings klang ihr Lachen ziemlich freudlos. »Neuland, weißt du noch? Wir wissen nicht, wie das passiert ist, *ich* weiß nicht, wie das passiert ist, aber alles andere ergibt keinen Sinn. Mach dich schon einmal darauf gefasst, dass Bishop uns untersuchen will, wenn wir beide das überleben. Denn soweit ich weiß, ist so etwas noch nie vorgekommen.«

»Jetzt lass Bishop einmal beiseite. Was machen wir jetzt? Du brauchst deine Fähigkeiten, Isabel! Verdammt, *ich* brauche deine Fähigkeiten. Wenn wir diesen Scheißkerl nicht aufhalten, ermordet er noch mindestens drei weitere Frauen. Und du stehst auf seiner Liste.«

»Was mich heute deutlich mehr beunruhigt als gestern.«

»Gestern hattest du ja auch noch einen Vorteil, den keine

der anderen Frauen hatte. Du hast geglaubt, du spürst, wenn er kommt«, meinte Rafe.

Es ist Zeit.
Diesmal versuchte er, die Stimme zu ignorieren, denn es waren Menschen um ihn herum. Menschen, die ihn hören würden.
Versager. Du bist wirklich kein Mann, was? Du bist schlimmer als ein kastrierter Hund, folgst ihnen überallhin, schnupperst an ihnen, was anderes kriegst du ja nicht hin. Das ist es doch! Schlappschwanz!
Er hatte Kopfschmerzen.
Die Stimme hallte in ihm wider, prallte immer wieder von der Schädeldecke zurück, bis er am liebsten seinen Kopf gegen die Wand geschlagen hätte.
Du weißt jetzt, wer sie sind. Die drei, auf die es ankommt. Du kennst sie.
Ja, er kannte sie. Er kannte sie alle.
Und du weißt, sie würden es verraten.
»Aber jetzt noch nicht«, flüsterte er. Er hatte Angst, man könnte ihn hören. »Sie werden noch nichts verraten.«
Diese Agentin schon. Diese Reporterin auch. Und die andere, die wird auch was sagen.
Er sprach es nicht laut aus, denn er wusste, die Leute würden ihn hören, aber es war die andere, die ihm am meisten Sorgen bereitete. Die andere würde es nicht einfach nur verraten.
Sie würde es zeigen.
Sie würde alles zeigen.

Isabel nickte langsam. »Es hat mich zwar zwei Mal aus heiterem Himmel getroffen, aber ich habe trotzdem geglaubt, ich würde es diesmal sehen. Ich habe geglaubt, diesmal ... würde ich es von Angesicht zu Angesicht bekämpfen. Aus irgendeinem Grund war ich, noch bevor ich hierher kam, sicher, dass es so enden würde.« Sie hielt kurz inne, dann fuhr sie fort: »Ich muss das tun, weißt du.«

»Ja. Ich weiß.«

Isabel befürchtete, dass er es tatsächlich wusste. Beinahe ohne es zu merken, entzog sie ihm ihre Hand, lehnte sich zurück und verschränkte die Arme vor der Brust. »Wir müssen also herausfinden, wie wir das wieder rückgängig machen«, sagte sie. »Wie wir den Schild wieder entfernen oder wenigstens ein, zwei Löcher hineinbohren können, damit ich meine Fühler hindurchstrecken und meine Fähigkeiten einsetzen kann.«

Nach einer Weile lehnte Rafe sich zurück und verschränkte die Finger vor dem Magen. »Ob du jetzt Recht hast damit oder nicht, über übersinnliche Fähigkeiten weiß ich nur das, was du und Hollis mir erzählt habt. Ich kann also nur versuchen zu tun ... was du für richtig hältst.«

Sie nickte, sagte jedoch: »Bevor wir irgendetwas ausprobieren, muss ich erst sicher sein. Ich muss sicher sein, dass in dir eine übersinnliche Begabung aktiviert wurde, ob du jetzt wirklich ein aktiver übersinnlich Begabter bist.«

»Ich zweifle da schon nicht mehr so stark daran.«

»Ach? Und wieso?«

»Weil deine Stimme ein bisschen gedämpft klingt, seit wir uns nicht mehr berühren.«

»Als ob da etwas ... zwischen uns wäre?«

Rafe nickte.

»Meine übersinnliche Gabe in Watte gepackt«, meinte Isabel. »So hat Hollis es genannt.«

Er blickte sie einen Augenblick lang schweigend an, dann schüttelte er kaum merklich den Kopf und seufzte. »Schöne neue Welt. Ich hätte nicht gedacht, dass ich dazugehören könnte.«

»Ich auch nicht.« Ehe er darauf etwas sagen konnte, fügte sie hinzu: »Jedenfalls müssen wir uns vergewissern.«

»Wie können wir es herausfinden?«

Sehr beiläufig entgegnete Isabel: »Zufällig befindet sich ein Telepath in der Stadt. Ein Telepath mit der Fähigkeit, einen anderen übersinnlich Begabten in zumindest achtzig Prozent der Fälle zu erkennen. Das ist die höchste Erkennungsquote, die uns bekannt ist.«

»Ein Telepath«, sagte Rafe. »SCU?«

»Ja.«

»Getarnt, nehme ich an.«

»Bishop schickt oft noch einen zusätzlichen Agenten oder ein zusätzliches Team hinterher, das dann hinter den Kulissen agiert, wann immer es möglich ist. Wir haben festgestellt, dass das eine sehr effiziente Vorgehensweise ist.« Ihr Tonfall klang nun ein wenig zögerlich, und sie beobachtete ihn unsicher.

»Wartest du etwa darauf, dass ich jetzt in die Luft gehe?«, fragte er.

»Na ja, die örtlichen Polizisten regen sich normalerweise ein bisschen auf, wenn sie herausfinden, dass man sie nicht eingeweiht hat. Auch wenn es einen guten Grund dafür gibt. Also sagen wir einfach, es würde mich nicht wundern, wenn du in die Luft gehst.«

»Dann«, sagte Rafe, »hast du wirklich ein Problem mit deiner Sinneswahrnehmung. Und damit meine ich jetzt nicht nur deine zusätzlichen Sinne.« Das sagte er sehr ruhig, beinahe lässig. Er stand auf. »Wann treffe ich diesen Telepathen?«

Isabel sah auf die Uhr. »In einer Dreiviertelstunde. Wenn wir pünktlich da sein wollen, müssen wir in einer halben Stunde los.«

»Okay. Bis dahin bin ich in meinem Büro.«

Sie sah ihm nach und starrte immer noch auf die offene Tür, als Hollis ein, zwei Minuten später dort erschien.

»Isabel?«

»Was mir wirklich Angst macht«, meinte Isabel, als führten sie ein bereits begonnenes Gespräch fort, »ist dieses komische Gefühl, dass er mir immer schon mindestens drei Schritte voraus ist. Und ich verstehe nicht, wie er das macht.«

»Der Mörder?«

»Nein. Rafe.«

Hollis schloss die Tür hinter sich. Dann setzte sie sich an den Konferenztisch. »Er überrascht dich immer noch, was?«

»Total. Er reagiert immer anders, als ich denke.«

Sanft meinte Hollis: »Dann denkst du vielleicht zu viel.«

»Wie meinst du das?«

»Versuch, nicht immer alles vorauszusehen, Isabel. Denk nicht immer über alles nach, sondern hör lieber auf deine Intuition und deine Gefühle.«

»Du klingst wie Bishop.«

Das überraschte Hollis. »Wirklich?«

»Ja. Er sagt, die Dinge treffen mich nur dann aus heiterem Himmel, wenn ich vergesse, wofür meine Sinne *da* sind. Ich müsse akzeptieren und verstehen, dass das, was ich fühle, mindestens so wichtig ist wie das, was ich denke.«

»Wichtiger noch«, meinte Hollis. »Für dich. Besonders jetzt, könnte ich mir vorstellen.«

»Warum jetzt?«

»Rafe.«

Isabel blickte finster drein und sah weg.

»Er ist auf dich zugegangen, Isabel. Du wolltest das. Du hast es zugelassen. Aber du konntest deinerseits nicht auf ihn zugehen. Du warst noch nicht ganz so weit, um dieses Risiko einzugehen.«

»Ich kenne den Mann jetzt gerade mal vier Tage.«

»Na und? Wir wissen doch beide, dass Zeit nichts damit zu tun hat. Du und Rafe, zwischen euch gab es schon in den ersten Stunden eine Verbindung. Du warst ganz offen, weil du das immer bist – bis vor Kurzem jedenfalls. Er hat sich eindeutig zu dir hingezogen gefühlt und war ungewöhnlich bereit, sich dir seinerseits emotional zu öffnen – jedenfalls sah das für mich so aus. Himmel, Isabel, zwischen euch funkt es buchstäblich, sobald ihr euch berührt. Willst du behaupten, du siehst es nicht, wenn das Universum dir ein *so* deutliches Zeichen gibt?«

»Das ist doch alles nichts Neues«, erwiderte Isabel verkniffen.

»Stimmt, aber das Wichtigste übersiehst du leider immer noch.«

»Und das wäre?«

»Dein Kontrollproblem. Mach ruhig Witze darüber, aber wir wissen beide, dass es hier genau darum geht.«

»Ach ja?«

»Ja. Am Anfang warst du so zuversichtlich wie immer, sehr selbstbewusst und dir deiner Fähigkeiten sicher. Du hattest alles unter Kontrolle. Ich weiß nicht, vielleicht warst du diesmal auch ein bisschen verletzlicher als sonst, weil es dieser spezielle Mörder ist, dieser alte Feind, hinter dem du schon so lange her bist. Oder vielleicht hatte das auch gar nichts damit zu tun. Vielleicht war es nur ein Fall von: die richtige Person am richtigen Ort – und ein wirklich miserables Timing.«

»Was das angeht, da gebe ich dir Recht«, murmelte Isabel.

»Spielt eigentlich keine Rolle. Tatsache ist, du hast gemerkt, dass dir die Dinge entgleiten, und zwar nicht nur deine Gefühle. Plötzlich veränderten sich deine Fähigkeiten. Du warst so weit offen, dass du nicht den Hauch einer Chance hattest, das alles, was da auf dich einstürzte, auch nur zu filtern. Früher konntest du das, hat man mir gesagt. Das filtern, was auf dich einströmt, eine gewisse Kontrolle ausüben, auch wenn du es nicht völlig abblocken konntest. Aber als du einmal in Hastings warst, als zwischen dir und Rafe eine Verbindung hergestellt war, da konntest du das auch nicht mehr.«

»Was meine Fähigkeiten angeht, ist das, was hier passiert ist, nichts, was nicht auch früher schon einmal passiert wäre.«

»Nein, aber in anderem Maßstab. Das hast du doch selbst schon zugegeben.«

Widerstrebend nickte Isabel.

»Und da war er, so nahe. Zu nahe. Plötzlich hast du es mit der Angst zu tun bekommen. Also hast du die Tür zu deinem Gruselkabinett geöffnet, in der Hoffnung, das würde ihn vertreiben, und alles würde sich wieder normalisieren. Aber genau das Gegenteil ist passiert. Es hat ihn dir noch näher gebracht, und es hat die Verbindung zwischen euch beiden weiter gestärkt. Und zwar so sehr, dass er sie irgendwie selbst benutzen konnte, wenn auch nur unbewusst.«

Hollis schüttelte langsam den Kopf. »Ich schätze, es war leichter für dich, ihm wenigstens eine Zeit lang die Kontrolle zu überlassen. Ihn tun zu lassen, was er wollte, was er tun musste. Dich beschützen, den Schmerz ausblenden. Auch wenn das bedeutet, dass zugleich deine Fähigkeiten ausgeschaltet werden, dass du blind bist gegenüber dem Bösen, von dem du weißt, dass es dir schon so nahe ist, dass es dich fast berühren könnte.«

14

Das Hämmern in seinem Kopf war beinahe so regelmäßig wie sein Herzschlag, so als pulsierte das Gehirn in seinem Schädel.

An diesem Bild erfreute er sich kurzzeitig.

Die Schmerzen veranlassten ihn, nach einer weiteren Hand voll Schmerztabletten zu greifen. Er hatte in Erwägung gezogen, zu einem Arzt zu gehen und sich ein stärkeres Mittel verschreiben zu lassen, doch er hütete sich davor, irgendetwas zu tun, womit er Aufmerksamkeit auf sich ziehen könnte.

Diese Schlampe von Agentin, die könnte darauf kommen, dass er sich veränderte und deshalb jetzt fast immer Schmerzen hatte. Sie könnte anfangen, die Ärzte abzutelefonieren und genau danach zu fragen.

Nein, das Risiko konnte er nicht eingehen.

Aber er hatte die Befürchtung, dass die vielen Schmerzmittel andere Probleme verursachen könnten, zumal er in letzter Zeit nicht viel essen konnte. Da war ein neuer Schmerz, tief in seinen Eingeweiden, ein Brennen. Es wurde besser, wenn er etwas essen konnte, und er wusste, was das bedeutete. Wahrscheinlich ein Magengeschwür.

War das Teil der Veränderung? War das beabsichtigt, dass seine eigene Magensäure – unter Mithilfe zahlreicher Schmerztabletten – sich durch seine Magenschleimhaut fraß?

Er wusste nicht, wie ihm das helfen sollte zu werden, was er werden musste, aber ...

Das ist die Strafe, du Versager.

»Ich habe nichts falsch gemacht.« Er sprach leise, damit ihn niemand anders hören konnte.

Du schiebst es auf die lange Bank. Du hast diese Agentin

noch nicht erledigt. Du hast die Reporterin noch nicht erledigt. Diese andere auch nicht. Worauf wartest du?
»Auf den richtigen Zeitpunkt. Ich muss vorsichtig sein. Sie beobachten mich.«
Ich wusste, ich kann mich nicht darauf verlassen, dass du das durchstehst. Jetzt hast du schon Paranoia.
»Nein ...«
Doch. Dabei brauchst du nur daran zu denken, was diese Frauen dir angetan haben. Diese Nutten. Du weißt, was sie getan haben. Du weißt es.
»Ja. Ich weiß es.«
Dann solltest du auch nur daran denken, oder? Um andere Dinge brauchst du dir jetzt keine Sorgen zu machen.
»Ich muss sie nur töten. Alle sechs. Wie früher.
Ja. Du musst sie einfach töten.

»So selbstzerstörerisch bin ich nicht«, sagte Isabel.
»Aber so verängstigt.«
»Und du hast wohl einen Abschluss in Psychologie, oder was?«
»Mir wurde auch Gewalt angetan.«
Es dauerte eine Weile, doch dann fiel sichtlich ein Großteil der Anspannung von Isabel ab. Sie sagte: »Ja. Wir gehören zu einem sehr erlesenen Club, du und ich. Die Überlebenden des Bösen.«
»Es muss keine Mitgliedschaft auf Lebenszeit sein, Isabel.«
»Muss es nicht?«
»Nein. Aber *falls* du das zulässt, dann lässt du ihn gewinnen. Dann lässt du das Böse gewinnen.«
Isabel brachte ein schwaches Lächeln zustande. »Wenn Maggie Barnes *das* für dich getan hat, wünschte ich, sie wäre vor vierzehn Jahren bei mir gewesen.«
»Maggie Barnes«, sagte Hollis, »hat mich auf den gleichen Stand gebracht, auf dem du dich jetzt befindest. Als ob das alles schon Jahre her wäre. Die Erinnerungen sind immer

noch da, der Schmerz ist nur ein fernes Echo – und die Narben sind meine Angst. Ich kann nur objektiver sein als du, weil ich mich nicht gerade verliebe.«

»Und wenn doch?« Das war ein stillschweigendes Eingeständnis.

»Wäre ich zu Tode erschrocken.«

»Ich werde dich daran erinnern.«

Nun war es an Hollis, schwach zu lächeln. »Glaub mir, ich verlasse mich darauf, dass du mir da durchhilfst, wenn es je dazu kommen sollte.«

»Ein Blinder führt den anderen.«

»Bis dahin weißt du, wie es funktioniert. Dir bleibt ja gar nichts anderes übrig. Wie unser geschätzter Boss zu sagen pflegt: Das Universum setzt uns dort hin, wo wir sein müssen. Du musst jetzt offensichtlich hier sein. Bei Rafe.«

»Und einem Mörder.«

Hollis nickte. »Und einem Mörder. Und deshalb glaube ich auch, dass du deine Gefühle nicht einfach ignorieren oder leugnen kannst. Nicht jetzt, nicht diesmal. Den Luxus kannst du dir nicht leisten, nicht, wenn die Gleichung einen Mörder beinhaltet. Du brauchst deine Fähigkeiten, und zwar voll einsatzfähig, *plus* das, was Rafe mitbringt.«

Ein wenig argwöhnisch fragte Isabel: »Hat Bishop dir vielleicht noch mehr über das erzählt, was hier passiert? Ich meine, abgesehen davon, dass er dich beauftragt hat, Rafe genau die Information zu geben, die er brauchte, damit jene kleine Auseinandersetzung auf der Milchfarm kein böses Ende nahm?«

»Nein, aber ich habe darüber nachgedacht.«

»Ich traue mich fast nicht zu fragen.«

»Ach, das sind ja nur meine Gedanken. Du weißt doch, wie Bishop und Miranda sind, wenn es darum geht, in die Zukunft zu sehen. Vielleicht haben sie es gesehen und wussten, dass Rafe dabei sein muss. Vielleicht haben sie deshalb dafür gesorgt, dass er Heltons alkoholgeschwängerten Verfolgungswahn überlebt. Aber selbst wenn – mir würden sie das wohl kaum sagen.«

»Wahrscheinlich nicht«, stimmte Isabel sarkastisch zu. »Sie fühlen sich sehr verantwortlich für das, was sie sehen, und für die Maßnahmen, die sie dann ergreifen oder auch nicht. Deshalb sagen sie uns anderen nicht viel darüber.«

»Eines Tages«, meinte Hollis, »würde ich mit den beiden gerne mal darüber philosophieren, was es bedeutet, wenn man Gott spielt.«

»Viel Glück.«

Hollis lächelte schwach, sagte jedoch: »Aber zurück zu dem, was ich eigentlich sagen wollte. Ich glaube, es gibt einen sehr einfachen Grund dafür, weshalb du und Rafe sofort aufeinander reagiert habt, und zwar auf einer elementaren chemischen und elektromagnetischen Ebene.«

»Ich schätze, du sagst es mir, auch wenn ich nicht frage.«

»Ja. Es geht um das Gleichgewicht, das das Universum aufrechtzuerhalten versucht. In deinem Fall hast du etwas außerhalb deiner selbst gebraucht, um ganz zu sein, um im Gleichgewicht zu sein. Und ihm geht es genauso. Ich glaube, euch beiden war es bestimmt, ein Team zu sein. Wie Bishop und Miranda. Ihr zwei zusammen seid potenziell ... größer als die Summe eurer Teile. Das perfekte Gleichgewicht, das, worauf das Universum immer abzielt, woran es aber so häufig scheitert.«

»Hollis ...«

»Ich weiß nicht, warum ich das glaube, aber ich glaube es. Vielleicht wegen der Sache mit den Funken. Oder weil ihr so miteinander redet, als würdet ihr euch seit Jahren kennen. Ich weiß nur, dass ich glaube, was ich glaube. Und ich glaube, der einzige Unterschied zwischen euch beiden und Bishop und Miranda ist, dass die zwei diverse Jahre und viel Unglück gebraucht haben, um aus der Sache schlau zu werden.«

»Wie kommst du darauf, dass ich – dass Rafe und ich es schneller oder leichter hinbekommen?«

»Es ist einfach so. Du gehst immer alles frontal an, Isabel. Das machst du instinktiv, genauso wie Rafe seinem Beschützerinstinkt folgt. Also halte dich nicht mehr zurück. Hab keine Angst mehr. Vertrau dir.«

»Du hast leicht reden.«

»Ja, das stimmt. Wie gesagt, ich verliebe mich ja auch nicht gerade und muss mit alledem fertig werden. Aber das Universum hat auch mich aus einem bestimmten Grund hier hingesetzt. Vielleicht soll ich gar nicht mit toten Opfern reden. Vielleicht soll ich mit dir reden. Vielleicht soll ich jetzt noch gar nicht lernen, meine Fähigkeiten zu beherrschen.«

»Was für eine praktische Ausrede«, bemerkte Isabel, allerdings nicht unfreundlich.

»Keine Angst, ich versuche es trotzdem weiter.« Hollis verzog das Gesicht. »Okay, ich gebe zu, bis jetzt habe ich es gar nicht richtig versucht.«

»Ich wollte schon sagen.«

»Ich weiß, ich muss es lernen. Und ich weiß, das geht nur, wenn ich es auch versuche. Also werde ich es versuchen. Du hast mein Wort darauf. Meine Fähigkeiten sind womöglich der einzige Vorteil, den wir hier haben. Besonders wenn es noch länger dauert, bis du und Rafe diese Sache mit dem Schild geklärt habt.«

»Daran hatte ich auch schon gedacht.«

»Also haben wir beide eine Menge Arbeit vor uns. Und Rafe muss einen Crashkurs in Sachen übersinnliche Begabung absolvieren.«

Isabel seufzte. »Tja, nach meinem letzten Gespräch mit ihm macht er das vielleicht gar nicht mehr so gern, egal, was er gesagt hat. Ich brauche keine zusätzlichen Sinne um zu merken, dass er nicht besonders erfreut war.«

»Auf die Gefahr hin, mich zu wiederholen: Subtiles Vorgehen ist nicht deine Stärke, meine Liebe.«

»Das ist eben so, wenn man platinblond und einen Meter achtzig groß ist«, versetzte Isabel sarkastisch. »Das ist, als wäre man ein menschliches Neonschild, jedenfalls sagen das die Therapeuten.«

»Weil du körperlich nie mit dem Hintergrund verschmelzen kannst, ...«

»Genau. Noch ein Grund, weswegen ich – um deine Formulierung zu verwenden – alles frontal angehe. Normalerweise. Mich beobachten sowieso immer alle, da kann ich ihnen auch etwas zu Glotzen geben. Ich hatte nicht viel Gelegenheit, subtiles Vorgehen zu üben.«

»Das merkt man.«

»Ja, ich hab's kapiert.«

»Hm. Jedenfalls habe ich ganz stark das Gefühl, dass Rafe dir auf halbem Weg entgegenkommen wird, auch wenn er jetzt stinksauer ist. Aber nur auf halbem Weg. Du bist der Profiler, also überleg mal: Was hast du, das Rafe für sein Gleichgewicht braucht – und umgekehrt? Und ich rede jetzt nicht von dieser Abschirmungssache. Emotional. Psychisch.«

»Du glaubst offenbar, dass du die Antwort schon längst weißt.«

»Ja, das glaube ich. Ich glaube aber auch, dass jeder von euch das allein herausfinden muss.«

»Du lieber Himmel. Allmählich klingst du wirklich wie Bishop.«

Darüber dachte Hollis einen Augenblick nach, dann sagte sie: »Danke.«

Kopfschüttelnd sah Isabel auf die Uhr und stand auf. »Ich bringe Rafe zum ... Lackmustest für übersinnliche Begabung.«

»Grüß ihn von mir.«

»Mache ich. Inzwischen sollten sich die Ermittlungen darauf konzentrieren, diesen Fotokarton und die vermissten Frauen zu finden, *und* darauf, diesem Dreckskerl auf die Schliche zu kommen, bevor er noch eine ermordet. Sprich: alles beim Alten.«

Hollis nickte. Dann meinte sie: »Heute Morgen hast du Ginny McBrayer gefragt, wie es ihr geht.«

»Ja.«

»Du hast das Veilchen gesehen, oder? Es war im Lauf des Tages immer besser zu sehen, obwohl sie versucht hat, es abzudecken.«

Isabel seufzte. »Sie hat gute Arbeit geleistet mit dem Make-up, von daher glaube ich, dass das nicht das erste blaue Auge ist, das sie überschminken musste. Was weißt du über ihr Privatleben?«

»Ich habe Mallory beiläufig gefragt. Ginny wohnt noch zu Hause bei ihren Eltern. Sie versucht, College-Darlehen abzubezahlen und auf eine eigene Wohnung zu sparen.«

»Hat sie einen Freund?«

»Mallory wusste es nicht. Aber ich kann Ginny einfach fragen. Ich bin ja nicht gerade schüchtern.«

»Ist mir schon aufgefallen.« Isabel dachte nach, dann nickte sie. »Wenn sich die Gelegenheit ergibt, mach das. Vielleicht findet sie, wir mischen uns da in etwas ein, das uns nichts angeht, aber hier in der Stadt herrscht große Anspannung, und Grenzsituationen können schnell kippen.«

»Ein gewalttätiger Freund oder Elternteil könnte noch gewalttätiger werden.«

»Viel gewalttätiger. Außerdem hat sie als junge Polizistin schon genug am Hals, besonders jetzt, und die Menschen reagieren unterschiedlich auf Stress. Sie nimmt wie wir anderen auch ihre Waffe mit nach Hause.«

»Ach du Scheiße. Daran habe ich gar nicht gedacht.«

»Sie hoffentlich auch nicht.«

»Du bist also immer noch sauer auf mich?«, fragte Isabel Rafe, als sie in den Wagen stiegen, den sie und Hollis gemietet hatten.

»Ich war nicht sauer auf dich.«

»Nein? Dann muss wohl trotz all der Mauern eine arktische Kaltfront durchs Besprechungszimmer gezogen sein. Ich hätte beinahe Erfrierungen bekommen. Wirklich erstaunlich.«

»Weißt du«, sagte er, als er den Motor anließ, »ich kenne niemanden, der so redet wie du.«

»Ich bin ein Einzelstück. Du solltest dich mit nichts Geringerem zufrieden geben.«

Er sah sie an, eine seiner Augenbrauen hob sich. »Wohin fahren wir?«

»Nach Westen. Das kleine Motel am Stadtrand.«

»Großartig. Das einzige Motel in Hastings, das die Zimmer stundenweise vermietet.«

»Ach, ich wage zu bezweifeln, dass uns jemand hineingehen sieht, falls dir das Sorgen macht. Ich habe beim FBI den Grundkurs in Verstohlenheit belegt.«

Rafes Mundwinkel zuckten leicht. »Und du spielst nicht fair.«

»Tja, wenigstens haben wir beide unsere kleinen Tricks. Du kannst mich küssen, bis mir die Knie weich werden, und ich kann dich zum Lachen bringen, auch wenn du stinksauer bist.«

Er lachte, widersprach aber: »Ich war nicht stinksauer. Nur ... etwas verärgert. Du bist eine ziemlich schwierige Frau, falls dir das noch niemand gesagt hat.«

»Tatsächlich hat man es mir gesagt. Das scheint aber nichts zu nutzen. Sorry.«

Er wandte sich ihr zu und beobachtete sie beim Fahren, doch es vergingen einige Minuten, ehe er sagte: »Weiche Knie, was?«

»Ach, jetzt sag nicht, das hast du nicht gemerkt.«

»Ich habe gemerkt, dass es irgendeine Auswirkung hatte. Nur deshalb bin ich nicht sauer geworden, als du vorhin im Besprechungszimmer eifrig den Rückwärtsgang eingelegt hast.«

»Du solltest eigentlich gar nicht merken, dass ich den

Rückwärtsgang eingelegt habe. Hollis sagt, subtiles Vorgehen sei nicht gerade meine Stärke.«

»Da hat sie völlig Recht.«

»Dann versuche ich es am besten gar nicht mehr, okay?« Er grinste. »Also gibt es bei dir doch ein paar Knöpfe.«

Isabel bekam sich wieder in die Gewalt. Oder versuchte es wenigstens. »Offenbar. Schau mal, es ist nicht besonders lustig, wenn man immer wieder zu hören bekommt, wie offensichtlich alles ist, was man tut. Ich bin eine Blondine von einem Meter achtzig – ich bin also nicht zu übersehen. Ich bin eine Hellseherin ohne geistigen Schild – was mich zu einem Hochleistungsempfänger für ein erstaunliches Spektrum an Banalitäten macht, die normalerweise wie schmerzhafte Geschosse auf mich einstürmen. Und jetzt bekomme ich zu hören, dass ich mein Herz auf der Zunge trage. Man könnte mein Bild auch im Wörterbuch als Illustration für das Wort ›durchschaubar‹ verwenden.«

»In der Defensive bist du auch ziemlich gut.«

»Ach, sei still.«

Rafe gluckste. »Es wird dir viel besser gehen, wenn du es erst einmal zugegeben hast, das weißt du.«

»Ich weiß nicht, wie es mir dann gehen wird. Und du auch nicht.«

»Du vergeudest eine Menge Energie, das weiß ich. Wie war das mit unseren primitiven Instinkten? Du bist eine Kämpfernatur, Isabel. Wenn du all dem ausweichst, macht dich das nur nervös und bringt dich aus dem Gleichgewicht.«

»Plötzlich scheint hier jeder einen Abschluss in Psychologie zu haben«, murrte sie.

»Sag mir eins. Wird es irgendetwas ändern, wenn wir herausfinden, ob ich eine übersinnliche Begabung habe?«

Isabel wusste, dass diese Frage ernst gemeint war, und sie beantwortete sie ernsthaft. »Du meinst, werde ich dich mehr lieben, wenn du mich abschirmen kannst? Nein. Ich bin jetzt seit vierundzwanzig Stunden abgeschirmt und weiß, dass ich lieber keinen Schild hätte. Ich meine, hin und wieder ist das bestimmt ganz nett, aber es fühlt sich wirklich an, als wäre ich plötzlich taub geworden, und das gefällt mir nicht.«

»Wenn ich also eine übersinnliche Begabung habe und deine Fähigkeiten irgendwie abschirme, wirst du dann bis ans Ende der Welt davor davonlaufen?«

»Das habe ich nicht gesagt. Nein. Wir werden einfach einen Weg finden, wie einer von uns beiden dieses verdammte Ding beherrschen kann, oder wir beide zusammen, das ist alles. Wenn man übersinnliche Gaben hat, macht das das Leben nie einfacher, aber man muss eben lernen, damit zu leben.«

»Du wirst mich also auf jeden Fall lieben?«

Isabel öffnete den Mund – und klappte ihn wieder zu. Sie ließ ein längeres Schweigen entstehen, ehe sie sagte: »Du bist ganz schön durchtrieben.«

»Nicht durchtrieben genug, offenbar.«

»Hier ist es.«

Rafe lächelte schwach, doch er sagte nichts mehr, als sie den Wagen in die hintere Einfahrt des Motels und zur Rückseite des Gebäudes steuerte.

Das Motel war ein wenig schäbig, hatte einen L-förmigen Grundriss, und das Neonschild »ZIMMER FREI« flackerte und stand kurz vor dem Exodus. Nur zwei Autos parkten vorne. An der Rückseite stand noch ein halbes Dutzend Wagen.

Isabel stellte den unauffälligen Mietwagen neben einen kleinen Ford mit eingebeulter Stoßstange, und sie stiegen beide aus. Isabel ging zielstrebig zu dem Zimmer, vor dem der Ford stand, und klopfte leise an.

Die Tür öffnete sich. »Was, keine Pizza?«

»Hab ich vergessen«, entgegnete Isabel entschuldigend und trat ins Zimmer.

»Du schuldest mir eine. Hallo, Chief«, sagte Paige Gilbert. »Kommen Sie herein.«

»Wir machen uns nur Sorgen«, sagte Hollis leise zu Ginny. Die jüngere Frau rutschte auf ihrem Stuhl am Konferenztisch hin und her, dann erwiderte sie: »Das weiß ich zu schätzen. Wirklich. Aber es geht mir gut. In ein paar Monaten habe ich genug Geld gespart und kann ausziehen.«

»Und bis dahin?«

»Bis dahin gehe ich ihm einfach aus dem Weg.«

»So wie gestern Abend?« Hollis schüttelte den Kopf. »Darüber haben Sie in Ihrer Ausbildung genug gelernt, Ginny, Sie wissen es doch besser. Er ist wütend auf die Welt, und Sie sind sein Punchingball. Er hört nicht eher auf, bis ihn jemand dazu zwingt.«

»Wenn ich ausziehe ...«

»Wird er wieder Ihre Mutter schlagen.«

»Das habe ich Ihnen nicht erzählt.«

»Das brauchten Sie auch nicht.«

Ginny sackte in sich zusammen. »Nein, es ist wie im Lehrbuch, was? Er ist ein Tyrann, er hat sie zusammengeschlagen, bis ich alt genug war, um mich einzumischen, und jetzt schlägt er mich. Wenn ich nicht schnell genug bin, um außer Reichweite zu bleiben. Normalerweise ist er so betrunken, dass er umkippt oder sich selbst k.o. schlägt, wenn er das Haus zusammenhaut. Jetzt, wo er älter ist, jedenfalls.«

»Und Ihre Mutter?«

»Ich habe sie nicht überreden können, ihn zu verlassen. Aber wenn ich erst da weg bin, wird sie zu ihrer Schwester nach Columbia ziehen, glaube ich.«

»Und was macht er dann?«

»Vor die Hunde gehen vermutlich. Wegen seinem Jähzorn hat er seit Jahren keine feste Arbeit mehr. Er ist dumm und mürrisch und – wie Sie gesagt haben – wütend auf die Welt. Denn es ist natürlich nicht seine Schuld, dass er so ein beschissenes Leben hat. Es ist nie seine Schuld.«

»Es ist nicht Ihre Schuld«, sagte Hollis. »Aber wenn er zu weit geht und jemand anderen angreift oder betrunken fährt und einen Unfall verursacht oder sonst etwas Dämliches und Zerstörerisches tut, dann werden Sie sich Vorwürfe machen. Oder?«

Ginny schwieg.

»Sie sind ein Cop, Ginny. Sie wissen, was Sie zu tun haben. Anzeige erstatten, dafür sorgen, dass er eingesperrt wird oder sich irgendwo in Behandlung begeben muss, oder was auch immer nötig ist, um die Situation zu entschärfen.«

»Ich weiß. Ich weiß das alles. Aber es ist schwer, das ...«

»Das alles öffentlich zu machen. Ja, das ist es. Vielleicht einer der schwersten Schritte, den Sie je unternehmen werden. Aber damit werden Sie ihm seine Macht nehmen. Sie werden der Welt seine Schande zeigen, nicht Ihre. Nicht die Ihrer Mutter. Seine.«

Ginny biss sich auf die Unterlippe. »Ich denke dabei vor allem an die Jungs hier. Ich meine, ich habe die Ausbildung, ich kann Selbstverteidigung, aber trotzdem schlägt er mich. Was sollen sie von mir denken? Dass ich ein schwaches kleines Mädchen bin, das sie beschützen müssen? Das könnte ich nicht ertragen.«

»Vielleicht ist das die erste Reaktion«, räumte Hollis ein. »Nicht, weil sie glauben, Sie könnten nicht auf sich aufpassen, sondern weil sie nicht zur Polizei gegangen wären, wenn sie nicht Menschen helfen wollten. Wenn sie nicht Menschen schützen wollten. Besonders eine von ihnen. Aber mit der Zeit werden Sie es denen schon zeigen. Machen Sie noch ein Scharfschützenabzeichen oder den nächsten Gürtel beim Karate, das wird den Jungs schon auffallen.«

»Woher wissen Sie ...«

»Hat mir ein Vögelchen zugeflüstert.« Hollis lächelte. »Sehen Sie, Sie haben doch Freunde. Die werden Ihnen den Rücken stärken. Aber jetzt ist nicht der rechte Zeitpunkt, um klein beizugeben, um der Auseinandersetzung mit Ihrem Vater aus dem Weg zu gehen. Solange dieser Mörder auf freiem Fuß ist, sind alle nervös und auf Verteidigung eingestellt.

Wenn ihr Vater *irgendwem* krumm kommt, beschwört er damit wahrscheinlich eine Tragödie herauf.«

»Sie haben ja Recht.« Ginny stand auf und brachte ein Lächeln zustande. »Ich danke Ihnen, Hollis. Und sagen Sie auch Isabel danke von mir, ja? Wenn Sie nichts gesagt hätten, hätte ich wahrscheinlich nichts unternommen. Weiß der Himmel, was dann passiert wäre.«

»Sie haben Freunde«, wiederholte Hollis. »Zu denen gehören wir auch. Vergessen Sie das nicht.«

»Nein. Nein, das werde ich nicht. Danke.« Still verließ sie das Besprechungszimmer.

Hollis saß noch eine Weile schweigend da, die Stirn gerunzelt, den Blick auf die Anschlagtafeln mit den Fotos und Berichten geheftet.

Schließlich griff sie zu ihrem Handy und tippte eine Nummer ein.

»Ja.«

»Ich weiß, das ist jetzt kein guter Zeitpunkt«, sagte Hollis, »aber wenn ihr da fertig seid, frag Rafe bitte nach den McBrayers, ja? Vielleicht weiß er, wie instabil Hank McBrayer genau ist, beziehungsweise wie gefährlich.«

»Wird sie Anzeige erstatten?«

»Ich glaube schon. Und ich habe die schlimmsten Befürchtungen, wie er darauf reagieren wird.«

»Okay. Beschäftige sie bei euch, wenn du kannst. Sie hat vielleicht das Gefühl, sie müsste ihn damit konfrontieren, bevor sie offizielle Schritte unternimmt.«

»Scheiße. Okay, mache ich. Ach – und wir haben eine kleine Spur von Kate Murphy. Nach den letzten Radiodurchsagen, in denen wir um Mithilfe gebeten haben, hat sich ein Zeuge gemeldet. Er glaubt, er hat gesehen, wie sie am Tag ihres Verschwindens in einen Bus gestiegen ist. Wir überprüfen das.«

»Gut. Es wäre schön zu wissen, dass wir nicht nach einer weiteren Leiche suchen. Noch nicht.«

»In der Tat. Wie ist denn die Lage bei euch?« – »Erzähle ich dir nachher.«

»So schlimm, hm?«

»*Angespannt*, würde ich sagen. Wir sprechen uns später.«

»Wird wer Anzeige erstatten?«, fragte Rafe, als Isabel das Telefonat beendete.

»Erzähle ich dir später.«

Er sah sie stirnrunzelnd an. »Ich bin nicht angespannt.«

Isabel sah mit erhobenen Brauen zu Paige.

»Er ist angespannt«, sagte Paige.

Rafe, der auf einem der zwei recht wackeligen Stühle in der Nähe des vorderen Fensters saß, rieb sich den Nacken und blickte die beiden Frauen argwöhnisch an. »Ich kann immer noch nicht fassen, dass Sie beim FBI sind«, sagte er zu Paige. »Und Sie sind schon länger hier als Isabel.«

Isabel schüttelte den Kopf. Sie saß auf dem anderen wackeligen Stuhl. Sowohl Isabel als auch Rafe sahen zu Paige, die auf dem Bett saß. »Ich bin deswegen immer noch sauer auf Bishop. Da rede ich die ganze Zeit mit Engelszungen auf ihn ein, damit er mich hierher schickt, und dabei hat er hier schon eine Agentin sitzen – die er sofort nach dem ersten Mord hergeschickt hatte, noch bevor du um ein Profil gebeten hast.«

»Ihm entgeht nicht viel«, rief Paige Isabel in Erinnerung. »Sie haben zwar nichts gesagt, aber ich habe das Gefühl, er und Miranda haben ein Auge auf sämtliche Ermittlungen, bei denen es um einen Mörder aus einem unserer unaufgeklärten Fälle gehen könnte. Wahrscheinlich hat ihnen Kendra extra dafür ein Programm geschrieben: Durchsuche alle Datenbanken der Polizei und anderer Strafverfolgungsbehörden nach bestimmten Details oder Schlüsselwörtern.«

»Das hätte er mir vielleicht gesagt«, meinte Isabel.

»Er hätte Hollis auch sagen können, warum sie dafür sorgen sollte, dass Rafe von deinen Lateinkenntnissen erfährt.

Natürlich wäre sie dann womöglich gehemmt gewesen, und Rafe hätte sich vielleicht den falschen Teil des Gesprächs gemerkt. Dann hättest du ihn gar nicht zu mir bringen müssen, um herauszufinden, ob er übersinnlich begabt ist, weil er nämlich tot wäre.«

»Falls ich in dieser Angelegenheit etwas zu melden habe«, warf Rafe ein, »wäre ich doch sehr dafür, dass wir Bishop die Dinge einfach weiter nach seiner Fasson machen lassen.«

»Okay, es ist angekommen. Aber Hollis hat Recht: Irgendwann muss sich mal eine von uns mit Bishop und Miranda zusammensetzen und ein langes Gespräch mit ihnen führen über die philosophischen und realen Konsequenzen, die es nach sich zieht, wenn man Gott spielt.«

»Später«, sagte Rafe. »Könnten wir jetzt bitte das tun, weswegen wir hergekommen sind, und herausfinden, was in meinem Kopf ist? Übrigens, wie *finden* wir es denn heraus? Gehören womöglich irgendwelche unaussprechlichen Sachen wie … Hühnerinnereien dazu?«

»Was haben *Sie* denn gelesen?«, wollte Paige wissen.

»Na ja, da mir niemand ein Exemplar des *Übersinnlichen Newsletters* gegeben hat …«

Isabel zog die Stirn kraus und sah Paige an. »Ist das nicht einer von Maggies Witzen?«

Paige nickte, den Blick nachdenklich auf Rafe gerichtet. »Ja. Er bekommt eine Menge mit. Abgesehen von Beau kenne ich niemanden, der das kann. Er hat auch irgendwie deinen Sprechrhythmus übernommen.«

»Ja, ist mir aufgefallen.«

»Meine Damen, bitte.« Rafe wirkte allmählich zutiefst beunruhigt.

»Nun, Sie sind übersinnlich begabt«, verkündete Paige sachlich.

Rafe hatte sich dagegen gewappnet, doch als es ihm nun so unvermittelt und völlig ruhig präsentiert wurde, brachte ihn das doch sehr aus der Fassung. »Sie müssen mich nicht berühren um sicherzugehen?«

»Nein. Ich bin keine Kontakttelepathin, ich bin Distanztelepathin. Ich muss mich nur auf jemanden konzentrieren. Wenn ich die Gedanken desjenigen überhaupt lesen kann, dann weiß ich es sofort. Ihre Gedanken kann ich lesen, und Sie sind übersinnlich begabt.«

»Wirklich?«

»Ja.« Paige sah Isabel an. »Ich war mir da schon ziemlich sicher, bevor du am Donnerstag auf dieser Pressekonferenz aufgetaucht bist. Und als du den Raum betreten hast, war ich mir völlig sicher.«

»Da hat sich alles verändert«, murmelte Rafe. »Das habe ich gespürt.«

»Kein Wunder«, sagte Paige rundheraus. »Mir haben sich die Nackenhaare aufgestellt. Es war, als würde elektrischer Strom frei durch den Raum fließen.«

»Warum hast du mir das nicht gesagt?«, wollte Isabel wissen. »Am besten sofort, aber wenigstens als ich dich heute angerufen habe ...«

»Ich habe Bishop gleich am Donnerstag Bericht erstattet, und er meinte, ich solle warten. Du und ich, wir sollten überhaupt keinen Kontakt haben, bis du mich anrufst. Am Sonntag.«

»Er wusste, dass ich heute anrufen würde?«

»Offenbar, ja.«

»Sag mir wenigstens, dass er dir nicht gleich diktiert hat, was du uns beiden sagen sollst.«

Paige grinste. »Nein. Er hat nur gesagt, du würdest anrufen und wir könnten uns unbesorgt treffen, ich sollte einfach auf meine Ausbildung und meine Intuition vertrauen. Und das tue ich.«

Isabel blickte nachdenklich drein, ihr Ärger auf Bishop verflog bereits. »Warte mal. Rafe war bereits aktiv übersinnlich begabt, bevor ich hereinkam?«

»Ja, aber nicht bewusst.« – »Dann war der ursprüngliche Auslöser...«

»Keine Ahnung. Es kann noch nicht lange her sein, wahrscheinlich ein emotionaler oder psychischer Schock.«

Bedächtig meinte Rafe: »An so etwas kann ich mich nicht erinnern. Mein Leben war ziemlich gewöhnlich, bis das alles angefangen hat. Einen Serienmörder frei in meiner Stadt herumlaufen zu haben, das war natürlich ein Schock, das gebe ich zu, aber ich bin geschult, damit fertig zu werden.«

»Könnte auch ein unbewusster Schock gewesen sein, nehme ich an, aber das kommt wirklich selten vor. Normalerweise sind wir uns der Schocks, die uns das Leben versetzt, vollständig bewusst. Was es auch war, ich komme nicht dran. Es ist hinter seinem Schild.«

Isabel rieb sich die Stirn. »Okay, versuchen wir mal was Leichteres. Was ist passiert, als ich an dem Tag den Raum betreten habe?«

Bereitwillig erwiderte Paige: »Soweit ich das beurteilen kann, warst du der Katalysator. Oder es lag daran, dass ihr zwei zum ersten Mal nahe beieinander wart. Aus rein elektromagnetischer Sicht war es Energie, die es zu Energie zog. Ich habe gespürt, wie sie zwischen euch durch den Raum geflossen ist. Junge, Junge, ich konnte sie beinahe sehen.«

»Und was hat das mit Rafes Begabung gemacht?«

»Das Gleiche wie mit deiner. Es hat begonnen, sie zu verändern.«

»Moment mal«, warf Rafe ein. »Aus welchem Zustand verändert? Und zu was?«

»Hier begeben wir uns auf das Gebiet der Spekulation«, erklärte Paige. »Von dem her zu urteilen, was ich empfangen habe, bevor Isabel den Raum betrat, denke ich, Ihre angeborene Gabe wäre die der Präkognition.«

»In die Zukunft sehen?«

»Wie bei deiner Großmutter«, sagte Isabel. »Sie hatte das zweite Gesicht.«

Rafe beugte sich vor, stützte die Ellenbogen auf die Knie und sah Paige stirnrunzelnd an. »Aber jetzt habe ich diese Gabe nicht mehr?«

»Nein, nicht aktiv. Als Isabel hereinkam, hat sich alles geändert. Als Isabels Energie zu Ihrer Energie dazukam, hat das diese Tür geschlossen und eine andere geöffnet.«

»Ich traue mich kaum zu fragen«, meinte Rafe.

»Ich aber«, sagte Isabel. »Was ist hinter Tür Nummer zwei?«

»Hellsehen.«

Verdutzt fragte Rafe: »Wie bei Isabel?«

»Ja, außer dass Sie, wie wir alle wissen, über einen Schild verfügen. Einen erstklassigen, übrigens. So gut, dass Sie ihn gleich um sich und Isabel errichtet haben.«

»Wie kann das sein?«, wollte Isabel wissen. »Er kontrolliert doch nicht irgendetwas bewusst.«

»Genau so funktioniert es.« Paige musterte Rafe nachdenklich. »Falls Sie es nicht wissen, Ihr Verstand kritisiert ständig Ihre Eingebungen und Instinkte. Schon fast Ihr ganzes Leben lang, nehme ich an.«

Er nickte, ohne etwas dazu zu sagen.

»Tja, jetzt schlagen Ihre Instinkte zurück. In dem Moment, da Ihre Begabung aktiviert wurde, hat Ihr Unterbewusstsein die Kontrolle darüber übernommen. Und zwar mit aller Macht.«

Isabel runzelte die Stirn. »Warte mal. Wenn sein Schild so machtvoll ist, dass er sogar meinen Geist damit umgeben kann ...«

»Wie kann ich dann seine Gedanken lesen? Eben *weil* er das alles unterbewusst macht. Gleich unterhalb seiner bewussten Gedanken befindet sich eine massive Mauer.« Paige sah Isabel mit erhobenen Augenbrauen an. »Dieselbe, die auch unterhalb deiner bewussten Gedanken ist. Kein Wunder, dass du keine Stimmen mehr hörst.«

Seufzend sagte Isabel: »Weißt du, Bishop hatte Recht – wie

immer, verdammt –, dass er Hollis mit mir hergeschickt hat. Sie hat das alles ziemlich richtig erkannt.«

»Ja, das ist meistens so bei den Neulingen. Wenn man nur die Grundlagen kennt, hat man manchmal mehr Fantasie und Raum für Spekulation«, meinte Paige. »Wir übrigen stolpern meist über unsere Routine.«

»Ich versuche immer noch, die Grundlagen zu verstehen«, erklärte Rafe. Zu Paige sagte er: »Sie ziehen mich also freundlicherweise nicht nackt aus, sondern nur bis auf die Unterhose.«

»Ein ziemlich gutes Bild.« Sie lächelte. »Und soweit ziemlich korrekt. Ich empfange keine Gedanken von Ihnen – ich meine, keine klare Gedanken, nicht so wie Sätze. So funktioniert das bei mir nicht. Sie könnten mich im Stillen übel beschimpfen oder ein großes dunkles Geheimnis haben, von dem Sie nicht wollen, dass es jemand erfährt – beides würde ich nicht unbedingt mitbekommen.«

»Weil Sie darauf spezialisiert sind, in den Köpfen anderer Leute übersinnliche Begabungen festzustellen?«

Paige nickte. »Genau. Meine eigene Energie scheint darauf eingestimmt zu sein, ich empfange offenbar auf dieser speziellen Frequenz. Also weiß ich normalerweise, ob jemand übersinnlich begabt ist, welcher Art seine Begabung ist, und was in diesem Bereich seines Gehirns vor sich geht. Aber das menschliche Gehirn ist ein riesiges, überwiegend unkartiertes Gelände, und das ist mir größtenteils genauso fremd wie fast allen anderen Menschen.«

Kopfschüttelnd lehnte Rafe sich zurück, doch er fragte: »Okay, wie kann ich meine Gabe kontrollieren?«

»Ganz einfach. Sorgen Sie dafür, dass Ihr Verstand die Kontrolle übernimmt.«

»Und Sie sagen mir, wie man das macht?«

»Ich wünschte, das könnte ich. Tut mir leid. Diese Dinge muss fast jeder übersinnlich Begabte mehr oder weniger allein herausfinden. Ich kann Ihnen nur einen Rat geben: Arbeiten Sie zusammen mit Isabel daran. Das ist eindeutig so gedacht.«

»Dann sag uns, warum«, sagte Isabel.

Paige zögerte nicht. »Tut mir einen Gefallen und haltet euch mal eine Minute lang an den Händen.«

Rafe sah Isabel an, dann streckte er die Hand aus. Nach kaum merklichem Zögern legte sie ihre Hand hinein.

Mit großen Augen beobachtete Paige den Funken. »Ich hatte schon davon gehört, aber es ist doch etwas anderes, es mit eigenen Augen zu sehen. Interessant, gelinde gesagt.« Sie runzelte die Stirn und konzentrierte sich sichtlich.

Und dann geschah etwas Unheimliches.

Fasziniert beobachteten Isabel und Rafe, wie Paiges schulterlange dunkle Haare emporschwebten und in Bewegung gerieten, als wehte eine leichte Brise durch den Raum. Ein leises Ploppen ertönte, ein Knistern, und dann erfüllte ein leises Summen den Raum.

15

Hollis sah auf, als Ginny den Kopf ins Besprechungszimmer steckte und sagte: »Caleb Powell ist hier und möchte Sie sehen. Soll ich ihn hierher führen oder in eins der Büros?«

»Hierher. Danke, Ginny.« Hollis deckte die Anschlagtafeln ab und kehrte zu ihrem Stuhl am anderen Ende des Tischs zurück. Sie war ziemlich überrascht, dass er sie überhaupt sehen wollte. Dass er sie hier im Polizeirevier aufsuchte, zumal an einem Sonntag, verwunderte sie umso mehr.

Besonders nach ihrer letzten Begegnung.

»Hi«, sagte Caleb, als er eintrat. Er schloss die Tür nicht hinter sich, und Hollis bat ihn auch nicht darum.

»Hi. Was gibt's?« Mit einer Handbewegung bot sie ihm einen Platz an der gegenüberliegenden Tischseite an.

Er zögerte kurz, dann setzte er sich. »Ich möchte mich entschuldigen.«

»Wofür?«

»Sie wissen, wofür. Ich habe mich wie ein Idiot benommen, als Sie mir von Ihren Augen erzählt haben.«

Sie musste lächeln. »Sie haben sich nicht wie ein Idiot benommen, Sie haben nur ein bisschen die Fassung verloren. Das kann ich Ihnen nicht verübeln, mir geht es ja genauso. Und ich hatte Monate Zeit, mich daran zu gewöhnen.«

»Trotzdem, ich habe mich mies verhalten. Es tut mir leid.«

»Entschuldigung angenommen.«

Ohne es zu merken, rutschte Caleb auf seinem Stuhl hin und her. »Warum habe ich dann das Gefühl, dass ich etwas ... kaputt gemacht habe, was sich ... nicht wieder gutmachen lässt?«

Hollis hatte Isabel und Rafe beobachtet, als sie wie zwei Katzen umeinander herumgeschlichen waren. Nach derartigen Spielchen stand ihr nicht der Sinn. »Caleb, Sie scheinen ein netter Mann zu sein und führen hier in Hastings offenbar ein nettes befriedigendes Leben. Und ich hoffe, wenn wir unsere Arbeit getan haben und wieder weg sind, haben Sie Ihre nette kleine Stadt wieder. Ich hoffe, wir können Ihnen irgendwie helfen, einen Schlussstrich unter Tricias Tod zu ziehen, indem wir die Bestie finden, die sie ermordet hat.«

»Aber?«

»Kein aber. Sonst ist da nichts. Da war eigentlich nie etwas.«

»Da hätte aber etwas sein können.«

Hollis blieb aufrichtig: »Das bezweifle ich irgendwie. Nicht wegen etwas, das Sie gesagt oder getan haben. Es war einfach das falsche Timing.«

»Und es hat keinen Sinn, es noch einmal zu versuchen?«

»Ich glaube ... im Augenblick sind mein Leben und Ihr Leben grundverschieden. Wir würden wahrscheinlich gar keine Gemeinsamkeiten finden, bei denen wir ansetzen könnten. Ehrlich. Sie kennen mich nicht, Caleb. Das bisschen, was Sie kennen, ist nur die Spitze eines ziemlich dunklen und beunruhigenden Eisbergs.«

Er lehnte sich zurück und seufzte. »Ja, ich habe befürchtet, dass Sie so etwas sagen würden.«

»Geben Sie es zu: Sie sind erleichtert.«

»Nein. Nein, nicht erleichtert. Ehrlich gesagt habe ich ganz entschieden das Gefühl, dass mir hier etwas entgeht und dass ich das eines Tages bereuen werde.«

»Nett, dass Sie das sagen.«

Er lächelte ein wenig wehmütig. »Hören Sie, da ist noch etwas, weswegen ich Sie sprechen wollte. Was ich Ihnen zeigen wollte. Etwas, das möglicherweise in Zusammenhang mit dem Mord an Tricia steht.«

Hollis schwenkte problemlos von der persönlichen auf die

berufliche Ebene um – und das wollte schon etwas heißen.
»Was denn?«

»Ich habe etwas im Schreibtisch gefunden. In meinem Schreibtisch, nicht in ihrem. Es war in einer Schublade, die ich nie benutze, weil sie sehr unpraktisch angelegt ist. Offenbar hat sie sie benutzt, um Dinge zu verstauen, die mit der Arbeit zu tun hatten, die sie aber nicht mehr brauchte. Größtenteils alte Notizbücher. Ich bin sie alle durchgegangen, es waren stenografierte Aufzeichnungen von ihr. Diktate, Notizen über Zeitpläne und Verabredungen, solche Sachen.«

»Was ist daran ungewöhnlich?«

»Nichts. Aber als ich das letzte Notizbuch durchgegangen bin – das eigentlich obenauf gelegen hatte –, ist ein Zettel herausgefallen. Ich vermute, sie hat das während eines Telefonats mitgeschrieben, dem Datum nach, kurz bevor die Morde begannen.« Er griff in die Innentasche seiner Jacke und fügte hinzu: »Meine Fingerabdrücke sind überall drauf, aber ich dachte, das macht eigentlich nichts. Es ist eindeutig eine private Notiz, sie passt zu nichts in meinem Terminplan, und ich bezweifle, dass sie als Beweis taugt – außer dass sie die Ermittlungen vielleicht in eine andere Richtung lenkt.« Er legte den kleinen Zettel auf den Besprechungstisch und schob ihn ihr zu.

Aus reiner Gewohnheit zog Hollis den Zettel trotzdem mit dem Radiergummi an ihrem Bleistift zu sich heran und betrachtete ihn sorgfältig. »Sieht wie ihre Handschrift aus«, sagte sie.

»Ich bin kein Experte, aber ich habe im Lauf der Jahre viel Handschriftliches von ihr gesehen. Das hat sie geschrieben. Und genau solche Sachen hat sie immer hingekritzelt, wenn sie mit den Gedanken woanders war.«

Die »Kritzeleien« waren gut zu erkennen. Ein kleines Katzengesicht, ein paar von Pfeilen durchbohrte Herzen, die Strahlen einer Sonne, die jenseits des Papiers unterging, ein weibliches Auge mit langen Wimpern und sorgfältig gezeichneter Iris sowie zwei Kreise, die durch eine Reihe kleinerer Kreise miteinander verbunden waren.

Der Zettel stammte eindeutig von einem Notizblock; er war neongrün und oben bedruckt: *Es funktioniert in der Praxis, aber nicht in der Theorie.*

»In ihrem Schreibtisch liegen noch mehr solche Notizblöcke«, erinnerte sich Hollis. »Mit Cartoons oder witzigen Sprüchen darauf.«

»Ja. Sie fand, das würde die ernste Atmosphäre, die in einer Anwaltskanzlei herrscht, auflockern, aber sie hat sie nur für Privates oder für schnelle Notizen benutzt.«

Hollis nickte und las, was Tricia mitten auf den Zettel geschrieben hatte:

J.B.
OLD HIGHWAY
7 h, 16.5.

Darauf folgten zwei große Fragezeichen.

»Kannte Tricia Jamie Brower?«, fragte Hollis.

»Sie hat sie jedenfalls nie erwähnt.«

»Wie hat sie reagiert, als Jamie ermordet wurde?«

»Geschockt und entsetzt, wie wir alle.« Caleb runzelte die Stirn. »Wenn ich allerdings jetzt so darüber nachdenke – sie hat damals ganz unerwartet ein paar Tage Urlaub genommen.«

»Ist sie verreist?«

»Das hat sie wenigstens gesagt. Sie hatte sich frei genommen, weil ihre Schwester Augusta operiert worden war. Tricia musste zu ihr fahren und ihr mit den Kindern helfen.«

Hollis schob den Zettel zur Seite und durchsuchte die Mappen, die sich auf dem Tisch stapelten, bis sie gefunden hatte, was sie suchte. Mit gerunzelter Stirn überflog sie mehrere Seiten, dann hielt sie inne. »Hier ist es. Tricias Schwester hat ausgesagt, dass sie Tricia zum Zeitpunkt ihrer Ermordung über drei Monate nicht gesehen hatte. Ich wusste doch gleich, dass ich das irgendwo gelesen hatte.«

»Tricia hat mich angelogen?« Caleb war verwirrt. »Aber warum? Ich meine, ich habe sie nicht einmal gefragt, warum sie frei haben wollte. Sie hatte so viele Urlaubs- und Krankentage angesammelt, ich weiß noch, dass ich ihr gesagt habe, sie soll sich doch gleich ein oder zwei Wochen freinehmen. Aber sie kam schon etwa ... vier Tage später wieder zur Arbeit.«

Hollis blätterte nochmals einige Minuten lang in der Mappe. Hier und da blieb sie hängen, doch schließlich schlug sie die Mappe wieder zu. »Wir haben das Leben aller Opfer bis etwa zwei Wochen vor ihrer Ermordung zurückverfolgt. Das bedeutet, unsere Informationen beginnen wenige Tage *nachdem* Jamie ermordet wurde.«

»Also wissen Sie nicht, ob sie hier in der Stadt geblieben oder woandershin gefahren ist?«

»Nein, aber das müsste sich leicht herausfinden lassen. Der Hausverwalter war sehr kooperativ, und Tricia war eine freundliche Nachbarin, von daher ist sie *ihren* Nachbarn aufgefallen.«

»Davon können wir alle lernen, uns nicht zu sehr abzusondern, schätze ich.«

»So kann man es auch sehen.« Hollis zögerte. »Ist Tricia je mit blauen Flecken oder Brandmalen oder etwas Ähnlichem zur Arbeit gekommen, wofür sie keine Erklärung hatte?«

»Nein. Ich habe Ihnen ja gesagt, es gab keine Anzeichen dafür, dass ihr früherer Freund sie misshandelt hätte. Ich habe nie einen blauen Fleck gesehen, und da sie nur selten Make-up getragen hat, wäre es mir wohl aufgefallen.«

»Wohl wahr.« Hollis lächelte. »Danke, dass Sie mir den Zettel gebracht haben, Caleb.«

Er verstand den Wink und stand auf. »Ich hoffe nur, er erweist sich als hilfreich.«

»Ich lasse es Sie wissen«, versprach sie ihm. »Schon wegen des Schlussstrichs.«

»Danke, ich weiß das zu schätzen.« Er zögerte einen winzigen Augenblick, dann wandte er sich ab und ging.

Hollis wollte gerade Ginny hereinrufen, um sie zu fragen, ob die junge Polizistin sich eine Pizza mit ihr teilen und ein wenig Brainstorming betreiben mochte. Da spürte sie eine plötzliche Kälte, als hätte jemand ein Fenster in den Winter geöffnet.

Sie bekam eine Gänsehaut an den Armen und musste sich zwingen hochzusehen, zur Tür zu blicken.

Dort stand Jamie Brower.

»Scheiße«, murmelte Hollis.

Sie war nicht aus Fleisch und Blut, aber sie war auch kein geisterhaftes durchscheinendes Ding. So klar und deutlich hatte Hollis sie bisher noch nie gesehen. In dieser Form jedenfalls.

Ihr Gesichtsausdruck war ängstlich, besorgt. Jamie sagte etwas – oder versuchte es jedenfalls. Hollis hörte nur jenes eigentümliche hohle Schweigen.

»Es tut mir leid«, sagte sie und bemühte sich um eine feste Stimme. Versuchte, nicht entsetzt zu sein. »Ich kann Sie nicht hören.«

Jamie trat einen Schritt näher an den Tisch und an Hollis heran. Vielmehr schwebte sie näher – sehr unheimlich anzusehen –, denn sie schien keinen Schritt zu tun.

Wieder versuchte sie, etwas zu sagen.

Diesmal konnte Hollis – beinahe – etwas hören. Als spräche eine leise Stimme am anderen Ende eines riesigen Raumes.

Sie konzentrierte sich. »Ich kann Sie gerade eben hören ... Bitte versuchen Sie es noch einmal. Was müssen Sie mir sagen?«

Jamies Mund verzerrte sich, als sie versuchte, sich verständlich zu machen. Das Bedürfnis, sich mitzuteilen, war so stark, dass Hollis es körperlich spürte, so als würde etwas an ihr zerren.

Sie verlor die Nerven, konnte sich nicht mehr konzentrieren und hatte nun auch nicht mehr den Wunsch, es weiter zu versuchen. »Es tut mir leid. Es tut mir wirklich leid, aber ich kann Sie nicht hören«, sagte sie mit nunmehr unsicherer Stimme.

Ein Ausdruck reinster Enttäuschung verzerrte Jamies hübsches Gesicht. Sie warf die Arme in die Luft – die Geste eines Menschen, der mit seiner Geduld am Ende ist –, und die Hälfte der Mappen auf dem Konferenztisch flog in hohem Bogen durch die Luft.

Als der daraus resultierende Papier- und Fotoregen sich wieder gelegt hatte, blieb Hollis mitten im Chaos zurück.

Allein.

Einen Augenblick später betrat Ginny den Raum und blickte sich erstaunt um. »Hey, sieht so aus, als hätte hier jemand die Nerven verloren.«

»Ja«, sagte Hollis. »Da hat jemand die Nerven verloren.«

»Okay«, sagte Paige, »das geht mir doch ein bisschen an die Substanz.«

Isabel und Rafe sahen sich an und lösten ihre Hände voneinander.

Paige strich sich die Haare glatt. Alle konnten sie das Knistern hören. »Du liebe Güte«, murmelte sie. »Darüber muss ich einen detaillierten Bericht schreiben. Das ist das erste Mal, dass sich meine Fähigkeit, mich in die übersinnlichen Fähigkeiten anderer einzuklinken, tatsächlich physisch manifestiert.«

»Manche übersinnlichen Fähigkeiten manifestieren sich eben physisch«, erinnerte Isabel sie.

»Schon, aber nicht viele. Ich weiß, bei deinen Visionen ist das so. Hattest du übrigens wieder mal eine?«

»Nicht seit ich in Hastings bin.«

»Könntest du nicht jetzt eine haben?« – »Ich weiß nicht. Wahrscheinlich nicht, die Visionen sind ja nur ein anderer Aspekt des Hellsehens.«

»Und beides ist hinter einem Schild eingeschlossen wie hinter den Mauern von Fort Knox.«

»Meinst du das ernst? Ist er so stark?«

»Noch um einiges stärker. Bishop hat mich einmal seinen und Mirandas Schild testen lassen, und der lag so bei acht oder neun auf unserer Skala. Natürlich wissen wir nicht, wie gleichmäßig diese Fähigkeit arbeitet. Vielleicht schwankt sie auch je nach den Umständen, also je nachdem, weshalb der übersinnlich Begabte den Schild jeweils einsetzt. Als wir den Test gemacht haben, waren die beiden nicht besonders motiviert, sie mussten sich nicht wirklich schützen. Andernfalls ... wer weiß?«

Rafe meinte: »Wenn es also wichtig genug wäre, oder wenn der übersinnlich Begabte verzweifelt genug wäre, um sich vor etwas zu schützen, was er als Angriff wahrnimmt, dann wäre der Schild noch stärker als ... normal.« Es kam ihm schon merkwürdig vor, einfach nur dieses Wort zu verwenden – ach was, alle diese Worte. Doch Paige nickte erneut ganz sachlich.

»Der menschliche Geist hat hundert Arten, sich zu schützen, und er setzt ein, was er hat, wenn er kann. Furcht erzeugt Energie, genau wie andere starke Gefühle auch, genau wie die übersinnliche Begabung selbst. Der Geist eines übersinnlich Begabten setzt überschüssige Energie praktisch immer ein, um eine Art Barriere oder Schild zu errichten.«

Isabel zuckte mit den Achseln. »Wir haben nie herausgefunden, warum meine Fähigkeiten sich nicht abschirmen.«

Rafe warf ihr einen seltsamen Blick zu. »Nein?«

»Nein.« Sie sah ihn herausfordernd an. »Warum schaust du mich so an?«

»Einfach so.« Aber als er seinen Blick dann wieder Paige zuwandte, hob er leicht die Augenbrauen.

»Auch mit zusätzlichen Sinnen ist man manchen Dingen gegenüber manchmal unglaublich blind«, sagte sie. »Machen Sie das übrigens weiter. Es funktioniert.«

Isabel sah verdutzt von einem zur anderen. »Was macht er denn?«

»Er tastet sich durch seinen Schild hindurch.«

»Wirklich?«

»Tue ich das?«

Paige nickte. »Ihr zwei bekommt das bestimmt noch heraus. Das Problem ist nur: Da ist dieser Mörder, und der lässt euch nicht viel Zeit.«

»Irgendeinen Rat?«, fragte Isabel sarkastisch.

»Ja. Beeilt euch.«

Hollis stützte die Ellenbogen auf den Tisch und presste sich die Finger auf die Augen. »O Gott, bin ich müde. Wie spät ist es übrigens?«

»Fast neun«, erwiderte Isabel. »Ich wollte schon vor Stunden Schluss machen für heute.«

Rafe sah sie an, sagte jedoch nichts. Er hatte ohnehin nicht viel gesagt, seit sie Paige im Motel zurückgelassen hatten. Isabel hatte das Schweigen überbrückt – und möglicherweise versucht, ihn abzulenken –, indem sie kurz über Ginnys Situation gesprochen hatte. Rafe hätte sich ohrfeigen können, dass ihm dieser Sachverhalt entgangen war. Zudem wusste er nicht recht, wie er damit umgehen sollte.

Aber klar, er war ja übersinnlich begabt. Sicher doch.

Jedenfalls hatte Isabel einige Vorschläge gemacht, und Rafe war nur zu gerne bereit, ihren Rat anzunehmen und ihrem Plan zuzustimmen. Er wünschte nur, sie wäre ebenso freigebig mit Ratschlägen hinsichtlich dieser eigenartigen neuen Fähigkeit, die er angeblich hatte.

Verdammt, sie hatte es nicht einmal erwähnt, seit sie das Motel verlassen hatten, und das machte ihm mehr zu schaffen, als er zugeben mochte. Ihm war ja klar, dass Isabel im

Moment mit ihren eigenen Problemen zu kämpfen hatte, und er wusste, er stellte eine Komplikation in ihrem Leben dar. Er war sich sogar ziemlich sicher, dass es in dieser Situation die einfachste Lösung wäre, sie in Ruhe zu lassen, damit sie sich darüber klar werden konnte, was sie tun musste.

Aber wie Isabel selbst gesagt hatte: Die einfachste Lösung war nicht immer auch die klügste.

Bloß was war die klügste Lösung?

Eifrig darauf bedacht, ihn nicht anzusehen, sagte Isabel: »Okay, wir sind uns einig: Tricia Kanes Kritzeleien deuten darauf hin, dass sie eine von Jamies Kundinnen gewesen sein könnte.«

»Nicht nur ›gewesen sein könnte‹«, meinte Hollis. »Außer Jamies Haus mit ihrem Spielzimmer liegt an diesem alten Highway doch nichts Besonderes.«

»Stimmt, aber das heißt trotzdem nicht, dass Tricia ihre Kundin war. Wir wissen nicht, warum sie sich mit Jamie getroffen hat. Weiß der Himmel, vielleicht hat sie sie gemalt.«

»Bei Tricias Bildern waren keine Skizzen von Jamie oder von irgendjemandem, der wie sie aussieht. Außerdem – glaubst du wirklich, Jamie würde ein Porträt von sich in voller Sadomaso-Aufmachung in Auftrag geben?«

»Nein.«

»Und warum sollten sie sich sonst dort getroffen haben?«

»Vielleicht wollte Tricia das Gebäude kaufen. Es war eins von denen, die Jamie verkaufen wollte, nachdem das mit Hope Tessneer passiert war.«

»Das haben wir überprüft«, sagte Mallory. »Zumindest soweit wir konnten. Ihre offiziellen Termine hat Jamie in ihren Terminkalender eingetragen, und dazu gehörten auch Termine, bei denen sie in den letzten zwei Monaten ihre eigenen Häuser vorgeführt hat. Für den sechzehnten Mai ist kein Termin eingetragen.«

Schließlich meldete sich auch Rafe zu Wort: »Es spricht einiges dafür, dass Tricia eine Kundin war. Oder eine potenzielle Kundin. Du hast gesagt, mindestens eine von Jamies Partnerinnen könnte aus Hastings stammen.«

Isabel nickte. »Das habe ich gesagt, ja.«

Hollis sah neugierig von Isabel zu Rafe. Es hatte sich noch keine Gelegenheit ergeben, über das zu sprechen, was Paige ihnen gesagt hatte, denn sowohl Mallory als auch Ginny waren im Raum gewesen, und ständig waren weitere Polizisten gekommen und wieder gegangen. Aber man benötigte keinen sechsten Sinn, um die Spannungen zwischen den beiden zu bemerken.

Hollis hatte überlegt, ob sie ihnen von Jamies Besuch erzählen sollte. Sie hatte sich so gut wie entschieden, Isabel später davon zu erzählen, wenn sie allein wären. Schließlich konnte sie ja nicht mit neuen Informationen oder Beweisen aufwarten.

»Dann könnte Tricia eine Stammkundin gewesen sein«, sagte Rafe.

»Noch eine Hastinger Blondine mit einem geheimen Sexualleben?« Isabel lehnte sich zurück. »Und dabei schien es so ein nettes Städtchen zu sein.«

»Habe ich auch schon gesagt«, murmelte Hollis.

»Es war ein nettes Städtchen«, warf Rafe ein. »Und das wird es auch wieder sein. Sobald wir diesen Mistkerl geschnappt haben.«

»Aber um ihn zu schnappen«, rief Isabel allen in Erinnerung, »haben wir nur ein ziemlich nutzloses Profil und das, was wir über die Opfer wissen.«

»Du hast das Profil nicht mehr modifiziert, seit du dich tiefer in die Ermittlungen eingearbeitet hast?«, fragte Rafe Isabel fast beiläufig.

»Eigentlich nicht. Dieser Kerl hinterlässt so wenig – das einzig Reelle, was wir untersuchen können, sind die Opfer. Alles ledige weiße Frauen, allesamt clever und intelligent, alle erfolgreich. Darüber hinaus war bisher das Einzige, was sie wirklich verbunden hat, die Haarfarbe. Und Cheryl Baynes

Verschwinden stellt nun auch noch diese eine Gemeinsamkeit infrage – definitiv.«

»Aber davor«, meinte Mallory, »hatten wir auch schon Jamies Geheimnis gefunden. Und ihr geheimes Spielzimmer.«

Isabel nickte. »Was die Opfer betrifft, könnte das einfach ein Fehltritt sein, der absolut nichts mit dem Mörder und seinen Motiven zu tun hat. Aber dann taucht Hope Tessneers Leiche auf, die unserem Mörder vermutlich als ... eine Art Spielzeug ... gedient hat, nachdem sie versehentlich und wahrscheinlich von Jamies Hand gestorben ist. Eine Verbindung. Und jetzt diese Notiz, die ziemlich eindeutig darauf hinweist, dass Tricia Kane bei Jamies Sadomasospielchen mitgemacht hat oder mitmachen wollte.«

»Noch eine Verbindung«, meinte Rafe.

»Aber es gibt überhaupt keine Anzeichen dafür, dass Allison Carroll nicht ein ganz normales Sexualleben hatte. Oder dass sie eines der anderen Opfer kannte.«

Rafe schüttelte den Kopf. »Vielleicht haben wir etwas übersehen. Vielleicht konnte sie genauso gut Geheimnisse bewahren wie Jamie. Wie Tricia.«

»Was Tricia angeht, von ihrem Bankkonto gab es in den letzten Monaten keine regelmäßigen Abbuchungen«, merkte Mallory an. »Aber sie könnte natürlich ein paar von ihren Gemälden oder Skizzen gegen Bares verkauft haben. Freunde von ihr haben erzählt, sie hätte ihnen was verkauft. Sie hätte Jamie bezahlen können, ohne dass es eine Spur von dem Geld gäbe.«

»Ja«, meinte Isabel, »aber wie hat sie Jamie *gefunden?* Ich meine, woher wusste sie von Jamies Dienstleistung? Ich bezweifle, dass Jamie in irgendeinem Bondage-Magazin inseriert hat.«

»Mund-zu-Mund-Propaganda?«, schlug Rafe vor. »Empfehlung einer anderen Kundin? Alle diese Frauen hatten etwas zu verlieren, insofern, als sie nicht gewollt haben können, dass ihre ... außerplanmäßigen Aktivitäten bekannt werden. Jamie konnte sich ihres Schweigens vermutlich ziemlich sicher sein.«

»Sie hätte es trotzdem unter Kontrolle haben wollen ...« Stirnrunzelnd unterbrach sich Isabel. »Moment mal. Auf den Fotos, die wir haben, ist Jamie nicht maskiert. Was, wenn Emily genau deshalb just diese Fotos genommen hat? Weil es die einzigen sind, auf denen Jamies Gesicht zu sehen ist?«

Rafe beendete ihre Mutmaßung: »Was, wenn Jamie immer maskiert war, wenn sie sich mit Kunden traf? Außer mit der Kundin, der sie vertraute, der Kundin auf den Fotos.«

Mallory meinte: »Nach den Infos, die ihr aus Quantico über die Sadomasoszene bekommen habt, würde das wirklich einen Sinn ergeben. Es kann ein wichtiger Bestandteil des Erlebnisses sein, dass die submissive Partnerin nicht weiß, wer sie – oder ihn – dominiert. Manche brauchen das vielleicht sogar, dass sie den Namen ihrer ... Gebieterin ... nicht kennen.«

»Wir müssen diesen Karton finden«, sagte Isabel. »Und ich will morgen Früh als Erstes noch einmal mit Emily reden. Die Streife behält sie immer noch im Auge, oder?«

Rafe nickte. »Wenn sie aus dem Haus geht, folgen sie ihr. Wenn sie zu Hause ist, wie beim letzten Mal, als ich nachgesehen habe, parkt ein Streifenwagen gegenüber vom Haus auf der anderen Straßenseite. Wenn jemand fragt, sollen sie sagen, sie würden dafür sorgen, dass die Familie nicht von den Medien belästigt wird.«

»Gute Tarnung«, meinte Isabel.

»Und plausibel. Weil Jamie das erste Opfer war, haben die Medien ihrer Familie wirklich große Aufmerksamkeit gewidmet. Allison und Tricia hatten in Hastings keine Familie, deshalb kann keiner wissen, ob ihre Angehörigen auch überwacht werden.«

»Hey«, sagte Ginny plötzlich«, haben Sie sich diese Kritzeleien mal genauer angesehen?«

»Ich habe nur auf die Uhrzeit und die Ortsangabe geachtet«, gab Hollis zu. Sie war nicht bereit zu erklären, dass Bilder ihr oft vor den Augen verschwammen oder seltsam verblassten, wenn sie sie anschaute, besonders wenn sie einfach zweidimensional auf Papier gezeichnet waren.

»Was haben wir übersehen?«, fragte Rafe seine junge Mitarbeiterin.

Ginny zögerte, dann schob sie ihm den Zettel über den Tisch zu. »Sehen Sie sich mal das rechte Bildchen an. Die beiden Kreise, die mit einer Art Kette verbunden sind.«

Rafe betrachtete sie eine Weile, ehe ihm klar wurde, was er da sah. »Hoppla. Das sind ja Handschellen.«

»Wird auch Zeit, dass du endlich Schluss machst«, verkündete Ally. »Ich hätte nicht die ganze Zeit hier vor der Polizei auf dich warten müssen, weißt du. Ich habe andere Angebote.«

Travis grinste sie an. »Und warum hast du die dann nicht angenommen?«

»Du wirst mir langsam deutlich zu eingebildet, das kann ich dir sagen. Da laufe ich an einem Sonntagabend in der Innenstadt herum, wenn die einzigen anderen Frauen, die unterwegs sind, tapfere und, ich brauche es kaum zu erwähnen, brünette Nutten sind ...«

»Ich glaube, das sind auch Reporterinnen, Ally. In Hastings gibt es keine Nutten.«

»Sicher?«

Travis fiel ein Ausflug zu einem gewissen Haus ein, den er mit etwa sechzehn Jahren unternommen hatte. Sein Gesicht wurde heiß. »Na ja, jedenfalls keine Strichmädchen.«

»Sag's mir nicht, lass mich raten. Dein alter Herr hat dich mit in den Puff genommen, damit du deine ersten Erfahrungen machst.«

»Hat er nicht.« Er seufzte. »Das war mein Bruder.«

Ally glitt lachend von seiner Motorhaube. »Du solltest ihr zu jedem Geburtstag Blumen schicken, Kumpel. Du hast ihr viel zu verdanken.«

»Danke. Ich denke darüber nach.« Er zog sie an sich und küsste sie lange. Dann sagte er: »Verdammt, Ally, ich mache mir wirklich Sorgen, wenn du alleine durch die Stadt läufst, besonders im Dunkeln, und ganz besonders, seit Cheryl Bayne verschwunden ist. Wir wissen, dass uns die Zeit davonläuft. Jede andere Frau in der Stadt ist höllisch schreckhaft, nur du saust durch die Gegend, als ob du unverwundbar wärst.«

»Ich bin nicht blond.«

»Wir wissen doch gar nicht, ob er nur hinter Blondinen her ist. Cheryl Bayne war – oder ist – nicht blond. Außerdem ist er früher hinter Braun- und Rothaarigen her gewesen.«

»Früher?«

Er verzog das Gesicht. »Das hast du jetzt nicht gehört.«

»Hör mal, ich verspreche dir, dass ich nicht darüber berichte, bevor du gesagt hast, dass es okay ist. Pfadfinderehrenwort.«

Er starrte auf ihre erhobenen Finger. »Das ist das Peace-Zeichen, Ally.«

»Tja, ich war eben nie bei den Pfadfindern. Aber das heißt nicht, dass du mir nicht trauen kannst. Ich behalte es für mich – bis du mir sagst, dass ich darüber berichten darf.«

Er nahm sie am Arm und führte sie zur Beifahrerseite. »Ich sage, wir kaufen uns eine Tüte Tacos und fahren zu mir.«

»Tacos um diese Uhrzeit? Junge, Junge, du hast einen eisernen Magen, was? Außerdem, habe ich nicht vor Stunden einen Pizzafahrer vor dem Polizeirevier halten sehen? Der arme Kerl wäre unter den Pizzakartons beinahe zusammengebrochen.«

»Eine der FBI-Agentinnen wollte uns Pizza ausgegeben«, erklärte Travis. »Natürlich haben wir sie beim Wort genommen.«

»Und du hast immer noch Hunger?«

»Na ja, das ist zwei Stunden her.«

»Aber Tacos? Auf Pizza?«

»Es ist Sonntagabend, Ally. In Hastings hat man da nicht die große Auswahl.«

Sie seufzte, stieg ein und wartete, bis er hinter dem Steuer saß. Dann sagte sie: »Okay, aber nur unter der Bedingung, dass du mir alles erzählst, was ihr bis jetzt wisst.«

»Ally ...«

»Hör mal, entweder du traust mir mittlerweile oder du traust mir nicht. Falls nicht, sei doch bitte so lieb und setz mich an der Pension ab.«

»So ist das also? Entweder ich rede, oder es ist vorbei?«

»Komm schon, Travis, jetzt mach mal einen Punkt. Wir sind kein Liebespaar, wir wälzen uns doch nur ein bisschen zwischen den Laken und lassen es uns gut gehen. Das macht Spaß, und wir genießen es beide, aber ich habe dich nicht vorschlagen hören, dass wir jetzt ein Essgeschirr aussuchen. Du wirst mich nicht mit zu deiner Mama nehmen, und wir wissen beide, dass ich hier weg bin, sobald dieser Irre dingfest gemacht oder tot ist. Richtig?«

»Richtig«, stimmte er widerwillig zu.

»Also tu jetzt nicht so empört. Ich habe viel Spaß mit dir, und das ist toll, aber ich habe hier auch einen Job. Entweder bekomme ich von dir, was ich brauche, oder ich sehe mich woanders um.«

»Wenigstens bist du ehrlich«, murrte er.

»Ich bin ein grundehrlicher Mensch«, log sie, ohne rot zu werden.

Er musterte sie prüfend, dann ließ er den Wagen an. »Ally, ich schwöre dir, wenn du auch nur ein einziges Wort bringst oder auch nur deinem Produzenten erzählst, bevor ich dir Bescheid gebe, dann sorge ich dafür, dass dein Arsch im Knast landet. Kapiert?«

»Kapiert. Kein Problem. Also, wer ist die unbekannte Frau, und wie ist sie gestorben?«

»Hope Tessneer, und sie wurde erdrosselt. Sie hat in einer anderen Stadt gelebt, etwa dreißig Meilen von hier.«

»Und ist hier tot aufgetaucht, weil …« – »Weiß der Geier. Ich glaube, der Chief und die FBI-Agentinnen wissen mehr, als sie sagen, aber sie behalten es für sich. Mir sagen sie es jedenfalls nicht.«

Sie interpretierte seinen Tonfall richtig und fragte: »Aber jemand anderen haben sie ins Vertrauen gezogen?«

»Mehr als mich jedenfalls.« Er zuckte mit den Achseln und rang um Gelassenheit. »Ginny McBrayer genießt jetzt offenbar ihr Vertrauen, zumindest das der Agentinnen. Das passt. Ihr Frauen haltet doch immer zusammen.«

»Bitte zwing mich nicht, dich ein sexistisches Schwein zu nennen«, bat Ally ihn trocken.

»Das bin ich nicht. Und so meine ich das auch gar nicht. Frauen reden einfach anders miteinander als Männer. Das ist alles.«

Ally sah ihn mit einem gewissen Respekt an. »Das tun wir wirklich. Ich bin überrascht, dass es dir aufgefallen ist.«

»Ich habe dir doch gesagt, ich bin kein Vollidiot.« Er warf ihr einen Blick zu und lächelte eigenartig. »Du solltest wirklich besser zuhören, Ally.«

»Ja«, erwiderte sie. »Ja, ich denke, das sollte ich wohl. Wo fahren wir hin, Travis?«

»Zum Taco-Laden. Wenn du mir schon ein Loch in den Bauch fragst, muss ich mich erst stärken.«

»Ich wünschte, du hättest eine andere Formulierung gewählt«, sagte Ally. »Wirklich.«

16

Isabel betrachtete den Zettel und nickte. Sie reichte ihn an Hollis und Mallory weiter. »Für mich sieht das aus wie eine Skizze, irgendwie stilisiert, wie Künstler das vielleicht machen. Das könnte auch ein Grund sein, warum wir das bisher übersehen haben. Gut erkannt, Ginny«.

»Das hätte ich sehen müssen«, sagte Hollis mehr zu sich als zu den anderen und in einem Tonfall, der ihr selbst niedergeschlagen vorkam.

»Sie haben einfach alle ziemlich viel um die Ohren«, murmelte Ginny.

»Zum Glück ist das bei Ihnen ja nicht so«, versetzte Isabel. »Okay, eine juristische Assistentin mag wohl Handschellen hinkritzeln, schätze ich. Aber wenn sie auf diesem Zettel stehen, muss das mehr sein als nur eine gedankenverlorene Kritzelei. Es ist ein weiterer Beleg dafür, dass Tricia Kane eine enge Beziehung zu Jamie Brower hatte oder anstrebte.«

Hollis fragte: »Besteht die Chance, dass Jamie den Karton, den wir suchen, vielleicht Tricia anvertraut hat?«

Isabel wollte antworten, doch dann blickte sie Rafe an. »Was meinst du?«

»Ich bin nicht der Profiler.«

»Mal ganz spontan. Was glaubst du?«

»Nein«, hörte er sich antworten. Er runzelte die Stirn und fuhr fort: »Jamie hätte diesen Karton niemand anderem anvertraut – außer der Frau, die sie unmaskiert gesehen hat.«

»Sehr gut«, meinte Isabel. »Und ich habe das gleiche Gefühl. Dieser Karton ist entweder an einem Ort versteckt, den Jamie für sicher gehalten hat, oder bei jemandem, dem sie wirklich ganz vertraut hat. Und wir wissen mittlerweile, dass sie nicht vielen Leuten vertraut hat.«

Hollis holte die Mappe mit der Aufschrift »Streng geheim« und sah sich die Fotos darin an. Sie benötigte nicht lange, um zu einem Schluss zu kommen, und schlug die Mappe wieder zu. »Das ist nicht Tricia Kane. Zum einen hatte sie ein paar Muttermale auf einem Arm, die auf den Fotos zu sehen sein müssten. Zum anderen hätten ihre Haare nicht so schnell wachsen können, es sei denn, die Fotos wurden schon vor Monaten aufgenommen.«

»Aber man kann ihre Haare auf den Fotos gar nicht sehen, wegen der Kapuze«, wandte Ginny ein. Dann blinzelte sie. Und errötete. »Oh. Diese Haare.«

Isabel lächelte sie an. »Würden Sie ein paar Kopien von Tricias Zettel machen, dann können wir das Original wegpacken. Und dann sollten wir alle für heute Schluss machen. Morgen arbeiten wir dann ausgeruht weiter.«

Sobald Ginny den Raum verlassen hatte, sagte Isabel zu Rafe: »Ich rede eben mit ihr. Bin gleich wieder da.«

»Okay.«

»Hab ich was verpasst?«, fragte Mallory, als Isabel fort war.

»Wir werden Hank McBrayer festnehmen«, erklärte ihr Rafe. »Seine Tochter hat ihn wegen Körperverletzung angezeigt.«

Mallory blickte erst verständnislos drein, doch dann verfinsterte sich ihr Blick. »So ein Mistkerl. Ich hatte Gerüchte gehört, aber Ginny hat nie etwas gesagt.«

»Die meisten Missbrauchsopfer behalten alles für sich«, sagte Hollis. Sie wandte sich an Rafe: »Will Isabel sie überreden, dass sie heute in einem Hotel übernachtet?«

»Sie will sie überreden, dass sie zusammen mit Ihnen beiden und zwei männlichen Polizisten mit einem Haftbefehl zu sich nach Hause fährt und ihn heute Abend noch abholt.«

»Dürfen wir das denn?«, fragte Mallory.

»Ja. Ich habe den Richter aus dem Auto angerufen. Die Papiere sind fast fertig.«

Mallory runzelte immer noch die Stirn. »Warum Isabel und Hollis? Ich meine, warum schicken wir nicht einfach zwei Polizisten? Ich melde mich freiwillig. Ich habe aus Prinzip was gegen Schlägertypen und würde McBrayer nur zu gern aus Versehen den Arm brechen, während er sich der Verhaftung widersetzt.«

»Ich auch«, meinte Rafe. »Aber es waren Isabel und Hollis, die gemerkt haben, was da läuft, und mit Ginny gesprochen haben, und sowohl Isabel als auch ich glauben, Ginny wäre es lieber, wenn die beiden bei der Verhaftung dabei sind.« Er zögerte, dann fügte er hinzu: »Und ich glaube, Isabel hat noch etwas im Sinn.«

Hollis sah ihn an. »Ach ja? Was denn?«

»Vorausgesetzt, er ist nüchtern genug, um zuzuhören. Ich glaube, sie will ihm einmal richtig den Kopf zurechtrücken. Ohne handgreiflich zu werden.«

»Wenn das überhaupt jemand kann«, meinte Hollis, »dann Isabel. Die Kerle sehen dieses schöne Gesicht und die Playmatemaße, die blonden Haare und die großen unschuldigen grünen Augen und denken, sie wissen, was sie ist. Junge, Junge, die erleben ihr blaues Wunder.«

»Kommt mir bekannt vor«, murmelte Rafe.

»Apropos«, meinte Hollis. »Sind Sie's?«

Er musste nicht fragen, was sie damit meinte. »Offenbar.«

Hollis stieß einen Pfiff aus. »Ich weiß ja nicht, ob ich Ihnen gratulieren oder Sie bedauern soll.«

»Ich gebe Bescheid, wenn ich weiß, wie ich es finde.«

»Was geht hier vor?«, fragte Mallory. »Bist du *was*?«

»Übersinnlich begabt.«

Sie blinzelte. »Du bist übersinnlich begabt?«

»Hat man mir gesagt.«

»Wie kommt es, dass du das nicht wusstest?«

»Die kurze Antwort«, versetzte Hollis, »lautet: Er war es

immer schon, aber die Begabung war nicht aktiv, deshalb wusste er nichts davon. Ich glaube, wir haben einmal über verschüttete Begabungen gesprochen, als wir in Hastings ankamen. Wie sich herausgestellt hat, hat Rafe eine verschüttete Gabe. Irgendetwas ist passiert, das sie aktiviert hat.«
»Was denn?«
Hollis sah Rafe mit erhobenen Augenbrauen an.
»Weiß der Geier, keine Ahnung. Sie – man hat mir gesagt, es könnte eine Art unbewusster Schock gewesen sein, und das muss wohl stimmen, weil ich mich nämlich nicht daran erinnere, dass in letzter Zeit irgendetwas Schockierendes oder Traumatisches passiert wäre. Bis auf diese Morde.«
»Kein Schlag auf den Kopf?«, fragte Hollis. »Gehirnerschütterung?«
»Nein«, antwortete er. »Hatte ich ehrlich gesagt noch nie.«
Mallory beäugte ihn irgendwie argwöhnisch. »Und was kannst du?«
»Nicht besonders viel. Jedenfalls noch nicht. Nach einhelliger Meinung bin ich offenbar ein Hellseher – oder werde es sein.«
»Wie Isabel? Du weißt einfach irgendwelches Zeug?«
»So ungefähr.«
»Und kriegst du dabei nicht die totale Panik?«
»Habe ich behauptet, ich wäre gelassen?«
»Nein.«
»Na, bitte.«
Mallory lehnte sich zurück, legte den Kopf in den Nacken und wandte sich an die Zimmerdecke – oder an das, was darüber lag. »Vor ein paar Wochen habe ich ein völlig normales Leben geführt. Keine Mörder. Keine unheimlichen übersinnlichen Fähigkeiten. Keine größeren Sorgen als die Frage, wo ich mir etwas zum Abendessen hole. Das waren noch Zeiten! Jetzt tut es mir leid, dass ich sie nicht zu schätzen wusste.« Sie seufzte und sah die beiden nachdenklich an. »In

einem früheren Leben muss ich irgendetwas richtig falsch gemacht haben.«

»Wieso du?« Rafe schüttelte den Kopf.

Isabel kehrte zurück, ehe sie diese Diskussion fortsetzen konnten, und sagte: »Wir haben eine kleine Änderung in unserem Plan. Hollis, wir fahren auf dem Weg zur Pension bei Ginny vorbei und nehmen ihre Mutter mit. Die beiden bleiben heute Nacht in der Pension.«

»Hank ist in der Stadt unterwegs?«, riet Rafe.

»Leider ja. Offenbar verbringt er die Sonntagnachmittage und -abende an einem geheim gehaltenen Ort und trinkt da mit … Gleichgesinnten.« Rafe seufzte. »Ja, wir haben ein paar Kellerkneipen im County. Ohne Lizenz, nicht kontrolliert und außerordentlich mobil. Die wechseln den Standort normalerweise öfter, als sie ihre Gläser spülen.«

»Tja, offenbar hat Mr McBrayer die Angewohnheit, einigermaßen regelmäßig den ganzen Abend zu trinken und irgendwo zwischen Kneipe und Zuhause umzukippen. Manchmal auch schon in der Kneipe. Jedenfalls schafft er es sonntagabends nur selten bis nach Hause. Aber für den unwahrscheinlichen Fall, dass heute einer dieser Abende ist, habe ich Ginny überredet, ihre Mutter abzuholen und in der Pension zu schlafen.«

»Ich weise die Streifen an, heute Abend nach ihm Ausschau zu halten«, sagte Rafe. »Wenn sie ihn nicht entdecken, kriegen wir ihn morgen.«

»Gut, danke.« Isabel runzelte die Stirn.

»Ich habe auch angeordnet, dass alle allein stehenden Polizistinnen nach Hause zu begleiten und ihre Wohnungen zu durchsuchen sind, bevor sie für die Nacht abschließen«, fügte Rafe hinzu. »Und alle haben Anweisung, morgen Früh zu warten, bis zwei männliche Kollegen sie abholen, falls sie Dienst haben.«

»Du streckst wieder deine Fühler aus«, meinte Isabel.

»Tatsache?«

»Ich habe gerade an Mallorys Bericht über die Polizistinnen gedacht, die sich beobachtet oder verfolgt fühlen, und mich gefragt, was wir tun sollten, um die zu schützen, die wahrscheinlich am stärksten gefährdet sind, falls es unser Mörder ist – die Alleinstehenden im richtigen Alter. Jetzt erzähl mir nicht, das hättest du in meinem Gesicht gelesen. Ich bin vielleicht nicht besonders taktvoll, aber ich bin auch verdammt noch mal keine Plakatwand.«

Mallory sah Hollis an. Die zuckte mit den Achseln.

»Diesmal bin ich auch überfragt.«

Rafe zögerte kurz. »Du hast besorgt ausgesehen. Ich habe mich gefragt, warum, und dann wusste ich es einfach.«

Isabel runzelte nochmals die Stirn. »Okay. Jetzt mache ich mir wegen etwas anderem Sorgen.«

Seltsamerweise kam Rafe die Antwort darauf genauso leicht in den Sinn wie die davor – das Wissen war einfach da. »Tut mir leid. Da keiner von uns weiß, wer der Mörder ist, kann ich dir da leider nicht helfen.«

»Es hat mehr Spaß gemacht«, meinte Isabel, »als ich noch die Hellseherin war.«

»Ja, ich kann mir vorstellen, wie das war.«

»Du genießt das.«

»Nicht alles. Nur ... manches.«

»Ich weiß doch, was Schadenfreude ist. Dafür brauche ich keine zusätzlichen Sinne.«

»Das ist ja auch gut so. Weil deine ja weggesperrt sind, meine ich.«

Isabel straffte die Schultern und sagte: »Ich fahre jetzt. Wir leihen uns einen Streifenwagen aus, nur für den Fall, dass Hank McBrayer unerwartet auftaucht, während Ginny und ihre Mutter ein paar Sachen für die Nacht zusammenpacken. Nur wenn du einverstanden bist, natürlich.«

»Nur zu«, sagte Rafe ebenso höflich wie sie.

»Prima. Dann sehen wir uns morgen Früh in alter Frische. Hollis?«

Gehorsam stand ihre Partnerin auf und folgte ihr aus dem Raum. Als sie an Rafe vorbeiging, murmelte sie: »Sie sind viel cleverer, als Sie aussehen.«

»Das hoffe ich«, erwiderte er ebenso leise.

Als die beiden Agentinnen fort waren, sah Mallory Rafe durchdringend an. »Weißt du vielleicht auch, worum ich mir Sorgen mache?«

Er runzelte die Stirn. »Nein. Keine Ahnung.«

»Also funktioniert es nur mit Isabel?«

»Offenbar. Jedenfalls bis jetzt.«

»Ähm, dann machen mir zwei Punkte Sorgen.«

»Was ist der andere?«

»Wir haben jetzt schrecklich viele Leute, die schrecklich viele Frauen bewachen, während wir versuchen, den nächsten Schritt des Mörders vorauszuahnen. Aber vielleicht hat er die Spielregeln geändert – das macht mir Sorgen.«

Es war beinahe Mitternacht, als das Telefon an Emily Browers Bett klingelte.

Im Halbschlaf tastete sie hastig nach dem Apparat, ehe das Klingeln ihre Eltern wecken konnte.

»Ja. Hallo?« Sie lauschte einige Minuten, dann sagte sie schläfrig: »Okay, aber – jetzt? Warum jetzt? Ja, das verstehe ich, aber ... Okay. Okay, alles klar. Geben Sie mir zehn Minuten.«

Sie legte den Hörer auf die Gabel, schlug die Bettdecke zurück und setzte sich auf. »Scheiße, Scheiße, Scheiße.«

Sie brauchte nur zwei Minuten, um ihr Nachthemd gegen Jeans und T-Shirt auszutauschen und in ein paar abgetragene, bequeme Clogs zu schlüpfen.

Ihre Eltern schliefen sehr fest, zumal sie in letzter Zeit verschiedene Beruhigungsmittel nahmen.

Deshalb hatte sie keine Bedenken, ihr Zimmer zu verlassen und den von einer Lampe erleuchteten Flur entlang, dann die Treppe hinunter und zur Vordertür hinauszugehen. Im

Vorübergehen schnappte sie sich die Autoschlüssel vom Tischchen in der Diele.

Sie war nicht überrascht, dass der Streifenwagen, der sonst gegenüber auf der anderen Straßenseite parkte, nicht da war. Eine ganze Weile, bevor das Telefon geläutet hatte, war er mit heulender Sirene davongebraust. Ein Unfall irgendwo, nahm sie an.

Aber die Reporter verschwanden sowieso bei Einbruch der Dunkelheit oder kurz danach. Es gab also eigentlich keinen Grund, weshalb der Streifenwagen über Nacht dort stehen sollte. Sie hatte vorgehabt, auf dem Polizeirevier anzurufen und den Polizeichef oder eine der FBI-Agentinnen danach zu fragen, doch sie hatte es immer wieder vergessen.

Achselzuckend tat Emily die Frage ab, stieg in ihr Auto und fuhr rückwärts aus der Einfahrt. Sie kannte den Weg natürlich und dachte sich zunächst nichts dabei. Doch als sie den Wagen ein Stück von der Straße entfernt abstellte und ausstieg, war ihr allmählich ziemlich mulmig zumute.

Sie nahm eine Taschenlampe aus dem Handschuhfach und beleuchtete damit den Weg. Eine Woge der Erleichterung überkam sie, als sie die Lichtung erreichte und das Licht ihrer Lampe die schattigen Umrisse einer Gestalt in einen Menschen verwandelte, den sie kannte.

»Ich weiß nicht, was ich Ihnen hier draußen zeigen soll«, sagte sie sofort. »Und das ist unheimlich, falls Ihnen das nicht klar sein sollte. Wir haben uns zwar nicht nahe gestanden, aber trotzdem – hier wurde meine Schwester ermordet.«

»Ich weiß, Emily. Sie war eine beeindruckende Frau. Sehr intelligent. Zu schade, dass das für dich nicht gilt.«

»Was?« Emily bewegte die Hand, und der Strahl ihrer Taschenlampe schnitt durch die feucht-warme Dunkelheit. Und da sah sie das Messer.

Sie wollte schreien, aber nur ihr Mörder hörte das blutige Gurgeln, das ihrer Kehle entwich, als sie beinahe geköpft wurde.

Montag, 16. Juni, 7.00 Uhr

Als das Telefon klingelte, drehte er sich im Bett um und hatte den schnurlosen Hörer am Ohr, noch ehe er die Augen geöffnet hatte.

Und noch ehe er die Augen geöffnet hatte, roch er es.

»Ja?«

»Wie haben noch eine, Rafe.« Es war Mallory, ihre Stimme klang trostlos.

Während er sich mit der linken Hand immer noch den Hörer ans Ohr hielt, streckte er die rechte aus und starrte sie im Licht des frühen Morgens an, das in sein Schlafzimmer strömte.

Seine Hand war blutbefleckt.

»Wo?«, fragte er.

»Isabel hatte Recht damit, dass er wahrscheinlich anfängt, uns zu verhöhnen. Er hat es am selben Ort getan. Soweit ich es nach der Meldung, die wir bekommen haben, beurteilen kann, liegt das Opfer genau da, wo Jamie Brower gestorben ist. Ich bin unterwegs dahin.«

»Wer ist es? Wer ist das Opfer?«

»Emily. Jamies Schwester.«

»Verdammte Scheiße, wo war die Streife, die sie bewachen sollte?«, wollte Rafe wissen und setzte sich auf.

»Die Kollegen wurden gestern Nacht gegen halb zwölf weggerufen. Sie waren nur zwei Stunden weg. Ein Verkehrsunfall mit Todesopfern.«

Rafe atmete tief durch. »Und das hat natürlich Vorrang vor den Wachhundpflichten.«

»Ja. Laut Dienstvorschrift.«

Er schob die Decke weg, stand auf und ging ins Bad. »Hast du Isabel angerufen?«

»Noch nicht. Ich habe die Meldung nur deshalb an deiner Stelle entgegengenommen, weil ich ausnahmsweise einmal ein bisschen früher im Büro war. Ich bin seit sechs Uhr wach, da bin ich einfach zur Arbeit gefahren.«

»Ich dachte, ich hätte angeordnet, dass du eine Begleitung akzeptierst.«

»Du hast es vorgeschlagen, genau wie du es auch Stacy vorgeschlagen hast, dem einzigen anderen weiblichen Detective hier. Wir haben beide darauf verzichtet. Sie hat einen schwarzen Gürtel, und ich kann auch auf mich aufpassen. Und wir sind beide nicht blond. Soll ich Isabel anrufen?«

»Ja. Sag ihr, wir treffen uns am Tatort. Ich bin unterwegs.«

»Okay.«

Er beendete das Gespräch und ließ das Telefon auf den Badevorleger fallen. Dann drehte er sofort den Wasserhahn auf und wusch sich die Hände so heiß, wie er es ertragen konnte.

Schon wieder.

Mein Gott, schon wieder.

Die Angst, die schon so lange an ihm nagte, war diesmal nicht so heftig, und ihm war auch klar, warum. Denn an diesem Morgen wusste er etwas, das er an all den anderen Morgen nicht gewusst hatte.

An diesem Morgen wusste er, dass in seinem Hirn etwas Neues, Unvertrautes vor sich ging, und es war kein mörderischer Wahnsinn.

Es war eine übersinnliche Begabung.

Sie könnten mich im Stillen übel beschimpfen oder ein großes dunkles Geheimnis haben, von dem Sie nicht wollen, dass es jemand erfährt – beides würde ich nicht unbedingt mitbekommen.

Ein großes dunkles Geheimnis. Das war es die ganze Zeit gewesen, ein Geheimnis, das so tief in ihm vergraben gewesen war, dass er es im hellen Licht des Tages, der Vernunft, beinahe hatte vergessen können. Beinahe.

Er war kein Mörder. Das wusste er. Er hatte es schon die ganze Zeit gewusst, trotz der Angst, dass etwas in ihm durchaus zu solchen Taten fähig sein mochte.

Doch wenn er kein Mörder war, warum wachte er dann seit beinahe drei Wochen mit Blut an den Händen auf?

Am vergangenen Morgen hatte er noch keine Ahnung gehabt. An diesem Morgen ...

Rafe glaubte, allmählich zu verstehen, was da geschah – auch wenn er nur eine unbestimmte Ahnung hatte, warum. Er glaubte auch zu verstehen, warum sein Schild so stark war, dass er Isabel damit nicht nur umgab, sondern sie auch blockierte.

Mit beiden Händen packte er das Waschbecken und betrachtete sein unrasiertes Gesicht und den gehetzten Blick im Spiegel. »Ich muss das unter Kontrolle bringen«, murmelte er.

Denn er durfte Isabel nicht weiter blockieren, auch nicht, um seine geheimen Ängste, seine Selbstzweifel und seine Unsicherheiten vor ihr zu verbergen -- die Dämonen, die man mit sich herumtrug, wenn man lange genug lebte und zu viel gesehen hatte.

Um das vor ihr zu verbergen, hatte er sie sowohl ausgeschlossen als auch eingesperrt.

Hatte ihre Fähigkeiten eingesperrt, die zusätzlichen Sinne, die womöglich das Einzige waren, was zwischen ihr und dem Mörder stand.

Isabel befand sich innerhalb des gelben Absperrbands, die Hände in die Hüften gestemmt, und betrachtete grimmig die Lichtung.

»Du liebe Güte, ich weiß gar nicht, wo ich anfangen soll«, sagte T.J., als sie und Dustin mit ihren Spurensicherungskoffern ankamen.

»Das übliche Prozedere«, riet ihnen Isabel.

Dustin musterte den Gerichtsmediziner, der die Leiche untersuchte, und sagte: »Sogar dem Doc scheint übel zu sein. Dabei war er mal Leiter der Gerichtsmedizin von South Carolina, bis er es satt hatte, dass die Leichen wie auf dem Fließband an ihm vorbeizogen.«

T.J. murmelte: »Ich wette, es tut ihm schon leid, dass er

sich ausgerechnet Hastings für seine letzten Berufsjahre ausgesucht hat.«

»Mir kommen da auch gerade Bedenken«, meinte Dustin finster.

»Kann ich gut verstehen. Komm, gehen wir an die Arbeit.«

Die beiden Mitarbeiter der Spurensicherung gingen. Hollis gesellte sich zu Isabel und sagte: »Tut mir leid.«

»Quatsch. Ich habe die ersten drei Male, die man mich so früh an einen Tatort gerufen hat, mein Frühstück wieder von mir gegeben.«

»Ich werde daran denken. Beim nächsten Mal. Ich dachte, mit so etwas würde ich fertig, besonders nach zwei Wochen auf der Leichenfarm. Aber mein Gott ...«

»Ja, diesmal hat er wirklich eine Schweinerei angerichtet.« Isabel drehte sich halb um, als Mallory zu ihnen kam. »Aber ich wette, ihr Auto ist sauber.«

Mallory nickte. »Sieht ganz so aus. Man wird es zum Polizeirevier abschleppen, damit T.J. und Dustin es sich gründlich vornehmen können, aber das Einzige, was mir aufgefallen ist, ist, dass ihre Handtasche nicht drin lag.«

Isabel meinte: »Wenn der Arzt bestätigt, dass sie gegen Mitternacht gestorben ist, dann muss sie von zu Hause weggefahren sein, kurz nachdem die Streife zu diesem Unfall gerufen worden war. Vielleicht hatte sie es so eilig, dass sie vergessen hat, ihre Handtasche mitzunehmen.«

»Sie hat sich wohl mit jemandem treffen wollen«, sagte Hollis. »Du bist eine Blondine über zwanzig, wohnst in einer Stadt, in der Blondinen zwischen zwanzig und dreißig umgebracht werden, einschließlich deiner eigenen Schwester, und dann fährst du nachts alleine weg? Sie war entweder ziemlich blöd oder sie hat demjenigen, den sie treffen wollte, blind vertraut. Oder beides, wenn ihr mich fragt.«

Isabel sah Mallory an. »Als wir bei ihr zu Hause waren, hatte ich nicht den Eindruck, dass sie einen festen Freund hat.«

»Soweit ich weiß, hatte sie keinen. Sie ist mit Männern ausgegangen, aber da war nichts Ernsthaftes dabei.«

Hollis schüttelte den Kopf. »Wem könnte sie genug vertraut haben, um ihn um Mitternacht da zu treffen, wo ihre Schwester ermordet wurde?«

»Und warum?«, grübelte Isabel. »Der einzige Grund, der mir einfällt, wäre, dass ihr jemand gesagt hat, sie könne ihm helfen, wenn sie so spät hierher käme. Dass hier draußen etwas sei, was sie sehen müsse, und zwar nach Einbruch der Dunkelheit. Wenn das tatsächlich stimmt, dann wüsste ich nur eine Antwort auf die Frage, wer sie hierher beordert hat, nämlich …«

»Ein Cop«, sagte Mallory. »Ganz klar.«

Hollis sah sich nach den Mitarbeitern der Spurensicherung und dem runden Dutzend uniformierter Polizisten um, die das Gebiet um den Tatort herum absuchten oder an verschiedenen Stellen zwischen dem Tatort und dem Rastplatz am Highway standen, der ebenfalls abgesperrt war. Sie seufzte. »Großartig. Einfach großartig.«

»Es könnte auch eine andere Autoritätsperson sein, das können wir noch nicht ausschließen«, rief Isabel ihnen in Erinnerung. »Was das anbelangt – wir können auch jemanden von der Presse nicht ausschließen. Wer weiß, vielleicht hat irgendein Reporter Emily Geld geboten, wenn sie sich hier, wo ihre Schwester umgebracht wurde, mit ihm trifft? Und es musste lange nach Einbruch der Dunkelheit sein, nur dann konnten sie sicher sein, hier nicht von einer Streife gesehen zu werden. Wir haben doch alle diese Stellen unter Beobachtung. Ihr Wagen stand ein gutes Stück von der Straße entfernt hinter dem Dickicht da, also hat der Mörder den Wagen entweder danach hierher gefahren, oder er hat Emily gesagt, sie soll hier parken, damit eine vorbeifahrende Streife das Auto nicht sehen kann.«

»Aber ein Reporter? Für eine Story?«, meinte Hollis. »Das ist doch krank. Wäre Emily wegen so etwas gekommen?«

»Um nicht mehr in Jamies Schatten zu stehen? Ich glaube schon.«

»Das würden diesen Mord erklären«, sagte Mallory, »aber was ist mit den anderen Opfern? Könnte ein Reporter die alle aus ihren Autos in den Wald gelockt haben?«

»Wisst ihr, wir gehen hier ja von der Annahme aus, dass er es jedes Mal auf die gleiche Art macht«, meinte Hollis. »Aber vielleicht stimmt er seine Vorgehensweise ja individuell auf jede Frau ab. Isabel, du und Bishop, ihr glaubt doch, er muss seine Opfer kennen. Vielleicht deshalb. Um den richtigen Köder für den jeweiligen Fang zu finden.«

Isabel sah sie lange an. Dann entgegnete sie: »Falls du dir bei diesen Ermittlungen je wieder nutzlos vorkommst, denk an diesen Augenblick. Verdammt! Warum habe ich das nicht gesehen?«

Hollis war geschmeichelt, doch sie sagte: »Du hast viel um die Ohren.«

»Trotzdem.« Isabel machte einen Schritt auf die Leiche zu, dann blieb sie wieder stehen und drehte sich um. Auch die anderen beiden Frauen wandten sich um und beobachteten, wie Rafe vom Highway her auf sie zukam. Er blickte grimmig drein, und bei einem Gesicht wie dem seinen war dies ein Ausdruck, der noch die mutigste Seele zurückweichen ließ.

Isabel ging ihm entgegen.

»Tut mir leid, dass ich so spät komme«, sagte er. »Ich wurde auf dem Polizeirevier aufgehalten.«

»Was ist denn noch passiert?«, wollte sie wissen und streckte unwillkürlich die Hand aus, um ihn zu berühren.

Seine Finger verschränkten sich sofort mit ihren. »Der Unfall, dessentwegen die Streife vom Haus der Browers abgezogen wurde«, sagte er. »Zwei Tote.«

»Das habe ich gehört.« Sie wartete, denn sie wusste, dass da noch mehr kam.

»Hank McBrayer war einer von ihnen«, sagte Rafe mit

ausdrucksloser Stimme. »Er ist zu schnell gefahren, war betrunken und ist offenbar auf die andere Straßenseite geraten. Ist frontal mit einem entgegenkommenden Fahrzeug zusammengestoßen. Das andere Opfer war eine fünfundsechzigjährige Frau.«

»Mein Gott«, sagte Isabel. »Arme Ginny. Sie wird sich schreckliche Vorwürfe machen.«

»Ja. Ich habe dafür gesorgt, dass unser Psychologe sich jetzt um sie und ihre Mutter kümmert.« Er blickte an ihr vorbei auf den abgesperrten Tatort.

»Diesmal hat er sie besonders scheußlich zugerichtet«, warnte ihn Isabel. »Er hat ihr die Kehle durchgeschnitten, wahrscheinlich als Erstes, und zwar mit solcher Wucht, dass er ihr beinahe den Kopf abgetrennt hätte. Und dann hat er Spaß an der Sache bekommen.«

Ohne ihre Hand loszulassen, ging Rafe auf den Tatort zu. »Hat der Doc schon einen vorläufigen Bericht abgegeben?«

»Nein, aber ich glaube, er ist gleich so weit.«

Sie schlüpften unter dem Absperrband hindurch, das Mallory und Hollis automatisch für sie anhoben.

»Wenn niemand was dagegen hat«, sagte Hollis, »dann bleibe ich hier stehen. Ich habe genug gesehen.«

Niemand erhob Einwände. Als sie auf die Leiche zugingen, murmelte Isabel: »Hollis kämpft mit ihren Schuldgefühlen. Sie hat wieder Jamie gesehen, gestern Abend im Besprechungszimmer. Offenbar wollte sie ihr unbedingt etwas mitteilen.«

»Und Hollis konnte sie nicht hören.«

»Nein. Am Ende war Jamie so frustriert, dass sie offenbar genug Energie gebündelt hat, um die Hälfte der Papiere, die auf dem Tisch lagen, im Zimmer zu verteilen – Hollis war zu Tode erschrocken.«

Stirnrunzelnd sah Rafe sie an. »Ich meine mich zu erinnern, dass du mir gesagt hast, so etwas wäre sehr ungewöhnlich.«

»O ja. Jamie war eine sehr starke Frau. Und sie hat sich sehr, sehr bemüht, mit Hollis zu kommunizieren. Sie muss gewusst haben, dass ihre Schwester das nächste Opfer sein würde. Und das scheint mir ein weiterer Hinweis darauf zu sein, dass Emily etwas wusste, was dem Mörder gefährlich werden konnte.«

»Du glaubst nicht, dass sie nur deshalb ermordet wurde, weil sie dem Opferprofil entsprach?«

»Nein. Ich glaube auch, sie war zu jung. Und nicht erfolgreich genug für seinen Geschmack. Ich denke, sie wäre so oder so gestorben, egal, welche Haarfarbe sie hatte. Emily hat im Leben ihrer Schwester herumgeschnüffelt, und das hat sie das Leben gekostet.«

»Wir vermissen auch immer noch eine Reporterin.«

»Die womöglich ebenfalls etwas herausgefunden hatte, was dem Mörder gefährlich werden konnte«, meinte Isabel.

Sie blieben einige Schritte vor der Stelle stehen, wo Dr. James noch immer die Leiche untersuchte. Rafe murmelte einen Fluch, als er sie zum ersten Mal aus nächster Nähe sah.

Isabel sagte nichts darauf. Mallory ebenso wenig. Es gab dazu nicht viel zu sagen.

Emily Brower lag ausgestreckt da, beinahe genauso, wie ihre Schwester vor ihr, und fast genau drei Wochen später. Der Schnitt, der quer über ihre Kehle verlief, war so tief, dass die weißen Halswirbel zu sehen waren. Durch die klaffende Wunde badete sie buchstäblich in Blut. Ihr einst helles T-Shirt war damit getränkt, und ihr blondes Haar lag in einer Pfütze aus gerinnendem Blut und Erde.

»Du hattest Recht mit der Eskalation«, meinte Rafe, dessen tiefe Stimme rauer als sonst klang. »Dieser Hurensohn. Diese kranke, böse, perverse Bestie ...«

Der Mörder hatte Emily nicht einfach umgebracht, hatte sie nicht nur wiederholt in Brüste und Genitalien gestochen, wie er es bei den vorherigen drei Opfern getan hatte. Es sah aus, als hätte er sie jeweils ein Mal in jede Brust gestochen, das Messer dann aber hin- und hergedreht, als hätte er Löcher in ihren Körper graben wollen.

Und statt sie durch die Kleidung hindurch in die Genitalien zu stechen, hatte er ihr Jeans und Unterhose bis auf die Knöchel herabgezogen, ihre Beine angewinkelt und gespreizt und sie dann mit dem Messer vergewaltigt.

»Falls es dir hilft«, sagte Isabel mit fester Stimme, »sie hat nichts davon gespürt. Das hat sie schon nicht mehr mitbekommen.«

»Um ihretwillen bin ich froh darüber«, erwiderte Rafe, »aber mir hilft es nicht.«

Dr. James richtete sich auf und kam zu ihnen. Er sah unendlich erschöpft aus. »Muss ich dir irgendetwas sagen, was du nicht selbst sehen kannst?«, fragte er müde.

»Todeszeitpunkt?«, fragte Rafe.

»Mitternacht, plus minus ein paar Minuten. Sie war beinahe sofort tot, er hat sowohl die Halsvene als auch die Luftröhre zerfetzt. Das Blut ist wie eine Fontäne herausgeschossen, die letzten paar Herzschläge haben es herausgepumpt, während sie zu Boden gegangen ist. Ihr Gesicht hat er nicht angerührt, aber er hat an zwei Stellen mit einem schweren Gegenstand auf ihren Schädel eingeschlagen, als sie schon am Boden lag.«

»Warum?«, fragte Mallory verdutzt. »Sie war doch schon tot, das muss er gemerkt haben.«

»Wut«, antworteten ihr Isabel und Rafe beinahe einstimmig.

Isabel fügte hinzu: »Er musste sichergehen, dass sie ihn nicht sehen konnte. Dass sie sein sexuelles Versagen nicht sehen konnte.«

»Er wusste im Voraus, dass er versagen würde«, sagte Rafe.

Isabel nickte. »Er wusste es. Vielleicht hat er das schon immer gewusst.«

Der Arzt musterte die beiden einigermaßen neugierig, fuhr

jedoch mit seinem monoton gehaltenen Bericht fort. »Sie ist rücklings gefallen, und er hat sie nicht mehr groß bewegt. Den Abschürfungen an der Rückseite ihrer Arme nach zu urteilen, hat er die noch ausgebreitet. Hat ihr das Haar um den Kopf herum drapiert und in die Blutpfütze gedrückt. Gott weiß, warum. Ich nicht.«

»Was noch?«, fragte Rafe.

»Was du da siehst. Er hat sich alle Mühe gegeben, ihre Brüste auszuhöhlen, dann hat er ihr mit dem Messer Gewalt angetan. Es war ein großes Messer, das viel Schaden angerichtet hat. Wenn ich raten müsste, würde ich sagen, er hat es ihr mindestens ein Dutzend Mal zwischen die Beine gestoßen.«

»Entschuldigt mich«, sagte Mallory sehr höflich. Sie ging zum Rand der Lichtung, hob das Absperrband an, schlüpfte darunter hindurch, ging noch einige Schritte, beugte sich vor und erbrach sich.

»Ich werde mich betrinken«, kündigte Dr. James an.

»Ich wünschte, ich könnte das«, sagte Rafe.

Der Arzt seufzte. »Ich schreibe den vorläufigen Bericht, wenn ich im Büro bin, Rafe. Den Rest kriegst du, wenn ich sie auf den Tisch bekomme. Das wird ein langer Tag.«

»Ja. Danke, Doc.«

Als der Arzt fort war, sagte Rafe zu Isabel: »Ich empfange hier nur Wut, und auch nur als ganz vagen Eindruck, so schwach, dass ich nicht sicher bin, ob ich es mir nicht vielleicht einbilde – oder als Polizist meine Schlussfolgerungen aus dem ziehe, was ich sehe. Ich weiß nicht, wie ich an mehr herankommen soll. Das musst du tun.«

»Ich kann nicht. Ich nehme auch nichts wahr. Schweigen. Ich weiß wie du, dass er wütend war, weil es nicht zu übersehen ist, aber nicht, weil ich etwas hören oder fühlen würde.«

»Wir brauchen mehr, Isabel.«

»Das weiß ich.«

»Wir müssen ihn hier und jetzt aufhalten. Bevor er sich noch eine Frau holt. Bevor er sich dich holt.«

»Das weiß ich auch.«

Du musst sie erledigen. Bei der ersten Gelegenheit musst du sie erledigen.

Er versuchte, die Stimme zu ignorieren, denn sie sagte ihm nichts, was er nicht schon gewusst hätte. Sie sorgte nur dafür, dass er noch schlimmere Kopfschmerzen bekam.

Sie weiß es. Oder sie wird es bald wissen. Und er hilft ihr dabei. Sieh sie dir an. Du begreifst doch, was da passiert?

»Nein«, flüsterte er, denn er begriff es nicht, wirklich nicht. Er wusste nur, dass sein Kopf schmerzte, und auch seine Eingeweide, und er hatte schon so lange nicht mehr geschlafen, dass er gar nicht mehr wusste, wie Schlaf sich anfühlte.

Sie verändern sich.

Ein eisiger Schreck durchfuhr ihn. »Nein. Ich verändere mich. Du hast das gesagt. Du hast es versprochen. Wenn ich es tue. Wenn ich sie umbringe, bevor sie es verraten können. Du hast es versprochen.«

Dann erledigst du sie besser jetzt. Töte die Frau. Bevor die beiden sich ganz verändert haben. Sonst ist es zu spät. Zu spät für dich. Zu spät für euch beide.

17

Es war beinahe Mittag, als T.J. und Dustin ihre Arbeit beendet und die Mitarbeiter des Gerichtsmediziners Emilys Leiche abtransportiert hatten. Bei der Durchsuchung des Gebiets um den Tatort hatte man nichts gefunden, nicht das kleinste Fitzelchen von etwas, das auch nur entfernt nach einer Spur ausgesehen hätte. Am Highway standen nach wie vor Polizisten und hielten die Medienleute und die Schaulustigen vom Tatort fern, doch die meisten Polizisten gingen bereits wieder ihren regulären Tätigkeiten nach.

Isabel war den ganzen Vormittag über ruhelos und wachsam am Tatort umhergestreift und hatte einen, wie sie selbst wusste, sinnlosen Versuch unternommen, die Barriere zu durchdringen, die Rafe um sie herum errichtet hatte. Um sie zu schützen.

Welche Ironie. Das konnte auch ihm nicht entgangen sein.

»Hast du was?«, fragte Hollis, als sie den nunmehr verlassenen Tatort betrachteten.

»Nein. Und du?«

»Nichts. Und ich versuche es wirklich.« Hollis zuckte mit den Achseln. »Nach dem, was du gesagt hast, bezweifle ich allerdings, dass Emilys Geist von der Sorte ist, die genügend Energie aufbringt um zurückzukommen. Was Jamie anbelangt ... als es darauf ankam, habe ich sie nicht hören können.«

»Mach dich deswegen bloß nicht fertig. Bei mir funktioniert im Moment schließlich auch nicht gerade alles reibungslos.«

»Und deshalb die Wachhunde?«, fragte Hollis und deutete mit einem Kopfnicken in Richtung Highway.

Isabel seufzte. »Der Größere ist Pablo. Der andere heißt Bobby.«

»Pablo? In Hastings?«

»Fand ich auch komisch. Aber, hey, der große Schmelztiegel.«

»So wird es sein.« Hollis musterte ihre Partnerin. »Da hat Rafe dir also zwei Streifenpolizisten dagelassen, die dich bewachen sollen, als er los ist, um Emilys Eltern die schlechte Nachricht beizubringen.«

»Sie sollen mich nicht aus den Augen lassen. Das habe ich Rafe zu ihnen sagen gehört. Er hat extra dafür gesorgt, dass ich ihn hören kann.«

»Na ja … du könntest die Nächste sein, Isabel.«

»Mit Fußfesseln kann ich nicht arbeiten«, versetzte sie gereizt.

»Dann nimm die Fesseln ab«, schlug Hollis sanft vor. »Und damit meine ich nicht die Wachhunde.«

»Jetzt komm mir nicht mit diesen Bishop-Zitaten, klar? Ich bin nicht in Stimmung dafür. Es ist heiß, es ist feucht, ein Unwetter braut sich zusammen, und ich kann nur Blut riechen.«

Hollis verzog das Gesicht. »Danach wollte ich dich sowieso fragen – wie schalten wir den Spinnensinn wieder *aus*?«

»Gar nicht. Wenn du einmal gelernt hast, deine Sinne zu verstärken, dann bleibt dir diese gesteigerte Sensibilität fast immer erhalten. Wir haben ein paar Leute, die sich erst konzentrieren müssen, aber bei den meisten von uns ist er einfach da. Als ob deine Nerven bloßliegen.«

»Das hätte man mir auch früher sagen können, *bevor* ich gelernt habe, wie es geht.«

»Beschwer dich beim Boss, nicht bei mir.«

»Du hast wirklich miserable Laune, was?«

Isabel deutete auf den blutgetränkten Boden wenige Meter von ihnen entfernt. »Das hätte nicht passieren dürfen«, sagte sie. »Das hätte ich vorher spüren müssen.«

»Das hast du doch. Du hast uns gewarnt, dass Emily ein mögliches Opfer war, und Rafe hat alles getan, um sie zu schützen. Es ist nicht deine oder seine Schuld, dass ein Betrunkener einen tödlichen Verkehrsunfall verursacht.«

»Das meine ich nicht. Ich hätte ... auf Empfang sein sollen. Ich hätte zuhören sollen. Stattdessen habe ich getan, was du neulich gesagt hast – ich habe Rafe die Kontrolle übernehmen lassen. Ich habe ihn seinen Schild um meine Fähigkeiten herum errichten lassen. Erst musste ich unbedingt die absolute Kontrolle über alles in meinem Leben haben, und dann ... gebe ich sie einfach an ihn ab. Warum um alles in der Welt habe ich das getan?«

»Du hast die Kontrolle nicht vollständig an ihn abgegeben. Du hast nur zugelassen, dass er deine Fähigkeiten abschirmt.«

»Und warum?«

»Vielleicht wolltest du wissen, ob er es kann.«

Verdutzt starrte Isabel sie an. »Okay, wenn das von Bishop ist – es ergibt keinen Sinn. Ich meine, noch weniger als das, was er sonst manchmal von sich gibt.«

»Du bist eine starke Frau, Isabel. Du willst nicht beherrscht werden, aber du willst jemanden, der dir ebenbürtig ist, wenn auch nur unterbewusst. Ich glaube, du hast gespürt, wie Rafe über diese Verbindung, die ihr zwei habt, seine Fühler nach dir ausgestreckt hat, und bevor du dich auf ihn einlassen konntest, bevor du dich dazu überwinden konntest, musstest du einfach wissen, wie stark er wirklich ist.«

»Und jetzt, wo ich das weiß, o weise Frau?«

Der Spott war nur gespielt. Hollis lächelte schwach. »Jetzt weißt du, dass er dir ebenbürtig ist. Er ist so willensstark wie du, möglicherweise genauso stark übersinnlich begabt wie du – und wahrscheinlich auch so stur wie du.«

»Also?«

»Also hör auf, gegen ihn anzukämpfen. Du hast nichts gesagt, aber ich wette, Paige hat euch zweien geraten, ihr sollt zusammen daran arbeiten, seinen Schild zu beherrschen.«

»Neulinge«, murmelte Isabel.

»Ich habe doch Recht.«

»Ja.«

»Dann würde ich sagen, du musst noch ein letztes bisschen Kontrolle abgeben. Du darfst nicht mehr versuchen, eure Beziehung zu kontrollieren. Sie zu führen, zu planen oder zu gestalten – was immer du auch tust, seit du Rafe begegnet bist. Verzeih mir den Gemeinplatz, aber nicht wir beherrschen die Liebe, die Liebe beherrscht uns. Je mehr du dagegen ankämpfst, desto enger werden diese Fußfesseln.«

»Wir sollten hier nicht über meine Beziehung zu Rafe reden«, sagte Isabel in einem letzten Rückzugsgefecht. »Vier Frauen sind in Hastings gestorben, fünf, wenn man Hope Tessneer mitrechnet, und weitere werden vermisst. Das kann nicht alles von meinem Liebesleben abhängen, das *kann* einfach nicht sein.«

»Im Zentrum unserer Handlungen stehen immer zwischenmenschliche Beziehungen, das weißt du. Du selbst hast einmal gesagt, dass sie im Zentrum dieses Falles stehen. Es geht um Beziehungen, hast du gesagt.«

»Vielleicht habe ich einfach nicht gewusst, wovon ich da rede.«

»Du wusstest es. Du weißt es. Beziehungen sind wichtig, Isabel. Sie haben die Geschichte verändert, ganze Armeen ins Wanken gebracht, Gesellschaften neu errichtet.«

Isabel schwieg. Sie starrte finster auf den blutigen Boden.

»Sie üben große Macht aus. Zwischenmenschliche Beziehungen üben Macht aus. Familie, Freunde, Geliebte – je enger und intimer die Beziehung, desto mehr Macht kann und wird sie ausüben. Nutze diese Macht, Isabel. Und setze sie klug ein.«

»Um Rafes Schild zu durchbrechen?«

»Nein. Um ihn dir zu Eigen zu machen.«

»Hast du die Info?«, fragte Rafe, der sich mit Mallory im Großraumbüro des Polizeireviers traf.

»Ja, aber sehr hilfreich ist sie nicht. Der Anruf, den Emily erhielt, wurde von einem öffentlichen Telefon in der Stadt getätigt. Von einem der wenigen öffentlichen Telefone, die noch in Betrieb sind.«

»Unser Mann lässt keinen Trick aus.«

»Nein. Ich lasse T.J. das Telefon überprüfen, aber ich wette, sie findet entweder eine Million Fingerabdrücke oder gar keine.«

»Sehe ich auch so. Komm, fahren wir zurück zum Tatort.«

»Sind Isabel und Hollis noch da?«

Er nickte und ging ihr voran aus dem Polizeirevier. »Pablo und Bobby behalten sie im Auge.«

»Ich wette, Isabel ist begeistert.«

»Ehrlich gesagt ist es mir scheißegal, was sie davon hält. Sie ist ein mögliches Ziel, und ich habe stark das Gefühl, dass sie die Nächste auf seiner Liste ist.«

Mallory sah ihn neugierig an. Sie stiegen in den Jeep. »Warum?«

»Es spricht sich herum. Ich hatte heute mindestens zwei Anrufe von der Presse und einen vom Stadtrat. Die wollten wissen, ob es stimmt, dass ein übersinnlich begabter Ermittler an dem Fall arbeitet.«

»Entzückend.«

»Und einer der Anrufer war der Reporter, der Cheryl Bayne ersetzt hat. Er will sich einen Ruf machen, das ist nicht zu übersehen. Seine Vorgängerin wird vermisst, und ein übersinnlich Begabter arbeitet an dem Fall? Klingt wie eine erstklassige Story für ihn.«

»Will er darüber berichten?«

»Heute in den Sechsuhrnachrichten, sagt er.«

»Scheiße.«

Rafe zuckte mit den Achseln. »An diesem Punkt kann er, glaube ich, nichts berichten, was der Mörder nicht schon weiß. Genau das macht mir ja Sorgen. Wenn ich der Mörder wäre, dann würde ich mir Isabel holen, und ich würde damit nicht eine Woche warten. Ich vermute, er denkt genauso.«

Mallory seufzte und sagte: »Damit liegst du wahrscheinlich richtig. Außerdem, wenn Isabel Recht hat und er Emily wirklich umgebracht hat, weil sie etwas wusste, und nicht, weil sie eine von seinen *Blondinen* war, dann hat ihn der Mord womöglich nicht befriedigt – ein besseres Wort fällt mir nicht ein.«

Rafe murmelte einen Fluch und trat aufs Gaspedal. Er sagte nichts mehr, bis sie den Rastplatz erreicht hatten und vom Highway abbogen. Die Fragen der Reporter, die immer noch in der Hoffnung auf ein Foto oder einen Nachrichtenhappen in der Hitze des Tages ausharrten, ignorierte er und steuerte direkt auf die Lichtung zu. Als er Isabel und Hollis entdeckte, entspannte er sich sichtlich.

»Der Anruf?«, fragte Isabel, als Rafe und Mallory bei ihnen ankamen.

»Schlechte Nachricht«, meldete Mallory. »Öffentlicher Fernsprecher.«

»Und es wird keine Fingerabdrücke geben«, sagte Isabel seufzend. »Er benutzt Handschuhe. Allerdings nicht aus Latex, glaube ich. Das ist seltsam.«

»Wie meinst du das?«, fragte Rafe.

»Na ja, mit Latexhandschuhen hat man doch mehr Gefühl in den Händen. Und da sie eng anliegen, sind sie auch nirgends im Weg.«

»Nein, ich meine, woher weißt du, dass er keine Latexhandschuhe benutzt? Wir haben an keinem der Tatorte irgendwelche Hinweise darauf gefunden.«

»Ich habe seine Hände berührt«, entgegnete Isabel langsam, überrascht, dass es ihr erst jetzt wieder einfiel.

»Wie bitte?«, fragte Mallory ausgesprochen höflich.

Isabel merkte, dass man sie anstarrte, und schüttelte den Kopf. »Entschuldigt. Ich hatte ganz vergessen, dass keiner von euch es gesehen hat. Oder davon gewusst hat. Ich frage mich, warum ich diese Info vergessen hatte.«

»Welche Info?«, fragte Rafe sichtlich ungeduldig.

»Ich habe doch erzählt, dass meine Gabe sich ganz selten physisch in einer Vision manifestiert. In solchen Visionen *bin* ich das Opfer. Ich fühle, was er oder sie fühlt, und hinterher bin ich normalerweise blutüberströmt. Das Blut verblasst für gewöhnlich nach ein paar Minuten vollständig.«

»Das nenne ich unheimlich«, meinte Mallory.

»Ja, es macht nicht viel Spaß.« Isabel zuckte mit den Achseln. »Jedenfalls bin ich eigentlich nach Hastings gekommen, weil ich eine Vision hatte, während Tricia Kane ermordet wurde. Ich habe gespürt, was sie gespürt hat. Und als er ihr das Messer zum letzten Mal, bevor sie starb, in die Brust gerammt hat, da hat sie danach gegriffen – und seine Hände berührt. Er trug Handschuhe. Keine Latexhandschuhe, sondern dicke Lederhandschuhe, vielleicht Arbeitshandschuhe. Er hat große Hände, jedenfalls war das mein Eindruck.«

»Und das sagst du uns jetzt?«

»Es fällt mir eben jetzt erst wieder ein.« Isabel runzelte die Stirn. »Ich schätze, die Stimmen hatten es verdrängt. Vielleicht ist das ja ein Pluspunkt für deinen Schild.«

Da grollte Donner, und sie blickten alle zum bedrohlich düsteren Himmel empor.

Halblaut murmelte Hollis: »O Gott, ich hasse Gewitter.«

»Gleich spült es uns den Tatort weg«, merkte Rafe an. »Laut Wetterbericht gibt es heute und morgen starke Regenfälle, mit und ohne Gewitter.«

Isabel zögerte und sah ihn an. »Ich habe es versucht«, sagte sie. »Ich habe den ganzen Vormittag versucht, irgendetwas aufzuschnappen, aber ich kann es nicht. Ich kann den Schild nicht durchbrechen.«

»Versuche nicht mehr, ihn durchzubrechen.« Er streckte ihr eine Hand hin. »Arbeite mit mir, nicht gegen mich.«

»Rafe ...«

»Wir haben keine Zeit mehr – nicht, dass wir die je hatten. Wir können es uns nicht leisten, noch länger zu warten. Ob es dir gefällt oder nicht, jetzt ist es soweit.«

»Sollen wir gehen?«, fragte Hollis und deutete auf sich und Mallory.

»Nein«, erwiderte Isabel. Dann fiel ihr wieder ein, was Paige passiert war. Sie fügte hinzu: »Aber vielleicht tretet ihr lieber ein paar Schritte zurück.«

Das taten die beiden Frauen. Wachsam beobachteten sie Rafe und Isabel.

Langsam streckte Isabel ihre Hand aus und spürte den elektrischen Schlag, spürte, wie seine Finger sich um ihre schlossen.

»Ich wünschte, wir hätten mehr Zeit«, erklärte Rafe. »Ich wünschte, wir könnten uns den Luxus leisten, miteinander essen und ins Kino zu gehen und stundenlang über alles zu reden, was uns wichtig ist. Aber die Wahrheit ist, so viel Zeit haben wir nicht. Wir müssen jedes Hilfsmittel nutzen, das uns zur Verfügung steht – auch übersinnliche Mittel –, und zwar jetzt.«

»Ja. Ich weiß.«

»Du bist die Nächste auf seiner Liste. Das weißt du auch.«

Isabel zögerte erneut, dann nickte sie.

»Paige hat gesagt, wir sollten zusammenarbeiten. Nur so würden wir herausfinden, wie man diesen Schild einsetzt.«

»Ja.« Isabel betrachtete kurz ihre Hände und ihr wurde plötzlich etwas klar. »Du bist Rechtshänder, ich bin Linkshänderin.« Genau diese Hände hatten sie miteinander verschränkt.

»Als würde man einen Stromkreis schließen«, sagte Rafe bedächtig. »Oder vielleicht auch öffnen. All das hat angefangen, als ich deine Handgelenke gehalten habe. Beide.«

»Alan, warum zum Teufel sollte ich Ihnen trauen?«, wollte Dana Earley wissen.

»Weil Sie eine gute Story wollen, weil Sie herausfinden wollen, was Cheryl Bayne zugestoßen ist, und weil Sie nicht die nächste Blondine auf dem Speiseplan sein wollen.« Er hielt inne. »In dieser Reihenfolge.«

Dana machte sich nicht die Mühe, sich zu empören. »Sie haben also herausgefunden, dass ich eine Polizeiquelle in Alabama habe, die ich anzapfen soll, und im Gegenzug geben Sie mir die Informationen, die Sie aus Ihren Quellen in Florida bekommen.«

»Genau. Hören Sie, Sie sind beim Fernsehen und ich bei der Zeitung. Wenn wir es richtig anstellen, sind wir am Ende beide Helden.«

»Oder einer von uns ist hinterher tot. Ich zum Beispiel. Alan, wenn Cheryl tot ist, dann weil sie ihm zu nahe gekommen ist. Ich weiß nicht, ob ich diesem Kerl zu nahe kommen will, Story hin, Story her.«

»Und deshalb«, meinte Alan, »müssen wir schnell handeln.«

»O je. Ich weiß, ich werde das noch bereuen.«

Isabel drehte sich ein wenig zur Seite, sodass sie einander ansahen, blickte hinab zum blutigen Boden, wo die grässlich verstümmelte Leiche einer jungen Frau, die sie zugleich gemocht und bemitleidet hatte, gerade noch gelegen hatte, und ihr Mund bekam einen harten Zug. »Wir sollten woanders sein«, sagte sie.

»Nein.«

Sie sah Rafe an.

»Wir sollten hier sein. Wir müssen hier sein, Isabel.«

»Warum?«

»Weil hier zwei Frauen gestorben sind. Weil das Böse hier das getan hat, was es tun wollte, was es tun musste.«

Das Donnergrollen wurde lauter und bedrohlicher.

»Das ist respektlos, zuzulassen, dass der Regen ihr Blut fortwäscht.«

»Da spricht aber nicht die Ermittlerin«, meinte er. Isabel lächelte sarkastisch. »Nein. Du hast Recht. Ich mochte sie, weißt du. Sie hat sich allein und missverstanden gefühlt – und das konnte ich ihr nachfühlen. Es tut mir leid, dass sie tot ist.«

»Ich weiß. Mir auch. Aber das Einzige, was wir für sie tun können, ist ihren Mörder aufzuhalten, bevor er das einer anderen Frau antut.«

Bevor er es dir antut.

Isabel konnte seine Worte beinahe in ihrem Kopf hören. Oder vielleicht hörte sie sie sogar. Was auch immer, sie wusste, dass er Recht hatte. »Ja«, sagte sie.

»Das Universum hat uns *hierher* gesetzt. Und es hat uns aus einem bestimmten Grund jetzt hierher gesetzt. Weißt du noch, was du mir gesagt hast? Wir hinterlassen Spuren, wo wir gehen und stehen. Hautzellen, ausgefallene Haare. Und Energie. Er hat seine Energie hier zurückgelassen, und zwar vor Kurzem. Er hat seinen Hass und seine Wut hier zurückgelassen und dem Ort das Böse, das er ist, aufgeprägt.«

In der Ferne zuckte ein Blitz, und Isabel sagte halb zu sich selbst: »Ich kann es riechen. Aber es ist ein Blitz, kein höllischer Schwefel.« Ihre Stimme hatte einen ängstlichen Unterton.

Seine Finger schlossen sich fester um ihre. »Ja? Du hast gesagt, diesmal musst du ihm gegenübertreten. Dich ihm stellen. Diesem hässlichen Gesicht, das das Böse immer hinter etwas anderem versteckt. Du musst ihm gegenübertreten. Aber Isabel, du wirst das nicht allein tun. Nicht diesmal. Nie mehr.«

Sie atmete tief durch. »Das hatte ich nicht erwartet. Ich bin unsicher, wie ich damit umgehen soll.«

»Genauso, wie du auch mit allem anderen umgehst«, sagte er und lächelte schwach. »Geh es frontal an.«

»Bevor das Unwetter hier ist.«

Er nickte. »Bevor das Unwetter hier ist. Bevor der Regen

das Blut wegwäscht und die Blitze die Energie hier verändern. Wir brauchen die Energie hier – seine und unsere und sogar das, was von ihrer übrig geblieben ist –, um den nächsten Schritt zu tun. Daran ist nichts Respektloses. Wir tun unsere Arbeit. Nur so können wir das Böse bekämpfen.«

»Woher weißt du so viel?«

»Ich habe aufgepasst.«

Isabel zögerte noch. Dann streckte sie die rechte Hand aus. »Okay. Mal sehen, wohin uns der nächste Schritt bringt.«

Er legte seine linke Hand in ihre rechte.

Hollis sagte – damals und noch lange danach –, es hätte etwas zu sehen sein müssen, ein äußeres Anzeichen dafür, dass sich dort etwas höchst Erstaunliches abspielte. Doch zumindest nach außen hin war nichts zu sehen. Nur zwei Menschen, die einander ansahen und sich an den Händen hielten, mit ruhigen Mienen, doch eigenartig aufmerksamen Blicken.

Mallory trat näher zu Hollis und murmelte: »Ich habe das Gefühl, mir entgeht hier etwas Wichtiges.«

»Sie können mich schlagen, ich habe keine Ahnung«, erwiderte Hollis. »Ich meine, ich weiß, dass es etwas mit diesem Schild zu tun hat, den Rafe errichtet hat, aber ich habe keine Ahnung, was die beiden da gerade tun.«

»Vielleicht versuchen sie, ihn loszuwerden?«

»Nein, nach allem, was Isabel erzählt hat, wäre das wahrscheinlich keine so gute Idee.«

»Warum nicht? Ich meine, wenn er diese Stimmen abhält?«

»Ich weiß nicht. Sie hat davon gesprochen, dass ihre vereinten Energien zu stark wären, besonders jetzt, wo alles neu und noch nicht so richtig unter Kontrolle ist. Schlimme Dinge könnten passieren, wenn sie einfach ... loslassen würden.«

Mallory seufzte. »Ich sehne mich nach der Zeit zurück, als wir es nur mit Faserspuren und Haaren, mit Fingerabdrücken und dem einen oder anderen halb blinden oder total zugedröhnten Zeugen zu tun hatten.«

»Ja, ich kann mir vorstellen, dass das nicht so schlimm war. Oder wenigstens nicht so kompliziert.«

»Das können Sie laut sagen.«

Minutenlang herrschte Schweigen. Nur das zunehmend lauter grollende Gewitter über ihren Köpfen war zu hören. Schließlich wagte Hollis sich einen Schritt näher an Isabel und Rafe heran. »Na?«

»Na was?«, fragte Isabel gelassen.

»Was passiert bei euch?«

»Gute Frage.«

Hollis warf Mallory einen Blick zu. »Na kommt, ihr zwei. Die Leute gucken schon. Pablo und Bobby sehen wirklich nervös aus. Oder verlegen, da bin ich mir jetzt nicht sicher. Was passiert bei euch?«

Nach einem Augenblick wandte Isabel den Kopf Hollis zu. »Ich möchte zwar nicht klingen wie eine Countrysängerin, aber ich kann sein Herz schlagen hören.«

»Ich weiß, dass sie kein Frühstück hatte«, sagte Rafe und sah ebenfalls Hollis an.

»Und ihm ist mulmig, weil …« Unvermittelt sah Isabel wieder Rafe an. »Mein Gott, warum hast du mir das nicht gesagt?«

»Du weißt verdammt gut, warum ich es dir nicht gesagt habe«, erwiderte er und begegnete ihrem Blick.

»Das waren deine Fähigkeiten, die sich da physisch manifestiert haben. Und das ist, wie du dich erinnern wirst, zwar selten, aber es ist schon vorgekommen. In deinem Fall wurde es wahrscheinlich von Schuldgefühlen ausgelöst, weil du geglaubt hast, du hättest ihn nach dem ersten Mord aufhalten müssen. Unschuldiges Blut buchstäblich an deinen Händen.«

»Das ist mir klar. Jetzt. Aber bevor wir gestern darüber geredet haben, waren die Möglichkeiten, die zur Auswahl standen, deutlich gruseliger.«

»Deshalb hast du mich blockiert. Das war der Teil von dir, an den ich nicht herangekommen bin?«

»Ich denke, schon. Isabel, ich bin jeden Morgen mit Blut an den Händen aufgewacht und hatte keine Ahnung, wo das herkam. Frauen waren tot. Andere Frauen wurden vermisst. Du hast mir erzählt, einer Theorie zufolge sei es möglich, dass ein Serienmörder die meiste Zeit ganz normal herumläuft, ohne zu wissen, dass er ein Mörder ist. Also hatte ich Angst, dass ich vielleicht Aussetzer hatte.«

»Und in der Zeit Blondinen getötet hast? Ich hätte dir gleich sagen können, dass du es überhaupt nicht sein konntest.«

»Tja, ich ... hatte Angst zu fragen.«

»*Leute.*« Hollis klang jetzt beinahe schrill.

Isabel sah ihre Partnerin an, runzelte die Stirn und ließ dann Rafes Hand los. »Oh. Entschuldigt. Wir waren ... woanders.«

»Ist mir aufgefallen. Wo wart ihr?«

»Sehr weit weg in einer anderen Galaxie«, murmelte Rafe.

»Du sprichst allmählich wie ich«, meinte Isabel.

»Ich weiß. Unheimlich, was?« Er nahm sie am Arm und führte sie zum Absperrband an der zum Highway hin gelegenen Seite der Lichtung. »Ich würde sagen, wir fahren zurück zum Polizeirevier, bevor der Himmel seine Schleusen öffnet.«

Hollis und Mallory gingen mit ihnen. Beide blickten gleichermaßen verblüfft und neugierig drein.

»Blut an deinen Händen?«, fragte Mallory Rafe. »Du bist mit Blut an den Händen aufgewacht?«

»Ja, in den letzten paar Wochen.«

Hollis murmelte: »Mann, Sie haben ein echtes Pokerface.« Erst als sie den Tatort hinter sich gelassen hatten, fügte sie hinzu: »Wenn mir jetzt nicht gleich jemand erzählt, was hier los ist ...«

»Ich weiß nicht, ob ich das kann.« Isabel schüttelte den Kopf. »Ich weiß eigentlich nur, dass alles anders ist.«

»Wie anders?«

»Die Stimmen sind wieder da. Aber ... sehr, sehr leise. Wie von ferne.«

»Was ist mit Rafes Schild?«

»Der ist immer noch da. Hier. Ich glaube aber, wir haben ein paar Löcher hineingebohrt. Ich habe dir ja gesagt, dass ich nicht weiß, ob ich es erklären kann.«

»Ich hätte dir glauben sollen«, meinte Hollis.

Rafe wies seine beiden Streifenpolizisten an: »Sie beide können Mittagspause machen und dann zurück zum Polizeirevier fahren. Wenn Sie nichts anderes hören, dann erledigen Sie die Aufgaben, für die Sie heute eingeteilt sind.«

»Alles klar, Chief.«

»Ja, Sir.«

»Keine Wachhunde mehr?«, fragte Isabel.

»Ich bin jetzt dein Wachhund«, erwiderte er. »Mallory, würdest du bitte mit Hollis zurückfahren?«

»Sicher.«

Als sie ihre Fahrzeuge erreichten, sahen sie, dass die Medienvertreter weg waren, ebenso die Schaulustigen.

»Hat sich der Wetterbericht darüber ausgelassen, ob die Gewitter heute Nacht und morgen schlimm werden?«, fragte Isabel. »So schlimm, dass sich weder Golfer auf den Parcours noch Reporter mit elektronischen Geräten vor die Tür wagen?«

Rafe nickte. »Wir sind hier zwar nicht in der *Tornado Alley*, aber doch nahe dran.«

Isabel sagte nichts, bis sie wieder im Jeep saßen und zurück in die Stadt fuhren. Als sie dann sprach, klang ihre Stimme zaghaft: »Da hinten am Tatort, als wir ... was immer wir da auch getan haben, da habe ich irgendetwas aufgeschnappt. Dieser Karton. Dieser Karton mit den Fotos. Wir müssen ihn finden. Da drin finden wir die Antwort, ich weiß es.«

»Wenn er unter einem falschen Namen bei irgendeiner Bank deponiert ist ...«

»Das glaube ich nicht. Ich glaube, wir haben etwas Wichtiges übersehen.«

Rafe runzelte die Stirn. Es donnerte erneut. »Wir haben sämtliche Häuser und Wohnungen überprüft, die ihr gehörten.«

»Haben wir das?« Isabel wandte sich ihm zu. »Jamie hatte ein geheimes Leben. Eine geheime Persönlichkeit. Und sie hat ihre Geheimnisse sehr, sehr gut versteckt. Was, wenn Jamie nach Hopes Tod beschlossen hat, sämtliche Geheimnisse für immer zu begraben?«

»Wir haben ihr Spielzimmer gefunden«, erinnerte Rafe sie.

»Ja, aber Jamie hatte nicht damit gerechnet, dass sie selbst stirbt. Ich glaube, wenn sie nur ein bisschen mehr Zeit gehabt hätte, dann hätten wir da nur ein leeres Lagerhaus vorgefunden. Und keine Spur ihres Geheimlebens.«

»Hätte sie dann nicht einfach alles verbrannt? Ich meine, wenn sie die Beweise für dieses andere Leben hätte vernichten wollen.«

»Sie wollte sie nicht vernichten. Ihren stärksten Persönlichkeitsanteil vernichten? Auf keinen Fall. Das wäre, als hätte sie sich einen Arm abgehackt, oder noch schlimmer. Sie wollte sie begraben. Sieh mal, als ihr Hopes Leiche abhanden kam – und ich bin immer noch davon überzeugt, der Mörder hat sie da geklaut, wo Jamie sie hingebracht hatte –, da muss ihr klar gewesen sein, dass jemand von der Toten wusste. Sie muss befürchtet haben, dass die Leiche im besten Fall auftauchen und zu ihr zurückverfolgt werden würde, oder – womöglich noch schlimmer aus ihrer Sicht – dass jemand eine Erpressung plante.«

»Also«, führte Rafe ihren Gedankengang fort, »hätte sie jeden Beweis für ihre Beziehung beseitigen wollen.«

»Für alle ihre geheimen Beziehungen. Wenn wir eine gefunden hätten, hätten wir die anderen auch gefunden. So hätte sie gedacht. Also hat sie gehandelt, und zwar schnell. Sie hat ihre Häuser und Grundstücke zum Verkauf angeboten und vielleicht Geld, das sie eigentlich nicht haben durfte, zwischen Konten hin und her verschoben, von denen wir nichts wissen sollten.«

»Wir haben Kollegen beauftragt, heute die Banken in der Umgebung zu überprüfen.«

»Vielleicht finden sie wenigstens Belege für diese geheimen Konten. Aber ich glaube nicht, dass sie den Karton finden. Ich glaube, Jamie hatte vor, von hier wegzugehen, oder wenigstens so lange in Urlaub zu fahren, bis man Hopes Leiche entdeckt und sie herausgefunden hätte, ob sie unter Mordverdacht stand.«

»Und so hat sie die letzten Tage ihres Lebens damit verbracht, sämtliche Geheimnisse zu tilgen oder zu verstecken«, sagte Rafe.

»Genau. Ich glaube, sie hat einen Ort gefunden oder geschaffen, an dem sie die kommerzielle Domina begraben konnte. Den Karton mit den Fotos hat sie sofort dahin gebracht, zumal sie den Verdacht gehabt haben muss, dass Emily bei ihr herumschnüffelt. Das Zeug in ihrem Spielzimmer wäre auch noch an die Reihe gekommen, aber der Mörder hat sie vorher erwischt.«

»Okay«, meinte Rafe. »Ich will dir diese Theorie mal abkaufen. Aber wie finden wir heraus, wo dieses Geheimversteck ist? Wir haben alles eingesetzt, was wir haben, nur von Haustür zu Haustür sind wir nicht gegangen, wir haben nicht jede Menschenseele in Hastings befragt. Was sollen wir denn noch tun?«

Isabel atmete tief durch. »Die einzige Seele fragen, die es weiß.«

Der Himmel ließ sich Zeit beim Öffnen der Schleusen. Um drei Uhr nachmittags wurde es dämmerig, dabei wehte ein heißer, böiger Wind und Donner grollte. Es klang, als wäre das Unwetter noch viele, viele Meilen entfernt. Blitze ermöglichten kurze Blicke auf eine in unheimliches, grelles Licht getauchte Main Street, auf der wenig Verkehr herrschte. Gegenüber dem Polizeirevier hatten die Medienvertreter rund um das Rathaus ihre Lager aufgeschlagen. Die Presseleute jedenfalls. Die meisten Reporter mit nennenswerter elektronischer Ausrüstung hatten, wie Isabel vorhergesagt hatte, in weiser Voraussicht beschlossen, nicht vor die Tür zu gehen.

»Man kann spüren, dass die Nerven blank liegen«, meinte Mallory und sah aus dem Fenster des Besprechungszimmers. »Sogar bei den Reportern. Ich habe ja keine zusätzlichen Sinne, aber sogar ich spüre das.«

»Zusätzliche Sinne machen es nur schlimmer«, erklärte ihr Hollis. Sie saß am Konferenztisch, hatte beide Ellenbogen aufgestützt und den Kopf in die Hände gelegt. »Ich habe ganz merkwürdige pochende Kopfschmerzen.« Sie gähnte, als wollte sie ihre Ohren frei bekommen. »Und ich fühle mich wie im Flugzeug.«

»Kein guter Zeitpunkt für eine Séance, nehme ich an.«

»Du liebe Güte, nennen Sie es nicht so.«

»Ist es das denn nicht? Ich meine, genau genommen.«

»Ich weiß nicht. Ich habe einfach das Gefühl, dass es kein guter Plan sein kann, an einem Gewitternachmittag die Toten zu rufen.«

»Wir tun es ja nicht in einem Spukhaus.«

»Hey, ein echter Pluspunkt.« Hollis seufzte. Mallory wandte sich vom Fenster ab. Sie setzte sich halb auf die Fensterbank und lächelte schwach. »Sie beide sind wirklich unkonventionelle Ermittler, das muss ich Ihnen lassen. Andererseits haben wir hier auch nicht gerade eine konventionelle Mordserie. Wenn es so was überhaupt gibt.«

Doch ehe Hollis antworten konnte, klopfte Travis an die offene Tür und sagte: »Hi, Mallory, Alan Moore ist hier. Er sagt, es sei wichtig, und da der Chief und Agent Adams mit T.J. draußen in der Garage sind ...«

»Schick ihn rein. Danke, Travis.«

Da die Anschlagtafeln bereits verdeckt waren, konnten die

beiden Frauen bleiben, wo sie waren. Mallory blieb am Fenster, als Alan hereinkam. Sie sagte: »Der Chief hat den Medien zurzeit nichts zu sagen. Hast du ihn denn vor ein paar Stunden nicht draußen auf der Treppe gehört, Alan?«

»Doch«, erwiderte er unerschütterlich. »Deshalb bin ich ja zurück in mein Büro gegangen. Wo ich dann zwei Neuigkeiten erfahren habe, die ich großzügigerweise der Polizei mitteile.«

»Ich glaube, das hat er geübt«, meinte Hollis zu Mallory.

»Wahrscheinlich.« Mallory blickte ihn finster an. »Die Neuigkeiten?«

»Zum einen hat Kate Murphy eine Freundin angerufen, die zufällig bei der Zeitung arbeitet. Offenbar ist sie eilig – und mit dem Bus – aus der Stadt abgereist, weil sie einen Drohanruf von einem Exliebhaber erhalten hatte und in Panik geraten war. Zumal in Hastings gerade Blondinen ermordet werden.«

Mallory sagte: »Wir haben in ihrer Vergangenheit keinerlei Anzeichen für einen Liebhaber gefunden, und wir haben danach gesucht.«

»Ja, die Sache ist aber auch etwa zehn Jahre her. Sie gibt selbst zu, dass ihre Panik ein bisschen übertrieben war.«

»Scheint so«, murmelte Hollis. »Allerdings kann ich es ihr nicht verdenken.«

»Jedenfalls geht es ihr gut«, sagte Alan. »Sie behauptet, sie hätte ihrer Stellvertreterin in der Boutique eine Nachricht hinterlassen, sei aber erst heute dazu gekommen, anzurufen. Ich glaube, sie ist mindestens vier Bundesstaaten weit weg, aber sie hat sich geweigert zu sagen, wo.«

Mallory schüttelte den Kopf. »Eine weniger auf der Liste, Gott sei Dank. Und danke, dass du es uns gesagt hast. Was ist die andere Neuigkeit?«

»Das hier.« Er zog einen Zettel aus der Tasche und faltete ihn auf dem Tisch auseinander. »Wahrscheinlich nur meine Fingerabdrücke, da auf dem Letzten auch keine waren.«

»Umschlag?«, fragte Mallory. Den zog er aus einer anderen Tasche. »Ich dachte, der wäre auch wertlos, was Fingerabdrücke angeht, wenn man bedenkt, durch wie viele Hände er gegangen ist. Der Poststempel ist Hastings. Am Samstag aufgegeben.«

Mit erhobenen Augenbrauen lehnte Hollis sich ein wenig zur Seite, um den Zettel lesen zu können. »O je.«

Mallory kam zu ihnen an den Tisch und sah auf den Zettel. Wie die erste Nachricht an Alan war auch diese in Blockbuchstaben auf das unlinierte Papier geschrieben. Und wieder konnte man dennoch von einer kühnen, bösartigen Handschrift sprechen.

SIE HÄTTEN ES VERRATEN.
ER WUSSTE, DASS SIE ES VERRATEN HÄTTEN.
SIE WAREN UNSERES VERTRAUENS NICHT WÜRDIG.
SIE IST ES AUCH NICHT.
ISABEL AUCH NICHT.

18

»Dustin hat es gefunden«, berichtete T.J. »Er kennt sich mit Autos besser aus als ich. Von wegen Männersache und so.«

»Der Tempomat war also aktiviert«, meinte Rafe. »McBrayer war betrunken. Vielleicht ist er aus Versehen dran gekommen.«

»Dustin meint, das geht gar nicht. Hat was mit der Befestigung des Schalters am Lenkrad zu tun. Jetzt ist das Lenkrad natürlich total hinüber, aber er schwört, das geht aus Sicherheitsgründen nicht oder so.«

Isabel hatte sich das, was von Hank McBrayers Auto noch übrig war, von innen angesehen. Nun richtete sie sich auf und sagte: »Dustin glaubt, jemand anders hätte den Tempomat eingestellt?«

T.J. zuckte mit den Achseln. »Ich gebe zu, erst habe ich gedacht, das sei ziemlich an den Haaren herbeigezogen. Doch wir haben das Heck des Wagens überprüft. Da ist kaum was dran, aber wir haben da Spuren von einem Wagenheber gefunden. Man hebt die Hinterräder vom Boden ab, legt den Gang ein, und dann legt man mit dem Schalter am Lenkrad die Fahrgeschwindigkeit fest. Am Ende schiebt man den Wagen einfach vom Wagenheber. Die Schrammen am Auto passen dazu.«

»Dann müssten aber an der Stelle, wo er vom Heber runtergeschoben wurde, Reifenspuren auf der Straße sein«, meinte Rafe.

»Dustin ist gerade draußen und verfolgt die Strecke vom Unfallort aus zurück. Wir haben vorne im Wagen auch ein Stück Seil auf dem Boden gefunden. Ich denke, damit wurde das Lenkrad festgebunden, damit das Auto geradeaus fuhr.

Und ich bin mir ziemlich sicher, dass die Scheinwerfer aus waren, nur für den Fall, dass das alles noch nicht gereicht hätte.« Sie schüttelte den Kopf. »Eine saubere Art, jemanden umzubringen. McBrayer stank nach Alkohol, und er hatte so viel davon im Blut, dass es einen Trupp Marines umgehauen hätte – wer würde da schon darauf kommen, dass es kein Unfall war?«

»Gute Arbeit«, sagte Rafe zu ihr. »Sie beide.«

»Danke. Ich richte es Dustin aus. Wenn er zurückkommt, mache ich den Wagen fertig. Dann schicke ich den Bericht hoch.«

Als sie die Tiefgarage des Polizeireviers verließen und die Treppe zu den Büros hinaufstiegen, sagte Isabel: »Ein Ablenkungsmanöver. Dieser *Unfall* ist nur ein paar Meilen vom Haus der Browers entfernt passiert. Die Streife, die draußen Wache gehalten hat, war der nächste Polizeiwagen.«

»Ich frage mich, ob er McBrayers Auto direkt auf ein anderes Auto zugesteuert hat, oder ob er darauf vertraut hat, dass der Wagen schon irgendwann etwas oder jemanden treffen würde?«

»Ich glaube nicht, dass unser Mann viel dem Zufall überlässt«, erwiderte sie. »Er sucht sich einen dunklen, geraden Straßenabschnitt in einem Gebiet mit wenig Verkehr und bereitet den Wagen vor, in dem der bewusstlose McBrayer sitzt. Dann wartet er, bis er Scheinwerfer sieht. Als die Fahrerin des anderen Wagens das Auto auf sich zukommen sah, war es längst zu spät.«

»Der Fernsprecher, von dem aus er Emily angerufen hat, war nur wenige Häuserblocks vom ... Unfallort entfernt. Wahrscheinlich hat er den Streifenwagen erst vorbeifahren lassen und sie dann angerufen.«

»Ich habe das Gefühl, dass er uns auch wieder verhöhnen wollte, indem er noch zwei Menschen umgebracht hat, nur um Emily hierher locken zu können: *Seht mich an, seht her, wie clever ich bin.*«

»Du glaubst nicht, dass es eine persönliche Sache zwischen McBrayer und ihm gewesen ist?«

»Nein, ich glaube, der kam ihm gerade recht. Nach dem, was Ginny mir gestern Abend erzählt hat, waren die Sonntagabendbesäufnisse ihres Vaters hier in der Gegend kein Geheimnis. Der Mörder hat McBrayer gefunden, vielleicht ist er ihm sogar zu einer der Kellerkneipen gefolgt, von denen du erzählt hast. Dann musste er nur noch abwarten, bis sein Opfer das Bewusstsein verlor oder rausgeschmissen wurde.«

»Und ihn benutzen, um das zu bekommen, was er wollte: Emily.« Rafe hielt sie am Arm fest, als sie in den Korridor kamen, der zum Besprechungszimmer führte. »Sag mir eins. Ganz ehrlich.«

»Sicher, wenn ich kann.«

»Hinter dir ist er jetzt als Nächstes her.«

»Vielleicht. Wahrscheinlich. Besonders, wenn sich herumspricht, dass ich übersinnliche Fähigkeiten habe. Das würde er als verstärkte Bedrohung empfinden, denke ich.«

»Wird er eine Woche warten?«

Isabel zögerte, dann schüttelte sie den Kopf. »Würde mich wundern. Emily war Schadensbegrenzung. Sie wusste etwas, das sie nicht verraten sollte. Oder zumindest glaubt er, dass sie es wusste. Ich schätze mal, irgendetwas, was mit diesem Fotokarton zu tun hat.

»Aber dich will er.«

»Auch ohne die übersinnliche Zusatzkomponente, ja. Mich und die letzte Blondine auf seiner Liste, wer sie auch sein mag. Und er handelt immer schneller, er wird schlampig. Die Kratzer vom Wagenheber an dem Auto hätten wir nicht finden dürfen, geschweige denn das Stückchen Seil, das nicht da hineingehörte. Er steht ganz schön unter Druck. Was ihn auch antreiben mag, es treibt ihn in die Enge.«

Rafe zögerte, doch sie waren allein, und schließlich fragte er: »Was da vorhin passiert ist, hat den Schild um dich herum aufgehoben, oder?«

»Teilweise. Aber die Stimmen sind immer noch sehr leise.«
Sie sah ihn fest an. »Da ist immer noch ein Teil von dir, an den ich nicht herankomme.«

»Ich vertraue dir.«

»Ich weiß. Nur dir vertraust du nicht.«

Er schüttelte den Kopf. »Das kapiere ich nicht.«

Isabel musste lächeln. »Wundert mich nicht. Sieh mal, ich glaube, ich habe etwas herausgefunden. Wir sind beide kontrollsüchtig, und wir wissen es beide. Der Unterschied zwischen uns ist, ich traue niemand anderem zu, dass er den Laden schmeißt, und du traust es dir selbst nicht zu.«

»Und das ist Kontrollsucht?«

»Ja. Ich muss lernen loszulassen, jemandem zu vertrauen, ohne mich aufzugeben. Und du musst lernen, dir selbst zu vertrauen, damit du der werden kannst, der du sein musst.«

Argwöhnisch fragte Rafe: »Bist du das Sprachrohr von diesem Bishop?«

»Ich weiß, wie das klingt, glaub mir. Was meinst du, warum ich mich so dagegen wehre? Aber die Wahrheit ist, keiner von uns beiden hat genug Vertrauen in die eigene Person.«

»Das klingt für mich wie ein Problem, das Zeit braucht, Isabel. Wir haben aber keine Zeit.«

Isabel ging über den Korridor aufs Besprechungszimmer zu. »Nein, haben wir nicht. Und deshalb können wir uns auch nur nebenbei um unsere Probleme kümmern.«

»Ich habe befürchtet, dass du so etwas sagen würdest.«

»Keine Angst. Wenn ich in den letzten Jahren eins gelernt habe, dann dass wir Riesensprünge machen können, wenn wir müssen.«

»Genau das macht mir ja Sorgen«, sagte Rafe. »Dass wir dazu unter Umständen allen Grund haben werden.«

»Alan, dafür habe ich jetzt keine Zeit«, erklärte Mallory ihm. Sie standen in der Eingangshalle des Polizeireviers.

»Nimm dir Zeit«, beharrte er. »Schau, Mal, ich weiß, du willst nicht, dass man uns miteinander in Verbindung bringt, aber ich habe mich ein bisschen umgetan, und da ist etwas, das du wissen musst.«

Argwöhnisch fragte sie: »Geht es um den Fall? Und warum erzählst du es dann nur mir?«

»Nimm es als Geste des guten Willens. Ich hätte es auch heute in der Zeitung bringen können, aber das habe ich nicht.«

Nach kurzem Schweigen sagte sie: »Ich höre.«

»Ich weiß, dass da noch zwei ältere Mordserien waren, eine vor fünf und eine vor zehn Jahren, in zwei anderen Bundesstaaten.«

»Woher ...«

»Ich habe meine Quellen. Kümmere dich einfach nicht darum. Ich weiß auch, dass das FBI Ermittler in die betreffenden Städte geschickt hat, die weitere Nachforschungen anstellen sollen.«

Mallory zögerte, dann sagte sie zähneknirschend: »Wir haben die Berichte noch nicht.«

»Ich weiß, dazu war noch keine Zeit. Aber einer meiner Informanten hatte Gelegenheit, mit einem der Ermittler in der zweiten Mordserie zu sprechen.«

»›Hatte Gelegenheit?‹ Alan ...«

»Hör einfach zu. Der Ermittler hat gesagt, an dem ersten Mord hätte ihn etwas gestört. Es war eine Kleinigkeit, er hat es nicht einmal in einem seiner Berichte erwähnt. Ein Ohrring.«

»Was?«

»Sie haben ihre Leiche natürlich draußen im Freien gefunden, so wie später alle anderen. Aber der Ermittler hat ihre Wohnung durchsucht. Und in ihrem Schlafzimmer fand er auf der Frisierkommode einen Ohrring. Doch den zweiten konnte er nicht finden.«

»Na und? Frauen verlieren permanent Ohrringe, Alan.«

»Ja, ich weiß. Aber eines hat den Ermittler gestört: Das Opfer trug gar keine Ohrringe. Sie hatte keine Ohrlöcher.«

Mallory zuckte mit den Achseln. »Dann hat ihn wohl eine Freundin verloren.«

»Von ihren Freundinnen hat keine Anspruch darauf erhoben. Nicht eine. Ein wertvoller Diamantohrring, und niemand, der Anspruch darauf erhoben hat. Das war eine unbeantwortete Frage, und die lässt ihm seitdem keine Ruhe.«

Geduldig sagte Mallory: »Okay, er hat einen Ohrring gefunden, für den er keine Erklärung hat. Und wie soll uns das weiterhelfen?«

»Es ist eben so ein Gefühl, Mal, und ich wollte dich wissen lassen, dass ich dem nachgehe. Ich habe bereits mit einer Freundin des zweiten Opfers in Florida gesprochen. Auch sie behauptet, sie hätte einen einzelnen Ohrring bei den Sachen ihrer Freundin gefunden. Ich lasse jemanden auch die Morde in Alabama überprüfen. Ich glaube, es hat etwas damit zu tun, wie er die Frauen dazu gebracht hat, sich mit ihm zu treffen.«

»Alan ...«

»Ich werde das überprüfen. Wenn ich irgendetwas herausfinde, lasse ich es dich wissen.«

Mallory dachte, er hätte noch etwas gesagt, aber sie konnte ihn nicht verstehen, da es im selben Augenblick laut donnerte. Dann war er fort.

Sie starrte ihm hinterher.

16.00 Uhr

»Es hat keinen Sinn«, sagte Hollis schließlich. »Ich weiß nicht, woran es liegt, am Sturm oder an mir, aber ich kann mich einfach nicht konzentrieren. Und eure Energie ist auch nicht gerade hilfreich. Sie tut höchstens weh.«

»Wir waren dabei, als du Jamie zum ersten Mal gesehen hast«, erinnerte Isabel sie. »Genau hier in diesem Raum.«

»Ja, aber das war, bevor ihr richtig angefangen habt, Funken zu schlagen«, erinnerte Hollis Isabel.

»Sagen Sie bloß nicht, wir sollen Händchen halten oder Kerzen anzünden«, bat Mallory, zog eine weitere Mappe zu sich heran und sah sie stirnrunzelnd durch.

Hollis schüttelte den Kopf. »Also, wenn Jamie sich irgendwo in der Nähe einer Tür herumtreibt, dann nicht an meiner. Oder ich kann die Tür nicht öffnen. Wie auch immer, heute passiert hier gar nichts.«

Rafe lehnte sich zurück und sagte: »Hört mal, es muss einen anderen Weg geben, wie wir das aufklären können. Gute alte Polizeiarbeit. Wenn Jamie ein Geheimversteck hatte, dann müssen wir es auch finden können.«

»Und zwar vor den Sechsuhrnachrichten«, sagte Hollis. »Aber ich will nicht drängen.«

»Die Berichte über die Banken in der Umgebung sind bis jetzt alle negativ«, meinte Mallory. »Niemand hat Jamies Foto oder ihren Namen wiedererkannt, und wir wissen nicht, welches Pseudonym sie benutzt haben mag. Wenn sie mit ihrer Sadomasonebenbeschäftigung wirklich jahrelang Geld verdient und es auf die hohe Kante gelegt hat, dann hatte sie viel Zeit, sich ein wirklich solides Pseudonym zusammenzustricken, das wir unter Umständen nie aufdecken. Und ich kann nichts über herrenlosen oder vermissten Schmuck finden, von daher war Alan da wohl auf der falschen Spur.«

»Diese Nachricht gefällt mir nicht«, warf Rafe ein.

»Sie ändert nichts«, meinte Isabel. »Wir wussten ja, dass ich auf seiner Liste stehe.«

Sie nahm sich den Zettel und blickte ihn finster an. »Unseres Vertrauens. Sie waren *unseres* Vertrauens nicht würdig.«

»Vielleicht ist er wirklich schizophren«, sagte Mallory.

»Ja, aber selbst dann – in der ersten Nachricht hat er da noch ganz klar unterschieden: *Er* hat sie nicht ermordet, weil sie Blondinen waren. In dieser Nachricht verknüpft er den Schreiber der Nachricht mit dem Mörder. Sie waren *unseres* Vertrauens nicht würdig. Wenn er schizophren ist, würde ich sagen, er steht am Rande einer großen Identitätskrise.«

»Hatte er die nicht vorher schon?«, murmelte Hollis.

»Ich glaube nicht, dass ihm klar war, dass er eine hatte. Ich glaube, ein Teil von ihm hat dem zugehört, was ihn zum Morden drängt, und ein anderer Teil von ihm hatte keine Ahnung, was da passierte.«

»Eine gespaltene Persönlichkeit?«, fragte Hollis.

»Vielleicht. So etwas ist viel seltener, als den Leuten klar ist, aber es ist möglich, dass wir es in diesem Fall mit genau so etwas zu tun haben. Dann könnte ein Teil seines Geistes, der gesunde Teil, die meiste Zeit die Oberhand gehabt haben.«

»Und jetzt?«, fragte Rafe.

»Jetzt«, meinte Isabel, »geht der gesunde Teil seines Geistes unter, er geht zugrunde. Ich glaube, er verliert die Kontrolle.«

»Es geht also nur um Kontrolle.«

»Nein, es geht nur um Beziehungen. Es dreht sich immer noch alles um Beziehungen. Seht euch diese Nachricht an. Er glaubt, diese Frauen hätten sein Vertrauen missbraucht – oder in meinem Fall, dass ich es noch tun werde. Er schützt da ein Geheimnis, und er ist davon überzeugt, dass die Frauen, die er ermordet, sein Geheimnis zu verraten drohen.«

»Also kennen sie ihn.«

»Er glaubt das.«

Rafe sah Isabel unentwegt an. »Dann glaubt er, du kennst ihn.«

»Ich glaube das auch.«

Das drohende Unwetter verstärkte noch das Gefühl von Dringlichkeit, das sie alle erfüllte, denn es schien sie den ganzen Tag zu umzingeln, ohne sich tatsächlich in Hastings zu entladen. Äste flogen umher, Techniker des Stromversorgers waren permanent damit beschäftigt, herabgestürzte Stromleitungen zu reparieren, Donner grollte und dröhnte, Blitze zuckten durch das unheimliche Zwielicht.

Es war, als würde die ganze Welt darauf warten, dass etwas geschah.

Um fünf Uhr nachmittags lagen Papiere überall auf dem Tisch verteilt, waren an die Anschlagtafeln geheftet und stapelten sich auf zweien der Stühle: die Berichte der Spurensicherung, die Hintergrundüberprüfungen der Opfer, Aussagen sämtlicher Beteiligter und Autopsieberichte mitsamt Fotos.

Und die Antworten, die sie brauchten, hatten sie immer noch nicht.

Als Travis den letzten Stapel Berichte über Banken aus der Umgebung hereinbrachte, stöhnte Mallory: »O Gott, nicht noch mehr Papier.«

»Und es hilft euch nicht einmal weiter«, sagte er, als er die Aufzeichnungen an Rafe weiterreichte. Dann stützte er sich mit den Händen auf die Lehne eines unbesetzten Stuhls. »Niemand hat Jamie Brower auf einem Foto oder am Namen wiedererkannt – außer wenn sie ihr Bild in der Zeitung und im Fernsehen gesehen hatten.«

Isabel wartete ein weiteres Donnergrollen ab und sagte danach: »Wir brauchen einen unverbrauchten Kopf. Travis, wenn Sie irgendwo etwas vergraben wollten, wo Sie sicher sein könnten, dass niemand es findet, wo würden Sie das tun?«

»In einem Grab.« Er merkte, dass alle ihn anstarrten, und richtete sich verlegen auf. »Na ja, ich jedenfalls. Wenn jemand erst einmal begraben ist, gräbt man ihn normalerweise nicht wieder aus. Warum also nicht? Es wäre ganz leicht: Man entfernt die Rasensoden von einem Grab, vergräbt das, was man verstecken will, oberhalb des Sargs – immer vorausgesetzt, es hat die richtige Größe –, dann schüttet man alles wieder zu und legt den Rasen wieder oben darauf. Wenn ich sorgfältig arbeite, merkt das keiner.«

»Ich bin sprachlos«, sagte Rafe.

Isabel schüttelte den Kopf. »Warum ist er kein Detective?«

Travis Miene hellte sich auf. »Ich liege also richtig?«

»Weiß der Himmel«, antwortete Hollis, »aber Sie weisen uns eine neue Richtung, also würde ich sagen, gut gemacht.«

»Hey, cool.« Dann verblasste sein Lächeln wieder. »Wir haben Unmengen von Friedhöfen in Hastings. Wo sollen wir anfangen zu suchen? Und wonach suchen wir übrigens?«

»Wir suchen nach einem Karton mit Fotos«, erwiderte Rafe. Er hatte das Gefühl, der jüngere Polizist hätte sich diese Information verdient.

Isabel fügte hinzu: »Und sie müssen etwas mit Jamie Brower zu tun haben. Wir müssen wissen, wo verstorbene Angehörige oder Freunde begraben liegen.«

»Ich gehe zurück an mein Telefon«, sagte Travis seufzend. »Ich telefoniere die hiesigen Geistlichen ab und frage sie. Die Browers möchte ich *nicht* direkt fragen, nicht heute jedenfalls. Morgen auch nicht, und nächste Woche auch nicht.«

»Ja, versuchen wir, das zu vermeiden«, meinte auch Rafe.

Als er gegangen war, sagte Isabel: »Du solltest ihn wirklich befördern.«

»Er war schon in der engeren Wahl«, entgegnete Rafe. »Ich habe nur deshalb gezögert, weil er zurzeit mit einer Reporterin schläft, die nicht ganz das ist, was sie zu sein scheint.«

Hollis fragte: »Und was ist sie?«

»Nach meinen Informationen arbeitet sie für den Gouverneur und wird bei heiklen Ermittlungen verdeckt entsandt, um die lokale Polizei im Auge zu behalten. Damit wir uns nicht blamieren. Oder den Justizminister. Sie behalten die Ermittlungen sehr genau im Auge.«

»Das zeugt von einem erschreckenden Mangel an Vertrauen«, sagte Isabel, die jedoch nicht überrascht wirkte.

Mallory blickte Rafe mit erhobenen Augenbrauen an. »Und das weißt du sicher.«

»Ja«, erwiderte er mit einem feinen Lächeln. »Ich habe auch ein ziemlich wachsames Auge auf meine Leute.«

Mallory starrte ihn an. »Was du nicht sagst.«

»Du und Isabel, ihr habt etwas gemeinsam. Keine von euch geht so unauffällig vor, wie sie glaubt.«

»Das nehme ich dir übel«, erklärte Isabel.

»Außerdem«, warf Hollis ein, »ist Alan Moore derjenige, der nicht unauffällig vorgeht. Selbst ich habe das mitbekommen.«

Würdevoll stand Mallory auf. »Das ist nicht fair, ihr übersinnlich Begabten seid in der Überzahl. Ich setze mich nebenan an den Computer. Entschuldigt mich.«

»Ich glaube, wir haben sie verärgert«, sagte Hollis geistesabwesend und öffnete das örtliche Telefonbuch, um eine Liste der Kirchen und Friedhöfe zu erstellen.

»Sie kommt darüber hinweg.« Rafe schüttelte den Kopf. »Bei Alan bin ich mir da nicht so sicher. Ich habe noch nie gesehen, dass es ihn so heftig erwischt hat.«

Isabel schürzte nachdenklich die Lippen. »Mallory scheint mir nicht der Typ zu sein, der eine Familie gründen will.«

»Glaube ich auch nicht. Aber ich glaube, Alan hat das noch nicht begriffen.«

»Es geht doch immer um Beziehungen«, murmelte Hollis mit einem Seitenblick auf Isabel.

Isabel ignorierte den Blick. »Wir müssen uns noch einmal jedes Stückchen Papier ansehen, das irgendwie mit Jamies Leben und Tod zu tun hat, und die Namen sämtlicher Angehörigen und Freunde überprüfen.«

»Feigling«, sagte Hollis.

»Wir haben Dringenderes zu tun«, erklärte Isabel ihr. »Zum Beispiel, dieses Grab zu finden.«

Rafe meinte: »Du glaubst, er ist da, stimmt's? Du glaubst, Jamie hat den Karton in einem Grab versteckt?«

»Ich finde, es klingt logisch. Sie hat einen Teil ihres Lebens begraben, warum also nicht in einem Grab? Und ich wette, es ist nicht das Grab eines Angehörigen, sondern das einer Person, die ihr wichtig war. Ein Lehrer, ein Mentor, eine Freundin. Vielleicht ihre erste Liebe.«

»Männlich oder weiblich?«

»Wenn ich raten soll, weiblich.«

»Das schränkt den Personenkreis ja unglaublich ein.«

»Hoffen wir, dass es reicht.«

Von allen Angehörigen und Freunden, die im Laufe von Jamies Leben gestorben waren, kamen nach Isabels Ansicht drei Frauen infrage. Eine war eine ehemalige Lehrerin, von der Freunde berichteten, dass Jamie ihr offenbar besonders nahe gestanden hatte. Eine andere war eine enge Freundin aus der Highschool, die bei einem Verkehrsunfall ums Leben gekommen war. Und die dritte war eine Frau, die in Jamies Agentur gearbeitet hatte und jung an Krebs gestorben war.

Drei Frauen, drei Friedhöfe.

»Ich denke, die sollten wir noch überprüfen, bevor das Unwetter losbricht«, sagte Isabel zu Rafe.

Rafe wollte sich erst dagegen aussprechen, doch es widerstrebte ihm, etwas aufzuschieben, was ihnen helfen könnte, den Mörder zu fassen, bevor er sein nächstes Ziel anvisierte. Isabel.

Oder bevor die Presse sie ins Visier nahm.

»Es geht schneller, wenn wir uns trennen«, sagte sie. Sie hatte ihm bereits unter vier Augen gesagt, dass sie sich dicht bei Hollis halten wollte, da die Gewitterstimmung ihre Partnerin so mitzunehmen schien. Daher widersprach Rafe nicht, als sie hinzufügte: »Hollis und ich nehmen Rosemont.«

»Und ihr nehmt Dean Emery mit«, ergänzte er. »Der Friedhof hat nur einen Eingang, und er ist eingezäunt. Er kann am Eingang stehen bleiben, während ihr zwei das Grab sucht. Mallory kann mit Travis zum Sunset-Friedhof fahren.«

»Und wer fährt mit dir zu Grogan's Creek?«, erkundigte sich Isabel höflich.

»Vielleicht nehme ich den Bürgermeister mit«, versetzte er sarkastisch. »Ich muss ihm einen Besuch abstatten, bevor bei ihm die Sicherung durchbrennt.«

»Das machen wir alles auf dem Heimweg, ja? Ich bin nämlich fix und fertig«, stöhnte Mallory.

Rafe nickte. »Überprüft die Friedhöfe, erstattet telefonisch Bericht – sobald ihr aus dem Unwetter heraus seid, heißt das – und dann ab nach Hause.«

»Bin dafür«, meinte Isabel.

Zwanzig Minuten später sagte Hollis: »Du musstest dir natürlich den größten Friedhof aussuchen, was? Den mit den hohen Denkmälern und den Unmengen von Gräbern.«

»Und vergiss nicht die hübsche kleine Kapelle mit den Buntglasfenstern«, ergänzte Isabel und sprach ein wenig lauter, denn der Wind riss immer wieder die Worte mit sich fort.

»Ich wünschte, hier gäbe es einen Friedhofspfleger, der uns Susan Andrews' Grab zeigen könnte«, sagte Hollis, blieb stehen und warf einen Blick auf einen Grabstein. »Denn wenn nicht …«

»Wenn nicht was?«, fragte Isabel und wandte sich halb zu ihrer Partnerin um.

Hollis antwortete nicht, denn in diesem Augenblick war ihr Isabels Anwesenheit kaum bewusst. Die Geräusche des Windes und der Donner waren einer eigenartig hohlen Stille gewichen. Ihre Haut prickelte. Die feinen Härchen an ihrem Körper richteten sich auf.

Und im grellen Licht der Blitze erblickte sie Jamie Brower mehrere Meter von ihnen entfernt.

Sie winkte.

»Hier entlang«, sagte Hollis.

Isabel folgte ihr. »Woher weißt du das?«, fragte sie. Erneut hatte sie ihre Stimme erhoben, um sich trotz des immer stärkeren Windes verständlich zu machen.

»Da ist Jamie.« Hollis wäre beinahe stehen geblieben, doch dann eilte sie weiter. »Verdammt, da *war* sie. Aber jetzt sehe ich sie nicht mehr.«

»Wo war sie?«

»Irgendwo da.« Hollis fuhr zusammen, als ein Donnerschlag ertönte. Sie bekam eine Gänsehaut. »Hab ich schon erwähnt, wie sehr ich Gewitter hasse?«

»Kann sein, ja. Hier? Wir finden es.« Isabel hielt inne, als es erneut laut donnerte, und fügte dann hinzu: »Es sei denn, wir werden von einem Blitz erschlagen. Aber ich glaube eben, dass wir das jetzt tun müssen. Und dass du gerade Jamie gesehen hast, macht das Ganze noch dringlicher, würde ich sagen.«

Hollis widersprach nicht, sondern begann, die Inschriften der Grabsteine um sie herum zu lesen.

Bei jedem Donner und jedem Blitz zuckte sie zusammen. »Ich hasse das!«, rief sie ihrer Partnerin zu. »Ich hasse das wirklich …«

»Hier.« Isabel kniete an einem einfachen Grabstein nieder, auf dem der Name *Susan Andrews* eingraviert war.

»Sieht nicht so aus, als hätte sich hier jemand zu schaffen gemacht«, sagte Hollis. Dann fluchte sie leise, als Isabel ihre Fingernägel in den Rasen grub und eine perfekt quadratische Sode anhob.

»Man sollte doch meinen, dass der Rasen mittlerweile fest angewachsen ist«, sagte Isabel und klappte die Rasensode zurück. »Die Sode sitzt fest, aber es ist nicht schwer, sie abzuziehen.«

Hollis kniete sich auf die andere Seite des Grabs, um ihr zu helfen. »Ein sehr sorgfältiger Schnitt gleich am Grabstein. Jetzt bin ich doch froh, dass wir den Spaten mitgenommen haben, den Dean im Kofferraum seines Streifenwagens hatte.«

»Ich bin eben Optimistin«, sagte Isabel und ließ den kleinen Klappspaten aufschnappen.

Plötzlich richtete Hollis sich in die Hocke auf. »Du wusstest, dass wir es finden würden, oder?«

»Ich hatte so ein Gefühl.«

»Du hast eine Stimme gehört.«

»Ein Flüstern. Hilf mir graben.«

»Wir sollten Dean rufen«, meinte Hollis, doch schon nach ein, zwei Minuten kratzte der Spaten über etwas Metallisches, und sie zerrten einen kleinen Kasten aus seiner Ruhestätte am Grabstein von Susan Andrews. Der Kasten maß etwa dreißig Zentimeter im Quadrat und war zwölf bis fünfzehn Zentimeter tief.

»Ich glaube, den bringen wir besser zum Polizeirevier und öffnen ihn da«, meinte Isabel. Das Widerstreben in ihrer Stimme war trotz der Windböen und des Donnergrollens nicht zu überhören.

»Du hast nur vergessen, dein Einbruchwerkzeug mitzunehmen«, sagte Hollis leicht amüsiert. »Brauchst du Hilfe beim Tragen?«

»Nein, ich habe ihn. Nimmst du bitte den Spaten, ja?«

Als sie den Rückweg über den Friedhof antraten – Isabel mit dem Kasten und Hollis mit dem Spaten –, blieb Hollis plötzlich stehen. »Scheiße!«

Isabel blieb ebenfalls stehen und folgte dem Blick ihrer Partnerin. »Was? Ich sehe nichts.«

»Jamie. Sie ...«

Zuerst dachte Isabel, ein erneutes Donnergrollen hätte übertönt, was Hollis gesagt hatte, doch dann spürte sie, wie etwas an ihrem Rücken zupfte, und wirbelte herum. Instinktiv ließ sie den Metallkasten fallen, erfüllt von der eiskalten Gewissheit, dass es sie wieder aus heiterem Himmel traf.

Ein Blitz erhellte die Szene vor ihr. Hollis stürzte zu Boden, am Rücken breitete sich Blut auf ihrer hellen Bluse aus. Eine knappe Armlänge von Isabel entfernt stand Mallory, ein großes blutiges Messer in der einen und Isabels Pistole in der anderen Hand.

»Wissen Sie«, sagte sie, »es wundert mich wirklich, dass Sie das nicht bemerkt haben. All die vielgerühmten übersinnlichen Fähigkeiten, Ihre und Hollis'. Und Rafes wohl auch. Es war so klar, aber keiner von Ihnen hat es gesehen. Keiner hat mich gesehen.«

Rafe konnte den Bürgermeister zwar beschwichtigen, allerdings nur so weit, dass der ihn wieder fortließ. Mit einem Zettel in der Tasche, auf dem ein Name stand, machte er sich auf den Weg zur Kirche von Grogan's Creek und dem Friedhof dahinter.

Doch als er an einem Stoppschild hielt, zögerte er und blickte nicht nach Osten in Richtung Grogan's Creek, sondern nach Westen in Richtung Rosemont.

Natürlich gab es überhaupt keinen Grund zur Sorge. Sie konnte auf sich aufpassen. Außerdem war sie nicht allein. Hollis war bei ihr, und Dean.

Er wollte das Lenkrad schon nach Osten drehen, da zögerte er nochmals. »Es geht ihr gut«, hörte er sich laut sagen. »Es geht ihr prima.«

Doch sein Bauch sagte ihm, dass es ihr nicht gut ging.

Sein Bauch – und das Blut an seinen Händen.

Rafe starrte die roten Flecken an. Er war entsetzt, weil sie aus heiterem Himmel aufgetreten waren.

Doch dann erkannte er ebenso unvermittelt die Wahrheit. Er wusste, was es zu bedeuten hatte.

Und er wusste, dass Isabel in Lebensgefahr war.

Er warf das Lenkrad herum und fuhr nach Westen. Dann griff er nach seinem Handy, um Dean anzurufen.

19

»Mallory ...«

»Sie kapieren es immer noch nicht, was? Mallory wohnt hier nicht mehr.«

Isabel blickte in Augen, die tot und leer waren, selbst als ein Blitz sie erhellte. Sie bemühte sich um eine feste Stimme. »Und wer sind Sie dann?«

Mit einem amüsierten Kichern erwiderte Mallory: »Das hat hier nichts mit gespaltener Persönlichkeit zu tun, wissen Sie. Was man da in den Büchern liest, ist totaler Quatsch. Ich war immer schon der Stärkere. Ich war immer der, der sich um Mallory kümmern musste, der hinter ihr aufräumen musste, wenn sie es vermasselt hatte. Immer. Wir waren erst zwölf, als es zum ersten Mal passiert ist.«

»Als was passiert ist?« Lebte Hollis noch? Isabel konnte es nicht beurteilen. Und was war mit Dean passiert?

»Als ich sie töten musste. Diese kleinen Schlampen. Alle sechs.«

»Sie waren – warum? Warum mussten Sie sie töten?«

»Spielen Sie auf Zeit?«, fragte Mallory. Ihr Interesse schien geweckt. »Rafe kommt nämlich nicht, wissen Sie. Niemand kommt.«

»Na, dann«, sagte Isabel und dachte fieberhaft nach, »ist das ja eine Sache nur zwischen uns. Kommen Sie, beeindrucken Sie mich. Zeigen Sie mir all die Indizien, die ich im Laufe der Zeit hätte sehen sollen.«

»Das Einzige, wo Sie und Bishop nicht danebengetippt haben, war das Geschlecht. Männlich.«

»Gefangen im Körper einer Frau?«, fragte Isabel bewusst abschätzig. »Ich glaube, das hatten wir schon einmal.«

»O nein, ich war von Anfang an männlich. Immer. Ich habe es Mallory immer wieder gesagt, aber am Anfang hat sie nicht auf mich gehört. Und als sie dann zugehört hat, hat es sie verwirrt. Sie dachte, sie sei eine Lesbe.«

Isabel erinnerte sich noch gut an den Aufruhr der Gefühle und Hormone in ihrer eigenen Jugend und fragte nach: »Als sie zwölf war?«

»Diese Mädchen im Ferienlager. In ihrer Hütte. Sie waren zu sechst, immer mussten sie albern herumkichern. Die, die mit Mallory zusammen schlief, fing eines Nachts an, sie zu berühren. Und Mallory gefiel das. Ich fand es widerlich, aber Mallory gefiel das.«

»Und was ist dann passiert?«

»Am nächsten Tag habe ich sie gehört. Alle sechs, sie haben gekichert und zu Mallory herübergesehen. Sie wussten es. Sie wussten es alle. Die, die Mallory berührt hatte, hatte es den anderen erzählt, und die hätten es weitererzählt. Ich wusste, dass sie das tun würden. Sie hätten es verraten, und dann hätte jeder gewusst, dass Mallory nicht normal war.«

»Und was haben Sie getan, um sie aufzuhalten?«

»Ich habe sie getötet.« Ihre Stimme war auf gespenstische Weise Mallorys und zugleich ... auch wieder nicht. Sie war tiefer, rauer, härter.

Isabel versuchte sich einzureden, dass der Schwefelgeruch nur von den Blitzen herrühren konnte. Doch sie kannte die Wahrheit.

Der Geruch war unverkennbar. Nichts außerhalb der Hölle roch so.

Mit Ausnahme des Bösen.

»Sehen Sie, sie durften eigentlich nicht mit den Booten auf den See hinaus fahren, nicht ohne einen der Betreuer. Aber ich habe Mallory dazu gebracht, sie dazu zu überreden. Also sind sie mit einem Boot hinausgefahren, weit hinaus, und ich habe dafür gesorgt, dass es keine Schwimmwesten gab. Und dann habe ich das Boot umgeworfen. Keine von ihnen hat es bis zum Strand geschafft, nur Mallory habe ich natürlich an Land gebracht. Wirklich schade, dass die anderen Mädchen ertrunken sind. Mallory war danach nie mehr dieselbe.«

Rafe fand Dean Emery über dem Lenkrad seines Streifenwagens zusammengesackt. Ihm war klar, dass man nichts mehr für ihn tun konnte. Dennoch forderte er Verstärkung und einen Krankenwagen an. Dann eilte er mit gezogener Waffe durch das Friedhofstor und tastete verzweifelt mit allen seinen Sinnen – neuen wie alten – nach ihr.
Zur Hölle mit dem verdammten Schild.

Mallory zuckte mit den Schultern. »Damals sind ihre Eltern mit ihr hierher nach Hastings gezogen. Damit niemand erfuhr, was passiert war, und sie darüber hinwegkäme.«
»Aber sie kam nicht darüber hinweg.« Isabel war sich vage der Stimmen bewusst, die nun lauter wurden, doch weil es immer wieder donnerte und sie sich auf Mallory konzentrierte, blieben sie ein fernes Flüstern.
»Nein, nicht richtig. Danach hatte sie Angst, Freundinnen zu haben, deshalb waren alle ihre Freunde Jungs. Sie trieb Sport, wurde hart im Nehmen, hat gelernt, auf sich aufzupassen. Ich musste mir also um sie keine Sorgen mehr machen.«
»Wann hat sich das geändert?«
»Sie wissen doch, wann es sich geändert hat, Isabel. Es hat sich in Florida geändert. Mallory ging eigentlich in Georgia aufs College, aber in einem Semester ist sie nach Florida gewechselt, um da ein paar Kurse zu belegen.«
»Da war eine Rothaarige«, sagte Isabel. »Rothaarige haben sie angezogen, stimmt's? Eine Frau. Sind sie miteinander ins Bett gegangen?«
Im unheimlichen Zwielicht presste Mallory die Lippen aufeinander. »Die miese Schlampe. Sie hat Mallory betrunken gemacht, und dann hat sie mit ihr geschlafen. Und am

nächsten Morgen hat sie so getan, als wäre nichts gewesen. Aber ich wusste es. Und ich wusste, dass sie es verraten würde. Ich wusste, sie würde es ihren rothaarigen Freundinnen erzählen. Also musste ich mich natürlich um sie kümmern. Um alle sechs, wie beim ersten Mal.«

Isabel machte sich nicht die Mühe, vernünftig zu argumentieren. Vielmehr sagte sie: »Wir hatten uns ja gefragt, warum die Frauen alle mit ... ihm mitgegangen sind. Warum sie sich nicht bedroht gefühlt haben. Es lag daran, dass es eine Frau war.«

»Es ist nicht meine Schuld, wenn die Leute nicht richtig hingucken.« Sie – oder er? – lachte.

»Mallory wusste nicht, was Sie taten, oder?«

»Natürlich nicht. Sie wäre nicht fähig gewesen, unser Geheimnis zu bewahren. Das musste ich tun. Und ich musste sie schützen. Wenn sie sich so abartig verhielt.«

»Was war mit den Frauen in Alabama?«, fragte Isabel. Sie nahm nur undeutlich wahr, dass der Wind ziemlich stürmisch geworden war. »Mit den Brünetten? Hat Mallory sich da mit einer Brünetten eingelassen?«

»Sie hat da bei einer Cousine gewohnt. Nur ein paar Wochen lang. Aber das war lange genug. Lange genug, dass sie anfing, von dieser dunkelhaarigen Schlampe zu träumen. Ich habe gar nicht erst abgewartet, bis es anfing. Ich habe mich gleich darum gekümmert. Ich habe sie beseitigt. Und die anderen auch. Die anderen fünf.«

»Die, die es verraten hätten?«

»Selbstverständlich.«

»Woher wussten Sie, dass sie das getan hätten?«

»Ach, seien Sie doch nicht dumm, Isabel. Ich habe immer gewusst, wer es verraten hätte. Als ich Sie sah, wusste ich gleich, Sie würden es auch verraten.«

»Aber Jamie war die Erste, nicht wahr?«, meinte Isabel. »Jamie war die, die Mallory ins Auge fiel.«

»Ich dachte, sie wäre darüber hinweg«, sagte das, was nun

in Mallorys Körper wohnte. »Sie war mit Alan zusammen, sie war – sie war *normal*. Aber dann hat sie mit Jamie darüber gesprochen, ein Haus zu kaufen. Und da hat sie ... das ... wieder gefühlt. Diese Sehnsucht. Dieses rasende Verlangen danach, so berührt zu werden. Von ihr.«

»Sie wurden ein Liebespaar.«

»Ein *Liebespaar*? Was die getan haben, hatte nichts mit Liebe zu tun. Mallory dachte, sie hätte es verdient, dass man sie bestraft, weil sie überlebt hatte, während die anderen Mädchen gestorben waren. Also hat sie sich von Jamie bestrafen lassen. Und sich dabei auch noch fotografieren lassen. Aber ich habe sie gezwungen, damit aufzuhören. Ich habe sie gezwungen, zu Alan zurückzugehen.«

Isabel begriff. »Und Sie haben es sie vergessen lassen. Immer. Sie haben dafür gesorgt, dass es ihr wie ... ein Traum vorkam, dass sie sich zu anderen Frauen hingezogen gefühlt hatte. Stimmt das?«

»Es war nur eine Phase geistiger Verwirrung. Daran brauchte sie sich nicht zu erinnern.«

Isabel nickte langsam. »Deshalb hat Mallory auch auf nichts von dem reagiert, was wir über Jamie herausgefunden haben. Soweit sie wusste, soweit sie sich erinnerte, hatten sie nie etwas miteinander gehabt.«

»Ich habe sie geschützt. Immer.«

»Also haben Sie sie zu Alan zurückgeschickt. Und dann haben Sie Jamie eine Weile beobachtet, oder?«

»So krank. Widerwärtig. Und sie war fuchsteufelswild, weil Mallory diese Dinge nicht mehr mit ihr tun wollte. Deshalb war sie bei ihrer nächsten *Geliebten* auch zu grob und hat sie getötet.«

»Hope Tessneer.«

»Ich beschloss, Jamie einen Schrecken einzujagen, bevor ich sie beseitigte. Außerdem war ich neugierig. Also habe ich die Leiche dieser Frau genommen und sie versteckt. Es hat Spaß gemacht, zuzusehen, wie Jamie in Panik geriet. Als

Mallory sie wieder anrief, hat sie sich natürlich gefreut. Sie wollte sie unbedingt treffen. Und wissen Sie was, Sie hat sich überhaupt nicht gewehrt. Ist das nicht interessant? Scheinbar so dominant und stark, und dann hat sie kaum einen Mucks von sich gegeben, als sie starb.«

»Aber Sie haben sie voreilig getötet«, wandte Isabel ein und warf einen Blick auf den Kasten, den sie fallen gelassen hatte. »Sie wussten nämlich nicht, wo sie die Fotos versteckt hatte. Den Beweis für das, was sie und Mallory miteinander getan hatten.«

»Ich dachte, sie wären in ihrer Wohnung. Aber da waren sie natürlich nicht. Ich wusste nicht, wo sie waren.«

Isabel schluckte. »Bis Sie auf Emily kamen?«

»Na ja, Sie haben mir doch gesagt, ich solle sie auf meine Liste setzen, Isabel.«

Die Übelkeit, die Isabel verspürte, verstärkte sich. »Habe ich das?«

»Aber ja. Sie haben mir gesagt, sie könnte etwas gesehen haben. Sie könnte etwas über den Mörder ihrer Schwester wissen. Und natürlich hatte sie die Fotos gesehen. Das wusste ich, sobald sie uns die von Jamie und dieser anderen Schlampe gegeben hat. Ich glaube nicht, dass sie die von Mallory gesehen hatte, aber sicher sein konnte ich da nicht. Also musste ich sie loswerden.«

»Blut an meinen Händen«, murmelte Isabel.

»Sie und Rafe, beide so schuldbewusst. Ich glaube, ein Teil von ihm wusste es immer. Ich konnte es spüren, auch wenn Mallory nie etwas gespürt hat. Ich glaube, das hat seine übersinnliche Begabung aktiviert. Sie haben doch gesagt, der Auslöser müsste ein Trauma sein, ein Schock, richtig?«

»Ja. Ja, das habe ich gesagt.«

»Armer Rafe. Er konnte einfach nicht glauben, dass Mallory zu so etwas fähig ist. Nicht Mallory, nicht seine Freundin und Kollegin bei der Polizei. Aber ich glaube, an der Stelle, wo Jamie gestorben ist, da ist ihm etwas aufgefallen.

Was, weiß ich nicht. Ich räume hinterher immer sehr gründlich auf. Was es auch war, es hat ihm gezeigt, dass Mallory dort gewesen ist. Also wusste er es. Tief drinnen wusste er es.«

»Und wachte mit Blut an den Händen auf.« Isabel atmete tief durch. »Jetzt wird es ihm klar sein. Sowohl Hollis als auch ich tot, Dean vermutlich auch, und Sie – Mallory – immer noch am Leben. Jetzt ist es ihm klar.«

»Nein, sehen Sie, Sie begreifen es immer noch nicht. Die Verwandlung ist endlich abgeschlossen. Ich war es leid, immer nur manchmal zum Vorschein zu kommen und die meiste Zeit in Mallory zu schlafen. Also habe ich das Kommando übernommen. Immer mehr. Mallory ist nicht mehr da. Sie kommt auch nicht mehr zurück. Und nachdem ich mich um Sie gekümmert habe, gehe ich von hier weg.«

Es stimmte, begriff Isabel. Sie betrachtete die Hülle, die einst die Persönlichkeit, die Seele einer Frau beherbergt hatte, die sie sehr gemocht hatte, und sie erkannte zweifelsfrei, dass Mallory Beck fort war. Sie hatte angefangen, sich zurückzuziehen, als sechs kleine Mädchen in einem See ertrunken waren, und im Lauf der Jahre war immer weniger von ihr übrig geblieben.

Bis jetzt. Nun war nur noch das da. Dieses böse Etwas, das tief in ihr gelebt hatte.

Isabel wusste es.

Dies war das Böse, das Julie umgebracht hatte. Das Böse, das Isabel sich geschworen hatte zu vernichten. In der Dunkelheit kauernd. Sprungbereit.

Es trug das Gesicht einer Freundin.

Er – sie? – sah ein wenig unzufrieden auf Hollis herab. »Sie ist nicht blond. Und diese dämliche neugierige Reporterin war es auch nicht.«

»Cheryl Bayne. Ist sie tot?«

»Natürlich ist sie tot. Das kleine Dummchen hat nicht einmal alles begriffen, aber ich glaube, sie hatte gesehen, wie ich zwei Tage, bevor Ihre Partnerin und ich die Leiche *gefunden* haben, in die Tankstelle geschlüpft war. Das ließ sie nicht mehr los, und deshalb hat sie da herumgeschnüffelt, aber ich glaube nicht, dass sie auch nur wusste, wonach sie gesucht hat. Bis sie darauf gestoßen ist, natürlich.«

»Was haben Sie mit ihrer Leiche gemacht?«

»Ein Cop bis zum letzten Atemzug, was?« Das Böse in Mallory lachte. »Sie werden sie irgendwann finden, auf dem Boden eines Brunnens. Sehen Sie, ich hatte keine Zeit, mit ihr zu spielen. Ich musste doch an die Arbeit. Denn sie war ja nicht blond. Aber Sie sind es, und mit Ihnen sind es fünf.«

Isabel wusste, sie hatte keine Chance, ihr Wadenholster mit der zweiten Pistole zu erreichen. Nicht ohne Ablenkungsmanöver. Doch im selben Moment, in dem sie dies dachte, wurde ihr Geist plötzlich klar und ruhig, und sie spürte eine Stärke und eine Gewissheit wie noch nie zuvor in ihrem Leben.

Sie war nicht allein.

Sie würde nie mehr allein sein.

»Mallory.« Rafe war da. Er trat hinter einem hohen Denkmal hervor, das im rechten Winkel zu den beiden Frauen stand. Seine Waffe hielt er ruhig mit beiden Händen.

»Haben Sie mich nicht gehört, Chief?« Eine schwarz behandschuhte Hand entsicherte Isabels Pistole und richtete sie auf ihr Herz. »Mallory ist nicht mehr da. Und ich werde Isabel umbringen, wenn Sie auch nur zucken.«

»Sie bringen sie sowieso um«, meinte Rafe.

»Gehen Sie weg, seien Sie ein braver Junge, Chief, und dann lasse ich sie vielleicht am Leben.«

»Das Böse«, sagte Isabel, »täuscht uns immer. Darin ist es am besten. Deshalb trägt es diesmal das Gesicht einer Freundin. Und deshalb können wir es nicht am Leben und entkommen lassen.«

Das Ding, das in Mallorys Haut steckte, öffnete den Mund, um etwas zu sagen, doch der Wind, der stetig an

Stärke zugenommen hatte, trieb plötzlich eine Böe heißer Luft über den Friedhof. Ein abgebrochener Ast von der Birke neben der Kapelle flog in eines der Buntglasfenster.

Der Knall war laut und kam völlig unvermittelt, und Isabel machte ihn sich sofort zunutze. Sie warf sich zur Seite und griff zugleich nach der Waffe, die sie an der Wade trug.

Die schwarz behandschuhte Hand folgte Isabel, ein Finger presste sich fester auf den Abzug, doch das Böse in Mallorys Körper war um den Bruchteil einer Sekunde langsamer als Rafe mit seiner Ausbildung und seinen Instinkten.

Sein Schuss warf Mallory herum, sodass die Waffe nun auf Rafe gerichtet war.

Isabels Schuss traf Mallory von hinten und vollendete Rafes Werk.

Ob Menschen überlebten oder das Böse starb – das Gewitter scherte sich nicht darum. Es toste lauter und lauter und entschloss sich dann endlich, über Hastings hereinzubrechen.

Epilog

Freitag, 20. Juni

»Du bist nicht leicht umzubringen«, sagte Isabel. Hollis blickte sie fragend an.

»Ich sage ja nicht, dass das schlecht ist.«

Hollis wandte sich an Rafe. »Ihnen ist klar, worauf Sie sich da einlassen? Sie kann nicht *nicht* flapsig sein.«

»Ich weiß. Das ist ein Charakterfehler.«

»Das nehme ich euch übel«, sagte Isabel.

»Solltest du aber nicht. Es ist zufälligerweise ein Charakterfehler, der mir gefällt.«

»Oh, tja, wenn das so ist.«

Hollis suchte nach einer bequemeren Position in ihrem Krankenhausbett. »Ich hatte einfach Glück, dass ihr zwei Mallorys bösartigen Zwilling aufgehalten habt, bevor er mich erledigen konnte.«

Es erschien ihnen allen weniger schmerzlich, das Geschöpf, dass sie am Ende vernichtet hatten, Mallorys bösartigen Zwilling zu nennen – diese Bezeichnung hatte natürlich Isabel geprägt. Dennoch konnte jeder Gedanke daran nur schmerzlich sein, besonders für Rafe.

Oder für Alan, der noch immer verwirrt und völlig erschüttert war.

»Aber mir ist überhaupt nicht klar«, meinte Isabel, »was er tun wollte, nachdem er aus Hastings fortgegangen wäre. Er war ja nun einmal tatsächlich im Körper einer Frau gefangen – und zwar schon, seit die männliche Persönlichkeit sich mit zwölf Jahren von Mallory abgespalten hatte.«

»Eine Geschlechtsumwandlung?«, schlug Hollis vor.

Rafe meinte: »Das glaube ich nicht. Ich glaube, *er* hat einen Mann gesehen, wenn er sich selbst sah.«

»Aber einen ziemlich verwirrten Mann«, betonte Isabel. »Er wollte unbedingt, dass Mallory sich mit Männern einließ, nicht mit Frauen. Aber ich würde wetten, dass er wütend und beleidigt gewesen wäre, wenn man ihn homosexuell genannt hätte.«

»Hatte Bishop da nicht eine Theorie?«, fragte Hollis. »Ich meine, ich erinnere mich an eine Diskussion, die ihr vor zwei Tagen über meine größtenteils bewusstlose Person hinweggeführt habt.«

»Wir mussten doch über irgendetwas sprechen«, erwiderte Isabel. »Die Ärzte hatten gesagt, du seiest ziemlich neben der Spur.«

»War ich ja auch. Meistens. Aber ich erinnere ich mich genau, dass Bishop und Miranda hier waren. Und sich unterhalten haben, wie gesagt. Wie ging noch die Theorie?«

»Dass Mallorys bösartiger Zwilling unter einem Wahn gelitten hat. Weiter sind wir eigentlich noch nicht gekommen.«

»Es ist kompliziert«, stimmte Hollis zu.

»Sie – er – hatte übrigens Recht, was mich betrifft«, sagte Rafe. »Ich habe unbewusst etwas gesehen, als wir am ersten Mordschauplatz waren. Aus dem Augenwinkel, vermute ich. Ich habe gesehen, wie Mallory Jamies Haar berührte. Daran, an der Art, wie sie das tat, war etwas, das wie eine Signalflagge gewirkt hat.«

»Und das war auch der unbewusste Schock«, sagte Isabel. »Dass das Böse ein vertrautes Gesicht haben kann, ist am schwersten zu akzeptieren. Er war sehr gut darin, sich zu verstecken.«

»Bis Mallory etwas tat, was er nicht akzeptieren konnte«, sagte Rafe. Er seufzte. »Allein die … die Vorstellung, dass sie all die Jahre da drinnen allmählich gestorben ist. Ich denke immer noch, ich hätte es wissen müssen. Ich hätte ihr irgendwie helfen können müssen.«

»Niemand konnte ihr helfen«, sagte Isabel leise. »Niemand war da, als das Boot umgeworfen wurde und sechs kleine Mädchen ertrunken sind. Niemand außer ihm. Von dem Augenblick an war Mallory zum Untergang verurteilt.«

»Und viel zu viele Frauen mit ihr«, sagte Hollis. »Plus Ginnys Vater und diese arme alte Dame und Dean Emery. Und Gott weiß, wie viele andere noch gestorben wären, wenn ihr zwei ihn nicht aufgehalten hättet.«

»Es fühlt sich aber nicht wie eine Heldentat an«, sagte Rafe.

Isabel lächelte ihn an. »Das ist meistens so. Das Böse hinterlässt so viel Zerstörung, das ist wie bei einem Zugunfall. Da denkt man doch auch nicht über das nach, was dem Unglück im weiteren Verlauf der Strecke entgangen ist, sondern nur über die Verwüstungen, die der Unfall tatsächlich angerichtet hat.«

»Und trotzdem lädst du mich ein, auf deinen Zug aufzuspringen.«

»Tja, ich habe mich sozusagen verpflichtet. Zu der Reise, meine ich. Das ist keine Reise, bei der man einfach an der nächsten Haltestelle wieder aussteigen kann.«

»Entschuldigt bitte«, sagte Hollis, »aber redet ihr zwei immer noch in Metaphern?«

»Ist dir das aufgefallen?«, fragte Isabel ernsthaft.

»Es macht ihr Spaß«, erklärte Rafe.

Hollis schüttelte den Kopf. »Ihr zwei seid schon eine Nummer. Ich wette, Bishop kann es kaum erwarten, dass Sie nach Quantico kommen.«

»Ich habe eine Einladung bekommen«, gab Rafe zu. »Züge hat er allerdings nicht erwähnt.«

»Also haben Sie angenommen?«, fragte Hollis.

»Was halten Sie davon?«

»Ich glaube ... dass die SCU gerade eine ganz neue Dimension gewonnen hat.«

»Was sagst du dazu?«, meinte Isabel. »Und dabei ist sie nicht einmal präkognitiv veranlagt.«

Das Werk einschließlich aller seiner Teile ist urheberrechtlich geschützt. Jede Verwertung außerhalb des Urhebergesetzes ist ohne Zustimmung des Verlages unzulässig und strafbar. Dies gilt insbesondere für Vervielfältigungen, Übersetzungen, Mikroverfilmungen und die Einspeicherung und Verarbeitung in elektronischen Systemen.

Deutsche Erstausgabe 2006
Weltbild Buchverlag –Originalausgaben–
Copyright © 2003 by Kay Hooper
Copyright © der deutschsprachigen Ausgabe 2006
Verlagsgruppe Weltbild GmbH, Steinerne Furt, 86167 Augsburg
8. Auflage 2008
Alle Rechte vorbehalten

This translation is published by arrangement with
The Bantam Dell Publishing Group, a division of Random House, Inc.

Übersetzung: Alice Jakubeit
Redaktion: Christine Schlitt
Umschlag: Hauptmann & Kompanie Werbeagentur GmbH, München
Umschlagabbildung: © Manfred Rutz / Getty Images
Satz: avak Publikationsdesign, München
Gesetzt aus der Sabon 10,5/12,5 pt
Druck und Bindung: CPI Moravia Books s.r.o., Pohorelice

Gedruckt auf chlorfrei gebleichtem Papier

Printed in the EU

ISBN 978-3-89897-278-9